수호지 지도

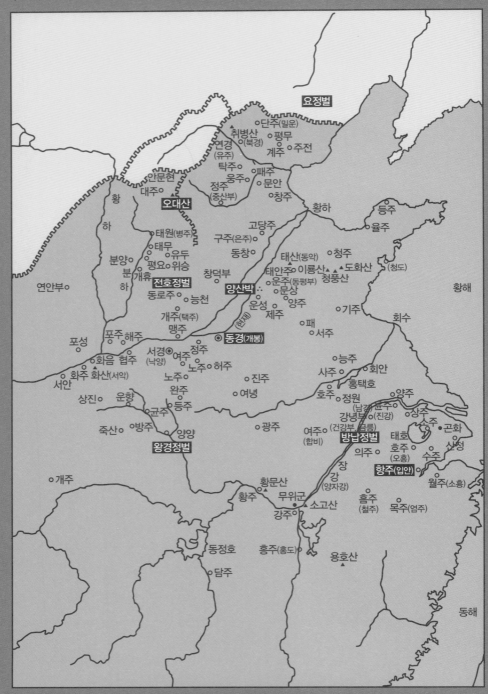

요정벌

단주(밀운)
취병산
(북경)
평무
연경
(유주)
계주
주전

탁주
패주
안문현
대주
옹주
문안
정주
(중산부)
창주

오대산
황하

고당주
등주
태원(병주)
구주(은주)
율주
태무
유두
동창
태산(동악)
청주
평요
위승
태안주
이룡산
도화산
(청도)
분양
개휴
창덕부
태안주
청풍산
황해
분하
운주(동평부)
동로주
능천
양산박
문상
운성
양주
개주(택주)
제주
기주
맹주
(천재)
패
포성
풍주
해주
동경(개봉)
서주
화음
협주
서경
(낙양)
여주
정주
노주
허주
능주
회안
서안
화주 화산(서악)
노주
진주
사주
홍택호
상진
운향
완주
여녕
호주
정원
양주
(남경)
윤주
죽산
방주
등주
광주
강녕부
(진강)
상주
수주
군주
양양
여주
(합비)
강녕부
(건강부,금릉)
방납정벌
태호
곤화
왕경정벌
의주
호주
(오흥)
수주
항주(임안)
개주
황문산
장
강
(양자강)
월주(소흥)
황주
무위군
흠주
(철주)
목주(엄주)
소고산
강주

동정호
홍주(홍도)
용호산

담주

동해

수호지 2
호색변란 편

수호지 2
호색변란 편

초판   1쇄 발행 2021년 10월 15일

지은이   시내암
평역   김팔봉
펴낸이   한승수
펴낸곳   문예춘추사

편집   이상실
디자인   이유진, 심지유
마케팅   박건원, 김지윤

등록번호   제300-1994-16
등록일자   1994년 1월 24일
주소   서울시 마포구 동교로27길 53 지남빌딩 309호
전화   02-338-0084
팩스   02-338-0087
블로그   moonchusa.blog.me
E-mail   moonchusa@naver.com

ISBN   978-89-7604-478-5 04820
         978-89-7604-476-1 (세트)

김팔봉

수호지

시내암 지음 | 김팔봉 평역

2

호색변란

문예춘추사

수호지
제2권 | 차례

일러두기

1. 이 책은 팔봉 김기진 선생이 『성군(星群)』이라는 제목으로 1955년 12월부터 〈동아 일보〉에 연재한 작품으로, 1984년 어문각에서 『수호지(水滸誌)』라는 제목으로 바꿔 출간한 초판본을 38년 만에 재출간한 작품이다.

2. 이 책은 수호지의 판본 중 가장 편수가 많은, 164회(전편 124회, 후편 40회)짜리 『수상 오 재자 전후합각 수호전서(繡像 五才子 前後合刻 水滸全書)』라는 작품을 판본으로 했다.

3. 가능한 한 원본에 맞게 편집했으나 최신 표준어 맞춤법에 맞게 고쳤고, 지명이나 인명은 일부 수정하여 독자들이 읽기 편하게 했다.

4. 한자 표기는 정오正誤에 상관없이 원본을 따랐으나 동일 인물이나 지명의 상반된 표기가 있는 경우에는 올바른 한자를 찾아 표기했다.

5. 이 책의 지도는 내용에 맞게 새로 제작한 것이다.

양산박의 변란

　　황니강 고개 위에서 자살해버리려다가 마음을 돌이켜서 내려온 양지는, 답답한 가슴을 안고 남쪽을 향하여 정처 없이 걸어오다가 밤이 깊어지자 숲속 풀밭 위에 드러누워버렸다. 그는 눈을 붙이고 잠을 청하건만 잠은 오지 않고, 천 가지 만 가지 생각이 마음을 괴롭힌다. 자는 둥 마는 둥 그 밤을 지내고 날이 밝자, 그는 다시 길을 걷기 20여 리, 처음으로 주막집 하나가 눈에 띈다. 양지는 주막집 문 앞에 서서 생각했다. 노잣돈을 자기가 따로 가지고 오지 아니하다가 이 모양이 되었는지라, 주머니에 돈은 없지만 우선 덮어놓고 요기는 해야 하지 않겠느냐? 그는 이렇게 생각하고 주막집 문안으로 들어가서 한편 탁자 앞에 있는 교의 옆에 박도를 세워놓고 걸터앉았다.

　　부뚜막 앞에서 그를 바라본 주인마누라가 묻는다.

　　"무얼 잡수실 테유?"

　　"우선 술 두 사발 주슈. 그리고 밥을 먹겠소. 또 고기가 있거든 고기 좀 주슈."

　　주인마누라는 술을 데우며 고기를 썰며 일변 밥을 퍼담으며… 이렇게 부랴부랴 상을 보아 갖다놓는다.

　　양지는 한 상 잘 먹고 나서 아무 말도 않고, 박도만 집어들고 주막집

문을 나서려 했다.

"손님! 술값, 밥값 다 안 내셨어유."

주인마누라가 돈을 치르지 않고 그냥 나가는 그를 보고 일깨우자 양지는 부뚜막 편을 돌아다보면서 뻔뻔스럽게 대답했다.

"내 지금 가진 게 없소. 요다음 지날 때 틀림없이 갚으리다."

말을 던지고 양지는 그대로 밖으로 달아나버렸다. 이때, 이 모양을 보고 있던 심부름 들던 젊은이가 곧 뒤를 쫓아와서 양지의 옷소매를 덥석 잡았다.

양지는 그 젊은이를 한주먹에 때려눕히고서 그냥 달아났다. 그의 등 뒤에서는 주인마누라의 떠드는 소리가 들리더니,

"이놈아! 네가 달아나면 될 성싶으냐?"

꾸짖는 고함 소리가 들렸다. 양지가 달아나다가 발을 멈추고 돌아다보니, 웃통을 벗어부친 장정 하나가 몽둥이를 들고 쫓아오고, 그 뒤에는 지금 주먹 한 대 얻어맞은 젊은이가 한 자루 창을 꼬나쥐고서 따라오고, 또 그 뒤에는 3, 4명 장정들이 몽둥이를 들고서 따라오는 것이 아닌가. 양지는 그들을 돌아보고 큰소리로,

"너희들이 죽고 싶어서 쫓아오느냐? 나를 쫓아오면 그래 어쩔 테냐?"

호령하고는, 즉시 칼을 뽑아 휘두르면서 앞장선 장정 앞으로 달려들었다.

한 자루 박도와 한 자루 몽둥이가 서로 어우러져 싸우기를 2, 30합, 웃통 벗은 사나이도 어지간히 무예 수단이 능숙한 모양이나 양지의 높은 수단에는 따르지 못한다.

한참 동안 그 사나이는 양지의 칼을 막아내기에 땀을 흘리더니 마침내 몸을 날려 두어 간 밖으로 뛰어나서면서 외친다.

"잠깐 칼을 놓고 내 말 좀 들어주시오. 대체 누구신지, 우리 인사나

합시다."

양지도 칼을 내리고 천천히 말했다.

"난 누구냐 하면 청면수 양지란 사람이오."

"그럼 서울 계시던 양제사(楊制使)가 아니신가요?"

"그렇소. 내가 바로 양제사요."

이 말을 듣고 그 사나이는 몽둥이를 던져버리고 땅바닥에 엎드리면서 말했다.

"소인이 눈이 있어도 태산을 못 보았습니다!"

양지는 그 사나이의 손을 붙들어 일으키면서 묻는다.

"대체 노형은 누구시오?"

"소인은 원시 개봉부에 살던 조정(曹正)입니다. 80만 금군교두로 있던 임충의 제자입니다. 저의 조상이 백정 노릇을 했기 때문에 소인도 고기를 잘 다루니까 사람들이 조도귀(操刀鬼)라고 부른답니다. 얼마 전에 5천 관의 밑천을 대주는 이가 있어서 이곳 산동 땅에 와서 장사를 하다가 실패를 하고 빈털터리가 되어 오도 가도 못 하고 있을 때 누가 데릴사위가 되라 해서… 아까 보시던 그 마누라가 제 처입니다. 그래 이곳에서 이 모양으로 지냅니다마는, 아까 시합하던 때 양제사 어른의 무술이 흡사 저의 사부 되시는 임충 선생님의 수단과 비슷하기에 신기해서 존함을 여쭈어본 것입니다."

"바로 임교두의 제자로구먼! 임교두는 고태위 때문에 쫓겨나 지금 양산박에 계시지 않나?"

"예, 저도 그렇다는 소문만 들었습니다만, 진가(眞假)는 아직 알지 못합니다. 하여간 다시 제 집으로 가시죠."

조정은 양지를 청하여 다시 주막집에 돌아와서 술상을 차려놓고 음식을 권하면서 묻는다.

"그런데 양제사께서 여기는 무슨 일로 오셨나요?"

"내가, 일이 있어 온 것이라면 좋겠소마는… 신세가 따분하게 되어 이렇게 굴러온 거라오."

양지는 이렇게 말하고, 연전에 화석강을 황하에서 침몰당하던 일과, 이번에 생진강을 황니강에서 도둑맞은 사정을 털어놓았다. 그의 이야기를 듣고 나서 조정은 매우 동정하는 표정으로 말한다.

"그거 참, 연속해서 불행한 일만 당하셨군요. 그러시면 우선 제 집에 얼마 동안 거처하십쇼."

"말은 고맙소마는 언제 관가에서 붙들러 올지 모르는 신세인데, 어떻게 내가 한군데 오랫동안 머물러 있을 수 있어야지?"

"그렇긴 합니다만, 대체 어디로 가실 생각이신가요?"

"글쎄. 양산박으로 가서 임교두나 찾아볼까 하는 생각도 있지만, 전일 왕륜이 그처럼 붙드는 것을 뿌리치고 내려온 내가 지금 와서 어슬렁어슬렁 찾아가는 것이 아무래도 떳떳하지 못한 것 같아서, 주저하는 중이라오."

"저도 들으니까 왕륜이란 사람이 도량이 좁아서, 저의 사부 임교두께서 산에 올라가셨을 때도 별별 아니꼬운 꼴을 당하셨다더군요. 제 생각 같아서는 차라리 이룡산(二龍山)으로 가보시는 것이 좋지 않을까 싶습니다."

"이룡산이 어디 있는데?"

"여기서 멀지 않습니다. 바로 청주(靑州) 땅이죠. 그 산속에 보주사(寶珠寺)란 절이 있는데요, 그 절의 주지가 지금은 환속해서 머리를 기르고 산적 두목이 되었는데, 수하에 졸개가 4, 5백 명 있답니다."

"그자 이름이 뭐요?"

"등룡(鄧龍)이라고 부른답니다. 우선 거기라도 잠시 가 계시는 것이 어떨까요?"

"글쎄, 그럼 그래볼까!"

양지는 아쉬운 대로 이룡산에 들어갈 것을 작정했다. 그리고 그날 밤은 조정의 주막집에서 하룻밤 신세를 진 뒤에 이튿날 아침, 그는 조정한테서 약간의 노잣돈을 얻어 박도를 손에 들고 혼자서 이룡산을 바라보며 길을 떠났다.

하루 종일 걸어서 겨우 이룡산 기슭에 이르렀을 때, 해는 서산으로 넘어가고 어둠이 오기 시작한다. 양지는 하늘을 바라보면서 이 밤은 숲속에서 지내고 산 위엔 내일 아침에 올라갈 수밖에 없다고 생각하고서, 몇 걸음 숲속으로 걸어 들어가다가 깜짝 놀랐다. 뜻밖에도 맞은편 소나무 밑에 벌거벗은 살찐 중이 알몸뚱어리로 땀을 들이고 앉아 있다가 양지를 보고는 곁에 있는 선장을 집어들고 일어서면서 벽력같이 소리를 지른 까닭이다.

"네 이놈! 어디서 오는 놈이냐?"

고함 소리에 양지는 처음엔 놀랐으나, 그의 말투에 자기나 마찬가지로 관서(關西) 사투리가 있는 것이 반가워서, 그는 한 걸음 가까이 나서서 말을 붙여보았다.

"스님은 어디서 오셨소이까?"

그러나 중은 대답도 안 하고 선장을 들어 그대로 양지를 찌르려 한다.

"이놈! 중놈이 무례하구나!"

양지도 노해서 박도를 뽑아들고 마주 서서 싸우기 시작했다.

숲속에서 두 마리 호랑이가 먹을 것을 다투는 듯 그 형세는 자못 풍운조화를 일으키는 듯하다.

한참 동안 서로 밀고 밀리고 하면서 4, 50합 접전을 하다가, 먼저 중이 두어 간 밖으로 뛰어나서면서,

"좀 쉬었다 하자!"

라고 외친다.

"오냐, 그래라!"

양지도 싸움을 쉬기로 하고 멀찌감치 물러섰다.

'대체 어디서 온 중일까? 무술이 굉장히 높은데… 나도 좀처럼 당해 낼 도리가 없는데….'

그가 속으로 이같이 혼잣말하고 탄복하고 있을 때, 중이 먼저 수작을 붙인다.

"여보, 얼굴에 푸른 점 박힌 친구! 대체 당신은 뉘 댁이시오? 우리 성명이나 통합시다."

"나요? 나는 서울서 제사(制使)로 있던 양지라는 사람이오."

"그럼 저 서울서 칼을 팔려다가 파락호 우이란 놈을 죽인 사람 아니오?"

"그렇소."

"원 이런! 우리가 여기서 이렇게 만날 줄은 몰랐지!"

"그런데, 노형은 뉘시오?"

"나요? 나는 연안부 노충 경략상공을 모시고 있던 제할 노달이란 사람이오. 진관서란 놈을 주먹 세 대로 때려죽이고 오대산에 들어가서 머리 깎고 중이 되었더니, 내 등어리에 화수(花繡)가 있대서 모두들 나를 화화상(花和尙) 노지심이라고 그러지."

"하하하. 나는 누군가 했더니, 노제할이로군! 사형의 성함은 익히 들어서 알고 있었소. 그런데 사형이 대상국사에서 채원(菜園)을 관리하고 계신다고 들었는데, 여기는 웬일이시오?"

"이야기를 하자면 장황하지. 내가 대상국사에서 채원을 관리하고 있다가, 저 '호랑이대가리' 임충이 고태위의 모함에 걸려들어 창주로 귀양 가게 됐을 때, 아무래도 임충의 목숨이 위태하겠기에 내가 남몰래 뒤를 밟았더니 아니나 다를까 두 놈의 방송공인이 임충을 해치려 들겠지? 그래 내가 임충을 구해주고 왔더니 방송공인 놈들이 고태위보고 내 말을 한 모양이라, 고태위란 놈이 나를 잡아 죽이려 드네. 그걸 마침 나한테

늘 놀러오는 파락호들이 먼저 알고서 일러주기에, 난 채원에다 불을 지르고 도망해버렸지. 그리고 맹주(孟州) 십자파(十字坡)를 지나다가 술집에 들렀더니 안주인이 술에다가 몽한약을 타주는 것을 누가 그런 줄 알았나? 그걸 먹고서 내가 뻗어버린 것을 그 집 주인이 들어와서 내가 갖고 온 선장(禪杖)과 계도(戒刀)를 보고는 깜짝 놀라 약을 써서 나를 깨웠단 말야. 집 주인이 내 이름을 듣더니 저의 집에 나를 머무르게 해서 그만 그 사람과 결의형제를 맺었지.

피차 알고 보니 역시 이놈도 천하 호걸이라 사내는 장청(張靑)이라 하고, 아낙은 손이랑(孫二娘)이란 사람이야. 이래서 그 집에서 4, 5일 머무르고 있자니까, 장청이 하는 말이, 이룡산 보주사가 몸을 숨길 만한 곳이라데그려. 그래 보주사 두목 등룡이란 자를 찾아보고 나하고 같이 있자고 말했더니, 이놈이 어디 말을 들어먹어야지? 그래서 내가 홧김에 그놈한테 주먹질을 했더니, 이놈이 관문(關門) 셋을 굳게 닫아버리고 다시는 얼씬도 못 하게 하네그려. 어떻게 된 일인지 달리 올라갈 길이라곤 없고… 내 그래 지금 어떡하면 좋을까 궁리하고 있는 판인데, 자네가 왔단 말야."

양지는 노지심의 이야기를 듣고서, 자기도 우이를 죽이고 북경 대명부로 귀양 간 일과, 채태사 생신에 예물을 올려가다가 도둑맞은 일과, 황니강에서 남쪽으로 도망해오다가 조정이라는 호한(好漢)을 만나서 이 사람한테서 이곳 이룡산 보주사 이야기를 들었다는 이야기를 늘어놓고서,

"하여간 여기 이러고 있어야 별수 없으니까, 우리 조정의 집으로 가서 달리 좋은 도리를 강구합시다그려."

라고 했다.

"그게 좋겠군!"

노지심도 찬성이다. 이렇게 양지와 노지심은 뜻밖에 우연히 만나 그

밤은 숲속에서 지낸 후, 이튿날 아침 일찍 두 사람은 조정의 주막집으로 돌아갔다.

조정은 양지가 노지심을 인도하여 돌아오자, 황망히 두 사람을 맞아들여 술을 권하면서 노지심의 이야기를 듣고 나더니, 먼저 자기 소견을 말하는 것이었다.

"그렇습니까? 그렇다면 도리가 없습니다. 관문을 닫아버렸다면, 두 분은 고사하고 1만 명의 군사가 쳐들어간대도 어렵죠. 힘으로는 안 됩니다. 꾀로 빼앗을 수밖에 도리가 없습니다."

조정은 두 사람의 얼굴을 번갈아 바라보면서,

"좋은 꾀가 생각났습니다."

라고 말한다. 양지는 반가운 듯이 묻는다.

"어떤 계책이오?"

"별게 아니고, 양제사는 이 근처 장원에서 심부름하는 장객 모양을 차리시고 저는 이 어른의 선장과 계도를 갖고서 이 어른을 결박해서 이 근처 젊은이 5, 6명과 함께 산으로 올라가서, '우리는 이 근방에서 술장수 하는 사람인데 이 중이 와서 술을 취토록 먹고는 돈도 안 내고 한다는 수작이, 사람들을 모아서 우리 동네와 보주사를 털어버리겠다 하기에 술에 취한 틈을 타서 단단히 결박해 이처럼 대왕께 바치러 온 것입니다.' 하면 필연코 관문을 열어줄 것입니다. 그러면 우리가 산채에 들어가서 등롱이 앞에 나가거든요. 그때 등롱이 앞에서 이 어른의 결박을 제가 풀어버릴 것이니, 그땐 두 분께서 힘을 합쳐서 등롱이 하나만 없애버리십쇼. 그러면 그 나머지는 사람 수효에도 못 들어가는 위인들이니까요. 이 계책이 어떻습니까?"

"그거, 묘하군! 그렇게 합시다."

양지와 노지심 두 사람은 즉시 조정의 계책에 찬성했다. 그래서 그들은 방침을 정하고서 그날 밤이 깊도록 주식을 나눈 다음, 길에서 먹을 건량(乾糧)도 마련해놓고서 자리에 들어갔다. 그리고 이튿날 새벽 5경에 일어나 새벽밥을 먹은 후 노지심의 보따리는 조정의 집에 두고, 장정 5, 6명을 데리고 이룡산을 향하여 출발했다.

그들이 이룡산 아래 도착한 것은 오정 때가 지나서였다. 그들은 먼저 굵은 노끈으로 노지심을 묶은 다음, 양지는 머리에 양립 쓰고, 몸엔 포삼(布杉) 입고, 손엔 박도를 들었다. 조정은 노지심의 선장을 짚고 몽둥이를 든 장정들은 노지심을 앞뒤에서 지키면서 관문 앞까지 올라갔다.

이때, 관문 위에서 파수 보던 졸개들은 이 사람들이 올라오는 모양을 보고, 즉시 산채로 올라가서 이 사실을 보고하니까, 졸개 두목 두 놈이 쫓아나와서 아래를 내려다보고 묻는다.

"너희들은 어디서 오는 사람들이며, 그놈의 중놈은 대체 어떻게 잡았느냐?"

관문 아래서 조정은 졸개 두목을 바라보면서 대답했다.

"저희들은 저 산 밑에서 술장수를 하는 사람인뎁쇼, 이 중놈이 어제 제 집에 와서 술에 고기에 마냥 처먹고서 술값도 안 내고 한다는 소리가, 양산박에 가서 수천 명을 데리고 와서 저희 동네는 말할 것도 없고, 이곳 이룡산을 아주 도륙을 내버리겠다고 호통을 떨기에, 제가 슬금슬금 비위를 맞춰주면서 술을 더 먹인 뒤에 취해 자빠진 것을 이렇게 단단히 결박해버렸습죠. 그래, 지금 이놈을 대왕께 바치려고 끌고 왔사와요."

이 말을 듣고 졸개 두목은 기뻐하면서,

"그거 참 잘했다. 잠깐만 거기서 기다려라."

하고 다시 산채로 올라간다.

졸개 두목이 산채에 올라가서 이 사실을 보고하니까, 등룡은 대단히 기뻐하면서,

"잘됐다! 네 그 중놈을 이리 끌고 올라오라고 해. 내 그놈의 간을 꺼내서 술안주로 먹어도 시원치 않겠다. 어서 관문을 열어주라고 해라."

라고 분부했다.

졸개 두목은 영을 받들고서 즉시 아래로 내려가 관문을 활짝 열고서 일동을 안으로 맞아들였다.

양지와 조정이 노지심을 묶은 노끈을 쥐고서 따라 들어오며 좌우를 살펴보니, 산세가 굉장히 웅장하고 험준한데 세 개의 관문마다 무비(武備)가 또한 엄중하여 경노(硬弩), 강궁(强弓), 고죽창(苦竹槍) 따위의 연장과 뇌목(檑木), 포석(砲石)이 산같이 쌓여 있다.

관문 세 개를 차례로 지나서 보주사 앞에 당도하니, 거울같이 판판한 터전 위에 삼좌전문(三座殿門)이 서 있는데, 주위를 목책으로 삥 둘러서 성같이 만들었다.

이때, 산문 아래 7, 8명의 졸개가 늘어서 있다가 노지심이 붙잡혀오는 모양을 보고는, 허연 이빨을 드러내놓고 손가락질하면서 욕지거리를 퍼붓는다.

"저놈의 중놈 봐라. 아주 거센 체하더니 어쩌다 붙들렸냐?"

"잘됐다. 이놈! 오늘은 너 고태골 가는 날이다!"

"쌍놈의 새끼! 대왕께서 네 간을 씹어 잡숫겠다더라. 그런 줄이나 알아라!"

욕을 들으면서도 노지심은 아무 말도 아니하고 조정과 양지한테 이끌려 불전(佛殿) 앞으로 갔다.

전각 위에는 불상이라곤 하나도 없고, 창과 몽둥이를 든 졸개들이 늘어서 있는 가운데 호피(虎皮)를 씌운 교의 위에 두목 되는 등룡이 높직이 올라앉아 노지심을 내려다보고 호령을 추상같이 하는 것이다.

"이놈 중놈아! 네놈한테 발에 챈 허리가 여지껏 아프다! 네 이놈, 오늘은 네가 좀 견디어봐라!"

등룡의 호령이 채 끝나기 전에 노지심이 눈을 부릅뜨고,

"이놈! 꿈쩍 말고 앉아 있거라!"

라고 고함을 지르자, 이 순간 노지심의 좌우에 있던 장정들이 그를 결박한 노끈의 한쪽 끈을 잡아당기니까, 보기에는 단단히 결박지은 듯싶던 노끈이 주르르 풀어져버렸다. 노지심은 활갯짓을 하고 곁에 섰는 조정으로부터 선장을 받아쥐고, 그와 동시에 양지는 칼을 뽑아들고, 조정은 몽둥이를 들고, 그 외에 여러 장정들도 각각 몽둥이 한 개씩을 치켜들고서 일제히 '와' 소리를 지르며 전각 위로 올라가니, 두목 등룡은 황급하게 피신하려다가 노지심이 내리치는 선장에 골통은 두 조각이 나버리고, 호피 덮은 교의는 산산이 부서져버렸다. 그리고 이와 때를 같이하여 양지도 4, 5명 졸개의 머리를 한칼에 베어버리니, 남아 있는 졸개들은 어쩔 줄을 모른다.

"이놈들! 모두들 항복하겠느냐? 항복 않는 놈은 죄다 죽여버린다!"

이때 조정이 외치니까, 불전 앞에 있던 졸개들과 뒤에 있던 졸개들은 모두 뜰아래로 기어 나와서 땅바닥에 엎드린다.

노지심과 양지는 이렇게 해서 그들의 항복을 받고, 등룡의 시체는 뒷산에 가서 태워버리게 한 후, 창고에 있는 물자를 점검하고 난 뒤에 주석을 베풀게 하여 이날부터 이룡산 산채의 주인이 되었다. 그리고 연회가 끝난 뒤, 조정은 동네 장정들과 함께 노지심과 양지에게 작별 인사를 하고 산 아래로 내려갔다.

그런데 이때, 북경 대명부 양중서는 황니강 고개 위에서 십만 관의 금은보화를 도둑맞고 돌아온 도관과 금군들로부터, 양지가 미리부터 도둑놈들과 내통하여 황니강 고개 위에다 강주거를 일곱 채나 준비해두고, 몽한약을 탄 독주를 먹여놓고서는, 재물을 몽땅 갖고 달아났다는 보고를 받고 펄펄 뛰었다.

그는 즉시 서리(書吏)를 불러 공문을 작성케 하여 밤을 새워서 그 공문을 제주부(濟州府)로 보내게 하고, 일변 장인 되는 채태사한테 편지를 띄웠다.

서울서 양중서의 편지를 받아본 채태사도 대단히 분하게 생각하고 또 공문을 작성케 하여 그것을 제주부로 보냈다.

　이때, 제주 부윤은 북경 대명부 유수사(留守司) 양중서로부터 보내온 공문을 받고 매일 부하들과 황니강 도둑놈을 어떻게 하면 속히 체포할 수 있을까 의논을 하고 있던 중이었는데, 이번엔 또 서울로부터 채태사의 공문을 태사부의 부간(府幹)이 갖고 왔는지라, 더욱 놀랐다. 공문에도 그렇거니와 부간의 말에 따르면, 황니강에 나타났던 대추장수 일곱 명과 술장수 한 명과 그리고 양지란 놈을 앞으로 열흘 기한하고서 그 안에 잡아놓지 못하면, 부윤 자신이 사문도(沙門島)로 귀양 갈 형편이 되고 말았다.

　부윤은 즉시 즙포인(楫捕人)을 불러들이라고 호령했다. 그러자 그때 섬돌 아래 한 사람이,

　"소인 여기 있습니다."

　라고 대답한다.

　"네가 누구냐?"

　"소인이 삼도(三都) 즙포사신(楫捕使臣) 하도(河濤)올습니다."

　"그러면 일전에 황니강에서 도둑맞은 생진강 건은 바로 그게 네가 맡은 일이 아니냐?"

　"그러하옵니다. 소인이 그 일을 맡은 뒤로 주야불면(晝夜不眠)하옵고 수하에 눈이 총명하고 수족이 민첩한 놈을 뽑아 황니강에 보내 도둑놈의 종적을 알아오라 했사오나 아직까지 종적을 알지 못하고 있사온데, 이는 소인이 태만해서 그런 것이 아니옵고 실로 무가내하(無可奈何)의 일이옵니다."

　"무슨 소리야! 네가 위에 앉아 있으면서 엄하게 굴지 아니하니까 아랫것들이 자연 게을러지는 거야. 내가 진사(進士)로 출신한 후 오늘날 일군(一郡)의 제후가 되기까지 실로 용이한 일이 아니었다. 그런데 오늘

서울서 태사부로부터, 앞으로 열흘 안에 도둑놈을 잡아올리라는 분부가 내리셨다. 만약 기한을 어기는 경우엔 내 관직만 파면되는 게 아니라 사문도로 나를 귀양 보낸다 하니, 이건 네가 공사를 게을리하기 때문에 그 화가 나한테까지 미치는 게 아니냐? 그렇게만 된다면 내가 너를 가장 험악한 땅으로, 기러기 한 마리도 찾아가지 않는 그런 땅으로 귀양 보낼 터이니 그런 줄 알아라!"

부윤은 이렇게 호령하고서 즉시 문필장(文筆匠)을 불러들여 하도의 뺨에다 '질배주 자양(迭配州字樣)'을 쓰되, 고을 이름만을 띄어 놓게 했다.

하도는 이 모양을 당하고는 집으로 돌아오니, 기운이 떨어지고 맥이 풀린다. 그동안 수다한 공인(公人)을 풀어 각처로 도둑의 형적을 알아오라 했건만 아직까지 아무런 단서도 잡지 못한 형편이다. 이제 또 자기가 나선다기로 무슨 별도리가 있을 것인가? 대추장수 일곱 명이라는 것들은, 모르면 몰라도 심산광야(深山廣野)로 돌아다니는 도둑떼일 것이 분명하니, 십만 관어치 재물을 빼앗아간 도둑들이 지금쯤은 저희들의 산채로 돌아갔지, 황니강 근처에서 배회하고 있을 까닭이 없다. 그런 것을 열흘 안에 잡아오고, 못 잡으면 귀양 보내겠다고 미리 얼굴에다 자자(刺字)까지 해놓으니, 그래 이 노릇을 어떡하면 좋단 말이냐….

하도가 자기 마누라와 마주 앉아서 이렇게 한탄만 하고 있을 때, 마침 그의 아우 되는 하청(河淸)이 찾아왔다.

하청은 그의 형 하도와는 성질이 판이해서, 날마다 무뢰배들과 어울려 술이나 먹고 노름판이나 찾아다니는 파락호였다. 여느 때 같으면 하도가 '응 너 왔니!' 하는 인사 한마디도 없었을 것이지만, 오늘은 심정이 달라졌다.

'세상일이란 알 수 없는 일이 많단 말이야. 이놈은 원래부터 술집·노름판으로만 떠돌아다니는 놈이니까, 혹시 내가 모르고 있는 소문을 들었을는지도 모를 일이야.'

하도는 이렇게 생각하고 마누라에게 술상을 보아오게 한 후 은자(銀子) 열 냥을 아우에게 주고, 형제가 술을 먹어가며 이런 이야기 저런 이야기를 주고받고 했다. 그러는 동안 하도는 아우의 입에서 황니강 사건의 단서를 얻었다.

이야기는 이러했다. 즉, 얼마 전에 하청이 노름판을 찾아 안락촌에 있는 왕가객점(王家客店)엘 갔다가 마침 대추장수 일행을 만났었는데, 그중 한 명은 전에 본 일이 있는 운성현 동계촌의 조보정이 분명하고, 그 이튿날 아침 동구 밖에서 한 사나이가 술통을 지고 가는 것을 보았는데, 동행하던 객점 주인이 아는 체를 하기에 물어보았더니 안락촌에 사는 백승이라는 사람이라고 말하더라는 것이다.

"바로 그날 낮에 황니강 고개 위에서 그런 일이 있었으니, 조보정 일행이 한 짓이 분명하잖습니까? 내 생각 같아서는 그놈 백승이란 놈을 잡아다가 주릿대를 치면 전후 사실이 명백히 드러날 것 같습니다."

하청이 말하는 것을 듣고 하도는 너무도 기뻤다.

하도는 그 자리에서 즉시 아우를 데리고 주아(州衙)로 들어가서 전후 사실을 부윤한테 상세히 보고하고, 그리고 공인 여덟 명을 데리고 밤을 새워가며 안락촌까지 달려가서 왕가객점의 주인을 앞장세워 백승의 집을 습격했다.

이때 밤은 깊어 3경이라 백승은 침상 위에서 잠자고 있다가 꼼짝 못하고 결박당했다.

"너 이놈! 어디다 감추었니? 바른대로 대라! 황니강에서 도둑질해온 것을 어디다 감춰뒀느냐 말이야!"

하도가 백승을 두들겨 이같이 문초했건만 백승은 그저,

"억울합니다! 소인은 모르는 일이옵니다."

하고 시치미를 떼고, 백승의 마누라는,

"아이고! 제발 살려줍쇼. 저이가 지금 열병(熱病)으로 앓는 중인데 아

20

직 땀을 못 냈으니 제발 사정을 보아줍쇼!"

하고 애원하는 것이었다.

그러나 하도와 하청은 데리고 온 공인에게 백승의 집안을 샅샅이 수색하게 하고, 심지어 뜰 밑의 땅바닥까지 파보게 했더니, 과연 중방 아래 땅속에서 금은보화가 들어 있는 궤짝 하나가 나타나는 것이었다. 이같이 증거품이 나타나자, 백승의 얼굴빛은 금시에 흙빛이 되고 말았다.

이리해서 하도 일행은 백승을 체포해 날이 밝을 무렵 제주 부청으로 돌아왔다.

제주 부윤은 즉시 백승이란 놈에게 엄중한 형벌을 가하면서 고문하기 시작했다.

"너 이놈! 네 집에 감추었던 장물도 나왔고, 또 내가 이미 이번 일은 운성현 동계촌에 살고 있는 조보정 일당의 소행인 줄 알고 있는 터이니까, 네가 사실대로 말해라! 너 말고, 일곱 놈의 이름을 어김없이 고하렷다!"

부윤이 호령했으되 백승은 얼른 불지 않았다. 그래서 매질하는 공인들은 곤장을 더 지독하게 때린 까닭으로 백승의 몸에서는 살가죽이 찢어지고 온몸에서 피가 흘렀다.

견딜 만큼 견디고, 참을 만큼 참다가, 마침내 백승은 사실대로 불었다.

"이번 일의 괴수는 조보정인데요, 다른 사람 여섯 명은 정말 소인이 모르겠어요. 조보정이 미리 일을 짜놓고서 모를 사람 여섯 명을 데리고 소인을 찾아와서, 덮어놓고 술통을 메고 나서라기에 소인은 조보정이 시키는 대로 술통을 메고 나갔을 뿐이와요. 다른 사람들은 모두 그날 처음 본 사람이와요."

백승이 고백하자,

"오냐, 알겠다. 조보정만 잡고 보면, 그 나머지 여섯 명도 죄다 잡을 수 있겠다."

부윤은 이렇게 말하고 즉시 백승에게는 20근짜리 무거운 칼을 목에 씌워 옥에 가두게 한 후, 일변 하도에게 눈이 밝고 수족이 날쌘 군인 20명을 거느리고 한시바삐 운성현으로 나가서, 먼저 본현(本縣)에게 알린 뒤에, 즉시 조보정과 또 그 외 여섯 명을 모조리 잡아오라는 명령을 내렸다. 그리고 지난번 북경서부터 생진강을 모시고 가다가 일을 당하자 도관(都管)과 함께 제주부로 나와서 수고(首告)한 채 그대로 남아 있던 두 명의 우후도 일행을 따라서 운성현으로 나가게 했다.

이와 같이 20명의 부하와 우후를 인솔하여 밤새워서 운성현에 도착한 하도는, 우선 공인들과 우후를 객점에 숨겨두고 자기 혼자서 운성현 아문(衙門) 앞으로 가보았다.

그때는 벌써 사패시분(巳牌時分)이어서 지현(知縣)이 막 아침 공사를 마치고 난 뒤라, 아문 앞에는 사람의 그림자가 하나도 보이지 않는다.

하도는 맞은편 다방으로 들어가서 포차(泡茶)를 주문하고서 주인보고 물어보았다.

"오늘 아문 앞이 왜 이리 쓸쓸한가요?"

"지금 막 공사가 끝난 길이라서 그렇습니다."

"그런가요… 그럼, 오늘 번 드는 압사(押司)가 누구신지 혹시 모르시나요?"

"저기서 지금 오시는 분이 바로 오늘 번 드시는 어른이십니다."

다방 주인이 가리키는 쪽을 하도가 내다보니 과연 이원(吏員) 한 사람이 아문 안으로부터 나오고 있는데 얼굴은 조금 거무스름하고, 키는 작아 보이고, 눈은 봉(鳳)의 눈이요, 눈썹은 와잠(臥蠶) 같은데, 수염은 지각(地閣)을 덮었다. 이 사람이 바로 자(字)를 공명(公明)이라고 부르는 송강(宋江)이라는 사람이다.

이 사람 송강은 나이 불과 30이건만 철든 후부터 오늘날까지 재물을 우습게 알고, 의리를 중히 여기며, 부모에겐 효도를 지극히 하고, 사람

22

을 대할 때는 지성껏 대하는 까닭으로 누가 그에게 돈이나 물건을 구하다가 거절당해본 일이 없고, 그뿐 아니라 그는 관재(棺材)와 약이(藥餌)를 널리 베풀어 남의 어려운 사정을 도와주기를 잘하는 까닭으로 그의 이름은 산동, 하북 지방에서 모를 사람이 없을 만큼 유명했다. 그리고 그가 남의 사정을 잘 보아주기 때문에 사람들은 그를 '급시우(及時雨)'라고 부르는 터이다.

이날 아침 송강이 아문 밖으로 나오자, 다방 앞에 있던 하도가 그에게 가까이 가서 인사를 청하며 다방 안으로 인도하므로 송강은 하도를 알지 못하는 터였지만 그가 몸 차린 모양이 공인(公人)으로 보이는 까닭에 따라 들어왔다.

"저는 제주부 즙포사신 하도라고 부르는 사람입니다. 압사의 존함은 뉘신지요?"

"아, 그러십니까. 제 이름은 송강이올시다."

하도는 송강의 대답을 듣고, 곧 일어나서 예를 하고 말한다.

"고명을 들자온 지는 오래나, 오직 연분이 없어서 오늘날까지 못 만나뵈었을 뿐입니다."

"황공합니다. 자아 하관찰(河觀察), 이리로 상좌에 앉으시지요."

"천만의 말씀! 소인이 어디 감히 상좌에 앉겠습니까?"

"별말씀을! 관찰께서는 지금 상사(上司)에서 나오신 어른이요, 또 멀리서 오신 손님인데, 어서 상좌에 앉으십시오."

이 모양으로 송강과 하도는 서로 사양하다가 마침내 송강이 상좌에 앉고 하도는 객석에 앉았다.

차를 마시고 나서 송강이 묻는다.

"관찰께서 이번에 무슨 일로 폐현(弊縣)에 내려오셨습니까? 혹시 무슨 적정(賊情)의 공사 때문에 나오신 것이 아니십니까?"

"그같이 물으시니 말씀입니다만, 실은 폐부 관하(弊府管下) 황니강이라는 고개 위에서 도둑놈 여덟 명이 몽한약으로 북경 대명부 양중서께서 채태사께 올리는 생진강의 금군(禁軍) 열댓 명을 쓰러뜨리고, 십만 관의 금은보배를 훔쳐간 일이 며칠 전에 있었는데, 그 여덟 명 가운데서 종적(從賊) 되는 백승이란 놈을 체포해 국문하니까 정적(正賊) 일곱 명이 모두 귀현(貴縣)에 살고 있는 놈들입니다그려. 그래서 오늘 실봉공문(實封公文)을 가지고 나온 길이올시다."

"백승이 공술한 일곱 명 정적의 이름은 무어라고 하는 놈들입니까?"

"괴수 되는 놈은 동계촌에 사는 조보정이라는데, 그 밖의 여섯 명은 아직 이름도 모르는 형편입니다."

이 말을 듣고 송강은 소스라치게 놀랐다.

'큰일 났구나! 조보정과 나와는 형제같이 지내는 사이인데, 만일 내가 조보정을 구해주지 않는다면 반드시 잡혀가서 죽고야 말 것이다… 그건 그렇거니와 대체 어느 틈에 그런 큰 죄를 저질렀을까?'

송강은 마음속으론 놀라면서도 겉으론 시치미를 떼고 말했다.

"그럴 거야! 나도 평소에 조보정을 조금 수상하게 보아왔으니까… 기어코 큰일을 저질렀군!"

"그렇습니다. 이번 일엔 압사께서 힘을 도와주셔야만 하겠습니다."

"염려 마십시오. 이미 여기까지 오셨는데, 그놈들이야 무어 독 속에 든 자라, 손만 넣으면 곧 잡아낼 수 있을 것입니다. 관찰께서 갖고 오신 실봉공문은 이따가 친히 당청(當廳)에 내놓으십시오. 그러나 다만 이번 일이 작게 볼 일이 아니니까 미연에 누설되지 않게 조심하셔야겠습니다."

"물론이죠. 그러기에 제가 데리고 온 공인들은 지금 모두 객점에다 숨겨두고 왔답니다."

"지금 지현(知縣)께서 막 아침 사무를 보시고 잠깐 쉬시는 터이니까, 관찰께서는 잠시 동안 기다리십시오. 무어 얼마 안 있다가 다시 나오실 것이니까, 그때 제가 모시고 나가겠습니다."

"감사합니다. 어련히 잘해주시겠습니까."

"그럼 잠깐 앉아 계십시오. 저는 집에 일이 좀 있어서, 잠깐 다녀와야 겠습니다."

송강은 다방으로부터 나와 거의 달음질하다시피 자기 사처로 돌아 왔다.

'때를 놓쳤다가는 조보정의 생명이 위태하다.'

송강은 가슴을 죄면서 마구간으로 가서 말 한 필을 끌어내 올라탄 후 쏜살같이 동문(東門)으로 향했다.

동계촌에 다다른 것은 반시진(半時辰) 후였다. 송강이 조보정의 장원 문 앞에서 말을 내려 문을 두드리니 하인이 나와서 문을 열자 즉시 안 으로 뛰어들어갔다.

이때, 조보정은 오용과 공손승과 유당 등 세 사람과 함께 후원 포도 나무 그늘 밑에서 술자리를 벌이고 술을 마시고 있었고, 원소이 삼형제 는 십만 관 금은보패 중에서 저희들 몫을 나누어 받아가지고 석게촌으 로 돌아간 뒤다.

하인이 들어와서,

"지금 송압사(宋押司)께서 찾아오셨습니다."

라고 고하므로 조보정은,

"여러분이 오셨더냐?"

하고 묻는다.

"아니요. 혼자서 말을 달려 오셨는데요… 급히 만나뵙자고 말씀하셔 요."

'무슨 일일까?'

조보정은 당황하면서 즉시 나와 송강을 맞았다.

"웬일이시오? 별안간 이렇게 찾아오시니…."

조보정이 송강의 손을 잡고 물으니까 송강은 그 말엔 대답도 안 하고 조보정의 손을 이끌고서 그 옆에 있는 조그만 방으로 들어갔다.

　"대체 무슨 일이오?"

　방에 들어와서 조보정이 또 다그쳐 물으니까 송강은 나직한 음성으로 말하는 것이었다.

　"형님! 큰일 났습니다. 황니강 일이 탄로났어요. 백승이란 놈이 벌써 붙들려 그놈의 입에서 형님 이름이 드러났습니다. 그놈은 지금 제주 대뢰(大牢)에 갇혀 있고, 지금 하도라는 제주부 관찰이 채태사의 균첩과 본주문서를 가지고 나와서 형님을 잡으려고 합니다. 그런데 천만 다행으로 하관찰이 먼저 저를 보고서 일을 의논하기에 제가 일부러 지금 지현께서 몸을 쉬고 계시니까 이따가 함께 들어가 뵙자고 하관찰더러는 다방에 앉아서 기다리라고 일러놓고 이렇게 달려왔습니다. 삼십육계 주위상책(三十六計走爲上策)이랍니다. 어서 한시바삐 떠나십쇼. 제가 돌아가서 하관찰과 함께 당청에다 공문만 들여놓으면 당청에선 지체하지 않고 밤을 도와 이리로 사람들을 내보낼 것이니… 어서 다른 분들한테도 말씀하셔서 즉시 멀리 종적을 감추라고 하십쇼."

　조보정은 이 말을 듣고 지극히 놀라운 표정으로 송강을 바라보면서,

　"그런 줄을 도무지 몰랐구려! 아우님의 은혜를 대체 무엇으로 갚아야 할지…."

　라고 말하니까, 송강은 그 말을 막는다.

　"그런 한가한 말씀 할 때가 아닙니다. 어서 떠날 준비나 하셔요."

　"그렇게 하지. 그런데 이번 일을 같이 한 일곱 명 중에서 원소이네 삼형제는 석계촌으로 돌아갔고, 나머지 세 사람이 지금 후원에 있으니, 잠깐 들어가서 만나보기 바라오."

　조보정은 송강의 손을 붙들고서 후원으로 들어오더니,

　"이분은 오학구, 이분은 계주서 오신 공손승, 이분은 동로주서 오신

유당이시고."

하고 세 사람을 소개하는 것이었다.

송강은 급한 마음에 인사도 하는 둥 마는 둥 부리나케 후원을 나오면서 조보정을 보고,

"그럼, 형님 어서 한시바삐 떠나십쇼."

또 한 번 당부하고 말 위에 뛰어올라 다시 현청을 향해 달려갔다.

조보정은 송강을 보내고 후원으로 돌아와서 세 사람보고 물어보는 것이었다.

"지금 그 사람이 누군지 아시겠소?"

"참, 그 사람이 누구죠? 변변히 인사도 안 하고 그대로 나가버리니…."

"그 사람이 안 왔다면 우리들 목숨이 위태로울 뻔했소!"

"그럼 혹시 그 일이 드러났는가?"

"이야기를 들으니까 백승이 잡혀가서 우리 일곱 사람을 불었다는구려. 제주부에서 공문이 내려왔다니까, 곧 현청에서는 우리를 잡으러 올 모양이니, 속히 달아나야겠소."

"그거 참! 지금 왔다 간 그분이 은인이로군! 그 사람이 누군가요?"

"우리 고을 압사로 있는 호보의(呼保義) 송강이라는 분이지."

"오오, 그분이 바로 유명한 급시우 송강 선생이로군."

"그렇소. 나하곤 참 막역한 사이라오."

조보정은 이렇게 말하고 다시 오용을 바라보며 물었다.

"그런데 우리 일이 급하게 됐는데… 어떻게 하면 좋소?"

"도망가야죠! 별도리 없습니다."

"글쎄, 아까 송압사도 도망하라고 합디다마는… 대체 어디로 도망가는 게 좋겠소?"

"내가 이미 생각해둔 곳이 있습니다. 석게촌 원소이네 삼형제한테로

가서 숨읍시다."

"그 사람네 집이 얼마나 크기에 우리 여러 사람이 은신하겠소?"

"형장이 잘 모르십니다그려. 석계촌에 가 있다가 거기서 지척지간에 있는 양산박으로 들어가지요. 지금 양산박의 형세는 매우 강해져서 관군 포도(捕盜)들도 감히 바로 보지 못하는 형편입니다. 원소이네 집에 있다가 정 뭣하면 양산박으로 들어갈 수밖에 없죠."

"말씀을 듣고 보니 그리하는 것이 좋겠소이다만, 양산박에서 우리를 받아들이지 않는 경우엔 어떡하나?"

"우리가 가진 것이 모두 금은보화뿐인데 그것을 얼마간 꺼내주면 저들이 우리를 받아들이지 않을 까닭이 없죠."

"그렇군! 그럼, 그렇게 합시다."

의논이 정해지자 오용은 유당과 함께 한 걸음 앞서 석계촌으로 떠나기로 하고, 황니강에서 겁탈해온 금은보화는 여섯 개의 고리짝에 묶어놓고 하인 여섯 명과 함께 주식을 먹은 다음, 오용은 소매 속에 동간(銅鐧)을 감추어 갖고, 유당은 박도 한 자루를 들고서 일행 십여 명이 석계촌을 향하여 길을 떠났다.

그들이 먼저 떠난 뒤에 조보정은 공손승과 함께 뒷수습을 했다.

장원 안에서 심부름 들고 있던 장객들 중엔 그들을 따라가지 못하겠다는 사람도 있는지라, 이런 사람한테는 금품을 후하게 주고 다른 주인을 찾아가라 하고, 따라가겠다는 사람들은 모조리 데리고 가기로 한 후, 날이 저물도록 짐을 꾸리기에 분망했다.

그런데 조보정 일당을 도망시키고 돌아온 송강은 먼저 다방으로 가서 자기를 기다리고 있는 하도를 인도하여 현청으로 들어갔다.

마침 지현이 등청하여 사무를 보고 있었다.

송강은 하도와 함께 지현의 서안(書案) 앞에까지 가서 좌우를 시켜 회피패(回避牌)를 걸게 한 다음 실봉공문을 바치고 아뢰었다.

"제주부에서 적정긴급공무(賊情緊急公務)로 인하여 즙포사신 하관찰을 보내셨습니다. 여기 공문을 받으십시오."

지현은 서안 위에 놓인 공문을 집어 읽어보더니, 깜짝 놀란다.

"태사부에서 간판(幹辦)까지 내려보내셨다니, 한시가 급하구나… 어서 속히 그놈들을 잡아들이도록 해야겠다."

지현이 이렇게 말하자 송강은 조용히 아뢰었다.

"지금 낮에 군관들을 풀었다가는 그놈들이 소문을 듣고 미리 도망가기 쉽습니다. 어둡기를 기다려서 조보정만 붙잡고 보면, 나머지 도둑들은 용이하게 그물에 걸려들겠습니다."

"그 말도 사리에 합당한 말이다. 그런데 동계촌 조보정이라면 그 이름이 원근에 유명한 호걸인데 어째서 이런 일을 저질렀단 말인가? 알수 없는 일이다!"

지현은 혼잣말처럼 탄식하고, 즉시 현위(縣尉)와 주동·뇌횡 두 사람의 도두를 불러들여 조보정 일당을 잡아들이라고 분부했다.

지현의 분부를 받고 물러나온 세 사람은 날이 저물기를 기다려 각각 승색군기(繩索軍器)를 갖고 말 위에 오른 후, 마보궁수(馬步弓手)와 토병(土兵) 백여 명을 거느리고 하도와 또 우후 두 사람과 함께 동문(東門)을 나섰다.

길을 재촉하여 그들이 동계촌에 다다른 것이 초경시분(初更時分)이었는데, 도두의 한 사람인 주동은 현위와 동료 뇌횡을 돌아다보면서 의논을 한다.

"두 분이 아시는지 모르겠지만 조보정의 장원에는 문이 앞뒤로 있는데, 우리가 만약 일제히 뒷문을 치고 들어간다면 저것들이 필시 앞문으로 달아날 것이오. 조보정도 무예가 남만 못지않고 또 나머지 여섯 놈도 만만한 놈들이 아닐 것이라, 저것들이 결사적으로 달려들고 또 장원에 있는 장객들도 장기를 들고 합세해온다면 그 형세를 어떻게 당해내겠소? 그러니까 내 생각 같아서는 우리가 두 패로 나뉘어 나는 뒷문 밖에 가서 매복하고 있을 터이니, 뇌도두(雷都頭)가 앞문을 들이치시오. 앞뒤에서 이렇게 해야 저것들을 놓치지 않고 쥐 잡듯이 모조리 잡을 수 있겠단 말이오."

이 말을 듣고 뇌횡도 의견을 말한다.

"좋은 말씀이오. 그런데 주도두(朱都頭)가 현위 상공을 모시고 앞문으로 들어가시오. 뒷문은 내가 지키리다."

그러나 주동은 이 말에 반대했다.

"모르고 하는 말씀이외다. 조가장 뒷문 밖으로 길이 모두 셋이 있소. 나는 전에 이곳에 자주 와본 일이 있기 때문에 길이 익소마는, 뇌도두는 그렇지 못할 거요. 만약 잘못해서 적을 놓치기라도 하면 그야말로 후회막급 아니겠소?"

두 사람이 서로 자신이 뒷문을 지키겠다고 주장하는 이유는, 두 사람이 평소에 교분이 두터운 조보정을 무사히 도주시켜버리려는 마음이 있기 때문이다. 주동과 뇌횡 두 사람의 마음이 이미 이 같은 이상, 아무리 현위와 하관찰이 눈을 둥그렇게 뜨고서 앞장섰을지라도 조보정 일당을 체포하기는 애저녁에 틀려버린 일이다.

그런데 조보정은 이때까지도 일동의 행장수습을 끝내지 못하고 있었는데, 벌써 관군(官軍)이 왔다는 말을 듣고선 몹시 당황했다. 그러나 조보정은 즉시 장원에다 불을 지르게 하고, 공손승과 함께 하인들을 데리고 칼을 뽑아 휘두르며 뒷문을 열고 내달았다.

이때 뒷문에는 주동이 지키고 있다가 조보정 일행이 달아나는 것을 보고, 반대편을 손으로 가리키면서,

"저리 간다!"

"어서 쫓아라!"

"놓칠라!"

"잡아라!"

하고 수하 토병들을 당치도 않은 곳으로 쫓아가게 한 후, 자기는 급히 말을 달려 조보정 뒤로 와서,

"조보정! 마음놓고 어서 피하십쇼. 내 생각 같아서는 양산박으로 들어가시는 게 상책일 것 같습니다."

일러주고는 그대로 뒷문으로 돌아왔다.

그런데 앞문으로 향했던 뇌횡은 뇌횡대로, 강아지새끼 한 마리 보이지 않는 장원 안을 토병들과 이 구석 저 구석 한참 동안 찾아보는 체하더니,

"허 그거 참! 개미새끼 한 마리도 없구나!"

하고 탄식한다. 모처럼 멀리 제주부로부터 공문을 가지고 파견되어 온 하도의 실망은 컸다.

"아마 날이 저물기 전에 조보정 일당은 도망했나 보이다."

뇌횡이 말하니까 하도는,

"글쎄, 이 노릇을 어쩌면 좋지요? 나는 제주부로 돌아갈 면목이 없는데요!"

라고 걱정을 늘어놓았다.

이때 뒷문으로부터 주동 도두가 들어와서 뇌횡과 하도가 이야기하고 있는 곳으로 가까이 오더니,

"아무래도 이 근처 이웃 사람을 좀 불러다가 일당이 언제쯤 어떻게 도망했는가 말 좀 물어봅시다."

하며 의견을 제안한다. 하도와 뇌횡이 찬성하자 주동은 즉시 토병들에게 조가장(晁家莊) 부근 제일 가까운 곳에 살고 있는 백성을 2, 3명 불러오게 했다.

조금 있다가 병정들한테 이끌려온 백성들은 모두 사정을 모르는 사람들이었다. 조가장의 이웃 사람이라곤 하지만 조가장으로부터 3마장

쯤 떨어져 있는 마을에 살고 있는 까닭으로 그들은 조가장 내부의 일을 알 수도 없고, 또 그전에 한 번도 장원 안에 들어와본 일도 없다는 것이었다. 그리고 그들이 하는 말이,

"혹시 조가장에서 심부름하던 장객한테나 물어보시면 아는 것이 있을까요?"

라고 고하는 것이었다.

"장객놈들이 모두 조보정을 따라서 도망했다면서?"

"아니올시다. 따라가지 않고 떨어져서 남아 있는 것들이 몇 명 되죠."

이 말을 듣고 현위는 즉시 병정들에게 남아 있는 장객을 수색하게 하여 마침내 두 명을 붙들어서는 운성현으로 돌아갔다.

그들이 현청에 돌아와서 지현한테 경과를 보고하고 붙들어온 두 명의 장객을 대령케 하니, 지현은 대단히 분해하면서 장객 두 놈을 엄중히 국문하기 시작했다. 그러나 장객 두 놈은 매를 맞으면서도 줄곧 모른다고 앙탈이었다.

그래도 모진 매에 견디지 못한 두 놈은 마침내 조보정 외에 오용·공손승·유당 등 일곱 명의 이름과 그들이 금은보화를 가지고 원소이 등 삼형제의 집으로 도피했다는 사실을 고백하고 말았다.

운성현에서 이 같은 결말을 본 하도는 즉시 제주부로 돌아왔다.

부윤이 등청하기를 기다려 전후 전말을 보고하자, 부윤은 즉시 분부를 내렸다.

"이제 그놈들의 성명과 행방을 알았으니, 즉시 석게촌으로 가서 그놈들을 잡아오너라."

"아뢰옵니다. 석게촌으로 말씀하오면 망망한 호수 가운데 갈대 우거진 여러 개의 섬이 흩어져 있는 마을이옵고, 또 양산박으로 직통되는 수향(水鄕)이온지라, 대대관군(大隊官軍)과 선척(船隻), 인마(人馬)를 갖지 않고서는 그 무리들을 체포하기 어려울 줄로 생각되옵니다."

"그렇다면 수완이 능한 포도순검(捕盜巡檢) 한 명을 같이 가게 해줄 것이니, 너는 관군 5백 명의 인마를 인솔해 떠나거라."

"그리하옵겠습니다."

하도는 부윤의 태지(슴旨)를 받들고 물러나와 포도순검과 5백 명 인마를 거느리고 석계촌을 향해 출발했다.

그런데 이때 석계촌 원소이 집에서는 조보정과 오용 등 일행 일곱 명이 둘러앉아서 장차 양산박으로 들어갈 일을 의논하고 있는 중이었는데, 하루는 그들이 의논을 하고 있을 즈음, 두 명의 어부가 황망히 달려오더니 지금 관병이 별안간 쳐들어온다고 일러주는 것이었다.

그러나 이만한 일에 놀라자빠질 그들이 아니다. 먼저 조보정이 좌중을 둘러보더니 유당에게 말하는 것이었다.

"유형! 유형이 오학구하고 함께 노소(老少)와 재물을 배에 싣고서 먼저 주귀(朱貴)의 술집이 있는 이가도구(李家道口)로 가서 기다리고 계시오. 우리는 관군 동정을 살펴보고 나서 나중에 그리로 가리다."

유당과 오용이 승낙하고서 일어나자, 조보정은 원소이·원소오·원소칠 삼형제를 가까이 불러 가만가만 무어라고 한참 동안 계책을 말하는 것이었다.

한편, 제주부로부터 포도순검과 관군 5백 명을 거느리고 나온 하도는 석계촌에 도착해 바로 원소이의 집을 들이쳤다. 그러나 뜻밖에 집 안은 텅 비었고, 강아지 한 마리도 보이지 않는다.

하도는 그 이웃집에 가서 물어보았다.

"원소이가 어딜 갔는지 모르시오?"

"모두들 아우 집으로 가나 보더군요."

"아우놈의 집이 어디요?"

"저 호수 가운데 있죠."

하도는 이 말을 듣고 즉시 군사들에게 동네에서 배를 백여 척 거두어오게 하여 일제히 노를 저어 호수 속에 있는 원소오의 산장(山莊)을 향해 쳐들어가기 시작했다.

이렇게 노를 저어 5리쯤 나갔을 때, 맞은편 갈대숲 안쪽으로부터 한 사나이가 배 한 척을 노 저어 나오면서 노래를 부른다.

> 이 몸은 갈대숲 속에서
> 고기잡이로 늙어버렸네.
> 관리놈들 모조리 죽여서
> 조관가(趙官家)에 바쳐나 볼까.

하도는 이 노래를 듣고,

"저놈이 누구요?"

하고 길잡이로 배에 태워가지고 나온 석게촌 사람보고 물었다.

"저게 바로 원소오죠."

이 말을 듣고 하도는 노했다. '관리놈들을 모조리 죽여 조관가에나 바쳐볼까'에서 '조관가'란 바로 송(宋)나라 천자(天子)를 가리키는 뜻이라고 그는 직감했던 까닭이다.

"빨리 저놈을 쏘아 잡아라!"

하도가 명령하자, 군사들은 하도가 타고 있는 배 뒤에서 일제히 활을 쳐들고 화살을 메겨 탕 쏘았다.

이 순간, 소오는 '하하하' 하고 크게 웃으면서,

"이놈들! 무고한 백성만 해치는 관리 도둑놈들아! 너희들이 감히 나를 잡으려고? 어림도 없다!"

호령하더니, 몸을 날려 풍덩 물속으로 떨어져서 자취를 감추어버렸다. 하도는 군사들을 시켜서 소오의 행방을 찾았으나 물속에서 그의 행방은 알 길이 없다.

하는 수 없이 하도는 군사를 지휘하여 다시 배를 몰아 나아가려니까, 또 갈대 우거진 섬 사이로부터 배 한 척이 나타나더니 뱃머리에 한 사나이가 삿갓을 쓰고, 베두렁이를 입고, 조그만 창(槍)을 쥐고 앉아서 노래를 부른다.

석게촌서 자라나서
살인(殺人)하며 살아왔네.
하도 순검 목 베어다가
조왕군(趙王君)께 바쳐볼까.

하도는 이 노랫소리에 또 한 번 놀랐다.
"저놈은 누구냐?"
하도가 이렇게 물으니까,
"저게 바로 소칠이란 놈이올시다."
길잡이가 대답하므로 하도는 군사들을 호령하여, 저놈을 빨리 잡으라고 재촉했다. 그러자 원소칠은,
"흥! 너희들이 날 잡아? 어림도 없다."
이같이 코웃음치더니, 뱃머리를 슬쩍 돌려 섬과 섬 사이로 들어가버렸다.
이때 하도가 타고 앉은 배를 선두로 해서 관병들은 일제히 고함치면서 앞을 다투어 그 뒤를 추격했다.
그런데 섬과 섬 사이의 물길은 협착해서 앞에 가는 배가 미처 나갈 사이 없이 뒷배가 열 척 스무 척 들이밀려 뱃전과 뱃전이 서로 부딪치고, 노와 노가 마주쳐서 오도 가도 못할 형편이다.
하도는 형편이 좋지 않다고 생각하고 배를 한 군데 섬에 대어놓고, 언덕 위로 올라가서 사면을 둘러보았다. 수없이 많이 흩어져 있는 섬에

는 갈대만 우거져 있고, 원소칠이 타고 있던 배는 어디로 갔는지 알 길이 없을 뿐더러, 좁디좁은 물길이 너무도 여러 갈래이기 때문에 대체 어느 쪽으로 빠져나가야 할지 갈피를 잡을 수가 없다.

하도는 환경을 한번 관찰하고 의심이 생겼다. 그래서 그는 군사 두세 명을 불러 영을 내렸다.

"너희들은 배를 타고 나가서 빠져나갈 길을 찾아라."

군사들은 명을 받고서 즉시 배를 타고 갈대밭 섬들 사이로 나갔다.

그러나 그들이 나간 지 반 시각이 지나도록 아무 소식이 없다.

'이놈들이 어디로 가서 무얼 하기에 여태까지 소식이 없는고?'

하도는 이렇게 생각하다가 또 다섯 명 군사를 불러 배 두 척에 나눠 타고서 빠져나갈 길을 찾으라고 명령했다.

이렇게 두 번째 나간 군사들도 한 시각이 지나도록 돌아오지 않는다. 날은 벌써 저물기 시작했다.

'이게 웬일인가? 아무래도 내가 나가보아야겠다!'

마침내 하도는 작정하고서 군사 5, 6명을 데리고 배 위에 올라탄 후 갈대밭 섬 사이로 속력을 가해가며 노 저어 나갔다.

이때 해는 아주 저버리고, 밤이 되었다. 하도는 그대로 나가기를 5리가량 했는데, 그때 바로 호수가 언덕 위에 한 사나이가 손에 호미를 들고 지나갔다.

하도는 그를 보고 물어보았다.

"여보, 말 좀 물읍시다. 여기가 어디요?"

그 사나이는 대답한다.

"여기가 단두항(斷頭港)이라는 데죠."

"혹시 배 두 척, 이리로 지나가는 것 못 보았소?"

"원소오를 잡으러 나온 배 말씀인가요?"

"그렇소. 그런데 원소오 잡으러 나온 줄은 어떻게 아시오?"

"네, 바로 이 앞에 있는 오림(烏林)에서 관병들하고 소오가 싸우고 있기에 하는 말이죠."

"여기서 어느 쪽으로 가야 되오?"

"이 언덕에서 곧장 앞으로만 가시죠."

하도는 얼른 가서 관병을 도와주어야겠다 생각하고서, 관군 두 명에게 당차(撻叉)를 한 개씩 들고 빨리 언덕 위로 올라가라는 영을 내렸다.

그러나 관군 두 명이 언덕으로 막 올라가자, 언덕 위에 섰던 그 사나이는 기다리고나 있었던 것처럼, 손에 들고 있던 호미로 두 사람의 골통을 후려갈겨, 눈 깜짝하는 사이에 두 사람을 언덕 아래 물속으로 도로 빠뜨려버렸다.

하도는 이 꼴을 보고 너무도 놀라워서 뱃전에 올라서서 언덕 위로 뛰어오르려 했는데, 그 순간 물속으로부터 어떤 놈이 불끈 솟아오르더니 하도의 두 다리를 쥐어잡고는 그냥 물속으로 잡아낚는 것이었다.

배 위에 남아 있던 관병들은 너무도 기막힌 광경에 놀라 노를 저어 한시바삐 도망하려 했다.

그러나 언덕 위에 섰던 그 사나이는 껑충 뛰어 배 위에 오르더니 손에 들고 있던 호미로 배 안에 있던 관병들의 골통을 한 번씩 후려갈겨 모조리 넘어뜨렸다. 이리해서 하도가 타고 왔던 배 위에는 남아 있는 관병이 한 사람도 없다.

이와 같이 하도를 물속으로 잡아낚은 사나이는 원소칠이요, 호미를 들고 언덕 위에 있던 사나이는 원소오였는데, 이때 소오와 소칠이는 아가리와 콧구멍으로 물을 먹을 대로 먹고 반죽음이 다된 하도를 언덕 위로 끌어올려놓고서,

"이놈, 하도야! 우리가 누군 줄 아니? 살인방화로 생계를 삼는 우리들이다. 너 따위가 우리를 잡으러 오다니 될 뻔이나 한 수작이냐?"

하고 호령하는 것이었다.

"살려줍쇼! 제가 어디 오고 싶어서 여길 왔습니까? 위에서 가라 하시니까 왔을 따름입니다. 저의 집에는 팔십 노모가 계시는데 제가 죽어버리면 노모를 봉양할 사람이 없어요! 그저 목숨만 살려줍쇼!"

이렇게 애걸하는 하도의 소리를 듣고, 소오와 소칠은 껄껄 웃고는 갖고 있던 띠를 끌러서 하도를 단단히 결박지어버렸다.

하도가 이렇게 변을 당하고 있을 때, 뒤에 남아 있으면서 하도를 기다리던 포도순검은, 영문도 모르고 혼자서 불평이었다.

"그거 참! 남더러 웬일이냐고 투덜거리더니 하관찰도 마찬가지 아닌가? 나가더니 도무지 소식이 없으니, 대관절 어떻게 된 셈이란 말이야."

이때 벌써 하늘에는 달이 없고 별만 총총하여, 때는 이미 초경이 다 되었다.

하도의 소식을 몰라서 포도순검과 관병들이 궁금히 생각하며 뱃전에 앉아서 땀을 들이고 있을 때, 별안간 일진광풍(一陣狂風)이 일어나면서 관병들이 타고 있는 크고 작은 배들이 한꺼번에 나뭇잎처럼 들까불리기 시작했다.

관병들은 배 위에서 몸을 가누지 못하고 혼비백산했는데, 저쪽 맞은편 갈대숲 안쪽으로부터 별안간 불덩어리가 활활 타오르더니, 그 불덩어리가 차츰 차츰 이쪽으로 다가오는 것이 아닌가.

관병들이 깜짝 놀라 자세히 살펴보니, 이것은 불이 붙은 갈대 풀잎 나무더미를 하나 가득히 실은 여러 척의 작은 배가 바람을 타고 살같이 물 위를 미끄러져 다가오고 있는 것이었다.

제 몸 하나를 가누지 못하는 관병의 무리들은 불덩어리를 싣고 다가오는 배를 피할래야 피할 도리가 없었다. 워낙 좌우가 협착한 물길인 까닭이다.

이리해서 관병들의 배에는 삽시간에 모조리 불이 옮아붙어버렸다. 이때 미리 피하지 못한 놈은 불에 타 죽고, 불을 피했다는 놈도 물에 빠져 죽고, 물도 불도 다 피해 가까스로 언덕 위에 기어올라간 자는, 어느 새 그곳으로 배를 몰아와 기다리고 있던 조보정과 원소이 삼형제의 칼날 아래 목숨이 없어지고 말았다. 이같이 괴풍(怪風)을 불게 하여서 관군의 배를 모조리 불살라버리는 도술(道術)을 부린 사람은 일청도인(一淸道人)이라는 공손승이었던 것이다.

포도순검 이하 5백 명의 관군이 모조리 죽어버린 뒤에 살아남은 인생은 오직 하도 한 사람뿐이다.

관군을 전멸시킨 조보정·공손승·원소이 삼형제는 하도를 묶어놓았던 곳으로 나와서, 원소이가 하도를 꾸짖었다.

"네 이놈! 내가 너를 죽여서 가루를 만들어도 시원치 않겠다만, 특별히 마음먹고 살려보내는 터이니 돌아가서 부윤한테 내 말을 전해라! 부윤 같은 건 상대도 안 되고 서울서 채태사가 직접 내려온대도 우리는 왼눈 하나 깜짝하지 않는다고, 이렇게 말해라!"

원소이는 이같이 꾸짖고 나서 아우 소칠이를 시켜 하도를 석게촌까지 데려다주고 오라 했다. 소칠이는 하도를 배에다 싣고서 석게촌 동구 앞까지 와서 배를 언덕에 대어놓고 하도를 끌어내린 다음 큰길가에다 눕혀놓고서,

"네 이놈! 백성을 괴롭히는 도둑놈아! 머리는 온전하게 붙여 보낸다마는, 우리한테 왔다 간 표적으로 모가지 대신 귀는 우리한테 두고 가거라!"

호령하고서 칼을 뽑아 선뜻 하도의 두 귀를 베어버린 뒤에 하도의 수족을 풀어주었다. 하도는 양쪽 볼따구니로 피를 철철 흘리면서도 아픈 줄도 모르고 목숨이 붙은 것만 대견한 듯이 비틀거리면서 길을 걸어가는 것이었다.

소칠이가 하도를 살려보내고 조보정 있는 곳으로 돌아오자, 조보정은 즉시 그들과 함께 이가도구로 배를 저어 갔다.

얼마 후 그들 일행이 이가도구에 다다르자, 그들보다 먼저 노소(老少)와 재물을 싣고 이곳에 와서 기다리고 있던 오용과 유당이 그들을 맞이한다.

　오용이 그들을 보고 관병이 어떻게 되었느냐고 묻는 말에, 조보정이 관병을 전멸시켜버린 전후사실을 자세히 이야기했다. 그리고 일동은 대단히 유쾌하게 한바탕 웃고 나서, 다시 배를 저어 한지홀률(旱地忽律)이라고 부르는 곳에 있는 주귀의 술집을 찾아갔다.

　주귀는 수많은 사람이 제 집을 찾아오는 것을 보고 황망히 나와서 오용을 맞이했다. 주귀가 아는 사람은 오용 한 사람뿐인 까닭이다.

　이때 오용이 주귀에게 자기들이 찾아온 내력을 간단히 설명하니까, 주귀는 더욱 황망히 그들을 안으로 모시고 들어가 정청(正廳)에다 자리를 베풀고 술상을 벌이는 것이었다. 그들이 서로 만나보기는 처음이지만, 주귀는 조보정을 위시하여 일곱 사람 호걸들의 이름을 일찍부터 들어서 알고 있는 처지였다.

　술이 여러 순배 돈 다음에 주귀가 문득 피파궁(皮靶弓)에 향전(響箭)을 메겨 맞은편 갈대숲을 향해서 한 대 쏘니까 그 화살이 날아가자마자 숲속으로부터 배 한 척이 나타나더니 쏜살같이 달려왔다. 배를 몰고 달려온 놈은 양산박 산채와 연락하는 졸개다.

　주귀는 졸개가 뜰아래 와서 대령하자 즉시 조보정 이하 호걸들의 성명과 내력과 인원수를 적어서 졸개에게 주고, 즉시 산채로 가서 보고하라고 일렀다.

　그리고 주귀는 다시 양을 잡아 요리를 만들게 하여 밤이 깊도록 호걸들과 술 마시며 즐긴 후, 이튿날 아침 일찍이 그는 조보정 일행을 청하여 배 한 척에 올라탔다. 일동이 배를 타고 가기 한참 만에 한곳 수구(水口)에 이르자 언덕 위로부터 북소리가 들리면서 네 척의 초선(哨船)이 마주 나오더니 7, 8명의 졸개들이 일행을 환영하는 것이었다.

또한 졸개들이 앞을 서서 다시 물길을 인도하고 일동이 금사탄에 이르러 배를 대어 일제히 언덕 위로 오르려니까, 산 위에서 수십 명의 졸개가 분주히 내려와서 앞길을 인도했다. 일동은 그 뒤를 따라서 산 위로 올라갔다.

관(關) 앞에 이르니, 왕륜을 비롯해서 양산박의 두령들이 관문 앞에서 기다리고 있다가 일제히 나와 그들을 정중히 영접했다. 조보정 일행은 황망히 두령들에게 인사를 올렸다.

왕륜도 일행에게 인사를 하고 조보정을 보고 말한다.

"제가 오래전부터 조보정님의 고명을 모셔왔는데, 오늘 뜻밖에 이처럼 초채(草寨)에 왕림해주시니, 참으로 기쁘기 한량없습니다."

"천만의 말씀을… 이 사람은 서사(書史)도 변변히 읽어보지 못한 일개 촌부로서 오늘날 일을 저질러놓고 몸 둘 곳이 없어서 찾아와 뵈옵는 터이니, 두령님께서 우리들을 버리시지 마시고 장하(帳下)에 거두어두시고서 소졸(小卒)이라도 삼아주신다면, 그런 다행이 없을까 합니다."

조보정이 겸손하게 대답하니까 왕륜은,

"그런 말씀은 마십시오. 자아, 안으로 들어가십시다."

하고 그들을 인도하여 취의청(聚義廳)으로 들어갔다.

청상(廳上)에 오르자 조보정 일행 일곱 사람은 바른편에 일자로 서고, 왕륜과 그 밖의 두령들은 왼편에 각기 일자로 서서 예를 베푼 다음에 주객이 자리를 나누어 앉았다.

왕륜이 뜰아래 있는 졸개 두목을 불러 무어라고 이르니까 졸개 두목이 응낙하고서 밖으로 나가더니 금시에 산채 안에서는 풍악 소리가 일어났다. 그리고 소와 양과 돼지를 잡아서 만든 요리를 들여온다. 이리해서 취의청에서 크게 잔치를 벌이고 주객은 서로 권커니 잣거니 해가면서 술을 마시는 가운데 조보정은 자기 마음속에 있던 이야기를 모조리 털어놓았다.

왕륜은 조보정의 이야기를 듣고서 적잖이 놀랐다. 그리고 마음속으로 주저하는 생각이 생겼다.

'이 사람들을 산채에다 붙여두었다가는 큰일 나겠다!'

의심이 생기기 시작한 왕륜은 그때부터 조보정이 하는 말에 대해서 대답은 하되 건성건성 대꾸하는 형편이었다.

이윽고 날이 저물어 술자리를 파하자 두령들은 조보정 일행 일곱 명을 관 아래 있는 객관(客舘)에까지 인도하여 편히 쉬라고 인사한 후 돌아갔다.

객관에 들어와서 조보정은 일행을 둘러보며 기쁜 낯으로 말한다.

"우리들이 큰 죄를 진 몸으로 만약 왕두령이 이같이 용납해주지 아니했던들 우리가 갈 곳이 어디겠소? 피차에 이 은혜를 잊지 말기로 합시다."

그러나 이 말에 대답은 않고 오용은 냉소(冷笑)하는 표정이다. 조보정이 오용을 보고 묻는다.

"선생은 왜 냉소하고 계시오?"

"내 참말 형장이 너무 솔직한 것이 딱해서 그럽니다. 그래, 형장은 왕륜이 우리들을 진심으로 용납해줄 것으로 믿으십니까? 그 사람의 안색과 동정만 보아도 알 것인데…."

"왕륜의 안색이 왜 어떠했기에 그러시오?"

"내 이야기를 들어보시오. 처음에 왕륜이 우리를 대할 때는 아닌 게 아니라 진심으로 반겨 맞을 생각을 한 것 같았죠. 그러나 아까 주석에서 형장이 우리가 백 명의 관군을 전멸시켜버리던 이야기를 자세히 하시지 않았소?"

"했지요."

"그때부터 왕륜의 마음은 변했어요. 비록 입으로는 공손 선생의 도술과 원가 삼형제분의 수단을 칭찬하는 체했지만 실상은 우리를 두려

위하고 의심하는 빛이 은연히 보입디다. 제가 만일 우리를 산채에 머무르게 할 생각이라면, 아까 그 자리에서 피차의 좌위(坐位)를 정했어야 옳을 일인데, 그러지 않은 것만 보아도 알조가 아닙니까?"

"과연 그렇다면 앞으로 우리가 어떻게 해야 좋겠소?"

"아까 술좌석에서 가만히 보니까 둘째 두령 두천이나 셋째 두령 송만이나 다 보잘것없는 인물들이고, 오직 넷째 두령 임충이가 인물입디다. 본래 서울서 80만 금군교두를 지낸 사람으로서 부득이 지금은 왕륜이란 사람 밑에 있기는 하지만, 아까도 왕륜이 형장한테 응대하는 모양을 보고 아주 눈꼴이 틀리는 것 같은 표정입디다. 아무래도 이 사람을 끼고서 일을 꾸며볼밖에 묘책이 없다고 생각되는군요."

"그런 줄을 몰랐구려. 하여간 선생이 묘책을 생각하여 우리들 일곱 사람을 안심하도록만 해주시오."

이날 밤 일행은 이만큼 의논을 하고 잠자리에 들어갔다.

이튿날 아침 일찍이 졸개 한 명이 들어와서, 지금 넷째 두령 임교두가 친히 여러분을 만나러 나오셨다고 고했다.

이 말을 듣고 오용은 조보정을 보고 말한다.

"보십시오. 내 추측이 맞았죠? 뜻이 있어서 우리를 찾아온 것이에요! 우리 맞아들여 동정을 보십시다."

그리고 일곱 명의 호걸들은 분주히 나가서 임교두를 맞아들였다. 임교두를 맞아들여 각각 자리에 좌정하자, 먼저 오용이 입을 열었다.

"어젯밤에는 폐가 많았습니다. 너무 시끄럽게 굴어서 죄송했습니다."

이 말을 듣고 임충이 말한다.

"겸사의 말씀! 제가 서울서 친구들과 사귈 때 일찍이 예절을 그르친 일이 없었는데, 어젯밤 이곳에서는 여러분을 모시고도 모든 일이 뜻과 같지 못했기 때문에 오늘 제가 이렇게 사죄를 드리려고 찾아온 것입니다."

오용이 말한다.

"천만의 말씀! 우리가 비록 재주는 없으나, 초목이 아닌 바에야 어찌 두령님의 은혜를 모를 리 있겠습니까?"

조보정이 말한다.

"임교두의 존함은 익히 들어서 우리 모두가 잘 알고 있었지만, 참으로 여기서 만나뵐 줄은 몰랐습니다."

"이 사람도 역시 여러분을 만나뵙고 나니, 참으로 평생소원을 이룬 것 같습니다."

이때 오용이 묻는다.

"그런데 임교두께서는 고태위한테 모함을 당하셔서 창주 초료장까지 귀양 가셨다가 하마터면 위태로우실 뻔했다는 이야기는 풍문에 들어서 알고 있습니다만, 대체 이 양산박에는 누구 천거로 들어오셨습니까?"

"시대관인의 천거로 들어왔습니다."

"시대관인이라니, 소선풍 시진이라는 사람 말씀입니까?"

"그렇습니다."

이때 조보정이 말한다.

"나도 시대관인 말씀을 많이 들었습니다. 재물을 우습게 알고, 의리를 중히 알고, 사방의 호걸들과 사귀기를 좋아한다지요? 대주황제(大周皇帝)의 적파자손(嫡派子孫)이라더군요."

이 말이 끝나자 또 오용이 말한다.

"시대관인의 고명은 천하에 모르는 사람이 없습니다. 그런 까닭에, 교두님의 무예 수단이 출중하지 아니하다면 양산박에 천거하지도 아니했을 것 아닙니까? 그러니까 교두님의 무예 수단은 말씀 말고라도 다만 시대관인의 체면을 보더라도, 왕륜이 마땅히 임교두께 첫째 교의를 사양했어야 할 것입니다. 이것은 이 사람 혼자서 하는 말이 아니라 천하의 공론(公論)인 줄로 생각합니다."

"선생의 말씀이 나한테는 과분합니다마는, 그까짓 위차(位次)야 아무려면 어떻습니까? 천하에 용납할 수 없는 큰 죄를 저지르고 자원해서 들어와 있는 나 같은 것은 아무래도 좋지만, 다만 위에 있는 인물로서 도량이 좁고 심술이 나쁘고, 말이 고르지 못한 것, 그것이 한심한 일이죠!"

임교두는 이렇게 말하고 한숨을 쉰다.

그 말을 받아 또 오용이 말한다.

"우리 보기엔 왕두령이 그렇게 도량이 좁은 사람 같지는 않던데, 참 모를 일이올시다그려."

임교두는 약간 분개하는 어조로, 좌중을 둘러보면서,

"이번에 여러분 호걸께서 모처럼 우리 산채를 찾아오셨건만, 왕륜이는 투현질능(妬賢嫉能)하는 마음을 품고 있으므로 어쩌면 여러분을 이대로 이곳에 머물러 계시지 못하게 만들는지 모르겠습니다."

이렇게 예고했다.

오용은 이 말을 듣고 짐짓 놀라는 표정을 짓고서 말한다.

"그런 줄은 전혀 몰랐습니다그려! 그러나 이미 왕두령 생각이 그러하다면 구태여 나가란 말을 듣기 전에 우리가 먼저 다른 데로 물러갈밖에 없지요!"

"아니올시다. 그래서는 안 됩니다. 이 일은 이 사람에게 맡겨주십시오. 이따가 여러분을 모시고 왕륜이 하는 거동을 보아서 그 말이 이치에 합당하면 가거니와, 만약 불가할 때엔 이 사람이 딴 방법을 써서 일을 바로잡겠습니다."

"변변치 못한 이 사람들을 그처럼 애호해주시니 그 은혜 감사합니다만, 다만 우리들 때문에 산채의 여러 두령들 간에 의를 상하시는 일이 있다면 그런 불행이 어디 있겠습니까?"

오용이 말하니까 임교두는,

"아닙니다. 옛말에도 '성성은 성성을 아끼고, 호한은 호한을 아낀다(猩猩惜猩猩 好漢惜好漢)'라고 했습니다. 여러분은 그저 모든 일을 이 임충에게 맡기십시오."

이같이 말하고서는 일어나서 산으로 올라가는 것이었다.

임교두가 올라간 지 얼마 지나지 아니해서 산채로부터 졸개 한 명이 내려오더니 왕두령님이 일곱 분 호걸을 산남수정(山南水亭)으로 청한다고 아뢴다.

"곧 가겠다고 여쭈어라."

이렇게 대답해서 졸개를 돌려보낸 다음 조보정은 오용을 돌아다보고 물었다.

"오늘 모임이 어떻게 되겠소이까?"

오용이 빙그레 웃으면서 대답한다.

"형장은 안심하십시오. 오늘 모임이 아마 산채의 주인이 바뀌게 되는 모임일 겁니다. 모두들 기계를 몸에 감추고 있다가 내가 수염을 어루만지거든 그것을 군호 삼아서 일제히 임교두에게 협력하기로 합시다."

"그리합시다!"

조보정과 그 외 여러 사람은 오용의 말대로 각각 연장을 몸에 감추고 있다가 산채로부터 내려온 일곱 채의 교군을 타고서 산남수정으로 갔다.

그들이 수정에 도착하자, 왕륜 이하 두령들이 나와서 맞아들였다.

서로 인사를 마치자 왕륜·두천·송만·임충·주귀 등은 왼편 주인석에 앉고, 조보정·오용·공손승·유당·원소이·원소오·원소칠 등 일곱 명은 오른편 객석에 자리를 잡았다.

눈을 들어 바깥을 내다보니 수정 바깥 경치는 그림 속과 같다. 양쪽 언덕 위에는 부용(芙蓉) 꽃이 만발했고, 수양버들은 물 위에 가지를 천실 만실 늘어뜨렸는데, 시원한 바람이 불어올 때마다 이상한 초목의 향기가 향긋하게 풍긴다.

권커니 잣거니, 주객은 서로 술을 즐기면서 흥겨워했다. 이때 임교두는 왕륜 곁에 있는 교의에 앉아서 왕륜의 거동만 살피는 눈치다.

술이 여러 순배 돌아가고 한낮이 기울어졌을 때, 왕륜은 문득 고개를 돌이켜 졸개들을 보고,

"너희들 들어가서 그거 내오너라!"

하고 명령했다.

서너 명 졸개가 그 소리에 응하여 수정으로부터 물러가더니 얼마 지나자 아니해서 그들은 오정대은(五錠大銀)을 담은 큰 쟁반을 들고 들어왔다.

왕륜은 술잔을 들고 자리에서 일어나 조보정을 향하여 말한다.

"여러분 호걸께서 이처럼 우리를 찾아주셨으나 조그만 웅덩이 물이 어떻게 수많은 진룡(眞龍)을 용납하겠습니까? 이것은 사소한 예물입니다만, 웃고 받으시고서 여러분께서는 별다른 대채(大寨)로 가보시는 게 좋겠습니다."

이 말을 받아 조보정이 입을 열었다.

"내 말씀을 좀 들어주십시오. 우리가 여길 찾아오기는 어진 사람을 초청하고 선비를 용납한다고 들었기 때문입니다. 그런데 이제 귀채에서 우리를 용납해주실 수 없다 하니, 그렇다면 우리는 물러갈밖에 도리가 없습니다. 다만, 저 백금(白金)은 도로 집어넣으십시오. 우리도 약간의 노비(路費)는 지니고 있으니까, 이대로 하직하면 그만입니다."

그가 이렇게 말하자, 왕륜은 또 천연스럽게 말한다.

"그렇게 말씀하시면 도리어 이 사람이 무안하지 않소이까? 우리가 호걸들을 용납하고 싶지 않아서 그러는 것이 아니라, 다만 양식이 넉넉하지 못하고 거처할 방이 적은 탓이니 여러분의 체면을 생각해서 그러는 것일 뿐입니다. 약소한 예물이나마 받아주시고 다른 곳으로 가보시

기 바랍니다. 웬만하면 가시지 마십사고 붙들기라도 하겠습니다마는, 사정이 이러합니다."

왕륜의 말이 채 끝나기 전에, 이때까지 잠자코 있던 임충이 교의를 밀어붙이면서 일어나더니 큰소리로 왕륜을 꾸짖었다.

"전번에 내가 이곳에 들어올 때도 네놈이 말하기를, 방이 적으니 양식이 넉넉지 못하다느니 이따위 수작을 하더니, 오늘도 똑같은 수작이로구나!"

이때 오용이 나서서 말린다.

"임두령님! 고정하십쇼. 따지고 보면 우리들이 이곳에 온 것이 잘못입니다. 공연히 우리들 때문에 이곳의 화기가 깨져서야 되겠습니까? 우리가 조용히 물러가야 옳지요! 그러니까 임두령님, 제발 고정하십시오."

"아니올시다! 웃음 속에 칼을 품고, 말은 깨끗하되 행실은 더러운 저따위 놈을 그대로 둘 수 없습니다."

임충이 말하는 소리를 듣고 왕륜은 발끈 성을 낸다.

"이놈아! 네가 술 취했느냐? 상하분별도 없이 어딜 감히 이러느냐?"

"흥! 낙제(落第)한 궁유(窮儒)놈이 흉중에 아무것도 든 것 없이 바로 제가 산채의 주인이라고 뽐내는 모양이구나!"

임충이 왕륜을 흘겨보며 이같이 조소하자, 오용은 일어나면서 조보정을 보고,

"형님! 일어나십시다. 공연히 우리 때문에 양산박 두령님들 간에 의만 상하게 만들었나 봅니다. 속히 내려가서 배편을 기다려야겠습니다."

이렇게 말하니까, 그 즉시 조보정 이하 일행 일곱 명은 일제히 정자에서 아래로 내려오려 했다.

왕륜은 황망히 일어나서 그들을 보고,

"잠깐만 앉아 계십시오."

하며 만류한다.

이때에 임충은 곁에 놓인 교의를 걷어차버린 다음, 품속으로부터 날이 시퍼런 칼 한 자루를 빼어드는 것이었다.

오용은 이때, 때를 같이해서 한 손으로 자기 수염을 쓰다듬었다. 이것을 군호로 삼아 원소이는 두천의 덜미를 잡아 누르고, 원소오는 송만의 멱살을 꽉 붙잡고, 원소칠은 주귀의 어깨를 억눌러 각각 몸을 쓰지 못하게 만들었다.

수정 안에 있던 졸개들은 얼빠진 모양으로 입을 딱 벌리고, 눈만 퀭하니 뜨고 바라볼 뿐이다.

임충은 그대로 왕륜한테 달려들어 그의 앞가슴을 움켜쥐고서는,

"이놈아! 시대관인한테 신세를 진 놈이, 시대관인 천거로 내가 들어왔을 때도 숱하게 말썽을 부리더니, 오늘 여러분 호걸들한테도 똑같은 수작을 하는 거냐? 너같이 어진 사람을 시기하고 능한 사람한테는 질투하는 놈은 살려두어 아무짝에 소용없다!"

호령하고서 한칼로 왕륜의 가슴을 쿡 찔러 죽여버리니, 왕륜의 몸뚱어리는 그대로 토막나무처럼 쓰러져버렸다. 이때 조보정 일행 일곱 명의 호걸들도 모두 손에 손에 칼을 들고 있다.

임충은 이때 마루 위에 쓰러진 왕륜의 시체 앞에 다가서면서, 한칼로 왕륜의 모가지를 썽둥 베어서는 한 손으로 그것을 높이 쳐들었다.

이 모양을 본 송만·두천·주귀 등은 그 자리에 무릎을 꿇고 엎드리면서,

"저희들은 살려줍쇼! 여러분 호걸을 모시고서, 그저 하라는 대로 영을 받들겠습니다."

라고 말하며 벌벌 떤다.

이때 조보정과 오용 등은 황망히 세 사람의 손을 잡아 일으키면서, 오용이 교의 하나를 들어다 임충을 앉히고 큰소리로,

"이제부터 임교두님을 산채의 주인으로 모시겠는데, 만일 복종하지 않는 자가 있다면 왕륜같이 될 것이니, 모두들 그리 알아야 한다!"

이렇게 호령했다. 그러자 임충이 교의에서 벌떡 일어나더니, 외친다.

"아니올시다! 오선생 말씀이 옳지 않습니다. 제가 오늘 우리를 찾아오신 여러분 호걸들의 의기를 중히 여겨 어질지 못한 인간을 한 사람 죽였을 뿐이요, 사실로 이 자리가 탐이 나서 그런 건 아닙니다! 내가 앞으로 이 자리에 앉는다면, 천하 영웅들이 나를 조소할 것입니다."

그는 이렇게 말하고 나서 조보정 앞으로 가더니 좌우를 둘러보면서 말한다.

"조보정님으로 말씀하면, 의리를 중히 여기시고, 재물을 우습게 아시며, 지용(智勇)을 겸비하시어 천하에 그 이름을 떨치신 터이니, 내가 오늘 의기를 중하게 생각하는 뜻으로 조보정님을 산채의 주인으로 모시려 하는데 여러분 의향은 어떠시오?"

그가 말하자, 청상(廳上)·청하(廳下)에 있던 모든 사람이 이구동성으로,

"좋습니다!"

라고 환성을 올린다.

조보정은 사양했다. 그러나 임충이 기어코 조보정의 팔을 붙들어 일으켜 제일위(第一位)의 교의에 앉히고, 그곳에 모여 있던 모든 사람들에게 정자 앞에서 세 번 절하게 한 다음, 한편으론 사람을 대채(大寨)로 보내어 연석을 베풀게 하고, 한편으론 사람을 산전산후(山前山後)로 보내 졸개 두목들을 모조리 대채 안으로 불러들이게 했다. 그리고 임충은 조보정을 교마(轎馬)에 태워 대채 안에 있는 취의청으로 갔다.

취의청으로 올라가서 모든 사람이 조보정을 첫째 교의에 앉히자 임충은 다시 나서서 성명한다.

"이 사람 임충이는 정말 필부에 불과합니다. 아는 것은 창봉(槍棒)뿐

이요, 사실로 무학(無學)·무재(無才)·무지(無智)·무술(無術)입니다. 다행히 오늘 천하 호걸들이 모이신 가운데 대의(大義)를 이미 분명히 세웠으니, 제2위에는 오학구 선생이 앉으셔서 산채의 군사(軍師)로서 병권(兵權)을 잡으시고 장병을 조용(調用)하셔야만 되겠소이다."

이 말을 듣고 오용은 사양한다.

"천만의 말씀… 이 사람은 촌중학구(村中學究)에 지나지 아니하고, 또 경륜제세(經綸濟世)의 재주가 없습니다. 비록 손오병법(孫吳兵法)은 읽었지만 아직 털끝만한 공을 세운 것이 없는데, 감히 둘째 자리란 당치도 않습니다!"

그래도 임충은 오용의 말에 대꾸도 없이 기어코 그를 둘째 자리에 앉힌 다음 공손승을 향하여,

"공손승 선생은 제3위에 앉아주십시오."

이렇게 말하는 것이었으나, 공손승이 얼른 그 자리에 앉을 사람이 아니다. 그러나 그가 사양하기 전에 조보정이 먼저 나섰다.

"임교두께서 너무 이러시면 이 사람이 먼저 이 자리를 물러나겠습니다."

"아니올시다! 조형은 잠깐 기다려주십쇼. 공손승 선생으로 말씀하면 천하에 유명하실 뿐 아니라, 용병에 능하시고 또 귀신이 곡할 지모와 호풍환우(呼風喚雨)의 술법을 가지셨으니, 제3위에는 아무래도 공손승 선생을 제하고는 마땅한 사람이 없습니다."

임충이 말하자 조보정이 말문이 막혀 대답 못 하고 있을 사이, 그는 공손승을 셋째 교의에 앉힌 다음, 넷째 좌석도 다른 사람에게 넘겨주려고 하자, 조보정과 오용과 공손승은 일제히 일어나서 임충을 보고,

"안 됩니다. 임두령께서 이번에도 다른 사람에게 자리를 사양하신다면 우리는 여기를 떠나서 다른 곳으로 갈 수밖에 없습니다."

라고 한 후 임충을 이끌어 네 번째 교의에 앉히니, 그다음 제5위는

유당이, 제6위는 원소이, 7위는 소오, 8위는 소칠, 9위는 두천, 10위는
송만, 11위는 주귀… 이렇게 각각 순위가 정해졌다.

좌위(坐位)가 정해진 후, 조보정은 황니강에서 약탈해온 금은보패를
풀어서 7, 8백 명의 졸개들을 집합시킨 다음 그들에게 나누어주고 일장
연설을 했다.

"오늘 임교두가 나를 산채의 주인으로 떠받들고서 오학구를 군사(軍
師)로 모시고, 공손승 선생으로 병권을 장악하게 하시고, 임교두와 기타
여러분이 산채를 관장하시기로 되었으니까, 너희들은 전과 같이 산전
(山前)과 산후(山後)에서 사무를 게을리 보지 말고 엄중히 수비하기 바
란다."

조보정의 일장 훈시가 있자, 졸개들은 모두 이구동성으로 진충갈력
(盡忠竭力)할 것을 맹세했다.

조보정은 즉시 말과 소를 잡아 천지신명에게 제사를 지낸 다음, 크게
잔치를 베풀고 연 사흘 동안 부하들을 유쾌하게 놀렸다.

양산박의 면모는 일신해졌다. 조보정 이하 열한 명의 두령이 모두 의
(義)로써 뭉쳐 교정(交情)이 날로 두터워진 까닭이다.

하루는 임충이 오랫동안 그리워하던 처자를 생각하고서, 심복 한 사
람을 서울로 보냈다. 그런데 천만뜻밖에도 심복 졸개는 임충의 처자를
데리고 오지 못하고 슬픈 소식을 전하는 것이 아닌가.

임충의 아낙 장씨 부인은, 고태위가 임충을 창주로 귀양 보낸 뒤 기
어코 장씨를 자기 며느리로 삼으려 하는 까닭에 마침내 스스로 목매어
자살해버렸으니 그것이 벌써 반년 전 일이요, 그 뒤 임충의 장인 되는
장교두는 따님의 자결로 인하여 심화병을 일으켜 끙끙 앓다가 보름 전
에 작고해버리고, 장씨 부인의 시비(侍婢)로 있던 금아만은 얼마 전에
시집가서 잘 살고 있다… 이런 소식이었다. 임충은 집안 소식을 듣고서
눈물을 흘렸다. 그리고 조보정 이하 여러 두령들도 따라서 슬퍼했다.

이런 일이 있은 후 어느 날 조보정은 오용을 보고,

"우리가 오늘날 이같이 무사히 지내는 것이 뉘 덕이겠소? 생각하면 급시우 송압사(宋押司)와 주도두(朱都頭)의 은덕이구려. 안락촌의 백승이 지금 감옥에 갇혀 있으니, 이것도 구해줘야겠지만 먼저 운성현으로 사람을 보내어 송강 선생한테 사례를 하는 것이 인사가 아니겠소?"

라고 의논한다.

"그렇습니다. 본래 송강 선생은 어진 이라 사례를 받지 않겠지만, 우리로서야 물론 인사를 차려야지요. 누구든 두령 한 사람을 운성현으로 보냅시다. 그래 송강 선생한테 사례를 드리고 또 차발관인(差撥官人)한테는 뇌물을 두둑이 써서 백승을 탈옥시키도록 해보는 게 좋겠습니다."

오용이 이같이 대답하므로, 조보정은 즉시 다른 두령들과도 의논한 끝에, 마침내 유당으로 하여금 황금 백 냥과 조보정이 송강에게 보내는 편지를 가지고 운성현을 향하여 떠나게 했다.

여자에게 시달리는 송강

양산박에서 왕륜이 없어지고 조보정이 두령이 된 후, 그들의 형세가 날로 발전해가는 동안, 이 사이 제주부(濟州府)에서는 태수가 갈렸다.

신관으로 임명되어 제주부에 도임한 종부윤(宗府尹)은 도임하던 날로 구관으로부터 양산박의 도둑떼가 진실로 강대하여서 일개 지방 관군의 힘만으로는 어떻게 해볼 수 없는 형편이라는 이야기를 듣고 얼굴빛이 흙빛이 되었다.

'채태사가 하필 이따위 고을로 날 보내주었노! 강병맹장(强兵猛將)도 없이 대체 무슨 수로 양산박 무리들을 토벌한단 말인가!'

종부윤은 한참 걱정하다가 진수군관(鎭守軍官)을 불러 상의한 결과 마침내 군사를 새로 뽑고 말을 사며, 꼴을 모으고 군량을 쌓으면서 준비를 게을리하지 아니했다. 그리고 중서성에 자세한 상황 보고를 올리는 동시에 이웃에 있는 여러 고을엔 행패(行牌)를 돌려 피차에 양산박 도둑떼에 대한 방비를 엄중히 하라고 명령했다.

제주 부윤의 공문이 운성현에 도착하니까, 이 고을 지현은 공문을 보고 즉시 압사로 있는 송강을 불러들여 문안(文案)을 작성하여 관하향촌(管下鄕村)에 배부하라고 명령하는 것이었다.

송강은 제주부에서 온 공문을 보고 혼자 생각했다.

'조보정이 양산박으로 들어간 후 그동안 벌써 관군이 수없이 많이 죽었으니, 붙들리기만 하면 구족(九族)이 멸망당할 거다! 대체 이 노릇을 어찌하면 좋단 말인고?'

아무리 생각해보았댔자 조보정한테는 딱한 노릇이지만, 자기 직책으로서는 아니할 도리가 없어서, 첩서후사(貼書後司)로 있는 장문원(張文遠)을 불러 문안을 관내외 각향각보(各鄕各保)에 골고루 전달되도록 배부하라고 부탁하고 그는 아문 밖으로 나와버렸다.

그가 밖으로 나와 곧장 자기 사처를 향하여 불과 2, 30보 걸어갔을 때, 누군지 모를 사람이 등 뒤에서,

"압사 나으리!"

부르는 소리가 들린다.

송강이 고개를 돌이켜 돌아다보니까 다른 사람 아니고, 중매쟁이로 유명한 왕파(王婆) 마누라가 어떤 노파 한 사람을 데리고 분주히 따라오면서 숨 가쁜 목소리로,

"압사 나으리! 참 잘 만나뵈었어요. 다른 게 아니라, 이 할머니 사정이 하도 딱해서 사정 이야기를 드리려던 참입니다."

라고 한다.

"대체 무슨 이야기요?"

하고 송강이 발을 멈추고 서서 묻자, 왕파는 이야기를 늘어놓는데, 다 듣고 보니 참말로 그 노파의 사정은 딱했다.

노파는 본시 서울 사람으로 산동에 아는 사람이 있어 그를 바라고 영감과 외딸 파석(婆惜)을 데리고 나섰던 길인데, 안타깝게도 찾아간 사람은 이미 오래전에 어디론지 떠나버렸고, 그래 세 식구는 이곳 운성현으로 굴러들어와서 파석이가 술좌석에 나아가서 소리를 팔아가며 근근이 살아오던 터이었는데, 보름 전에 영감이 병들어 눕더니 약이 무효하여 마침내 어제 저녁에 죽어버렸다는 것이다.

노파는 어쩔 도리가 없어서 평소에 왕래가 있던 왕파를 찾아와서 어떻게 주선을 해달라고 조르는 고로, 왕파도 뾰족한 수가 없어서 어찌했으면 좋을지 몰라 민망하던 차에 마침 송강이 그들 앞을 지나가므로 길거리에서 사정 말씀을 드리는 것이라고 장황하게 이야기하는 것이었다.

송강은 왕파가 고하는 사정 이야기를 듣고 그 자리에서 즉시 은전 열 냥을 그에게 주었다. 왕파는 그것을 곁에 있는 염파(閻婆)에게 준다. 염파는 송강에게 열 번이나 절하고 돌아갔다.

염파가 송강의 은혜로 자기 영감의 장사를 지내기는 했지만, 앞으로 살아갈 길이 막연하므로, 그는 이리 궁리 저리 궁리 하다가 문득 송강이 아직 독신으로 지낸다는 말을 들은 것 같아서 부리나케 왕파를 찾아갔다.

"내 어디서 들으니 송강 압사 나으리가 여태 총각이시라는군요. 본댁은 송가촌(宋家村)이라는데 객지에서 얼마나 외롭겠수? 내 딸 파석이 올해 열여덟 살인데 인물이 남한테 빠지진 않으니까 압사 나으리께 첩으로나 드리면 어떻겠소? 말하잖아도 알지 않소. 우리 팔자에 압사 나으리한테 은혜를 갚을 길이란 따로 없으니까 말요. 마누라가 아무래도 수고를 좀 해주어야겠소."

하고 염파 노친이 청하는 것을 처음에는 왕파 마나님이 사양하다 마침내 자기가 중매 서기로 승낙하고 왕파는 송강을 찾아갔다. 그런데 송강은 처음엔 왕파 마나님의 말을 듣지 않았지만, 며칠을 두고 졸리는 바람에 마지못해 승낙하고서, 현내(縣內) 서항(西巷)에다 집을 한 채 얻어 염파석에게 살림을 차려주었다.

그러나 송강은 본래 여색(女色)을 즐겨하지 아니하고 취미라고는 오직 무예뿐인 까닭으로, 파석에게 살림을 차려주고 며칠 동안은 밤마다 찾아왔으나 그 후 십여 일 지나서부터는 좀처럼 찾아오지 아니했다. 나이 젊고 얼굴이 어여쁘고, 그리고 다정한 염파석 아가씨가 마음에 부족을 느끼기 시작한 것은 정한 이치다.

그런데 하루는 송강이 자기 부하로 데리고 있는 첩서후사 장문원을 동반해 파석이의 집에 찾아와서 술자리를 벌였다.

이 장문원이란 자는 사내자식으로는 너무도 얼굴이 예쁘게 생겼고 나이가 젊은 데다가, 오입판으로 놀아먹었기 때문에 풍류를 알고 목청이 또 좋아서 창기(唱妓)들 간에서는 인기가 있는 인물인지라, 본래 창기 출신인 파석은 그만 첫눈에 반해버리고 말았다.

술을 몇 잔 마시다가 송강이 잠깐 소변보러 밖으로 나간 사이, 파석은 눈을 게염스레 뜨고서 장문원에게 추파를 건넨다. 그 눈 속에는 정이 담뿍 담겼다.

속담에 '바람이 불면 나무가 움직이고 물이 오면 배도 뜬다는데' 계집 편에서 먼저 정을 보이니, 눈치를 못 차릴 장문원이 아니다.

이날 만난 것이 동기가 되어서 장문원은 그 후 송강이 없을 때를 틈타 몇 차례 파석의 집을 찾아다니다가 본시 음탕한 남녀라, 마침내 서로 정을 통하고 지냈다.

파석이 장문원과 정을 통한 뒤부터는 송강한테서 정이 떨어져 어쩌다가 송강이 제 집에 들어와도 '오십니까…' 하고 인사도 아니하게 되었다.

계집의 태도가 이렇게 되고 보니, 본래부터 여색을 즐기지 않는 송강인지라, 그 후부터는 자연히 발길이 멀어지고 말았다. 그때부터 송강의 첩 파석이와 첩서후사 장문원은 서로 정을 통하고 지낸다는 소문이 고을 안에 자자하게 퍼졌다. 그래서 송강은 이런 소문을 들은 뒤부터는 아주 발을 끊어버렸다.

송강이 발을 끊고 오지 아니하는 것을 파석은 도리어 달갑게 생각하고서 날마다 장문원을 제 방으로 끌어들이는 것이었는데, 그의 모친 염파는 파석이와는 생각이 달랐다. 딸년은 지각이 덜 나서 저 꼴이지만, 만약에 송강한테서 완전히 버림을 받게 된다면, 그 후부터 모녀는 무엇을 먹고 살아가느냐?

노파는 주야로 걱정하다가 사람을 보내서 송강을 여러 번 청했으나 그때마다 송강은 바쁜 일이 있어서 못 가겠다고 핑계대고 오지 아니했다. 이렇게 두어 달 지냈다.

어느 날 저녁때 송강은 현청(縣廳)에서 사무를 끝마치고 아문을 나와 다방에 들어가서 차를 마시고 있노라니까, 기골이 장대한 사람이 머리에 전립을 쓰고, 몸엔 검정 옷을 입고, 허리엔 칼 한 자루를 차고, 등엔 커다란 보퉁이를 울러매고 땀을 흘리며 현청 앞으로 바쁘게 걸어가는 모양이 내다보였다. 송강은 그 모양이 조금 수상해서, 자리에서 일어나 밖으로 나와 그를 바라보았다. 그러자 그 사람은 2, 30보 가다가는 뒤돌아서서 이쪽으로 걸어온다.

그 사람이 가까이 오더니 송강의 얼굴을 유심히 바라보았다.

그 모양이 괴이쩍어서 송강도 그자의 얼굴을 마주보니까 그자는 다방 곁에 있는 구멍가게 주인을 보고,

"저기 서 있는 압사 양반이 누구시죠?"

하고 묻는다.

"그 양반이 송(宋)압사라오."

이 말을 듣고, 그자는 당황한 표정으로 송강 앞으로 다가오더니,

"형장께서 저를 몰라보시겠습니까?"

하고 예를 한다.

"글쎄… 누구던가? 안면은 좀 본 것 같소마는….'"

송강이 생각하고 있을 때,

"어디 잠깐 들어가서 이야기를 하십시다."

하고, 그 사람은 송강을 쳐다보았다.

송강은 이상하게 생각하면서도 알 듯한 사람인 고로 마침내 그를 데리고 술집으로 들어갔다.

"이런 곳이 좋습니다. 마침 손님이 없어서 조용하군요."

그 사람은 이렇게 말하고서, 허리에 차고 있던 칼을 끌러 교의 옆에 세우고, 보따리는 탁자 밑에 내려놓더니, 마룻바닥에 꿇어앉아서 새삼스럽게 송강한테 절을 하는 것이었다. 송강은 당황해서 맞절을 하고 물었다.

"그런데 존함이 누구신지요?"

"은인(恩人)께서 어찌 저를 몰라보십니까?"

"글쎄, 안면은 있습니다만, 제가 생각이 안 나서 그럽니다."

"제가 그때 조보정님 댁에서 은인을 만나뵙지 않았습니까? 그때 은인께서 우리들한테 먼저 선통해주시지 않았던들 우리가 어떻게 살아 있겠습니까! 제 이름은 유당이라고 부릅니다."

송강은 이제야 생각난 듯이 깜짝 놀라면서,

"형장! 이건 너무도 대담하십니다. 여기가 어디라고 이렇게 나와 다니십니까!"

"전일 형장께 받은 은혜의 만분의 일이라도 보답하고 싶어서 죽어도 좋다는 생각으로 일부러 찾아온 터입니다."

"참 감사합니다. 그래, 조보정님은 근일 어떻게 지내시나요? 무고하신가요?"

"네. 조두령님께서 제가 떠나올 때, 재삼재사 송선생님 말씀을 하시더군요. 지금 조두령님은 양산박의 두령님이 되셨습니다. 그리고 오학구는 군사(軍師)로 계시고, 공손승은 병권을 관장하시고, 임충이 왕륜을 없애버린 후부터 그전에 산채에 있던 두천·송만·주귀 등과 같이 우리들 일곱 명이 모두 합해서 열한 명이 두령 노릇을 하고 있답니다. 졸개들이 모두 7, 8백 명 되고 양식도 풍족하답니다. 이것이 모두 은인 송강 선생의 덕분인 까닭에 이번에 제가 특사(特使)로 나와서 송선생께 황금 1백 냥을 바치는 겁니다."

라고 한 후 유당은 탁자 밑에 있는 보따리를 끄르더니, 황금 한 주머니와 편지 봉투를 송강에게 전한다.

송강이 편지를 펴보니 조보정의 다정한 편지였다. 그는 품속에 지니고 다니는 초문대(招文袋) 속에 그 편지를 집어넣은 다음, 황금주머니는 도로 탁자 밑에 내려놓으며,

"황금일랑 도로 가져가시오. 내게는 소용이 없으니까 도로 싸가지고 가시오."

라며, 주인을 불러 술과 고기를 청했다.

두 사람은 술을 마시기 시작했다. 그러나 얼마 안 있어서 날이 저문다. 이때 송강은 유당을 보고 말했다.

"날이 저물어버렸군! 그런데 아우님은 여기 오래 머물러 있는 것이 부질없는 일이니, 속히 돌아가시는 게 좋겠소. 오늘 밤에 아마 달이 밝을 거니까 가보시구려."

"네, 지금 곧 양산박으로 돌아가겠습니다. 그런데 황금만은 받아주십쇼."

"글쎄, 두령님들의 뜻은 고맙게 받았으니까 그것을 받은 거나 마찬가지 아니오? 갖고 돌아가서 군용(軍用)에나 보태 쓰시도록 하시오. 아무튼 여기 오래 계시는 것이 부질없으니 남의 이목을 생각해서 어서 속히 돌아가시오."

"아니올시다. 말씀은 그러하오나, 산채에서 조두령님의 분부가 심히 엄명(嚴明)해서, 이대로 돌아갔다가는 엄중한 벌이 내릴 겁니다. 꼭 받아주십시오."

"안 돼요. 정 그러시다면 내가 편지를 적어 올리다. 답장을 갖다드리면 무사하실 것 아니오?"

라고 송강은 말하고서 술집 주인한테서 종이와 붓을 얻어 조보정한테 보내는 편지를 쓴 후, 그것을 유당에게 주었다.

"자아, 이것을 갖고 어서 돌아가시오. 더 긴말 하지 않더라도 내 마음을 알지 않겠소?"

라고 송강이 말하자,

유당은 아무 말 없이 또 꿇어 엎드려 절을 하고는 보따리를 어깨에 울러매고 칼을 집어 허리에 둘러찬 후, 술집문 밖으로 나간다. 송강도 그와 함께 밖으로 나왔다.

때는 초저녁인지라, 8월 중순의 둥근 달이 거울같이 빛난다.

송강은 유당의 손을 잡고서,

"아무쪼록 몸조심해서 편안히 가시오. 그리고 두 번 다시는 여길 오지 마시오. 나도 멀리 전송하지 않겠으니 여기서 작별합시다."

라고 한 후 돌아섰다. 유당도 돌아서서 명랑한 달빛 아래 서쪽 양산박을 향하여 총총히 걸음을 걸었다.

유당을 보낸 후 송강은 사처를 향하여 천천히 걸어가면서 양산박에 있는 조보정을 생각하고 은근히 걱정했다.

'조보정이 들어간 후부터 양산박의 형세는 점점 더 강대해지는 모양인데, 만일 앞으로 사태가 중대해지면 이 일을 어떡한다?'

송강이 이런 생각을 하면서 걸어가고 있을 때, 갑자기 그의 등 뒤에서,

"압사 나으리! 이게 얼마 만이오? 날 좀 보라구요!"

하고 부르는 소리가 들린다. 송강이 돌아다보니 다른 사람 아니라 파석의 모친 염파다. 염파는 즉시 송강 곁으로 다가서는 하소연을 늘어놓았다.

"원, 대체, 그럴 수가 있수? 그렇게 여러 차례 사람을 보내고 집에 좀 오시라고 청했건만, 번번이 바쁘다고 한 번도 와주지 않으니, 그렇게도 무정할 수 있소? 내 딸년이, 고년이 배운 게 없어서 잘못하는 게 있더라도 그저 이 늙은 것의 낯을 보아 용서해줘야 인정상 옳은 일 아니겠수? 하여튼 오늘은 잘 만났수. 어서 우리 집으로 같이 가십시다. 파석이도

나으리가 발을 끊고 안 오시니까 날마다 웬일일까… 웬일일까… 하고 일각이 여삼추같이 나으리만 기다리고 있지 뭐유.”

송강은 염파의 넋두리를 들으면서,

‘어쩌다 하필 여기서 이걸 또 만났단 말인고!’

하고 속으로 생각하며, 얼굴을 정색하고 말했다.

“글쎄, 지금도 바쁜 공사(公事)가 있어서 못 가겠는데, 내일 가리다.”

“그러지 마시우! 어서 같이 가십시다.”

“아니야. 정말 바쁜 일이 있어서 못 가.”

“아니, 참 알 수 없네! 왜 무엇에 노하셨수? 내 딸년이 나으리께 무어 잘못한 일이 있었나? 난 도무지 알 수 없는데 대관절 무슨 까닭이오? 속 시원하게 말이나 들읍시다.”

“까닭이야 무슨 다른 까닭이 있겠소. 공사가 미진한 것이 있어서 못 가는 것뿐이지.”

“설사 미진한 공사가 좀 있기로서니, 그것 좀 안 보았다고 지현 상공이 나으리한테 벌을 내리시겠수? 그러지 말고 같이 가십시다.”

아무리 말해도 염파는 붙들고 매달리면서 같이 가자고 조르는 고로 송강은 마침내,

“그럼 같이 갈 터이니 소매나 놓으시오.”

하고 승낙했다. 그래서 그는 발을 끊은 지 두 달 만에 장모를 따라서 첩의 집으로 갔다.

송강을 데리고서 집에 온 할미는 대문 안에 들어서면서 위층을 바라보고,

“애, 파석아! 어서 내려오너라. 네가 밤낮 오매불망 그리워하는 영감님을 내가 지금 붙들고 왔다.”

하고 수다를 떠는 것이다.

이때 파석은 위층 평상 위에 혼자 드러누워서 등잔불과 눈씨름을 하

고 있다가, 어미의 지껄이는 소리를 듣고,

'옳지! 장문원이 왔구나!'

이렇게 생각하고 마음에 너무도 반갑고 기뻐서 부랴부랴 머리를 매만진 다음, 나는 듯이 층계를 뛰어내려갔다.

그러나 층계를 다 내려가서 창살 틈으로 어미 방을 엿보니까, 유리등 앞에 앉아 있는 사람은 그리서 고대하던 장문원이 아니고 송강이다.

파석은 마음이 실쭉해져서 도로 위층으로 올라가 다시 평상 위에 드러누워버렸다.

염파는 딸년이 층계를 내려오다가 도로 위층으로 올라가버리는 발자국 소리를 듣고, 민망하기 짝이 없어서 송강의 기색을 살피면서 다시 소리를 질렀다.

"얘 아가! 나으리가 여기 계신데, 너 왜 내려오다 말고 도로 올라가느냐? 아가, 어서 내려오너라. 어서 내려와!"

그러나 위층에서는 대답이 없다.

"아, 얘야. 말 좀 해라, 왜 말도 없느냐."

"아니, 왜 날더러 내려오라구만 하시오? 얼마나 먼 곳이기에 거기서 올라오지 못하고 내려오라는 거요!"

반갑지 않은 음성으로 파석이 대답하는 소리를 듣고서 할미는 송강을 보고 설레발을 친다.

"나으리가 그동안 너무 무정하게 했기 때문에 저것이 그만 지쳤나보우. 자아, 나으리가 올라가서 좋은 말로 좀 위로해주시구려. 어서 위층으로 올라가십시다!"

송강은 대단히 불쾌했으나 할미의 손에 이끌려 벙어리 모양으로 위층에 따라 올라갔다.

송강이 올라오건만, 파석은 평상에 그대로 자빠져 있다. 위층이래봤자 말이 위층이지, 방 한 간에 반쪽은 침방이요 나머지 반쪽엔 옷걸개·

수건·세숫대야·조그만 탁자 한 개·등잔대·기다란 교의 한 개… 이런 것들이 너저분하게 놓여 있는 허술한 방이다. 송강은 탁자 곁에 놓인 교의에 걸터앉았다.

"얘야, 일어나거라! 나으리가 안 오시는 동안은 오시지 않는다고 그저 종알거리더니 모처럼 오셨는데 왜 이 모양이냐. 네가 나으리께 잘 보여야지, 나으리가 네 비위를 맞춰주어야 옳단 말이냐? 자아, 어서 일어나거라."

할미가 잡아 일으키려는 손을 파석은 홱 뿌리치면서,

"아니, 왜 귀찮게 굴어요? 참 기막혀 죽겠네!"

이렇게 쏘아붙인다. 그래도 할미는 교의 하나를 송강과 마주보이는 자리에다 갖다놓더니, 그 위에 앉아서 말한다.

"아가! 내가 내려가서 술상을 봐올 테니까, 그동안 나으리를 모시고 그리던 이야기나 하려무나!"

그리고 할미는 아래층으로 내려오다가, 문득 자기가 안줏거리를 사러 밖에 나간 사이에 송강이 내빼버리면 어떻게 하나, 이 같은 염려가 생겨 그는 도로 위층에 올라가서 아주 바깥에 있는 문고리를 걸어버렸다. 할미는 부엌으로 들어가서 불을 피워놓고, 밖으로 나가서 안주를 장만해 돌아와서 부리나케 술상을 보아 위층으로 올라갔다.

할미가 방에 들어가 보니, 아까 자기가 나가던 때 보던 바로 그대로 파석이와 송강은 서로 외면하고 벙어리처럼 서로 입을 다물고 있는 것이 아닌가.

"아가! 어서 이리 와서 나으리께 약주를 권해드려라."

할미가 술상을 놓고 이렇게 말하건만 파석은 대답을 안 한다.

할미는 눈을 흘긴 다음 얼른 송강을 바라보며 웃는 낯으로,

"나으리! 그저 모든 것을 용서합쇼. 저애가 너무 귀염만 받고 자라났기 때문에 저 모양으로 버르장머리가 나빠요. 자아, 나으릴랑 모든 것을

너그럽게 생각하시고 어서 한잔 드슈!"

하고 엉너리를 치며 잔을 들어 권하는 고로, 송강은 마지못해 받아 마셨다.

이렇게 억지로 권하는 술을 송강은 석 잔이나 받아 마셨다. 이렇게 된 다음에 할미는 자작으로 저도 석 잔을 마시고 나서 파석이를 보고,

"아가! 너도 그러고 있지 말고, 그만 이리 나와서 술을 권해드리고 너도 먹어라."

라고 한다.

"난 먹고 싶지 않대도!"

"그러는 게 아니야! 네가 나으리 앞에서 그러는 게 아니래도. 어서 이리로 나와 앉거라!"

하고 할미가 딸을 타이르자, 파석은 속으로 생각했다.

'저 작자가 아무래도 오늘 저녁 내 방에서 자고 가려 할 것이야. 술이나 실컷 먹여 정신없이 곯아떨어지게 만들지 않았다가는 필연코 이불 속에서 나를 귀찮게 굴 거니까, 숫제 술이나 자꾸 앵겨서 얼른 쓰러져 자게 하는 게 상책 아닐까?'

이같이 생각하니 과연 그러는 것이 좋겠다 싶어서 파석은 일어나서 술상 머리로 나와 앉는다. 할미는 딸년이 송강한테로 마음을 돌이킨 줄 알고 기뻐하면서 딸에게 술 한 잔을 따라주니까 파석이는 그것을 얼른 받아 마신다. 할미는 더욱 신통하다는 듯이,

"자아, 한 잔 더 먹어라! 나으리도 어서 좀 더 잡수시고…."

하고 술잔을 또 송강에게 권한다. 송강은 오도 가도 못하게 된 딱한 사정에 부딪쳤다.

할미는 송강에게 권하고 자기도 오륙 배나 마시고 나더니, 두 사람은 아직 멀쩡한데 할미는 벌써 취안이 몽롱해 두 사람을 번갈아 보면서,

"아니, 어째들 이 모양인가? 도무지 이야기를 서로 안 하니 무슨 사

람들이 이러는 거여! 아무래도 술이 덜 들어간 모양이 아니야!"

라고 수다를 떨고 술을 권하면서 장가(張哥)네 집에는 이런 일이 있었고, 이가(李哥)네 집엔 이런 일이 있었다는데 나는 그런 소문만 들었지 믿고 싶지 않다는 둥, 무엇은 어떻고 또 무엇은 어떻다는 둥 한참 동안이나 수다를 떨고는 아래층으로 내려갔다가 금시 또 올라와서,

"나리가 내일 일만 없으면 좋겠는데… 밤도 깊었으니 일찍 주무시지. 그럼 상은 물려가야겠으니 남은 것이나 마저 드슈!"

하고, 술 서너 잔가량 남아 있는 것을 기어코 송강에게 권하고 나서, 파석이를 보고,

"아가, 일찍 모시고 잘 자거라!"

하고 말하니까, 파석이는,

"상관 마시고 어서 내려가 주무세요!"

라고 쏘아붙인다. 그래도 할미는 그 말을 못 들은 듯이 송강을 보고,

"오늘 밤엔 재미 많이 보시고 내일 아침은 느지막하게 일어나슈."

이렇게 인사하며 술상을 들고 아래층으로 내려갔다.

할미가 내려간 뒤에도 두 사람은 여전히 아무 말 하지 않고 서로 외면한 채 앉아 있었다.

송강은 교의에 앉아서 속으로는 계집의 동정만 살피고 있었는데, 멀리서 금고(禁鼓) 소리가 덩 덩 2경을 알린다. 파석이는 아무 말도 하지 않고 일어나면서 한숨을 가늘게 쉬더니 옷을 입은 채 평상 위에 가서 저편 벽을 향해 드러눕는다.

송강은 마음속으로 패씸하기 짝이 없었다.

'내가 왜 왔던고…?'

패씸하고 창피해서 일어나 돌아가고 싶었으나, 밤이 2경이 지난 지금 사처에 돌아갈 수도 없는 일이다.

'할 수 없다! 날이 밝는 대로 돌아갈 수밖에 도리가 없다.'

그는 이렇게 마음을 정하고 머리에 썼던 건책(巾幘)은 벗어서 탁자 위에 놓고, 아래위 겉옷은 벗어서 옷걸개 위에 걸어두고, 초문대(招文袋)·해의도(解衣刀)가 달린 난대(鸞帶)는 끌러서 침상 난간 위에 걸어놓은 다음, 그는 침상 위에 올라가서 파석이와는 서로 등을 대고 돌아누웠다.

그러고서 잠을 청하건만 좀처럼 잠은 오지 아니한다. 즐거우면 밤이 짧은 것이 안타깝고 적막하면 밤이 긴 것이 원망스러운 법이라, 송강은 오늘 밤 이 집에 온 것을 후회하면서 3경, 4경, 5경까지 잠 한숨 못 자고 있다가, 5경 소리를 듣고 일어나서 물통에 담긴 냉수로 세수를 한 다음 부리나케 옷을 주워입고 분주히 층계를 내려갔다.

이때 아래층 자기 방에서 자고 있던 할미가 송강의 발소리를 듣고,

"나으리! 왜 벌써 가슈? 날이 밝거든 가시지 않고."

하며, 방문을 열고 나오려 하는 것을 송강은 대답도 하지 않고 그대로 밖으로 나왔다. 겨우 먼동이 틀 무렵이었다.

자기 사처로 향해서 가다가 현청 앞을 지나오려니까 맞은편으로부터 등불을 들고 걸어오는 사람이 나타난다. 가까이 오는 것을 보니, 탕약을 끓여 그것을 팔러 다니는 왕공(王公)이라는 늙은이다.

왕공은 송강을 보고 깜짝 놀라면서 인사를 하고 묻는다.

"압사 나으리, 웬일이십니까? 이렇게 일찍이 밖에 나오셨으니…."

"글쎄, 내가 어젯밤에 술에 만취가 되어 그만 쓰러져 자다가 경고(更鼓)를 잘못 들었다오!"

"약주를 너무 자셨군그래. 과주(過酒)한 데는 이진탕(二陳湯)이 좋습니다. 한 잔 잡수십시오."

"그래, 그거 참 좋군! 한 잔 주시오."

라며 송강은 왕공이 내려놓는 걸상에 앉았다. 왕공은 뜨끈뜨끈한 이진탕을 약사발에 듬뿍 담아 송강에게 준다. 송강은 기분 좋게 벌떡벌떡 들이마셨다.

송강은 약 한 그릇을 먹고 나서 문득 생각나는 일이 있었다. 다름 아니라 왕공은 처자도 없는 늙은이로서 매일 새벽에 약탕을 짊어지고 거리에 나와서 그것을 팔아 근근이 그날그날을 살아가는 불쌍한 사람이다. 그 정성이 가긍하여서 송강은 왕공에게 관재(棺材)를 사주마고 언약한 일이 있었건만, 잊어버리고 그럭저럭 무심히 지내왔다는 사실이었다. 지금 왕공의 허연 머리와 주름살투성이 얼굴을 보다가 문득 이것을 생각해낸 송강은 마침 갖고 있는 돈도 있고 하니까, 그 자리에서 왕공보고 말했다.

"벌써 오래전에 내가 노인한테 관재전(棺材錢)을 드리마고 언약해놓고 그만 오늘까지 무심하게 있었구려. 지금 생각난 김에 드릴 터이니, 곧 진삼랑(陳三郎)의 집에 가서 관재를 사다가 댁에 갖다두시구려. 노인이 백세향수(百歲享壽)하고 저세상으로 갈 땐 또 내가 잘 보내드리리다."

"나으리! 참 감사합니다. 그렇잖아도 나으리께 신세를 많이 졌는데 또 늙은 것의 종신수구(終身壽具)까지 장만해주신다니, 아마도 이 늙은 것이 생전에는 은혜를 못 갚을까 봐요! 죽어서 노새나 말이 되어 나으리께 은혜를 보답하죠!"

"원, 별소리를 다하는구려!',

송강은 일어서서 돈을 꺼내주려고 배자끈을 끄른 후, 품속에 있는 초문대를 찾았다. 그러나 웬일이냐, 초문대가 없다!

송강은 소스라치게 놀랐다.

가만히 생각하니, 어젯밤 파석이 집 침상 난간에다 난대를 걸어놓은 채 새벽에 부리나케 나오느라고 그만 잊어버리고 온 것이 분명하다. 그 난대에 초문대와 해의도가 달려 있는 것이다. 그리고 해의도는 잃어버린대도 괜찮지만 초문대만은 남의 손에 들어가서는 절대로 안 될 것이, 그 속에는 양산박 조보정한테서 온 편지가 들어 있는 까닭이다. 어제 저녁 술집에서 유당이가 그 편지를 꺼내줄 때, 송강은 편지를 뜯어보고 난 다음 그 자리에서 그 편지를 불에 살라버릴까 하는 생각도 했었다. 그러다가 유당이 보고 있는 현장에서 불사르는 것도 무엇해서 초문대 속에 집어넣었던 것이다. 나중에 유당이 돌아가서 그런 이야기를 한다면, 편지 보낸 사람이 섭섭하게 여길 것이라고 생각했기 때문이다.

그리고 그 후 자기 사처로 돌아와서 불살라버리자던 노릇이, 뜻밖에도 길에서 그처럼 염파 노망구한테 붙들려 파석이 집에 끌려가서 점잖은 체통을 지키느라고 술을 받아먹은 후 옷을 벗고 누웠다가 급히 나오느라고 깜빡 잊어버리고서 놓고 온 것이다. 그런데 문제는 파석이가 글자를 읽을 줄 안다는 것이니, 만약에 파석이가 조보정의 편지를 읽기라도 했다면 이 일을 장차 어찌할 것이냐!

송강은 이렇게 생각하다가 기막히는 표정으로 왕공을 보고 말했다.

"내 참, 이런 정신 좀 봐! 내가 돈을 가지고 나오지 않고서도 이런 말을 했구려. 그럼, 지금 곧 집으로 가서 돈을 갖고 올 터이니, 좀 기다리시오."

왕공은 송강의 말을 듣고서 황송해하면서,

"무어 오늘 안 주시면 어떻습니까? 내일 주셔도 좋고, 모레 주셔도 좋은데, 그것 때문에 일부러 갔다 오실 건 없는뎁쇼."

하고 사양하는 것이었다.

"아니라오. 돈만 두고 나온 게 아니라 또 잊어버린 일이 있어서 어차피 갔다 와야 해!"

송강은 이렇게 한마디 던지고 허둥지둥 파석이 집을 향하여 달려갔다.

한편, 파석이는 송강이 제 방에서 나가버렸을 때, 즉시 침상 위에 일어나 앉아서 속으로 종알댔다.

'괜스레 그것 때문에 잠만 밀쳤네! 저는 남의 속도 모르고 내가 맘을 돌려주기를 바라는 모양이지만 내가 싫은 걸 어떡해? 이번엔 정말 골을 내고 갔나본데 다시 안 오려거든 오지 말라지? 안 오면 난 더 좋지!'

파석이는 이렇게 종알대고서 이제부터 편안히 한잠 늘어지게 자려고 옷을 훌훌 벗어서 탁자 위에 올려놓고, 다시 자리에 누우려 하다가 침상 난간을 유심히 보면서 깔깔 웃음을 터뜨렸다.

침상 난간에는 송강의 자줏빛 난대가 걸려 있기 때문이다.

'못생긴 놈! 이걸 두고 가다니! 감춰두었다가 장서방 오거든 줘야겠다.'

파석이는 이렇게 생각을 정하고서 허리를 굽히어 난대를 드니 달려 있는 초문대와 해의도가 따라 올라오는데 무게가 묵직하다.

"돈냥이나 들었나베! 제법 무거우이!"

이같이 중얼거리고 나서 파석이는 초문대 속에서 돈을 꺼내어 세어보고 빙그레 웃었다.

"장서방이 요새 얼굴빛이 좀 못해졌는데 이걸로 보약이나 사먹도록 해야겠다."

돈을 다 꺼내놓고서 초문대를 툭툭 터니까 그 속에서 한 통 서신(書信)이 떨어져나온다.

"이거 봐라! 편지는 어쩐 편지냐?"

파석이는 떨어진 편지 봉투를 들고 등불 아래로 가지고 가서 펼쳐보았다. 그것을 다 읽은 파석의 눈은 둥그레졌다. 양산박 두령 조보정의 편지 사연 가운데는 파석이가 모르던 송강의 비밀이 적혀 있었던 까닭이다.

'흥! 잘됐다. 까마귀 날아가자 배 떨어지는 격으로 내가 장서방과 같이 살게 되려니까 이런 일이 생긴단 말야…. 그런데 난 그런 줄 몰랐더니 이게 양산박 도둑떼하고 친해 이렇게 편지 왕래까지 해? 더군다나 두령 놈한테서 돈을 백 냥씩이나 받아처먹고! 흥, 이젠 네 목숨은 내 손아귀에 달렸으니 그런 줄 알아라!'

파석이는 속으로 중얼거리고 돈과 편지를 도로 초문대 속에 집어넣었을 때 문득 아래층에서 대문 열리는 소리가 들린다.

파석이가 귀를 기울이고 들으니까 어미의 목소리가 들린다.

"내 그럴 줄 알았지! 아까 내가 말씀하지 않습디까? 너무 이르니 가시지 말라고 안 그럽데까? 어서 올라가서 한잠 푹 주무시고 해가 높이 뜨거든 나가슈."

이 말을 들으니 필시 송강이 다시 온 것이 분명하다.

파석이는 황급히 초문대를 자리 속에 감추고 이불을 뒤집어쓰고 벽을 향해 드러누워 거짓 코를 골고 있다.

송강은 방으로 들어오자 먼저 계집이 드러누운 침상의 난간을 보았다. 그러나 난대는 이미 그곳에 없다.

그는 가슴속이 설레기 시작했다. 물론 계집년이 감추었구나 하는 생각이 솟아오른 까닭이다. 아까 밖으로 나올 때엔 다시는 이년을 보지도 않고 말 한마디도 안 하리라고 결심했었지만, 난대를 찾으려면 이 계집과 말을 주고받지 않을 수 없는 사정인지라, 그는 하는 수 없이 침상 앞으로 가서 파석의 허리를 흔들면서 물었다.

"내 초문대 어디다 감췄니?"

그러나 파석은 정말 잠든 체 코만 골고 대답이 없다.

"그러지 말고 어서 내놓아라…."

송강은 또 한 번 말해도 계집은 대답이 없으므로, 그는 세 번째 파석이의 몸을 세차게 흔들면서 깨우니까 그제야 계집은 이편으로 돌아누우면서 한마디 쏘아붙인다.

"이거 누가 남 잠자는데 와서 야단이야!"

송강은 괘씸해서 때려주고 싶었지만 억지로 참고, 도리어 음성을 더욱 부드럽게 하여 말했다.

"이거 봐, 내가 여기다 걸어놓았던 초문대를 내놓아!"

"초문대? 언제 나한테 초문대 맡겼던가요?"

"말기진 않았지만, 여기다 걸어둔 채 내가 나갔는데 그새 다른 사람은 이 방에 들어온 일이 없고 보면 네가 감춰버린 게 아니냐 말이다!"

"그래요? 그럼 내가 감췄다고 합시다! 그래도 내가 그것을 내놓기 싫은데 어쩔 테유?"

파석이의 대답은 뜻밖에 이렇게도 당돌했건만, 송강은 분한 것을 참으면서 달랜다.

"그러지 말고 어서 내놓아라."

"못 내놓겠소! 기어코 찾아가려거든 날 관가로 끌고 가서 도둑년으로 몰아보지!"

"그게 무슨 소리냐? 내 언제 너를 도둑년이라고 했니?"

"날 도둑년으로 몰고 싶어도 그렇게 못할 걸! 임자는 나하고 장서방하고 사이가 좋다 해서 심사가 틀린 모양입디다마는, 그래도 도둑놈들과 통모(通謀)하는 사람보다는 죄가 가벼울 거요!"

파석이 입에서 이따위 말이 튀어나오는 것을 보니, 이년이 초문대 속에 있는 조보정의 편지를 본 모양이다. 송강은 몹시 당황했다.

"파석아! 우리 가만가만 이야기하자! 누가 들으면 어쩌니?"

"임자가 지은 죄만 없다면, 누가 들은들 무슨 대수요? 정녕코 그 편지를 도로 찾아가고 싶거든 내 청 세 가지를 꼭 들어줘야 해요! 그럼 내가 내줄게!"

"그래! 세 가지 청 아니라 백 가지라도 들어주마!"

"말은 쉽다!"

"아니다! 내 힘으로 할 수 있는 일이라면 무어든지 얼마든지 죄다 들어주마!"

"그럼 내 말할게. 첫째는 내가 임자한테 시집올 때 들여놓은 문서(文書)를 나한테 돌려주고, 그리고 임자 편에서 문서를 하나 써주되, 내가 장서방한테로 개가(改嫁)를 가더라도 임자는 아무 말 않겠다고 그렇게 해주겠소?"

"그래, 그렇게 해주고말고!"

"둘째는 내 몸에 걸친 의복과 패물은 물론 가장집물(家藏什物)까지도 말짱 나한테 주는 것이라고 문서에다 써달란 말예요!"

"그렇게 하지! 그리고 셋째 청은 무어냐?"

"편지를 보니까, 양산박 두령한테서 임자한테 황금 백 냥을 보냈습디다. 그 돈 백 냥을 고스란히 나한테 주시오!"

"네가 먼저 말한 두 가지 조건은 내가 들어줄 수 있다만, 세 번째 청은 내가 할 수가 없다. 왜 그러냐 하면, 양산박에서 돈 백 냥을 보내기는 했더라마는, 내가 그것을 받지 않고 도로 돌려보냈거든! 받기만 했다면야 너한테 왜 못 주겠니? 얼른 주지!"

"듣기 싫어요! 고양이 앞에 쥐요, 공인(公人) 앞에 돈이라고 속담에도 다 있어요. 돈을 백 냥이나 보낸 걸 안 받고서 돌려보냈다는 말을 누가 곧이들을까 봐서 그러시오? 어서 여러 말 말고 내놓으란 말예요!"

"글쎄 안 받은 걸 어떡하니? 남들은 어쩌는지 모르겠다마는, 나는 여태까지 한 번도 그런 돈을 받아본 일이 없다! 네가 내 말을 정 못 믿겠다면, 사흘만 기다려다고. 그럼 내가 가장집물을 팔아서 백 냥 돈을 만들어 너를 주겠으니 말이다! 내 말을 믿고 자아, 어서 초문대를 내게 다오!"

그러나 파석이는,

"홍!"

하고 코웃음치는 것이었다.

"나는 초문대를 지금 임자한테 도로 주고 임자는 돈 백 냥을 사흘 후에 나한테 준다고? 홍! 임자가 날 갓난애로 아시오? 그런 덜된 수작 그만두고, 우리 지금 맞돈거래 하십시다!"

"글쎄, 돈이 없는 걸 어떻게 맞돈거래 하겠니?"

"그렇다면 그만이지! 언제 내가 임자보고 억지로 백 냥을 달랬소? 어디 두고 봅시다! 내일 공청에 나가서도 양산박 두령한테 돈을 안 받았다고 하는가 두고 봐야지."

계집의 주둥아리에서 '공청'이라는 말이 튀어나오자 송강의 전신의 피가 머릿속으로 치켜 솟고, 그의 두 눈은 화등잔처럼 불빛이 난다.

"네가 정말 안 내놓을 테냐?"

"암! 못 내놓겠어!"

참을 만큼 참아오던 송강은 이 이상 더 참을 수 없다는 듯이 달려들어 계집의 몸에서 이불을 후딱 젖혀버리니, 파석이의 젖가슴 밑으로 난대의 한끝이 삐죽이 보이는 것이었다.

송강은 그것을 보고 왈칵 잡아당겼으나, 파석이 두 손으로 초문대를 잔뜩 움켜쥐고 놓지 않는다.

기어코 뺏으려거니, 한사코 안 빼앗기려니, 남녀가 서로 잡아당기는 바람에 난대에 달려 있는 해의도가 저절로 칼집에서 벗겨져서 쑥 빠졌다. 그때 송강이 그것을 한 손으로 집어들자 파석이는 갑자기,

"이놈이 사람 죽인다!"

하고 고함을 친다.

송강은 이 소리에 왈칵 상기가 되었다. 그래서 그는 파석이의 한 팔을 움켜쥔 채 들고 있던 칼로 파석이의 목을 쿡 찔러버리니, 애처롭게도 파석이의 숨통은 끊어져버리고 선지피는 샘물처럼 쏟아져 흐르는 것이 아닌가.

눈 깜짝하는 사이의 흥분을 억제하지 못했기 때문에 기어코 파석이를 죽여버린 송강은, 부랴부랴 초문대 속에서 조보정의 편지를 꺼내 그것을 등잔불에 살라버리고 난대는 허리에 찬 다음, 그 방에서 나와 층계를 내려갔다.

이때 아래층 할미는 제 방에 누워서, 위층에서 남녀가 말다툼하는 것

을 듣고도 모른 체하고 있다가 딸년이,

"사람 죽인다!"

하고 고함지르는 소리를 듣고 허둥지둥 옷을 주워입은 후 방문을 열고 나오려는 판이었는데, 그가 방문 밖에 나올 때 송강이 위층에서 내려왔다.

"아니, 왜들 그렇게 떠들썩하셨소?"

할미는 송강 앞으로 나서면서 묻는 것이었다.

"파석이 너무 무례하게 굴기에, 홧김에 내가 지금 죽여버리고 내려오는 길이오."

송강의 대답을 듣고서도 할미는 그 말을 믿지 않는다.

"나으리가 원체 눈이 불량하게 생겼지! 그리고 술버릇이 원체 좋지 않으니까, 가끔 살인도 하실 거요. 해해해."

라고 할미는 응대하고 만다.

"내 말을 믿지 않는 모양이구려. 올라가서 똑똑히 보시구려!"

라며 송강은 할미를 데리고 다시 위층으로 올라갔다.

위층의 방문을 열고 먼저 송강이 들어가자, 뒤따라 들어온 할미는 방 안의 처참한 광경을 보고서,

"에구머니!"

외마디 소리를 지르고 말았다. 그리고 잠깐 동안 어쩔 줄 몰라 하다가 송강의 얼굴을 바라보더니,

"대체 이게 어떻게 된 일입니까?"

하고 묻는다.

송강은 풀죽은 목소리로 대답하는 것이었다.

"어쩔 수 없어서 부득이 저지른 노릇입니다. 그런데 나도 사내대장부요, 이대로 도망갈 생각은 눈곱만치도 없소! 앞으로 모든 일을 장모가 하라는 대로 할 것이니, 그런 줄 아시오!"

송강의 말을 듣고서 할미는 정신을 수습하는 듯하더니,

"착하신 나으리께서 오죽했어야 이런 일을 저지르셨겠소. 따지고 보면 모두 다 내 딸년 잘못이지. 하지만 딸년마저 없고 보니 앞으로 살아갈 길이 막연합니다그려."

이렇게 말하고 흑흑 느껴운다.

"염려 마시오. 나도 집에 땅마지기나 가지고 있으니까, 장모의 의식 걱정은 안 시켜드리리다."

"후유… 그래주신다면야 내가 더 바랄 게 없죠. 그런데 이 애가 이 모양으로 죽어버렸으니 장사 지낼 일이 걱정이로군요."

"염려 마시오. 내가 오작행인(仵作行人)한테 부탁해둘 것이니까, 그러면 아무 일 없을 겁니다."

"그래요? 그렇게 해주십시오. 그럼 지금 나가서 관재(棺材)나 사와야지요…."

"그럽시다."

두 사람은 방문에 자물쇠를 잠그고 아래층으로 내려와, 대문도 자물쇠로 잠근 다음에 진삼랑의 전방으로 향했다. 이때까지 날은 환히 밝지 아니했다.

송강과 할미는 서로 아무 말 없이 새벽길을 걸어갔다.

두 사람이 막 현청 앞을 지나갈 때, 현청 아문 앞에 이르러서 지금까지 아무 말 없이 따라오던 할미가 뜻밖에도 별안간 송강의 허리를 붙들고 늘어지면서,

"이놈이 살인했소! 살인범 이놈을 잡아주우!"

하고 소리소리 외치는 게 아닌가.

송강은 실로 어쩔 줄 모를 만큼 당황했다. 그래서 그는 할미의 입을 한 손으로 틀어막으면서,

"이거 왜 이러오? 미쳤소?"

하고 할미를 달랬다. 그러나 할미는 더욱 송강을 단단히 붙들면서,

"살인범을 잡았으니, 이놈 잡아줘요! 어서 이놈 잡아줘요!"

연거푸 이렇게 소리소리 지른다. 이 소리에 현청 아문 안에서 포도군관이 몇 명 뛰어나왔으나, 그들이 나와 보니 다른 사람 아니라 급시우 송강을 붙들고 노파가 그러는지라, 군관은 도리어 할미를 꾸짖는 것이었다.

"여보! 늙은 마누라! 당신 미쳤나보구려. 이 압사 나으리가 누군 줄 알고 이러는 거야? 살인 같은 그런 죄를 질 분이 아니란 말야!"

그러자 할미는 더욱 소리를 높여 고함을 지른다.

"아니오! 이놈이 정말 사람을 칼로 찔러 죽였소. 어서 잡아주우! 어서 잡아줘요!"

하고 떠드니까 지나가던 사람들이 하나둘 모여들었다. 그러나 송강이라는 인물이 본래 어질고 착했기 때문에, 그를 아는 사람들은 모두 그를 존경하고 사랑하는 터이라, 노파의 고함치는 소리를 믿고 송강을 붙잡는 사람은 한 사람도 없다.

할미는 사람들이 모두 자기를 보기만 할 뿐 아무도 송강을 붙드는 사람이 없는 것을 보고는, 제가 송강의 팔을 꽉 붙들고서,

"이놈, 들어가자! 네가 어딜 도망가려고!"

이렇게 고함치면서 아문 안으로 끌어들이려 할 때, 옹기종기 모여 섰던 사람들 중에서 한 사람이 앞으로 썩 나오더니,

"이 노망구가 누굴 가지고 길거리에서 지랄하는 거야?"

라고 호령한다.

송강이 이 사람을 보니, 이 사람은 비지와 술지게미를 팔러 다니는 당우아(唐牛兒)라는 사람으로서 여러 해 전부터 송강의 신세를 입은 사람이다.

그래서 당우아는 이날 새벽 비지를 팔고 돌아오다가 송강이 아문 앞

에서 노망구한테 봉변을 당하는 것을 보고 그대로 지나갈 수 없었던 것이다.

"나으리한테서 손을 떼고, 어서 물러가지 못하겠느냐?"

당우아가 호령하니까, 할미는 기고만장해서 소리를 지른다.

"이 녀석이 까닭도 모르고 무슨 참견이야! 내가 만일 너 때문에 이 녀석을 놓치기만 하는 날이면 그땐 네 모가지가 달아난다!"

이 소리를 듣고 당우아는 왈칵 노해서 달려들어 할미의 얼굴을 주먹으로 후려갈기니까, 노망구는,

"에구구."

외마디 소리를 지르고 송강의 팔을 놓고서 그 자리에 펄썩 주저앉아 버렸다.

이 틈을 타서 송강은 사람들을 헤치고 그곳을 벗어났다.

송강이 그 자리를 떠나자, 할미는 벌떡 일어나서 송강의 뒤를 쫓아가려 하므로 당우아는 또 한 번 할미의 볼을 쥐어박았다. 할미는 땅바닥에 쓰러지면서도 기가 죽지 않고 당우아를 쳐다보면서 푸념을 한다.

"이놈아, 너 때문에 송강이를 놓쳤으니까, 네가 이놈 송강이 대신 나하고 태수님께 들어가야 한다! 송강이란 놈이 내 딸 파석이를 칼로 찔러 죽였단 말야! 이런 놈을 도망시킨 네 죄가 적을 성싶으냐, 이놈아!"

할미가 지껄이는 소리를 듣고서 당우아는 뜻밖의 일이어서 몹시 당황했다.

"아니, 그게 정말이오? 누가 그런 줄 알았어야지!"

"알고 모르고 간에 너 때문에 살인범을 놓쳤으니까, 네가 나하고 들어가야겠다. 이놈아! 어서 저놈을 잡아줘요."

포도군관들은 할미가 이렇게 떠드는 소리를 반신반의하면서도 송강을 붙들고 싶은 마음은 조금도 없어서 그의 뒤는 쫓아가지 않고, 다만 당우아만을 붙들어서는 염파 노망구와 함께 현청 안으로 들어갔다.

한참 후에 운성현 지현이 등청하여, 송강이 살인했다는 보고를 받고서도 그는 그 말을 믿지 아니했다. 송강 같은 성실한 군자가 살인을 하다니, 그런 일은 도저히 있을 수 없는 일이라고 지현은 생각하는 것이다.

그러나 염파 노망구의 소장(訴狀)을 받은 후 장문원을 시켜서 오작행인과 동네 사람 몇을 불러들이게 하여 염파의 집으로 가서 점검을 하게 하니, 파석이의 시체 곁에 떨어져 있는 피 묻은 칼 한 자루는 송강의 해의도가 분명했다.

이 같은 현장검증의 보고를 받고서도 지현은 송강을 죄인으로 만들고 싶지 않아서, 공연히 애매한 당우아만 두 번 세 번 문초했다. 그러니까 이 모양을 보고서 첩서후사 장문원이 지현 상공 앞에 나와서 의견을 아뢰는 것이었다.

"시체 곁에 떨어져 있던 행흉도자(行凶刀子)가 바로 송강의 해의도가 분명하온데, 어찌 송강을 붙들어다가 대질하시지 않으십니까?"

정든 계집이 죽은 것을 분하게 여기고 송강을 붙들어다가 분풀이를 하고 싶어 하는 장문원이었다. 그래서 장문원이 세 번 네 번 이같이 지현을 조르는 까닭으로, 지현도 어쩔 수 없어서 포도군관으로 하여금 송강을 잡아오라고 영을 내렸다.

그러나 군관들은 송강의 사처에 갔다가 돌아와서 보고하기를, 송강은 이미 그곳에서 도망하여 없어지고 이웃사람들한테 물어보아도 어디로 갔는지 알 수 없다고 말하더라는 이야기였다.

이 같은 보고를 듣고서 사건을 흐지부지하게 만들려고 하는 지현한테, 장문원이 또 나아가서 의견을 아뢰었다.

"송강이가 도망갔다 할지라도 송강의 아버지 송태공(宋太公)과 송강의 아우 송청(宋清)이 송가촌(宋家村)에 살고 있는 터이오니, 그들 부자를 책한비포(責限比捕)로 붙들어두시는 것이 옳을까 합니다."

지현은 이 말을 물리칠 수가 없었다. 그래서 지현은 포도군관 4, 5명을 송가촌으로 보냈다.

공인(公人)이 공문(公文)을 가지고 왔다는 말을 듣고 송태공은 그들을 초청(草廳)으로 맞아들인 후 피차 좌석에 좌정한 뒤에 공문을 받아보고서 말하는 것이었다.

"송강은 이 사람의 자식이면서도 실상은 자식이 아니올시다. 어렸을 때부터 오늘날까지 아비의 말을 한 번도 들은 일이 없고, 허구한 날 속만 썩이는 까닭에 수년 전에 본현관장(本縣官長)께 품하여 아주 적(籍)을 뽑아버렸소이다. 그래, 지금 그 자식은 내 집 호적에도 들어 있지 않습니다. 이를테면 아주 남이죠. 이따위 불초한 자식이 언제 무슨 일을 저질러 아비한테 욕을 보일지 알 수 없어서 전관(前官)께 말씀해 벌써부터 집빙문첩(執憑文帖)까지 내다가 두었으니, 그것을 보셔도 아실 것입니다."

이 말을 듣고 보니, 사실이 그렇다면 송태공을 잡아갈 수도 없는 일이라, 공인들은 송태공이 주는 술이나 얻어먹고 돈냥이나 받아 넣고서 그대로 돌아갔다.

이같이 허행하고 돌아온 공인들이 아뢰는 소리를 듣고서 지현은 말하는 것이었다.

"그와 같이 이미 집빙공문을 가지고 있고 또 송강에게 다른 친척이 없다고 하니, 그렇다면 상금 1천 관을 걸고 각처에다 방을 써붙여 빨리 송강을 잡아들이도록 할 수밖에 도리가 없다."

지현이 이같이 말했으나, 장문원은 지현의 처사에 불만을 품고서 즉시 염파 노망구를 꼬드겨, 노망구로 하여금 머리를 풀어 산발하게 하고 청상에 나가서 발악하도록 했다.

"송강이가 저의 아비 집에 숨어 있는 게 분명한데 어찌해서 상공께서는 그놈을 잡아주시지 않습니까?"

하고 노망구가 발악하므로 지현은 꾸짖는 것이었다.

"듣기 싫다! 벌써 3년 전에 부자(父子)의 의를 끊고 이미 집빙문서까지 가지고 있는 바에야 낸들 어찌할 도리가 없다!"

"아니올시다! 믿을 수 없는 말씀이죠. 송강이가 본래 효성이 지극해서 효의흑삼랑(孝義黑三郞)이란 별명까지 있는 것은 우리 고을에서 모르는 사람이 없을 겁니다. 그 집빙문서라는 게 가짜입니다, 가짜예요."

"그게 무슨 소리냐? 전관이 내리신 인신공문(印信公文)을 가짜라 하다니, 허! 해괴한 말을 다 하는구나!"

하고 지현이 꾸짖으니까, 염파 노망구는 땅바닥에 털썩 주저앉아 몸부림치며 끼익끼익 울어댄다.

"이내 말씀 들어보오! 천하에 인명이 중하거늘, 상공께선 살인범을 그대로 그 아비의 집에 숨어 있게 버려두시니, 이 무슨 곡절입니까? 정녕코 그러시겠다면, 저는 상사(上司)에 올라가서 호소하겠습니다. 에그! 가엾어라, 내 딸아! 파석아!"

이같이 몸부림치며 상사에 호소하겠다고 발악하는 데는 지현도 어찌할 도리가 없어서 그는 마침내 주동과 뇌횡 두 사람의 도두로 하여금 송가촌의 송태공 집을 샅샅이 뒤져 살인범 송강을 잡아오라고 명령했다.

지현의 명령을 받은 주동과 뇌횡은 즉시 40여 명의 토병을 인솔해서 송가촌으로 달려갔다.

두 사람은 송가장(宋家莊)에 도착하여 병정들로 하여금 장원을 둘러싸게 한 다음, 앞문을 주동이 지키고, 뇌횡이 안으로 들어갔다.

그러나 지현이나 마찬가지로 뇌횡도 송강을 체포하고 싶은 생각은 손톱만큼도 없는 터인지라, 건성건성 장원을 한 바퀴 돌아보고 나서 밖으로 나왔다.

"아무리 찾아보아도 없는데!"

하고 뇌횡이 말하니까 주동도,

"그럴 거야! 그렇지만 누가 또 알 수 있소? 이번엔 내가 한번 들어가

보겠소!"

이렇게 한마디 하고 안으로 들어가더니 그는 곧 불당(佛堂)으로 향하여 걸어가는 것이었다.

주동은 불당 앞에 이르러서 사방을 한번 살펴본 다음, 안으로 들어가서 부처님 앞에 놓인 공상(供牀)을 한옆으로 비켜놓고 마룻장을 쳐들었다. 마룻장 밑에 끄나풀이 기다랗게 달려 있으므로 주동은 그것을 잡아당겼다. 그러니까 방울 소리가 뗑그렁하고 울리더니, 조금 있다가 마룻장 밑에서 송강이 나타났다.

주동은 송강을 보고 말한다.

"지금 제가 상공의 분부로 뇌횡과 함께 병정을 거느리고 나오기는 했습니다마는, 형님을 잡아갈 생각은 조금도 없으니 안심하십쇼! 언젠가 형님이 취중에 저를 보고 우리 집 불당엔 은신할 곳이 있다고 이런 말을 하신 일이 있죠? 공상으로 가려놓았기 때문에 아무도 알지 못한다고 그러시던 말씀이 생각나서, 형님이 여기 계실 줄 믿고 제가 들어온 겁니다. 이번 일에 관해서는 상공께서도 형님을 꼭 잡으실 생각은 털끝만큼도 없으신데, 장문원이란 놈이 자꾸 염파 노망구를 충동거려서 말썽을 일으키는 바람에, 이번에도 그래서 저희들이 나오게 된 거랍니다! 제 생각 같아서는 여기도 마음놓고 계실 곳이 못 됩니다. 그러니까 어디 다른 데로 몸을 피하실 도리를 강구해보시는 것이 어떻습니까?"

이 말을 듣고 송강은 대답한다.

"글쎄, 나도 그같이 생각했죠. 몸을 감출 곳은 세 군데가 있는데… 한 군데는 창주 횡해군에 있는 소선풍 시진의 장원이고, 하나는 백호산(白虎山) 공태공(孔太公)의 장원이고, 또 한 군데는 청주 청풍채(淸風寨)의 소이광(小李廣) 화영(花榮)인데, 아직 어디로 가야 할지 결정을 못 하고 있는 중입니다."

"그렇습니까? 그렇게 가실 곳이 있으시거든, 한시바삐 어느 곳으로

든지 결정짓고서 이곳에서 떠나주십시오. 이대로 여기 계시다간 또 무슨 일이 생길는지 알 수 없습니다. 그럼 저는 물러갑니다."

"고맙소이다. 참말 고맙소이다!"

송강은 두 번 세 번 감사의 뜻을 표하고서 다시 마룻장 밑으로 몸을 감추었다. 그러자 주동은 널판을 들어다가 마룻구멍을 덮어버리고 그 위에다 처음대로 상을 들어다가 가려놓은 다음, 장원 밖으로 나와서 뇌횡을 보고 말한다.

"나도 샅샅이 뒤졌건만 아무 데도 숨어 있지 않군!"

"그러기에 내가 말하지 않습디까? 이제 그만 돌아갑시다."

두 사람이 이같이 합의하고 토병들을 거느리고 돌아가려 할 때, 송태공 노인은 두 사람을 붙들고 부득부득 안으로 끌고 들어가 초당에 좌정하게 한 다음, 병정들에게도 술과 밥을 대접했다.

"적(籍)을 뽑아버린 까닭으로 이미 내 집 식구가 아니지만, 그래도 그 자식 때문에 두 분 모두가 이처럼 멀리 나오셨으니 참으로 이 사람은 송구하고 불안합니다."

송태공은 이같이 말하고서 하인으로 하여금 20냥 은자(銀子)를 내오게 하여 그 돈을 두 사람에게 주려 했으나, 주동과 뇌횡은 그 돈을 받지 않았다. 그래도 송태공이 굳이 두 사람에게 주므로 그들은 하는 수 없이 그 돈을 받아 그 자리에서 병정들에게 모조리 나누어주고서 그곳으로부터 돌아갔다.

그들이 떠난 뒤에 송강은 마룻장 밑에서 나와 송태공과 상의하고서 길 떠날 준비를 했다.

송강이 가기로 작정한 곳은 창주 횡해군 소선풍 시진의 장원이다. 송태공은 송강이 혼자서 길 떠나는 것이 종시 마음에 불안하다고 걱정하는 까닭으로, 송강의 아우 송청이 그와 함께 가기로 하여 따라나섰다.

때는 가을도 지나 겨울로 접어드는 계절이어서 마른 풀숲에서는 귀뚜라미가 울어대고, 강물가에는 기러기가 날아가다가 내려와 앉는 때였다. 송강과 송청 형제는 각각 허리에 요도(腰刀)와 박도(朴刀)를 한 자루씩 차고 길을 걸었다.

며칠 후에 두 사람은 소선풍의 장원에 도착했다. 대주황제의 적파후손으로 재물을 우습게 알고, 의를 중히 여기며, 천하 호걸들과 사귀기를 좋아하는 까닭에 세상에서는 시진을 당대의 맹상군(孟嘗君)이라고 일컫는 터인데, 이 사람이 서신으로는 몇 번 왕래가 있었지만 만나본 일은 없었던 까닭에 갑자기 찾아온 송강을 보고 그의 기쁨은 컸다.

시진은 우선 고단한 몸을 편케 하기 위해서 송강과 그 아우에게 더운물 속에 들어가 목욕을 하게 하고, 새 의복과 건과 버선까지 일습을 갈아입게 했다. 그런 뒤에 시진은 후당에다 연석을 베풀고서 송강을 그리로 청했다.

주객이 서로 좌정한 뒤에 송강은 자기가 파석이를 죽이고 은신할 곳을 찾아서 이곳까지 온 전후 전말을 쏟아놓고 이야기했다. 그러나 시진은 조금도 그 이야기에 개의치 않고 말하는 것이었다.

"그만한 일쯤 문제도 안 됩니다! 설사 형장께서 조정의 고관(高官)을 죽이시고, 부고(府庫)의 재물을 훔치셨다 하더라도 저의 집에만 계신다면 무사하실 겝니다. 자랑이 아니라, 포도군관 따위는 저의 장원을 똑바로 보지도 못합니다. 자아, 신상에 대한 걱정은 마시고 술이나 드시지요."

이렇게 낮부터 시작한 술을 시진과 송강은 해가 넘어가고 밤이 되어 등불을 밝힐 때까지 계속했다.

"이제는 술을 더 못 하겠으니 용서하십시오."

송강은 적당히 마셨던 까닭으로 그만 자리를 뜨려 했으나 시진은 은근한 태도로 더욱 술을 권하는 고로, 송강은 하는 수 없이 초경이 지나도록 자리를 뜨지 못했다.

그러다가 송강이 문득 변소를 가야겠기에 자리에서 일어나니까, 시진은 즉시 하인을 시켜서 등불을 밝혀 손님을 변소까지 인도해드리라고 이르는 것이었다. 그래서 송강은 하인을 따라서 기다란 복도를 걸어갔다.

그리하여 그가 동쪽 복도를 다 나가서 오른편으로 꾸부러진 복도로 들어가려 할 때, 워낙 술이 과도했던 까닭으로 발이 헛디뎌져서 그곳에 나와 앉아서 불을 쬐고 있는 한 사나이 앞에 놓인 화로를 걷어차고 말았다. 화로는 엎어지고, 빨갛게 피어오른 숯덩어리가 튀어서 그 사람의 얼굴을 때렸다.

불을 쬐고 있던 그 사람은 너무나 놀라운 일을 당해 당황하다가 벌떡 일어나더니, 노기가 충천하여 소리를 지른다.

"이 자식이 눈깔이 빠졌나!"

한마디 하고서는 다짜고짜로 송강의 멱살을 움켜잡았다. 등불을 들고서 변소를 안내하던 하인은 기겁할 만큼 놀라면서 말한다.

"이러시면 안 됩니다. 이 어른은 대관인께서 아주 귀하게 모시는 손님인뎁쇼!"

"뭐 어째? 귀한 손님이라고? 나도 처음엔 이 댁에 귀한 손님이었다. 천날 좋은 손님 없고 백날 붉은 꽃이 없다더니, 요새 너의 댁 주인이 날 푸대접하더라!"

그 사람은 이렇게 말하고서, 주먹으로 송강을 치려고 하는 것이었다. 하인은 등불을 마룻바닥에 내려놓고서 그 사나이의 팔을 붙들고 매달렸다. 복도에서 지껄대는 소리를 들었는지라 마침내 시진이 쫓아나와서 이 광경을 보고,

"압사 어른께 어쩌자고 이렇게 무례한 행동을 하시오?"

라고 타이르니까, 그 사나이가 대꾸한다.

"압사요? 압사라도 운성현 송압사나 된다면 몰라도, 다른 것 같은 거

야 내 안중에 없습니다!"

"그럼 송압사를 잘 아시는 모양이로군요?"

"난 송압사를 만나뵌 일은 없지만, 성화는 익히 들었죠. 천하에 '급시우 송공명'을 모를 사람이 어디 있겠소!"

"그럼, 급시우 송공명을 만나보고 싶겠구려?"

"그렇잖아도 내가 병만 나으면 그분을 찾아갈 작정이죠."

"속담에 멀면 10만 8천 리요, 가까우면 바로 눈앞이라더니, 지금 손님 앞에 서 계신 이 어른이 바로 급시우 송공명이시라오!"

"아니, 그 정말입니까?"

이때 송강이 비로소 입을 열었다.

"네, 내가 바로 송강이라는 사람입니다."

이 말을 듣더니 그 사나이는 그 자리에 넙죽 엎드려 절을 하면서,

"용서하십쇼! 몰라뵙고 너무나 무례하게 굴었습니다. 눈이 있어도 태산을 못 알아뵈었으니, 그 죄를 용서하십쇼."

하고 머리를 조아린다.

송강은 급히 그의 손을 잡아 일으키면서 물었다.

"노형은 존함이 누구시오?"

그러자 곁에 있던 시진이 말하는 것이었다.

"이분은 청하현(淸河縣)에 사시는 분인데, 성은 무(武)씨고, 이름은 송(松)이며, 배행(排行)은 제이(第二)로, 저한테 와 계신 지가 약 1년가량 됩니다."

"아아 그러십니까! 내가 고명을 들은 지는 오랜데, 여기서 이렇게 만나기란 참으로 뜻밖입니다그려."

송강이 말하자 시진은,

"자아, 우리 방으로 들어갑시다."

하고, 두 사람의 손을 잡고 다시 후당으로 들어가, 또 한 차례 술자리

를 벌이는 것이었다.

송강이 밝은 등불 아래서 무송의 인물을 살펴보니, 몸집도 장대하고 얼굴도 호걸답게 잘생겼으며 또 음성도 우렁차고 늠름하여 과연 천하에 드물게 보는 호한(好漢)인지라, 그는 마음이 크게 기뻤다.

그래, 송강은 그를 보고 물었다.

"그런데 형장은 무슨 일로 인해서 이곳에 오셨나요?"

무송이 대답한다.

"저는 제 고향 청하현에서 어느 날 술집에서 술을 먹고 있다가 고을에 있는 기밀(機密) 녀석과 시비가 붙어 홧김에 한 대 때려줬더니, 그만 이놈이 뻗어버린단 말예요. 그래, 그길로 시대관인한테로 도망 와서 벌써 1년 동안이나 숨어왔답니다. 저는 그자가 꼭 죽은 줄로 알았으니까요. 그런데 요사이 풍문에 들으니까 그자가 죽지 않고 살아 있다는군요. 그래서 고향으로 돌아가려던 참인데, 우연히 학질에 붙들려 앓고 있다가, 아까 화롯불을 쬐고 있었던 것도 실상은 오한이 심하게 나므로 식은땀을 흘려볼까 하고 불을 쬐고 있던 거랍니다."

"아, 그래요. 그럼 어서 돌아가서 쉬시는 게 좋겠습니다."

"아니올시다. 아까 불똥이 튀는 통에 온몸에서 식은땀이 쭉 흐르더니, 그 덕에 학질이 제풀에 떨어져버렸군요."

"그렇다면 아까 나한테 사례했어야 옳지, 도리어 날 때리려 했습니까?"

송강의 이 말에 시진과 무송은 너털웃음을 웃고 술을 마셨다. 이같이 그들 세 사람은 밤이 깊어 3경이 지나서야 술자리를 파했다.

그런데 원래 무송이 처음 시진을 찾아왔을 때는, 무송을 호걸인 줄 알고서 시진의 대우가 좋았었는데, 얼마 지내는 동안에 무송의 성미가 사나운 데다가 술에 취하기만 하면 대수롭지 않은 일에 성미를 부리고 하인들을 때리기가 일쑤여서, 그때부터 시진은 무송을 그다지 좋아하지 아니했던 것이다.

송강은 이날 밤 무송과 함께 시진이 정해준 서헌(西軒)에 들어가서 편히 쉬었다. 그리고 이튿날도 시진은 양과 돼지를 잡아서 송강을 대접했다.

송강은 융숭한 대접을 받으면서 며칠 지내는 동안 무송의 의복이 허술한 것을 보고 주머니에서 돈을 꺼내어 그것을 무송에게 주고 새 옷을 장만하도록 했다. 그러나 이런 줄을 안 시진이 그냥 있을 이치가 없다. 그는 즉시 비단 한 상자를 꺼내놓고 침공(針工)을 불러들여 그것으로 세 사람의 의복을 새로 짓게 했다. 무송은 기뻤다.

이런 일이 있은 뒤로 무송은 더욱 송강을 존경했다. 송강이 오기 전보다 시진의 장원 안에서 무송을 대우하는 것이 훨씬 좋아진 때문이다. 십여 일 지내는 동안 무송은 학질도 앓지 아니했다.

무송은 차차 고향에 돌아가 보고 싶은 생각이 나서, 하루는 송강을 보고 그 뜻을 고했다.

"글쎄, 그렇게 가보고 싶다면 굳이 붙들 수도 없는 일이니 가보시오. 만일 기회가 오면 우리가 또 만날 거니까, 가보시구려."

송강이 이렇게 말하고 승낙하니까, 무송은 즉시 보따리를 꾸려 둘러멘 후에 초봉(哨棒) 한 자루를 들고 길을 떠났다.

시진과 송강은 장원 밖으로 나와서 5마장가량이나 멀리 따라 나오면서 무송을 전송했다.

호랑이를 때려잡은 무송

　　무송은 시진·송강 두 사람과 작별하고 청하현을 향하여 길을 재촉했다. 괴나리봇짐을 둘러메고 한 자루 초봉 막대기를 들고서, 밤이면 객줏집에 들어가 쉬고, 날이 밝기 무섭게 일어나서 걸어가기를 수일…, 어느 날 무송은 양곡현(陽穀縣)에 들어섰다.

　　해는 이미 한낮이 지났고 배는 몹시 고팠다. 무송은 간신히 참으면서 길을 걸었는데, 얼마 가지 아니해서 인가가 보이면서 저쪽에 있는 술집이 눈에 띈다. 무송이 가까이 가서 보니, 술집 문 앞에 초기(招旗)를 세웠는데, 깃발에는 '삼완불과강(三碗不過岡)'이라는 다섯 글자가 쓰여 있는 것이다.

　　무송은 문안으로 성큼 들어가서 한옆에 자리를 잡고 앉은 후 술을 청했다. 조금 있다가 주인이 숙채(熟菜) 한 접시와 술 한 사발을 내온다.

　　무송은 술 사발을 받아, 그것을 한숨에 들이켜고는 상쾌한 듯이 한마디 소리쳤다.

　　"어허 참 술맛 좋구나! 여보 주인, 뭐 배가 부를 안주가 없소?"

　　이 소리를 듣고 주인이 대답한다.

　　"수육이 있습죠."

　　"그거면 더욱 좋지! 두 근만 썰어주오."

주인은 안으로 들어가더니 수육 두 근을 썰어 큰 쟁반에 담아가지고 나와서 또 술 한 사발을 따라준다.

무송은 또 그것을 받아 한숨에 마셔버리고는,

"그 술맛 참 좋구나! 어서 다시 한 사발 더 부으시오."

라고 말한다. 주인은 즉시 한 사발을 따랐다.

무송은 세 번째 사발도 역시 한숨에 들이켜고는, 또 한 사발을 청한다. 그러나 주인은 다시는 술을 따라주지 않고 물러가버렸다. 이때 무송은 탁자를 쾅쾅 치면서 고함쳤다.

"여보! 주인! 어째서 술을 안 주는 거요?"

주인은 그를 돌아다보면서 대답한다.

"고기는 더 달라시면 더 드리겠습니다."

"고기도 먹겠지만, 술을 더 가져와요!"

"술은 더 못 드립니다. 고기는 몇 근이든지 더 드립죠!"

"아니, 어째서 술은 못 주겠다는 거요?"

"왜 문 앞의 깃발을 못 보셨나요? '삼완불과강'이라 쓰여 있잖습니까? 저희 집 술이 워낙 독해서 어떤 손님이고 세 사발만 잡수시면 취해버리는 까닭에 이 앞의 고개를 못 넘어가시니까 말이랍니다. 그래 이 고개를 '삼완불과강'이라 합죠."

이 말을 듣고 무송은 껄껄 웃으면서 말했다.

"그런데 나는 세 사발을 먹었는데도 어째서 아무 기별도 없소?"

"저희 집 술 이름이 원래 투병향(透瓶香)이라 한답니다. 그런데 또 출문도(出門倒)라고도 부르는 손님도 있죠. 술맛이 워낙 좋기 때문에 잡술 때는 몰라도, 이제 돌아가실 때엔 왈칵 오르는 겝니다."

"여보, 쓸데없는 수작 그만두고 어서 술이나 부으시오! 내가 술값을 안 낼까 봐서 이러는 거요?"

주인은 무송이 세 사발이나 먹었건만 까딱없는 것을 보고, 다시 연달아서 세 사발을 부었다.

무송은 연거푸 마시고 나서 입맛을 쩍쩍 다시더니, 말한다.

"거 참 술맛 좋다! 어서 더 부으시오."

"아니올시다! 정말이지 이 이상 더 잡수시면 참말 해롭습니다!"

"허, 참! 이 사람이 웬 잔소리가 이렇게 많은가? 자아 어서 술을 붓고 고기도 더 가져와요!"

주인은 무송이 그 독한 술을 여섯 사발이나 마시고도 까딱없는 것을 보고 어이가 없어서 그가 청하는 대로 고기 두 근과 술 세 사발을 내놓았다. 무송은 그것을 다 먹고 품속에서 은전을 몇 개 꺼내놓고 말한다.

"여보 주인! 이걸로 술값이 모자라지 않겠소?"

주인은 돈을 세어보고 나서 대답한다.

"모자라기는커녕 도리어 남는뎁쇼. 거슬러드립죠."

"아수! 거슬러줄 게 아니라, 그걸로 술이나 더 주!"

"거슬러드리지 않고 술로 드리자면 여섯 잔은 더 드려야 셈이 맞나봅니다. 그런데 정말 그렇게 잡쉈다간 이 자리에 그냥 고꾸라지실 테니 그만두십쇼!"

주인이 대답하니까 무송은 고집한다.

"그까짓 술 몇 잔 더 먹었다고 쓰러진다면 내가 사내대장부가 아니지!"

"아홉 잔도 과하신데 더 잡수시면 정말 해롭습니다."

무송은 역정을 버럭 내면서 소리를 질렀다.

"술은 안 가져오고 웬 잔소리야? 네가 정말 못 주겠다면 이놈의 집을 마구 부숴버리겠다!"

호령을 듣고 주인은 마지못해 술 여섯 사발을 또 부어주었다.

무송은 이렇게 해서 도합 열다섯 사발의 독한 술을 마시고 그제야 초봉 막대기를 집어들고 일어나면서,

"그래, 내가 어디 까딱이나 하냐? '삼완불과강'이란 무슨 어림도 없
는 수작이냐 말야!"

이런 소리를 하고는 껄껄껄 웃으면서 문밖으로 나간다. 이것을 보고
주인은 황급하게 쫓아나오더니 묻는 것이었다.

"손님! 지금 어딜 가시는 겝니까?"

"왜 그러우? 술값을 받았으면 그만이지 무슨 참견이야."

"누가 술값을 못 받았다고 했습니까? 내가 진심으로 손님을 위해서
하는 말씀입니다. 저 고개가 이름이 경양강(景陽岡)인데, 얼마 전부터 호
랑이가 나타나 벌써 30여 명이나 사람을 잡아먹었습니다. 그래, 관사에
서는 사냥꾼들을 풀어 호랑이를 잡아들이게 마련 중인데 고개 밑에 방
문(榜文)도 붙어 있습니다. 고개를 넘어갈 행인은 반드시 성군작당해 사
시·오시·미시에만 고개를 넘고, 인·묘·신·유·술·해시에는 고개를
못 넘기로 되어 있답니다. 지금이 미시(未時) 말 신시(申時) 초인데, 손
님이 단신으로, 더구나 술에 취해 고개를 넘어가시겠다니 될 뻔이나 한
일입니까? 오늘밤은 제 집에서 주무시고 내일 사람들이 모이거들랑 수
십 명이 작당해 고개를 넘으시도록 하십시오."

이 말을 듣더니 무송은 껄껄 웃고 나서 말한다.

"별소리를 다 듣겠군! 내가 바로 청하현 사람이란 말야! 내가 적어도
수십 차나 경양강을 넘어 다녔지만, 호랑이가 나온다는 이야기는 못 들
었는데 이거 왜 덜된 수작이야!"

"아니, 그렇게 못 믿으시겠거든 그 방문을 베껴다두었으니 들어와
보시면 아실 게 아녜요?"

"사람을 보고 수작을 붙여! 정말로 호랑이가 나온대도 내가 무서워할
줄 아는가? 아마도 네가 나를 붙들어 재우고선 밤중에 내 재물을 뺏고
목숨을 해치려는 생각인가 보다마는, 네 꾀에 넘어갈 내가 아니다⋯."

이 말에 술집 주인은 성이 났다.

"이건, 남은 호의를 가지고 권하는 말인데, 그따위 수작이 어디 있소. 호랑이한테 물려 죽거나 말거나, 난 모르겠으니 당신 맘대로 하슈!"

주인은 돌아서서 안으로 들어갔다.

무송은 그대로 경양강 고개를 향해서 걸었다. 그리하여 4, 5리가량 걸어서 마침내 고개 아래에 이르러 보니까, 커다란 소나무의 껍질을 벗기고 허옇게 나무를 깎아낸 자리에다 굵다란 글자로 글이 쓰여 있다.

근자에 경양강에 대충(大蟲)이 있어 사람이 다수히 상하는 터이니 객상들은 사·오·미 삼개시진에 성대하여 고개를 넘으라.

이 글을 보고 무송은 코웃음쳤다. 그리고 속으로 혼잣말을 했다.

"이게 모두 술집 주인놈의 농간이다. 제가 이래놓고서 나그네들을 제 집에 묵어가게 할 작정으로 꾸며낸 수작이지만… 흥! 내가 이런 꾀에 넘어갈 줄 아니!"

코웃음치고 무송은 막대기를 휘두르며 고개 위로 올라가기 시작했다. 이때 해는 뉘엿뉘엿 산 너머로 숨어버렸다. 무송이 언덕길을 5마장가량 올라가니까, 그곳에 허물어져 가는 산신묘(山神廟)가 하나 있고, 묘문 위에 한 장 인신방문(印信榜文)이 붙어 있다.

읽어보니까 다음과 같은 글이다.

양곡현 고시(告示). 경양강 고개에는 호랑이가 있어 인명을 해하므로. 각향(各鄉)의 이정(里正)과 사냥꾼들에게 잡으라 했건만 아직 잡지 못했으니, 만약 이곳을 지나가는 객상인이 있거든, 사·오·미(巳午未) 삼개시진(三個時辰)에 떼를 지어 넘어갈 것이고, 그 외의 시분(時分)과 또 혼자 몸으론 넘어가지 말 것이니, 불행히 목숨을 잃을까 두려워함이다. 모두들 이 뜻을 알지어다.

이 글을 읽은 다음에야 무송은 참으로 이 고개에 호랑이가 있다는 것을 알고 발길을 돌이켜 아까 자기를 붙들던 술집 주인한테로 돌아갈까 하다가, 다시 생각하니 이제야 꺼벅꺼벅 돌아갔다가는 술집 주인한테 비웃음만 살 것 같아 발이 내키지 않는다.

'에라! 내친걸음에 아주 고개를 넘어가자! 뭐 별일이 있겠느냐!'

무송은 마음을 정하고 고개 위로 올라가기 시작했다. 시월 절기인지라, 해는 짧고 밤은 길어서 그가 고개 위까지 거의 다 올라왔을 때는 이미 깜깜한 밤이었다. 이때 무송은 혼자 중얼거렸다.

"호랑이는 무슨 호랑이냐! 공연히 사람들이 겁을 집어먹고 그러는가 보지?"

그는 이렇게 중얼거리고 몇 발자국 더 올라가다가 술기운이 왈칵 올라와서 견딜 수 없는 현기증을 느꼈다. 그래서 그는 전립을 벗어 어깨에 걸고 옷고름은 풀어 가슴을 헤쳐놓고, 이리 비틀 저리 비틀 잡목이 우거진 숲속을 지나가다가 발밑에 커다란 바윗돌이 하나 있는 것을 알았다.

"에라. 아무 데서나 한숨 자다 가자!"

그는 또 이렇게 중얼거리고 바위에 철벅 주저앉아서 초봉 막대기는 머리맡에 놓고 다리를 뻗고 누워버렸다. 조금 지나서 그가 막 잠이 들려고 할 때, 난데없이 휘휘 찬바람이 수풀을 헤치고 불어온다.

무송이 이상하게 느끼고 일어나 앉아 정신을 가다듬고 있노라니까, 수풀 속으로부터 눈이 화등잔 같고 이마에 흰 점이 박힌 커다란 호랑이가 나오는 것이 아닌가.

그는 깜짝 놀라 얼른 머리맡에 있던 초봉을 집고서 바위 아래로 뛰어내렸다.

호랑이는 앞발을 꿇고 넙죽 엎드리는 것 같더니 즉시 앞발을 번쩍 쳐들고 껑충 뛰어 곧장 무송한테 덤벼들었다. 실로 아슬아슬한 순간이다. 이때, 무송은 엉겁결에 간신히 몸을 홱 돌려 피하기는 했으나, 아까 먹은 독한 술 열다섯 사발이 모조리 식은땀이 되어 그대로 온몸에서 쏟아졌다. 앞발로 허공을 치고 땅에 떨어진 호랑이는 어느 틈에 무송이 저의 뒤에 서 있는 것을 알고 이번에는 앞발로 땅바닥을 버티고, 뒷발을 번쩍 쳐들어 무송을 차는 것이었다. 무송은 몸을 날려 또 한 번 호랑이를 피했다.

이때 호랑이는 주홍 같은 입을 딱 벌리고 '어홍' 하고 울더니, 꼬리를 번쩍 꼬나세우고 그걸로 무송을 후려갈긴다.

이번에도 무송은 몸을 날려 간신히 피했다. 호랑이가 사람을 잡는 방법은 세 가지밖에 없으니, 즉 앞발로 치고, 뒷발로 차고, 꼬리로 때리는 것이다. 그러고 보니 이 호랑이는 이 세 가지 방법을 다 쓰고서도 실패했으므로 이번엔 기어코 잡아먹을 양으로 '어홍' 하고 울더니, 몸을 획 돌이켜 번개같이 무송한테로 덤벼든다.

무송은 초봉을 두 손으로 높이 치켜들었다가, 전신의 힘을 다해 내려쳤다.

그러나 그는 호랑이를 친다는 것이 엉겁결에 잘못 쳐서 곁에 서 있는 나뭇가지를 후려갈겼기 때문에 나뭇가지가 뚝 부러지고, 손에 들고 있던 초봉도 두 동강이 되었다. 이 틈을 타서 호랑이는 다시 껑충 뛰면서 앞발로 무송을 치려 든다.

무송은 몸을 모로 훌쩍 뛰어 이것을 피하면서 손에 쥐고 있던 반 토막 초봉을 내던지고 호랑이가 앞발로 허공을 치고 땅바닥에 떨어지는 순간 그놈에게 달려들어 호랑이 대가리를 두 손으로 움켜쥐고 그대로 찍어눌렀다.

호랑이는 몸을 들먹거리고 대가리를 쳐들려고 애를 쓴다. 무송은 기를 쓰고 더욱 호랑이가 대가리를 쳐들지 못하도록 찍어누르면서 한쪽 발로 호랑이 얼굴을 수없이 여러 번 걷어찼다.

호랑이는 으르렁으르렁 비명을 지르면서 아픔을 견디지 못하여 앞발로 땅을 허비적거리는 바람에 금시에 그 자리에는 커다란 웅덩이가 파이고 말았다.

무송은 호랑이 대가리를 그놈이 파놓은 웅덩이 속에다 쑤셔박으면서 한 손으로는 그놈의 대가리를 억누르고, 한 손으로는 주먹을 단단히 쥐고 주먹이 부서지든지 호랑이 대가리가 부서지든지 결판을 짓겠다는 듯이 마구 때렸다.

내려치기를 한참 동안 계속해서 5, 60차례나 후려갈겼을까 했을 때 마침내 그렇게도 사납던 호랑이도 입으로 코로 눈으로 귀로 시뻘건 피를 쏟으면서 그대로 뻗어버렸다.

호랑이가 뻗어버리는 것을 보고도 무송은 그래도 혹시나 이놈이 살아나지나 않을까 의심스러워서 반 동강 난 초봉을 찾아들고 다시 한 번 호랑이를 냅다 후려갈겼다. 이제는 아주 죽은 것 같다.

그러나 이렇게 되고 보니 무송 역시 기진맥진했다. 그는 다시 바위 위에 올라가서 다리를 뻗고 앉아서 혼자 생각했다.

'이러고 보니 밤이 깊었는데 만약 호랑이가 또 한 마리 나온다면 그땐 난 못 당해내겠다! 그럴 바에야 한시바삐 내려가는 게 상책이다!'

무송이 주의를 정하고 바위 위에 벗어놓았던 전립을 찾아 쓰고 산을 내려가는 길로 걸음을 재촉했다.

그러다가 그는 단 한 마장도 못 가서, 두 마리의 호랑이가 수풀에서 어슬렁어슬렁 나오는 모양을 발견하고 소리를 질렀다.

"이젠 죽었구나!"

그가 소리치자, 이상하게도 호랑이 두 마리는 별안간 걸음을 멈추더니 대가리를 치켜들고 벌떡 일어선다.

무송이 놀라 자세히 살펴보니, 그것은 호랑이가 아니라 호피(虎皮)로 옷을 만들어 입은 사람으로서, 두 사람이 똑같이 손에 오고차(五股叉)를 쥐고 있는 것이었다.

무송은 두 사람을 보고 꾸짖듯이 물었다.

"그 모양을 하고 여기서 무슨 짓들을 하는 거요?"

호피를 뒤집어쓴 두 사람이 대답한다.

"우리는 지현님의 분부로 호랑이를 잡으러 나온 사냥꾼입니다. 그놈의 호랑이란 짐승이 사나운 짐승이어서 여간한 수단으론 잡을 수가 없기 때문에 이렇게 호랑이 껍질을 뒤집어쓰고 나왔답니다. 저 산 아래에도 장정 십여 명이 매복하고 있습니다만… 대관절 임자는 사람이요? 귀신이요? 이 밤중에 혼자서, 더구나 맨주먹으로 고개를 넘어오다니! 그래, 오는 도중에 호랑이를 만나지는 아니했소?"

무송은 대답했다.

"바로 지금 저기 저 숲속에서 임자들이 찾는 호랑이를 만났기에 발길로 차고, 주먹으로 때려서, 기어코 죽여버리고 내려오는 길이오!"

"여보 듣기 싫소! 거짓말도 분수가 있지 않소?"

"못 믿겠단 말요? 못 믿겠으면, 바로 이 위에 있으니 나하고 같이 가봅시다그려!"

사냥꾼들은 이 말을 듣고 반신반의하면서 그 아래에 매복하고 있던 장정들을 불러 횃불을 밝힌 후 무송을 앞장세우고 고개 위로 올라갔다.

그들이 고개 위에 올라와 보니, 과연 커다란 호랑이 한 마리가 죽어서 그곳에 쓰러져 있다.

그들은 한편으론 놀랍고, 한편으론 기뻤다. 그래서 그들 중에 한 사람을 급히 그 고을 이정(里正)과 그 동네의 상호(上戶)한테 가서 이 일을 알리게 한 다음, 여러 사람이 달려들어서 죽은 호랑이를 묶은 후 기다란 장대에 꿰어 이것을 메고 일제히 아래로 내려갔다.

그들이 고개 아래 내려오니까, 벌써 소문을 듣고 마을 사람들이 7, 8명이나 모여 서서 그들을 기다리고 있고, 또 그 부락의 상호가 보낸 교자(轎子)가 무송을 기다리고 있다. 이리해서 무송은 교자에 올라앉아 이

고을에서 가장 큰 장원으로 가게 되었다.

인도를 받은 무송이 정청(正廳)으로 올라가니, 주인은 즉시 무송을 상좌에 모시고 동네 사람들과 함께 묻는 것이었다.

"장사의 존함이 뉘시오며 고향은 어디십니까?"

"그리고 그 무서운 호랑이를 어떻게 잡으셨습니까?"

무송은 질문을 받고 자기가 술에 취해 고개를 넘어오는 도중에 호랑이를 만나서 어쩔 수 없이 맨주먹으로 때려죽이지 아니치 못했던 사정을 자세히 이야기했다. 그러니까 모든 사람들이 혓바닥을 내저으면서 감탄했다.

"참말, 선생은 천하장사십니다!"

그들은 칭찬하면서 즉시 고기와 술을 내다놓고 그에게 권했다. 그러나 호랑이를 때려잡느라고 기운이 파해버린 무송은 음식을 사양하고 객방으로 나가서 드러누워버렸다.

이튿날 아침에 무송은 장정 네 명이 메는 양교(涼轎)에 올라앉아서 지현 상공한테로 인도되었다.

그가 타고 앉은 교자 앞에는 7, 8명의 장정이 호랑이를 메고 앞장섰다. 그리고 길거리에는 구경꾼들이 즐비하게 늘어서 있다.

현청 아문 앞에 이르러 교자에서 내려 바로 정전(正殿)으로 들어가니까, 기다리고 있던 지현은 무송을 청상(廳上)으로 올라오도록 한 후, 그가 자리에 좌정하자마자 호랑이 잡은 이야기를 하라 한다.

무송은 처음서부터 끝까지 또 한 번 자세히 이야기했다. 그러니까 청상 청하에 있던 모든 사람이 놀라지 아니하는 사람이 없다.

지현은 이야기를 듣고 무송에게 술을 내고, 상금 1천 관을 내리는 것이었다. 그러나 무송은 그것을 받지 않고 말했다.

"소인이 상공의 은덕으로 요행히 범을 잡은 것이옵지, 결코 소인이 능해서 잡은 것이 아니오니, 어찌 감히 상금을 받사오리까? 소인이 듣자오니 이곳 엽호(獵戶)들이 그 호랑이 때문에 상공의 꾸지람을 받고 여러 날 동안 수고했다 하오니, 상금 1천 관은 그 사람들에게 나누어주시는 것이 당연할까 하옵니다."

지현은 무송의 말을 듣고서 그렇게 하라고 허락했다. 무송은 즉시 그 자리에서 상금 1천 관을 사냥꾼들에게 골고루 나누어주므로, 이 광경을 본 지현은, 무송이 힘이 셀 뿐 아니라 위인이 충후인덕(忠厚仁德)함을 알고 무송을 채용하여 크게 쓰고 싶어졌다. 그래서 지현은 무송보고 말했다.

"네 고향이 청하현이라니, 우리 양곡현과는 지척지간이다. 내 이제 너를 도두(都頭)로 삼고자 하니, 네 의향이 어떠냐?"

무송은 꿇어앉아서 아뢰었다.

"상공께서 그처럼 소인을 생각해주시니, 소인은 목숨을 바치고 상공을 모시겠습니다."

지현은 즉시 압사를 불러 문안(文案)을 작성케 한 후, 그날로 무송을 양곡현 보병도두에 임명했다.

무송이 양곡현 보병도두가 된 지 며칠 후 하루는 그가 혼자서 거리를 거닐고 있을 때, 누가 등 뒤에서,

"무도두(武都頭)!"

하고 부른다. 무송이 돌아다보니, 뜻밖에도 그의 형 무대랑(武大郞)이 아닌가. 무송은 너무도 반가워서 절을 하고 말했다.

"형님! 안녕하셨습니까? 그동안 벌써 1년 반이나 못 뵈었습니다그려. 그런데 이곳에는 웬일이세요? 저는 형님이 청하현에 계신 줄만 알고 있었는데요."

"내가 이리로 떠나온 지도 반년이 지났나 보다. 그동안 얼마나 너를 보고 싶었는지, 어쩌면 너는 그렇게도 무심했단 말이냐?"

무대랑은 아우의 얼굴을 들여다보며 한편으론 반가워하며, 또 한편

으론 원망하는 표정이다.

그런데 이 형제는 친형제간이면서도 누가 보든지 한 어머니 뱃속에서 나왔으리라고는 생각하지 못할 만큼 서로 판이하게 다르다. 아우 무송은 신장이 8척이나 되고 얼굴이 잘생겨서 누가 보든지 호걸로 보이고, 사실로 그 무서운 호랑이를 주먹으로 때려잡기까지 했던 것인데, 이와 반대로 그의 형 무대랑은 신장이 불과 5척이요, 얼굴은 못생긴 데다가 대가리가 덜돼먹어서 청하현 사람들은 그를 '삼촌정곡수피(三寸丁穀樹皮)'라고 별명지어 부르며 업신여겨 오던 터이다. 그러나 무송이 청하현을 떠나기까지는 무송을 두려워해서 아무도 이 못생긴 '삼촌정곡수피'를 감히 마구 대하지는 못했었다.

그러다가 1년 반 전에 무송이 청하현에서 사라지자, 고을 사람들은 무슨 일이 있을 때마다 무대랑을 천대했다. 더욱이 반금련(潘金蓮)이라는 계집을 무대랑이 아낙으로 맞아들인 뒤부터는 동네 사람들의 멸시가 더욱 심했다.

이 반금련이라는 계집은 금년에 나이 스물두 살로서 얼굴이 제법 반반하게 생겨서 누가 보든지 미인이라 할 만하고 청하현에서도 몇째 안 가는 자 집의 시비(侍婢)였으니까, 말하자면 무대랑같이 못생긴 사내한테로 시집 올 계집이 아니다.

그런데 일이 되느라고 그랬는지, 그 부잣집 영감님이 이 반금련이한태 생각이 있어 어느 날 저녁에 남몰래 손목을 잡아쥐고 이끄는 것을 반금련이 홱 뿌리치고 안으로 들어가서 이 일을 주인 마님께 고해바쳤다.

점잖은 주인 영감은 이 때문에 집안에서 망신을 당하고 속으로 분하고 괘씸해서 그 앙갚음으로 반금련을 동네에서도 제일 못생기고 가난하고 빙충맞은 무대랑에게 그대로 내어주고 말았던 것이다. 그래서 동네에서 강짜를 하는 젊은 놈들은 공연히 시기심이 나서,

"양의 고기가 어쩌다가 잘못돼서 개 주둥아리로 들어갔다."

라고 지껄여대기까지 했다.

그러나 사실을 말하자면 팔자에 없는 미인 계집을 얻어가진 무대랑이야말로 두통거리를 붙든 셈이다. 왜냐하면 어떻게 할 수 없으니까 그저 그대로 매일매일 살아갈 뿐인데, 그것은 계집이 밤낮 다른 사내를 생각하고 있는 눈치를 알고 있는 때문이다. 그리하여 날이 갈수록 동네의 젊은 사내들과 반금련 사이엔 별별 소문이 떠돌았다.

무대랑은 몇 달 동안 참고 견디다가 하는 수 없이 청하현을 떠나 이곳 양곡현으로 집을 옮기고, 그전과 마찬가지로 매일매일 거리에 나가서 취병(炊餠)을 팔아가며 간신히 그걸로 생계를 꾸려나오던 중이었는데, 오늘 뜻밖에 아우 무송을 만난 것이다.

"나는 일전에 누가 경양강 고개 위에서 호랑이를 주먹으로 때려잡고 그 사람이 도두가 되었는데, 성이 무가라는 말을 듣고 나 혼자 생각에 십중팔구 그 사람이 네가 아닌가 이렇게 생각했었단다! 참 잘 만났다. 어서 내게로 가자!"

무대랑은 이렇게 말하고 자석가(紫石街)에 있는 저의 집으로 아우를 데리고 가서 저의 아내 반금련과 상우례를 시켰다.

반금련은 무송과 상우례를 마치고 그의 얼굴을 한번 바라본 후 속으로 생각했다.

'어쩌면 저렇게 잘생겼을까! 한 어머니 뱃속에서 나온 형제간이면서 저렇게 무대랑하고는 딴판으로 잘생겼으니 희한한 일이야. 경양강 호랑이를 맨주먹으로 때려잡았다니 그런 장사가 팔기운만 좋을라고? … 저 사람이 아직 장가를 안 들었다거든 우리 집에 들어와서 같이 살자고 그래야지… 난 어쩌다가 저런 사람을 두고 맹꽁이 같고 귀신같은 것을 서방으로 삼았을까? 아이, 분해!'

그는 은근히 무송에게 마음이 기울어지자 즉시 아래층 부엌으로 내려가 술상을 차려 올라와서는 무송에게 먼저 술잔을 권하면서 묻는다.

"그래 아주버니는 언제 여길 오셨어요?"

시동생보고 반금련은 아주버니라고 부르는 것이었다.

무송이 대답했다.

"한 열흘 됩니다."

"그럼 그동안 어디서 거처하셨어요?"

"현아(縣衙)에 거처하고 있었죠."

"아이 그럼 오죽이나 불편하셨겠어요! 그러지 마시고 오늘부터 우리 집으로 와 계십시오."

무대랑은 반금련이 속에 딴 생각이 있어 그러는 줄은 꿈에도 모르고 맞장구를 친다.

"참, 그렇게 해라! 오늘 밤으로 오려무나!"

형이 이렇게 말하므로 무송은 거역할 수 없어 승낙하고 술 몇 잔을 더 먹은 후 자리에서 일어났다. 현아로 들어가서 지현 상공에게 사실을 아뢰고, 짐짝을 수습하여 병정한테 지워 형의 집으로 들어갔다.

이날부터 무송은 형 내외와 함께 살게 된 것이다.

세월은 흘러 어느덧 동지섣달이 닥쳐왔다. 날마다 매서운 바람이 불고, 노랗고 불그레한 구름이 하늘을 덮더니, 마침내 함박눈이 쏟아지기 시작하더니 밤사이에 천하를 은세계(銀世界)로 만들어버렸다.

무송은 아침에 일찍이 현청으로 가고, 그 뒤에 무대랑은 떡을 팔러 나갔다.

반금련은 혼자 방에 앉아 무송을 생각하다가 만일 그가 일찌감치 돌아오기만 한다면 오늘이야말로 자기의 뜨거운 심정을 그에게 알려주겠다고 결심하고, 즉시 이웃집에 사는 왕파(王婆) 할미를 불러 술과 고기를 사오게 한 후 얌전하게 술상을 차려놓고 위층 무송의 방에다 숯불을 피워가며 이른 새벽 현청에 들어간 무송이 한시바삐 나오기만 고대하고 있었다.

얼마 지나지 아니해서 무송은 돌아왔다. 반금련이 반갑게 뛰어나와 맞아들인다.

"아주버니, 오늘 대단히 추우셨지요?"

"아니요. 아주머니야말로 추우셨겠습니다."

무송은 이렇게 대답하고 전립을 벗어서 눈을 털고, 허리에 찼던 전대를 풀은 후 겉옷을 벗어들고 위층으로 올라간다.

반금련은 즉시 대문을 닫아걸고 뒷문에도 빗장을 지른 다음 준비했던 술상을 들고 위층 방으로 들어가면서,

"새벽에 나가셔서 참 시장하시겠어요."

라고 하니 무송이 대답한다.

"아침을 현아에서 지어 먹었답니다. 형님은 어딜 가셨나요?"

"오늘도 장사하러 나가셨지요. 자, 어서 불을 쬐면서 시장하실 텐데 한잔 드세요."

"형님이 들어오시거든 그때 같이하죠."

"아이, 언제 들어올 줄 알고 그때까지 기다려요! 자, 어서 더운 김에 좀 드세요."

무송은 마지못해서 잔을 집어들었다. 반금련은 큰 잔에다 철철 넘도록 술을 하나 가득 부어놓고는 생긋 웃으면서 말한다.

"한숨에 이 잔을 비우셔야 해요!"

무송은 마지못해 술잔을 한입에 기울였다.

반금련은 또 한 잔을 가득 부어놓고 말한다.

"날씨가 이렇게 차니까 술을 연거푸 잡수셔야 좋겠어요. 참 그런데 아주버니, 올해 몇 살이시죠?"

"스물다섯 살입니다."

"그러세요? 그럼 형님보다 세 살 아래시구면요. 그런데 누구한테 들으니까 아주버니께서 창기(娼妓) 하나를 동가(東街)에다 살림시키고 계

시다고요?"

"그거 헛소립니다. 난 그런 사람 아닙니다."

"아주버니 말씀을 못 믿겠는데요. 입술에 침 바르고 하는 말씀 아녜요?"

"못 믿으시겠거든 형님께 여쭈어보십쇼그려."

"형님이 그런 걸 다 알면 날마다 떡장사나 하는 신세를 면했게요! 호호호 아주버니, 어서 약주를 드세요."

반금련온 능청맞게 웃으면서 약주를 권하고는 저도 자작으로 서너 잔 마시고 나더니 일어나서 다시 술 한 주전자를 화롯불 위에 갖다놓으면서 한쪽 손으로 무송의 어깨를 살그머니 꼬집으며 말한다.

"아이구 아주버니, 이렇게 얇은 옷만 입으시고 춥지 않으세요?"

무송은 아까부터 형수의 거동이 7, 8분가량 수상한 까닭에 마음이 대단히 불쾌했으나, 꾹 참고 대꾸도 안 하고 화젓가락으로 화롯불만 헤집고 있다.

춘심(春心)이 발동해서 억제하지 못하는 반금련은 무송의 손에서 화젓가락을 빼앗아 제가 숯불을 헤집어 가면서 괜한 소리를 한다.

"아주버니같이 그렇게 하시면, 숯불이 일기는커녕 꺼져버려요!"

무송은 형수의 거동이 초조해지는 것을 알았지만 무어라고 꾸짖을 수가 없어서 입을 다물고 있다. 반금련은 화젓가락을 놓으며 그 손으로 주전자를 집어 술 한 잔을 가득히 따르더니, 먼저 제 입에 갖다대고 조록 소리를 내고는 반가량 남은 술잔을 무송에게 주면서,

"여보세요, 마음이 있으시면 반 남은 술을 받아주세요."

라고 교태를 부린다.

무송은 더 이상 참을 수가 없어 계집의 손으로부터 술잔을 빼앗아 마룻바닥에 던져버리면서 꾸짖었다.

"아주머니, 아주머니는 부끄러운 걸 모르는 사람이오? 이 무송이는

청천하늘 밑에 인륜(人倫)을 모르는 개·돼지 같은 짐승이 아니고, 일개 대장부입니다! 만약에 또다시 이런 일이 있다간, 그땐 이 무송이 눈은 아주머니를 알아뵐는지 모릅니다만, 이 주먹만은 아주머니를 몰라뵐 것이니 그런 줄 아십쇼!"

이 모양을 당한 반금련은 너무도 무안하고 분하여서 얼굴빛이 홍당무가 되어 허둥지둥 술상을 거두어서 도망치듯 아래층 부엌으로 내려갔다. 무송은 혼자서 방에 앉아 울분한 마음을 진정시키기에 힘썼다.

조금 있다가 무대가 떡을 다 팔고 돌아왔다.

"여보, 문 열어줘!"

남편의 음성을 듣고 반금련은 급히 나가서 대문을 열었다.

무대는 아내를 따라서 방으로 들어오더니 반금련의 두 눈이 울어서 퉁퉁 부은 모양을 보고 묻는 것이었다.

"아니 웬일이오? 누구하고 싸웠나? 눈이 퉁퉁 붓도록 울었게!"

계집은 앙큼스럽게 대답한다.

"임자가 데데하니까 나까지 만만해 보이는 거란 말예요."

"무슨 소린지 못 알아듣겠네! 누가 와서 뭐랍디까?"

"누군 누구야? 무송이 녀석이지! 날씨는 춥고, 눈을 흠뻑 맞고 들어왔기에 어한이나 하라고 술 한 잔 데워다 주었더니, 글쎄 이 녀석이 아무도 보는 사람이 없으니까 좋은 때를 만난 듯이 나를 희롱하려 덤벼드는구려!"

계집이 지껄이건만, 무대는 그 말을 믿지 않았다.

"내 동생은 그런 사람이 아니야! 그런 소리 함부로 지껄이지 말라고! 남이 알면 우리 모양만 숭하게 되는 거라니까!"

무대는 한마디 남기고 위층 무송의 방으로 갔다.

"무송아, 너 점심 안 먹었거든 나하고 같이 먹자."

형이 다정하게 말을 하는데도 무송은 고개를 숙인 채 교의에 앉아서 화롯불만 들여다보더니 급기야 벌떡 일어나 방 안에서 신는 사혜(絲鞋)를 벗어놓고 유방화(油勝靴)를 신은 다음, 옷을 입고, 전립 쓰고, 전대까지 띠고서 아무 말 없이 밖으로 나가버렸다.

무대는 눈이 둥그레져 동생을 불렀다.

"무송아! 너 어딜 가니?"

그러나 무송은 여전히 아무 대답 없이 그대로 아래층으로 내려가더니 달음질치듯이 대문 밖으로 사라져버렸다.

무대는 즉시 아래로 내려와 반금련을 보고 물었다.

"불러도 대답도 없이 이 애가 나가버리니, 대체 어찌된 일이야?"

"어찌된 일은 뭐가 어찌된 일이야! 제가 진 죄가 있으니까 부끄러워서 그러는 거겠지. 두고 보구려. 오늘 밤으로 제가 짐을 찾아가고야 말걸!"

이 소리를 듣고 무대는 할 말이 없어서 입을 다물고, 반금련도 역시 더 지껄이지 아니하고, 두 사람은 한동안 침묵하고 있었다.

이같이 고요하게 한참 동안 앉아서 있노라니까, 과연 무송은 병정 한 명을 데리고 들어와서 저의 짐짝을 묶어가지고 나가는 것이 아닌가.

무대는 쫓아나가서 물었다.

"무송아! 웬 까닭이냐, 응? 말이나 좀 해라!"

형이 간곡하게 물으니까 무송은,

"형님! 구태여 아시려고 하지 마시오. 그저 제가 하는 대로 내버려두고 계십시오!"

하고, 병정을 앞세우고 그냥 현아(縣衙)를 향해서 걸어가는 것이었다. 무대는 아무 말도 못 하고 동생을 떠나보낸 후 안으로 들어왔다. 이때 반금련은 아까부터 무어라고 쉬지 않고 무송을 욕하며 종알거리고 있다.

"별꼴을 다 보겠어! 만약 임자가 다시 또 그 녀석을 만나보기만 해요! 그럼 난 이 집에서 영영 나가버릴 테니 그런 줄이나 알아요!"

나중에는 금련이 이따위로 말을 하는 고로, 무대는 이럴 수도 없고 저럴 수도 없어서 가만히 있었다.

무송이 이삿짐을 날라간 뒤에 눈도 개고 십여 일이 지났다. 그동안 한 번도 무대는 무송을 찾아가지도 못했다.

그런데 이때, 이 고을 지현은 이 땅에 도임한 지 2년 반 동안 적지 않은 돈을 모았으므로 이 돈을 서울로 올려보내 친척들한테 부탁해 자기 벼슬자리를 승진시키도록 주선해보려고 생각했지만, 다만 도중에 강도를 만나면 어찌할까 그것이 염려스러웠다. 그래서 그는 이리 궁리 저리 궁리하다가 심복인(心腹人)으로 생각하는 무송을 불러들였다.

"서울 계시는 내 일가 어른께 내가 예물을 한 차(車) 보내드리려고 생각한다마는, 도중에 도둑이 많아서 그게 걱정이다. 그래서 생각다 못해 너를 서울까지 딸려 보내고자 하는 터이니, 부디 수고를 아끼지 말고 다녀오기 바란다!"

"네."

무송은 지현 상공의 분부를 듣고 사처로 물러나오자, 즉시 병정을 시켜 술 한 병과 생선·고기·과일 등속을 사오라 해서, 병정과 함께 형 무대의 집으로 갔다.

무대는 마침 집에 돌아와 있었다. 무송이 대문 안에 들어서서 무대를 보고,

"형님, 그간 안녕하셨어요?"

하고 인사하니까 무대는 반가워서 어쩔 줄을 몰라 하며,

"마침 내가 일찍이 돌아오기를 잘했다. 참 오래간만이다!"

하고 만면에 희색을 띤다. 무송은 데리고 온 병정을 보고, 어서 부엌에 들어가서 술상을 차리라고 명령한다. 이때 반금련은 방 안에서 바깥에 무송이 술과 고기를 갖고 온 것을 알고 은근히 기뻤다.

'그러면 그렇지! 그때는 그랬어도… 제가 나한테 마음이 없으면야

다시 찾아올 이치가 있나! 어디, 제가 어쩌는가 내 가만 놔두고 거동이나 봐야겠다….'

반금련은 저 혼자서 지레짐작하고 부리나케 옷을 갈아입은 다음, 방문을 열고 밖으로 나와 무송을 맞이했다.

"아주버니, 참 오래간만이에요. 요전 날 갑자기 나가신 뒤, 도무지 소식이 없으셔서 웬일인지 궁금해 매일같이 형님더러 밖에 나가실 때마다 아주버님 좀 찾아보시라고 그랬건만 날마다 하시는 말씀이 못 만나겠더라고 하시잖아요. 궁금하던 차에 참 잘 오셨어요!"

무송은 형수의 말이 속으론 밉건만, 내색도 아니하고 대답했다.

"오늘은 형님과 아주머님께 꼭 여쭐 말씀이 있어서 찾아왔습니다."

"그러면 위로 올라가자."

무대는 이렇게 말하고 무송을 데리고서 위층으로 올라가니, 반금련도 따라 올라온다.

세 사람이 탁자를 가운데 놓고 둘러앉은 후, 무송이 데리고 온 병정이 들어와서 술상을 벌여놓자 그들은 권커니 잣거니 술을 마시면서 한담을 하다가, 술이 다섯 순배 돌아갔을 때 무송은 술 한 잔을 들고 형을 바라보며 정색하고 말하는 것이었다.

"형님! 제가 이번에 지현 상공의 분부로 서울까지 갔다 오게 됐습니다. 내일 떠나겠는데요, 오래 걸리면 두 달… 빨리 돌아온대도 한 달 반은 걸릴 것 같습니다. 그래서 형님께 꼭 당부할 말씀이 있어서 이렇게 찾아왔습니다. 다른 말씀이 아니라, 제가 이곳에 없는 동안 형님은 아침엘랑 늦게 나가시고, 저녁엘랑 일찌감치 돌아오시도록 하시고, 돌아오시거든 즉시 대문을 잠그고 계십시오. 남이 무어라든지 간에 입을 꽉 다물고 그저 참으시고 결단코 시빌랑 하시지 맙쇼! 남에게 욕을 당하시는 일이 있더라도 그저 꽉 참고 모른 체하셔야만 되겠습니다. 제 말씀대로 실행하시겠거든 이 잔을 받아주세요."

무대는 얼른 그 잔을 받으면서 대답한다.

"네 말대로 꼭 실행하마!"

그리고 무대는 그 잔을 쭉 마셔버린다.

무송은 다시 두 번째 잔에 술을 가득 부어놓고 반금련을 바라보며 말한다.

"아주머니는 자상한 분이니까 제가 여러 말 하지 않겠습니다. 우리 형님이 워낙 순박하신 터이니 제가 없는 동안 매사를 아주머니께서 조심하셔야겠어요. 속담에 거죽이 단단한 게 속이 단단한 것만 못하다고 하지 않습니까. 그러니까 매사를 잘 보살피시면 우리 형님이야 근심할 게 없습니다. 옛말에 울타리가 튼튼해야 강아지가 못 들어온다 했습니다."

이 말을 듣고 반금련은 얼굴이 귓바퀴까지 새빨개지며 흥분해서,

"원 이런 별소릴 다 듣겠네! 울타리가 튼튼하면 강아지 새끼가 들어올 틈이 없다니, 그게 누구보고 하는 수작이야? 말이면 다 하는 수작이야? 내 행실이 어때서 그따위 수작을 함부로 하는 거야? 내가 무대한테 시집올 땐 이따위 시동생 있다는 이야기도 못 들었는데, 아이 분해! 아이 분해!"

하더니, 숨을 쌔근거리며 주먹으로 가슴을 쾅쾅 두드리고선 자리에서 일어나 아래층으로 내려가더니 엉엉 우는 소리가 위층까지 들린다. 무송은 형과 술 몇 잔을 더 나눈 다음에 일어났다. 형제는 아래층으로 내려와서 대문을 나섰다. 무대의 두 눈에서는 눈물이 떨어졌다.

"형님! 안녕히 계십시오. 아까 제가 드린 말씀을 부디 잊지 마시고 실행하십쇼! 무슨 일이 있든지 참고 가만히 계셔야 합니다."

"……."

말을 못 하고 고개만 끄덕거려 승낙하는 표정을 보이는 무대를 뒤에 두고 무송은 돌아갔다. 그리고 그 이튿날 새벽에 무송은 예물을 가득 실은 수레를 영거하여 서울로 떠났다.

요부 반금련

　무송이 떠난 뒤 십여 일이 지나도록 무대는 아우가 신신당부하던 말을 그대로 지켜, 매일 떡장사를 하기는 하되 아침엔 느지막하게 나가고 저녁엔 반드시 해가 지기 전에 집에 돌아와, 즉시 앞뒤 문을 꼭꼭 잠가버리는 것이었다.

　이럴 때마다 반금련은 속이 상해서 무대를 보고 못난이니, 빙충맞은 거니, 동네가 창피스러워 못 살겠다느니, 이건 뭐 우리 집이 흉가냐느니… 바락바락 소리 지르고 욕을 했건만, 무대는 반금련이 무슨 욕을 하든지 못 들은 체하고 날마다 이대로만 실행했다.

　하는 수 없이 반금련은 그다음부터는 무대가 돌아올 때쯤 되어 제가 먼저 대문에 나가서 발을 걷어들이고 무대가 들어온 다음 대문을 꼭 닫아걸게끔 되어버렸다.

　세월은 흘러서 이제는 겨울도 다 가고 햇볕이 제법 따뜻한 어느 날 석양 때, 반금련은 무대가 돌아올 때가 되었는지라, 그전 모양으로 발을 걷어들이려고 대문간으로 나가 대문간 위에 가로질러놓았던 발대 한쪽 끝을 쥐고 그것을 떼어 내리려다가 일이 공교롭게 되느라고 발대를 떨어뜨려 마침 그 앞을 지나가던 어떤 사나이의 머리를 때렸다.

　머리를 맞고 성이 발끈 난 그 사나이는 걸음을 멈추고 홱 돌아서서 호령을 하려다가 뜻밖에도 발대를 머리 위에 떨어뜨린 사람이 남자가 아니라 요염하게 생긴 아리따운 여자인 고로, 호령은 쑥 들어가버리고 분한 생각이 봄눈 녹듯이 사라져버렸다.

"잘못 되었습니다. 용서하십시오."

반금련은 그 사나이한테 허리를 굽혀 인사하고 사과했다.

그 사나이는 저도 모르게 입을 떡 벌리고 웃으면서,

"천만에! 제가 도리어 불안합니다."

이렇게 말하고 그대로 걸어가면서도 몇 번이나 고개를 돌이켜 뒤를 돌아다보는 것이었다. 이때 이웃집에서 다방을 경영하는 왕파 할미가 이 모양을 유심히 내다보고 있었다.

그런데 이날 반금련을 보고 간 사나이가 누구냐 하면 바로 현청 앞에서 생약포(生藥舖)를 경영하는 서문경(西門慶)이었다. 서문경은 어렸을 때부터 인물이 해말쑥하게 생겼고, 성질은 간사하고 권봉(拳棒)깨나 쓸 줄 아는 파락호 재주(財主)로서, 양곡현 백성들은 그가 약장사를 해서 돈 관(貫)이나 모은 까닭에 서문대관인(西門大官人)이라고 존칭까지 하는 터이다.

그래 서문경은 제가 출세나 한 것처럼 뽐내면서 수틀리는 일만 있으면 관원들에게 뇌물을 주어가면서 애매한 사람을 기어코 죄인을 만들기가 일쑤였다. 그래서 이 고을 사람들은 은근히 서문경을 미워하는 터였다.

이 서문경이 반금련을 보고 간 뒤, 반 식경도 못 지나 그는 다시 자석가 무대 집 근처에 또 나타났다. 그는 굳게 닫힌 무대 집 대문을 바라보더니 왕파 할미의 다방 안으로 성큼 들어가서 주렴(珠簾) 앞에 자리를 잡고 앉았다.

왕파는 서문경을 보고 한마디 건넨다.

"아까는 두건 쓴 위로 맞았기에 다행이지… 그래, 머리가 좀 아프셨지요?"

서문경은 싱그레 웃으면서 왕파에게 손짓을 하여 부른다.

"왕파, 이리 좀 와. 대체 아까 그게 뉘 댁인가?"

왕파가 가까이 와서 앉으며 대답한다.

"그이가 바로 염라대왕의 매씨요, 오도장군(五道將軍)의 따님이죠. 그런데 그건 왜 물으시오?"

"이 늙은이야! 누가 지금 농담하자고 하던가?"

"농담이 아니고 진담이시라면, 정말 몰라서 물어보셨군요? 그 댁네 남편 되는 사람이 날마다 현청 앞에서 장사를 하니까 잘 아실 텐데…?"

"그럼, 대추떡 장수 서삼(徐三)의 아낙인가?"

"아니죠. 그렇기나 하다면 아주 제법 어울리게요….."

"그럼, 인절미 장수 이이(李二)의 마누라구먼."

"아니, 그렇게 만났더라도 오히려 괜찮게요?"

"그럼, 색골무떡 장수 육소을(陸小乙)의 계집인가?"

"당치도 않습니다."

"그럼, 누굴까? 모르겠는데… 그러지 말고 가르쳐주구려!"

"그럼 가르쳐드릴까요? 웃지 마세요. 그 댁네 바깥양반이 누구신고 하면, 바로 취병 장수 무대랑이라는 양반이시랍니다."

왕파가 말하자, 서문경은 저도 모르게 발을 한 번 쾅 구르면서 말을 뱉는다.

"뭣이? 저, 저 '삼촌정곡수피'라고 부르는 그 무대랑 말인가?"

"그렇답니다."

서문경의 입에서는 한숨이 저절로 새어나오며 탄식이다.

"아깝다! 참, 아깝다! 개 아가리에 양의 고기로구나!"

이렇게 탄식하고, 몇 마디 딴소리를 하다가 서문경은 돌아갔다. 그러나 그로부터 반 시각이 못 지나서 서문경은 왕파의 다방에 또 찾아왔다. 왕파는 그를 보고 말한다.

"또 오셨군요. 맛좋은 매탕(梅湯)을 한 그릇 잡수실래요?"

서문경은 앞서와 같이 주렴 아래 자리 잡고 앉으면서 대답했다.

"좋지. 한 그릇 주게."

라고 한 후, 왕파가 갖다놓은 매탕을 천천히 마시고 나더니 칭찬을 한다.

"매탕 맛이 참 훌륭하이! 이 고을에선 제일인데!"

왕파가 웃으면서 대답한다.

"여태까지 해온 게 그 일인데, 중매야 제일 잘하죠."

"매탕 맛이 좋다니까…, 중매란 무슨 소리야?"

"난 중매노릇 잘한다고 칭찬하시는 줄 알았죠!"

"아니야! 그럼, 이왕 중매 말이 나왔으니 말일세마는… 나한테 색시 하나 중매해주게. 사례는 후하게 할 테니까."

"천만에요! 그런 말씀 다시는 마십쇼! 만약에 댁의 마나님이 아셨다가는 내가 큰코다칩니다!"

"아니, 괜찮아! 우리 집 큰마누라 염려는 하지 말고, 그저 꼭 숫색시가 아닐지라도 좋으니까 하나 얻어주게."

"그래요? 그러시다면, 마땅한 색시가 있기는 있죠마는 나이가 좀…."

"한두 살쯤 나이가 위라도 상관없지. 대체 몇 살이나 된 색신데?"

"그 색시가 무인(戊寅)생이니까, 올해 꼭 아흔세 살이로군요."

서문경은 너털웃음을 웃고 나서,

"에잇! 미친 마누라 같으니라고. 늙은이가 바람 들린 수작을 하거든!"

한마디 하고는 일어나 돌아가버렸다.

조금 있다가 해가 꼬빡 숨어버리고 사방이 어두웠는지라, 왕파가 등잔에 불을 켜가지고 막 대문을 닫으려고 할 때 서문경은 또다시 다방에 찾아왔다.

왕파는 대문을 닫지 못하고 서문경 앞에 와서,

"무엇을 드릴까요. 화합탕(和合湯)을 한 잔 드시겠습니까?"

라고 하자 서문경은,

"화합탕 좋고말고. 이왕이면 좀 달콤하게 해주구려."

하고는, 왕파가 내온 화합탕을 천천히 마시면서 연신 대문 밖으로 보이는 무대 집 문간만 건너다보는 것이었다. 이렇게 한동안 앉아 있다가 일어나서 말한다.

"장부에 적어두시오. 돈은 내일 한꺼번에 줄게."

"네, 좋습니다. 이 밤을 편히 쉬시고 내일 또 일찍 오십쇼."

서문경은 왕파에게 웃는 낯을 보이면서 돌아갔다.

그가 돌아간 뒤에 왕파는 대문을 닫아걸면서 속으로 중얼거렸다.

'네가 아주 잔뜩 반한 모양이구나. 하지만 네가 내 수단을 빌리지 않고는 일이 뜻대로 안 될 게다!'

그날 밤은 무사했고, 이튿날 아침엔 아니나 다를까 서문경이 왕파의 다방에 또 찾아와서 어제와 마찬가지로 주렴 아래 자리 잡고 앉아서 대문 밖으로 무대 집 문간만 내다보고 있다.

왕파는 이 모양을 보면서도 모른 체하고 차 끓이는 화롯불에 부채질만 하고 있다. 한참 있다가 서문경이 차를 청한다.

"왕파! 차를 두 잔만 갖다주게."

왕파는 생강차 두 잔을 따끈하게 데워 탁자 위에 갖다놓았다.

"왕파, 거기 좀 앉게. 나하고 같이 한 잔씩 하세."

왕파는 싱글싱글 웃으면서 서문경과 마주 앉았다.

"내가 왜 대관인(大官人)과 마주 앉아야 하나요?"

서문경도 웃으면서 한마디 한다.

"이 옆집에서는 무엇을 팔고 있나?"

"그 집에선 찐만두하고 소젖을 데워서 팔지요."

"늙은이가 또 허풍을 떠는군!"

"저것 봐! 내가 언제 대관인한테 허풍을 합디까?"

"그럼, 늘 정말만 했나? 그런데 내가 취병을 3, 40개 사가고 싶은데, 앞집에 가서 취병 좀 사다주게나그려."

"취병을 사고 싶으시거든, 그 댁네 사내가 돌아올 때까지 여기 앉아서 기다리십쇼그려."

"딴은 그래야겠군그래!"

서문경은 차를 마신 뒤 책에 적어두라 이르고 대문 밖으로 나가더니, 동쪽으로 서쪽으로 공연히 왔다 갔다 7, 8차례나 오락가락하다가, 다시 대문 안으로 들어와서 자리에 앉는다.

왕파는 그의 얼굴을 바라보며,

"대관인께서 아마 조갈이 심하신 모양인데, 조갈증에는 관전엽아자(寬煎葉兒子)가 약이죠."

라고 하자, 이 소리를 듣고 서문경이 말한다.

"남이 조갈 나는지 안 나는지 어떻게 안담?"

"아, 그런 것쯤 짐작 못할라구요!"

서문경은 참으로 몸이 다는 것처럼 상반신을 앞으로 내밀면서 은근하게 사정을 한다.

"여보 왕파! 내가 마음속으로 골똘하게 생각하는 일이 하나 있는데… 늙은이가 그걸 알아맞힌다면 내가 은전 열 냥을 주지!"

왕파는 웃는다.

"그거 쉽지요! 대관인께서 어제 오늘 우리 집 문턱이 닳게 드나드시는 건 까닭이 모두 이웃집 그 댁네 때문입니다. 그래서 지금 목이 마르는 거 아녜요?"

서문경이 고개를 끄덕이면서 대꾸한다.

"늙은이 말이 맞았네! 내 실정을 토하네마는, 어제 그 색시를 한 번 보고 나서 그만 내 삼혼칠백(三魂七魄)을 몽땅 그 색시한테 뺏기고 말았으니 대체 이 일을 어쩌면 좋단 말인가? 왕파! 어디 그 능한 수단으로 날 좀 살려줄 수 없나? 일만 되고 보면 내 은전 열 냥을 줄게!"

"그야 나도 수단을 다해 일을 꾸미겠지만, 먼저 대관인께서 다섯 가지 조건을 구비해야만 일이 성사되겠는데요…."

"다섯 가지 조건이 무엇 무엇인데?"

"첫째는 인물이 잘나야 하고, 둘째는 기운이 좋아야 하고, 셋째는 돈이 있어야 하고, 넷째는 참을성이 많아야 하고, 다섯째는 몸이 늘 한가로워야 합니다."

서문경은 이 말을 듣고 말한다.

"그 다섯 가지라면 나도 자신 있네. 그러니까 어떻게든지 수단을 부리란 말야!"

"그럼 대관인, 돈은 아끼지 않고 쓰시겠나요?"

"그야 여부가 있나!"

"그렇다면 내 어떻게든 해서 그 댁네를 한번 보시게 해드리죠. 내게 묘한 계교가 하나 있거든요."

"어떤 계교가?"

"오늘은 늦었으니 그만 돌아가시고, 이제부터 반년 삼 개월이 지나거든 그때 다시 오십쇼. 그때 내 말씀할게요."

"이거 왜 이 모양이야? 사람을 생으로 잡아도 분수가 있지!"

"돈이 좀 듭니다."

"글쎄, 그건 염려 말라구! 돈은 얼마가 들든지 좋다니까 그러는군그래!"

"그럼 우선 백릉(白綾) 한 필, 남주(藍紬) 한 필, 백견(白絹) 한 필, 그리고 한 근에 열 냥짜리 상등 솜을 사서 날 줍쇼. 그 댁네가 바느질 솜씨가 얌전하니까 내가 그걸 가지고 찾아가서 이렇게 말할랍니다. 저기 시주 관인(施主官人) 한 분이 내 수의감을 떠다주셨는데 바느질을 부탁할래도 도무지 마땅한 이가 없어 그러니 아씨가 수고를 좀 해주어야겠쇠다. 이렇게 말해서, 그 댁네가 말을 안 들어준다면 일은 애당초에 글렀고, 요행 들어준다면 일이 한 푼쯤은 된 셈입니다."

"그래서?"

"그다음엔 내가 저를 보고, 우리 집으로 와서 바느질을 해달라고 청하는데, 내 말을 듣지 않고 끝끝내 자기 집으로 비단을 가져가서 하겠다면 일은 또 그른 게고, 만약 두말 하잖고 우리 집으로 와서 하겠다면, 일이 두 푼쯤 들어섰습니다. 난 그 댁네한테 음식을 대접하지요."

"그래…."

"대관인께서 첫날은 내 집에 오지 마셔야 합니다. 둘째 날도 오지 마시고요. 그런데 그 댁네가 첫날 하루만 내 집에 왔다가 아무래도 제 집에서 일하느니만 못하다고 둘째 날부터 안 온다면 일은 또 글렀고, 만약에 둘째 날도 여전히 내 집에 온다면 일이 서 푼은 된 셈이죠."

"그리고?"

"대관인께서는 셋째 날 오시(午時)쯤 해서 내 집으로 오십쇼. 문밖에서 점잖게 기침을 하시고 나를 찾으세요. 그럼 내가 곧 나와서 방 안으로 모셔드릴 테니. 그때 만약 그 댁네가 그대로 일어나 밖으로 나가버리면 일은 또 글렀고, 만약 그대로 자리에 앉아 있다면 일이 너 푼까지는 된 셈입니다."

서문경은 왕파가 지껄이는 소리를 열심히 듣고 있는데, 왕파는 말을 끊어가며 다시금 계속한다.

"그러면 그때 내가 그 댁네를 보고 이 어른이 바로 내게 수의감을 떠다주신 시주관인이시라고 말을 하거들랑 대관인께서는 그 댁네의 바느질 솜씨를 칭찬하십쇼. 그래서 아무 대꾸가 없으면 일은 또 글렀고, 만약에 제가 무어라고든지 응대한다면 일이 오 푼까지는 된 셈입니다."

"그다음 내가 이렇게 말한답니다. '대관인께서는 돈을 내어주시고 이 아씨는 이렇게 수고해주시니 이 은혜를 무엇으로 다 갚나? 대관인, 마침 오셨으니 나 대신 아씨한테 한턱 쓰세요.' 이렇게 할 것이니 그때 돈을 얼른 내놓으세요! 그런데 이때 제가 발딱 일어나 나가버린다면 또 일은 글렀고, 만약에 그냥 앉아 있는다면 일이 육 푼쯤 성사된 겝니다."

"그러면 난 돈을 받아들고서 '아씨 내 잠깐 나갔다 돌아올 동안 대관인 모시고 얘기나 하세요.' 이렇게 말하죠. 이때 제가 갑자기 일어난다면 붙들어 앉힐 수도 없는 노릇이니 일은 또 글렀고, 만약에 그대로 앉아 있는다면 일이 칠 푼은 들어선 겝니다."

"나는 얼른 밖으로 나가서 안주를 장만해 돌아옵니다. 그리고 그 댁네를 보고 이렇게 말하거든요. '아씨, 일은 천천히 하시고 이리 와서 약주 한 잔 드시죠. 대관인께서 아씨 대접하신다고 한턱 쓰신 거라오.' 그래, 제가 한상에서 먹고 싶지 않다고 나가버린다면 일은 또 글렀고, 말로만 가야겠다면서 몸은 가만 앉아 있는다면 일이 팔 푼까지 익어간 겝니다."

"그래가지고 술이 웬만치 돌면, 난 술이 없어졌으니 다시 사오마고 밖으로 나와서 문을 아주 걸어버립니다. 그때 제가 깜짝 놀라 뛰어나온다면 또 글렀고요, 만약 문 거는 소리를 듣고서도 가만있다면 일이 구 푼까지 된 겝니다."

"다음엔, 급히 굴지 말고, 천천히 몇 마디 수작하다가 대관인께서는 소맷자락으로 슬쩍 젓가락을 떨어뜨리고 허리를 구부려 젓가락을 집는 체하면서 그 댁네 발을 살짝 꼬집으세요. 그때 제가 질겁을 해서 소리를 꽥 지른다면 십 년 공부 나무아미타불이지만, 가만있는다면 저도 생각이 있어서 그러는 것이니 일은 아주 온전히 이루어진 게 아니겠어요? 그래, 내 계교가 어때요?"

서문경은 침을 꿀꺽 삼키고 한마디 했다.

"능운각(凌雲閣)까지는 못 올라갈지 모르겠네마는, 하여튼 늙은이 계교가 절묘하이그려!"

"그렇거든 주신다던 은자(銀子) 열 냥을 잊지 마시고 주셔야 합네다."

"염려 말게. 그런데 일은 언제 착수할 생각인가?"

"오늘 지금이라도 곧 하죠."

서문경은 급한 마음에 즉시 거리로 나가서 주견포(紬絹舖)에서 능라 주단과 솜을 사서 왕파에게 보냈다.

왕파는 뒷문으로 해서 무대 집으로 반금련을 찾아가, 제가 죽으면 저승길 갈 때 입고 갈 의복이니 꼭 좀 지어달라고 청했다. 반금련은 두말없이 승낙하고 이튿날부터 왕파의 집으로 건너와서 바느질을 시작했다.

첫날과 둘째 날은 그냥 넘기고, 셋째 날 서문경이 오정 때쯤 왕파 다방에 찾아와 점잖게 기침을 했다. 왕파는 그를 맞아들이고 반금련에게 서문경을 소개했고, 왕파는 그들에게 술을 대접했다. 또 술을 사와야겠다 하고 왕파는 밖으로 나와서 문을 잠그고, 방 안에서는 서문경이 젓가락을 마룻바닥에 떨어뜨리고 그것을 집는 체하면서 반금련의 발등을 꼬집었고… 반금련은 토라지기는커녕 눈웃음치면서,

"아이 참! 왜 이러실까…."

하고 가만히 앉아 있게 되고야 말았다. 이때 서문경이 그대로 일어서면서 반금련을 끌어안으니까, 반금련이 되레 서문경을 끌어당기면서 왕파의 안방으로 들어갔다.

연놈이 일을 마치고 각기 의복을 고쳐입고 있을 때, 밖에 있던 왕파가 문을 열고 들어오면서 성난 얼굴로 반금련을 꾸짖는다.

"내가 아씨한테 바느질을 청했지, 샛서방 만나달랍디까? 무대가 알면 나한테 벼락이 떨어질 거니까, 내가 먼저 무대한테 일러줘야겠소!"

그러고선 왕파가 밖으로 나가려고 하니, 반금련은 왕파의 치맛자락

을 붙들고 늘어지며,

"용서해주십쇼!"

라고 애걸한다. 서문경이 왕파보고 조용조용히 이야기하라고 간곡하게 청하니까, 왕파는 서문경을 보고,

"대관인께서는 오늘부터 무대를 속이셨으니까, 그런 줄 아시고 날마다 내 집에 오셔야 합니다. 만일 하루라도 안 오시는 날엔 내가 무대한테 일러버릴 테니까 그런 줄 아세요. 그리고 내게 주신다던 것을 잊으시면 안 돼요!"

이렇게 지껄인다. 서문경은 염려 말아… 염려 말아… 하며 왕파를 안심시킨다. 왕파는 그제야 안심한 듯, 밖으로 나와서 술상을 들여다놓고 세 사람은 또 술을 나누었다.

조금 있다가 날이 저물 때가 되므로, 반금련은 무대가 돌아올 때라고 먼저 제 집으로 돌아갔다.

반금련이 나간 뒤에 왕파는 서문경을 보고 묻는다.

"내 수단이 어때요?"

"훌륭하이! 내, 집에 가서 은(銀)을 한 덩어리 보내줄게."

"수의도 생겼고, 은도 생기고 했으니, 아주 관재(棺材)까지 장만해주십쇼."

"그럭하지! 허허허."

서문경은 너털웃음을 웃고 자기 집으로 돌아갔다.

이날 일이 이렇게 된 이후, 날마다 반금련은 왕파의 집으로 건너와서 서문경과 비밀히 만나니, 날이 갈수록 두 사람의 정은 찰떡같이 굳어갔다. 그러나 옛날부터 내려오는 말에 '집안에서 칭찬할 일은 대문 밖에 나가질 않아도, 집안의 험담은 천리 밖에까지 퍼진다'는 격으로 반금련과 서문경이 간통하고 지낸 지 불과 15일 만에, 이웃은 물론이고 온 동네와 가까운 거리에서도 이를 모르는 사람이 없을 정도로 소문이 자자

했다. 오직 이 사실을 모르고 지내는 사람은 반금련의 남편 무대 한 사람뿐이다.

그런데 이 고을 양곡현에 운가(鄆哥)라고 부르는 열대여섯 살 먹은 소년이 하나 있었다. 운가의 어머니는 이미 돌아갔고, 다만 늙은 아버지가 혼자 있으므로 운가가 촌에 나가서 실과를 받아다가 그것을 갖고 읍내에 들어가 장사하는 것으로 그날그날을 간신히 살아오는 터이었는데, 서문경은 바로 운가의 과일을 사주는 단골 중의 한 사람이었다.

어느 날 운가가 배를 한 바구니 둘러메고 서문경을 찾아갔더니, 마침 서문경이 자기 집에 없는지라 운가는 바구니를 짊어진 채 서문경이 갔을 만한 곳을 모조리 찾아보았다. 그러나 도무지 서문경은 보이지 아니했다.

그때 누가 운가에게 일러준다.

"애, 너 서문경을 만나보려거든 자석가로 가야 한다."

운가 소년은 처음 듣는 소리인지라 눈을 둥그렇게 뜨고 되물었다.

"자석가 누구한테 가봐야 할까요?"

"왜 그 왕파 할미가 하는 다방이 있지 않니? 요새 서문 대관인께서 그 집에 가서 살다시피 하고 있단다."

"거긴 무슨 일로 그렇게 가시나요?"

"너 여태 모르는구나. 서문경이가 무대 마누라하고 배가 맞아서 날마다 왕파네 집에 가서 남몰래 만나고 지낸단다. 꼭 만나야겠거들랑 그리로 가봐라."

운가 소년은 이 소리를 듣고 즉시 자석가로 왕파의 다방을 찾아갔다. 이때 마침 왕파는 다방 한구석에 걸상을 놓고 앉아서 길쌈을 하고 있으므로 운가는 배 바구니를 내려놓으며 말했다.

"할머니, 서문 대관인이 여기 와 계시죠?"

왕파는 운가한테 뚝 잡아뗀다.

"서문 대관인이란 게 누구냐?"

"서문 대관인이 서문 대관인이지 누군 누구예요! 저번에 배를 좋은 걸로 한 바구니 가져오라 하시기에 지금 갖고 온 길예요."

"그럼 그 어른 댁으로 갖다드려야지, 이리로 갖고 오면 어떡하니?"

"이건 누가 모르는 줄 아나! 다 알고 왔어요."

운가 소년은 이렇게 한마디 하고는 그대로 안으로 들어가려 하므로 왕파는 큰일이나 난 듯이 질겁을 해서 운가의 팔을 꽉 붙들고,

"아, 요 녀석이! 어딜 함부로 들어가는 거야!"

하고 잡아낚았다.

"오신 걸 알고 묻는데, 안 오셨다고 하니 찾아보려는 거예요!"

"요놈의 새끼! 정말 안 오셨는데도… 너 정녕코 이러기냐?"

"할머니! 혼자만 잇속을 잡숫다간 체하세요! 나도 한몫 끼워줘요."

"요놈의 새끼가 뭘 한몫 끼자고 요러는 거야?"

"정말 내가 모르는 줄 알고 이러시오? 괜스레 내가 입을 한번 벌리기만 하는 날이면, 맨 먼저 할머니가 떡장수한테서 벼락이 떨어질걸!"

이 소리에 왕파는 발끈 노해,

"요놈의 새끼! 뭘 안다고 함부로 주둥아리를 놀리는 거야!"

하고, 한 손으로 소년의 멱살을 단단히 움켜쥐고, 한 손으론 주먹을 쥐고 소년의 골통을 대여섯 번 쥐어박고는 문밖에다 밀어 내치고, 배 바구니를 번쩍 들어서 문밖에다 팽개쳐버렸다.

운가 소년은 엉엉 울면서 배를 바구니에 주워담으며,

"때갈 년 같으니! 내가 너 같은 노망구한테 얻어맞고 가만있을 줄 알고 그러니? 무대보고 내가 죄다 얘길 할 테니까, 어디 두고 보자!"

욕지거리를 해붙이고 소년은 그길로 현청을 향해서 뛰어갔다. 무대가 항상 현청 아문 앞에서 떡장사를 하고 있는 것을 알고 있기 때문이다. 그러나 현청 앞에는 무대의 모양이 보이지 아니했다.

운가 소년은 그 근처 이 골목 저 골목으로 분주히 돌아다니며 무대를 찾았다. 한참 동안 찾아다니다가 한쪽 골목에서 무대를 만나자, 소년은 대뜸 쏘아붙였다.

"아저씨는 오쟁일 져도 떡만 팔러 다니면 제일이유?"

"요 녀석이! 뭐라고 지껄였니?"

"여편네는 뒷집에 가서 무슨 짓을 하든, 아저씬 떡만 팔러 다니면 젤이냐고 그랬수!"

"여편네가 무슨 짓을 하다니, 그게 웬 소리냐?"

무대는 눈을 크게 뜨고 말했다.

"왜? 궁금하우?"

"애, 애, 그러지 말고 얘길 좀 해라! 내 떡을 주마!"

"난 떡은 싫다우! 술이라면 몰라도….."

"술 먹을 줄 아니? 그럼 술 사주마!"

무대는 운가를 데리고 그 근처 조그만 술집으로 들어갔다.

"자아, 어서 이야기를 해!"

"가만있수! 먼저 먹을 거나 먹고 이야길 할게."

운가 소년은 고기와 술을 배부르게 먹고 나서,

"정말 알고 싶수?"

"그래! 알고 싶다. 어서 이야기나 해라."

무대는 조급증이 나서 재촉했다.

"그럼, 우선 내 대가리를 좀 만져보시오!"

무대는 운가의 머리를 한 손으로 어루만져보더니 놀라는 표정으로 의아스럽게 묻는다.

"머리가 부었구나? 왜 누구한테 얻어맞았니?"

"말도 마슈! 망할 년의 노망구 왕파한테서 죽도록 얻어맞았다우….."

"왕파라니, 우리 집 옆에서 다방을 내고 있는 왕파 말이냐?"

"그럼! 그년 말고 누가 날 때리겠수?"

"네가 뭘 잘못한 게 있었기에 때렸겠지."

"서문경한테 배를 팔러 간 게 잘못이란 말유?"

"서문경이 왕파네 집에 있던?"

"왕파네 집에 있던이 다 뭐유! 요샌 서문경이가 왕파 집에서 아주 살고 있는데!"

"뭣에 미쳐서 왕파 집에는 그렇게 드나든다는 거냐?"

"알고 보면 기막히지! 그 자식이 당신 아씨한테 미쳐 그렇게 왕파네 집 문턱이 닳도록 드나드는 거라오! 왕파가 그게 아주 유명한 뚜쟁인 줄 모르슈?"

"그, 그, 정말이냐?"

"그럼 내가 거짓말할 줄 아슈? 우리 고을 안에선 아마 모르는 사람이 없나봅디다. 내가 서문경이 갖다달라던 배를 갖고 서문경을 찾아갔더니, 누가 가르쳐주길래 왕파네 집엘 안 갔겠수? 그랬더니 노망구가 아주 딱 잡아떼고, 안 왔다고 그러는 거 아냐. 그래, 그러면 내가 당신한테 이른다고 그랬지. 그랬더니 이년이 아주 단단히 골이 나서 날 이렇게 때렸다우!"

무대는 이야기를 들으면서 얼굴이 붉으락푸르락해졌다.

"운가야! 너 이것 좀 잠깐 맡아 가지고 있거라!"

무대가 이렇게 말하고 떡목판을 운가에게 맡기고 밖으로 나가려 하니, 운가는 급히 무대의 옷자락을 쥐고 늘어지면서 붙든다.

"어딜 가려고 이러우?"

"어디는 어디야, 왕파네 집이지!"

"안 돼요! 앉으세요!"

운가는 기어코 무대를 도로 주저앉혔다. 나이는 불과 열여섯 살밖에 안 되건만 워낙 몹시 조달한 소년이었다.

"이거 왜 이러시는 거유? 섣불리 굴다간 큰코다친다는 걸 아셔야 해요. 그 늙은 년이 어떤 여우라고… 당신이 들어가면 그 여우가 그냥 있을 성싶수? 서문경하고 미리 군호를 짜뒀을 것이니까, 군호를 한마디 하면 서문경이 어디로 슬쩍 몸을 피하고 보면 일은 다 글렀지 뭐유. 그러지 말고 오늘은 그대로 집으로 돌아가서 찍소리 말고 그냥 있다가 내일 아침에 우리 다시 만나기로 합시다. 내가 어떻게든지 그놈의 샛서방 놈을 붙잡게 해줄 테니까."

무대는 그 말을 듣고 나서 운가의 말이 옳은 줄을 깨달았다. 그래서 그는 운가 소년과 작별하고 집으로 돌아와서 계집한테는 내색도 하지 않고, 이튿날 다시 떡목판을 들고 거리로 나왔다.

그때 운가 소년은 벌써 골목 밖에 와서 기다리고 있다가 무대를 보고 말한다.

"아직 이르니까, 한 바퀴 돌고 오슈!"

무대는 운가 소년이 시키는 대로 떡목판을 들고 그 근처로 떡을 팔러 돌아다녔다. 이렇게 한 바퀴를 돌고 나서 무대는 운가한테로 돌아와서 물었다.

"어떻게 됐니…?"

"조금 전에 그놈이 노망구 집으로 들어갔수! 그런데 말유, 이제부터 내 말대로 해야 하우! 내가 들어가서 그놈의 할미 년을 보고 욕을 해붙이면 그년이 필시 약이 바싹 올라 나를 때리려 할 거요. 그때 내가 이 바구니를 바깥으로 홱 팽개칠 테니까, 그때 즉시 뛰어나와야 한단 말유. 노망구는 내가 붙들고 늘어질게, 안으로 들어가서 그놈 샛서방 놈을 잡으란 말유. 아시겠수?"

"응, 알았다!"

무대가 대답하자, 운가 소년은 바구니를 끼고서 왕파 할미의 다방으로 쑥 들어가면서 욕을 퍼붓는다.

"노망구 있느냐? 이 때갈 년아! 뒈질 년아! 네가 나하고 무슨 원수진 일이 있게 어제 낮에 날 때렸니? 개 같은 년!"

왕파는 발끈 성을 내면서 소리쳤다.

"요놈의 새끼! 쥐새끼 같은 것이 누굴 보고 함부로 욕지거리냐?"

"이년아! 너 같은 더러운 뚜쟁이 년보고 욕 좀 하기로 어떻단 말이냐? 이 때갈 년아!"

왕파는 그만 참을 수 없어서 와락 덤벼들어 운가 소년의 멱살을 쥐고 때리려 드는 고로 운가는 또 소리를 질렀다.

"야, 이년 봐라! 이 늙은 것이 나를 또 친다!"

그리고 운가는 한 손에 들었던 바구니를 문밖으로 팽개쳐버리고 왕파를 힘껏 한쪽 벽으로 떠다밀었다.

왕파는 더욱 골이 나서 주먹을 들고 운가를 때리려 하다가, 뜻밖에도 무대가 바깥에 있다가 안으로 뛰어들어오는 모양을 발견했다.

"아아!"

왕파는 저도 모르게 외마디 소리를 지르고 앞으로 나서며 그를 막았다. 그러나 운가 소년은 달려들어 왕파의 허리를 부둥켜 쥐고 늘어진다.

왕파는 어쩔 줄을 몰라 하다가 한마디 고함을 지른다.

"무대가 왔수!"

무대가 왔다는 말을 듣고 방 안에 있던 연놈은 그만 질겁을 했다. 서문경은 엉겁결에 침상 밑으로 기어들고, 반금련은 방문 앞으로 뛰어가서 죽어라 문고리를 붙들고 늘어졌다.

무대는 방문을 몇 번이나 잡아당겨 보았으나 문이 열리지 아니하므로 두 주먹으로 방문을 꽝꽝 두드리며 소리쳤다.

"이년아! 문을 열어라, 어서 문을 열어!"

이 소리를 듣고 반금련은 문고리를 잡고 늘어진 채 서문경을 돌아다보며 쏘아붙였다.

"평상시엔 기운깨나 쓴다고 자랑하더니 이런 땐 상 밑에 가서 숨어 벌벌 떨기만 하는 거요?"

서문경이 이 소리를 듣더니 얼른 침상 밑에서 기어나와,

"저리 비켜!"

하고 소리쳤다.

계집이 한옆으로 비켜서자, 서문경이 그 문을 열어붙이고 한쪽 다리를 번쩍 들어, 때마침 두 손을 벌리고 방 안으로 달려드는 무대의 복장을 냅다 질렀다.

무대는 가슴을 차이고 '에이구!' 소리를 지르더니 그 자리에 나가자빠진다. 서문경은 그 틈을 타서 밖으로 뛰어나갔다.

이웃 사람들은 이 집에서 소동이 생긴 것을 알았으나 서문경을 두려워하는 까닭에 감히 참견하려 들지 않은 채 구경만 했고, 운가 소년도 서문경이 무대를 발길로 차서 쓰러뜨리고 도망하는 것을 보고는 형세가 이롭지 못한 것을 깨닫고, 저도 왕파 노망구를 놓고 그대로 대문 밖으로 달아나버렸다.

왕파는 넘어져 있는 무대를 안아 일으켰다. 무대의 입에서는 피가 흐르고, 낯빛은 백지장같이 하얗다. 왕파는 이 꼴을 보고 반금련을 재촉해 둘이 무대를 부축해 뒷문으로 나가 무대네 집 위층 방으로 끌어다 뉘인 후, 무대가 정신을 잃고 침상 위에 쓰러져 있는 것을 보고 저의 집으로 돌아갔다.

반금련은 왕파가 돌아간 뒤에 아래층 저의 방으로 내려와 다시는 무대를 들여다보지도 않았다.

그날 밤을 그대로 내버려두고 이튿날 아침에 반금련은 저 혼자 조반을 먹고, 곱게 단장을 하고는 밖으로 나가는 것이었다. 물론 뒷문으로 해서 왕파네 집으로 서문경을 만나러 간 것이다. 저녁때 제 집에 돌아올 때는 얼굴에 술기운이 가득하여 불그레했다.

그다음 날도 반금련은 어제와 마찬가지였다.

이렇게 지나기를 닷새 동안, 무대는 곡기를 입에 대보기는커녕 더운 물 한 모금도 얻어먹지 못하고 드러누워서, 날마다 샛서방을 만나러 나가는 계집년의 꼴만 보고 있으려니, 이제는 더 이상 참을 수가 없어 반금련을 불러 소리쳤다.

"네 이년아! 네가 그래 샛서방을 시켜서 날 이 모양으로 다 죽게 만들어놔야 직성이 풀리겠니? 그렇지만 조만간 내 아우 무송이가 서울서 돌아올 것이니, 무송이 성격을 아마 너도 짐작할 게다. 내가 무송이한테 바른대로 얘기만 해봐라. 그러면 그땐 너희들을 그냥 살려둘 줄 아니? 그러니까 네가 나한테 약을 갖다주고 잘해주면 그 애가 돌아와도 내가 네 말을 잘 하고, 만약 내 말대로 안 해주면 네년이 하던 짓을 죄다 얘기할 테다. 어떡할래, 응?"

무대가 말하는 소리를 듣고 반금련은 눈을 뚱그렇게 뜨고 아무 대답이 없더니, 금시에 그 방에서 나와 뒷문으로 왕파네 집엘 찾아가서 왕파와 서문경한테 무대가 지껄이던 소리를 그대로 옮겼다.

서문경은 그 이야기를 듣더니 진땀을 흘리면서 말한다.

"아니, 무송이라니? 저 요전에 경양강에서 맨주먹으로 호랑이를 때려잡은 무도두 말인가? 아이고, 알고 보니 일이 컸구나!"

서문경은 풀이 죽어 걱정하고 있는데, 왕파는 도리어 싸늘하게 웃고 있다.

"흥! 그까짓 거 뭣이 무서워 이렇게 겁을 집어먹는 거요?"

"어째 겁이 안 나겠나?"

"겁날 게 대관절 뭐란 말씀예요? 당신네들 둘이 오래오래 같이 살고 싶소? 그렇잖으면 잠깐 오입하고 그만둘 작정이오?"

"그게 무슨 소리! 오래 같이 살고 싶지, 그건 물어볼 것도 없잖은가."

"그렇다면 물건 하나만 있으면 된단 말예요!"

"물건 하나라니, 그게 무엇인데?"

"다른 사람 집에는 없고, 오직 대관인한테만 있는 물건이죠."

"그게 무엇인데 나한테만 있다는 건가?"

"지금 말이요, 저 무대라는 게 죽지도 않고 목숨만 붙어서는 날짜만 질질 끄니, 제 말마따나 무송이 돌아온 뒤에 사실대로 무대가 지껄인다면 큰일이 아니겠소? 그러니까 댁에 가서 비상(砒霜)을 가져오라는 거예요! 그래서 아씨가 무대한테 비상을 먹여서 그놈을 없애버린 뒤 화장을 지내버리면, 반년이나 일 년 지난 뒤 대관인과 아씨는 둘이서 같이 내놓고 살림을 해도 좋지 않소?"

"비상을 먹여 사람을 죽여라…, 그거 어디 죄가 되는 일을 할 수 있는가!"

"풀을 없애려면 뿌리를 뽑아야 해요! 뿌리를 그냥 놔두었다간 봄이 되면 또 싹이 나오거든! 그러니까 어서 비상을 가져오시라구요."

서문경은 그 말이 옳다고 생각하고 급히 일어나, 자기 집으로 가서 비상 한 봉지를 가지고 돌아와서 그것을 왕파에게 주었다. 왕파는 비상 봉지를 들고 반금련에게 이른다.

"아씨, 이것을 무대한테 먹여야 합네다. 가슴 아픈 데 먹으면 신통하게 효험을 보는 약이라고 하슈. 무대가 먹은 다음에 소리를 버럭 지를 테니까 애당초 밤중 자정 때 먹여야 해요… 아무도 그 소리를 못 듣게… 그리고 미리 화로에 대야물을 끓이고 수건을 담가뒀다가 이목구비로 피를 쏟거든 그것을 닦아주고 피 흔적을 없애야 된다오. 그뿐인가… 입술을 깨물고 죽을 것이니까, 입술에 이빨 자국이 날 텐데 그것도 잘 씻어서 자국이 보이지 않도록 입관(入棺)시켜 화장해야 합네다. 이렇게 하고 보면 감쪽같이 무사하리다."

"그렇게 하죠. 그렇지만 나 혼자서는 일을 치르기에 힘이 부족한데 어쩌면 좋아요?"

"염려 마오! 뒷문으로 와서 우리 집 벽을 쿵쿵 두드리시오. 그럼 내가 나가서 거들어드릴게."

왕파가 이렇게 대답하자 서문경은 안심하는 표정으로,

"그럼 왕파가 조심해서 수고를 좀 해주게. 난 내일 5경에 다시 옴세. 아무쪼록 조심해서 일을 하란 말야."

이같이 말하고 돌아갔다.

왕파는 비상을 헝겊에 싸가지고 다시 빻아서 곱게 가루를 만들어놓고 반금련한테는 집에 건너가보라고 일렀다.

반금련은 즉시 제 집으로 돌아와 위층으로 올라가 보니, 침상에 드러누워 있는 무대의 얼굴은 거의 다 죽어가는 모습이다. 반금련은 침상 머리맡에 걸터앉아, 흑흑 느껴가며 거짓 울음을 울었다.

무대는 정신이 들은 것처럼 눈을 반쯤 뜨고서 계집을 보고,

"왜 우는 거여?"

하고 묻자, 반금련이 목소리를 지어서 대답한다.

"누가 이렇게 될 줄 알았나요. 어쩌다가 내가 한때 실수를 했지만, 그 사람이 발길로 당신 복장을 찰 줄은 꿈에도 생각 못 했어요! 그런데요, 저기 용한 의원한테 썩 좋은 약이 있다기에 내가 가져올까 하는데 당신이 날 의심하고 안 먹을는지 몰라서 안 갔지요."

이 소리를 듣고 무대는 눈을 좀 더 크게 뜨면서 말했다.

"네가 날 살려만 다고! 그럼 무송이 돌아와도 내 아무 소리 않겠다. 그러니 어서 속히 그 의원한테 가서 그 약을 갖다다오."

"그럼, 내 갔다 올게요."

반금련은 얼른 일어나 밖으로 나와, 왕파네 집에 달려와서 약을 받아 다시 무대 방으로 돌아왔다.

"여기 약을 가져왔수. 의원 말이 이 약을 오밤중에 먹고 이불을 쓰고 땀을 내면 내일부터 기동할 수 있을 거래요."

약봉지를 무대에게 보이며 반금련이 말하니, 무대는 약간 생기가 나서 측은한 음성으로 말한다.

"그럼 당신이 잠을 못 자서 어떡하나… 밤중에 날 깨워줘야겠네."

"당신은 그런 걱정 말고 주무슈."

반금련이 이렇게 대답하고 창문 밖을 내다보았다. 하늘은 아주 캄캄해졌다. 계집은 아래층으로 내려와 등잔불을 켜놓고 방 한구석에 있는 화롯불에다가 물을 끓이는 동시에 커다란 수건을 갖다놓고, 때가 가기를 기다렸다.

얼마 있다가 경고(更鼓)가 덩 덩 덩 3경을 알린다.

계집은 독약을 담을 약사발과 백탕 한 그릇을 양쪽 손에 하나씩 들고서 위층으로 올라와 큰소리로 물었다.

"여보, 이제 잠을 깨시우. 아까 가져온 그 약을 어디 뒀수?"

"응, 그거 베개 밑에 있어. 속히 먹여줘."

계집은 무대 베개 밑에 있는 약봉지를 집어서 약사발에다 쏟은 후 그 위에 백탕을 조금 부어 은비녀로 한 번 휘저어본 다음, 침상 위에 올라가 한 손으로 무대를 일으켜 부축하여 앉힌 후 한 손으론 약숟갈에 약을 떠 무대의 입속에다 흘려 넣었다.

이렇게 한 모금 먹고 나더니 무대는 말했다.

"이 약 써서 못 먹겠네!"

그러나 계집은 두 번째로 약숟갈에 하나 가득 약을 담아 그것을 무대한테 먹여버리니, 억지로 꿀꺽하고 목구멍으로 넘어가는 소리가 들리기까지 했다. 결국 비상 한 봉지를 두 숟갈로 다 먹은 셈이다.

계집은 무대를 자리에 눕히고 저는 침상에서 내려왔다.

"이거 봐, 이거 왜 이렇게 배가 아픈가! 아이고 아이고!"

계집은 아무 소리 않고 발치로 가서 이불을 끌어올려 무대의 머리까지 덮어버렸다.

"아이 답답해! 숨 막혀!"

무대가 신음하는 소리를 내자, 계집은 쏘아붙인다.

"가만있어요! 의원이 땀을 내라고 했으니까!"

무대가 이불 속에서 꿈틀거리며 또 무어라고 말하려 할 때, 계집은 얼른 침상 위로 올라가 무대를 타고 앉아 두 팔로 무대의 양쪽 어깻죽지를 힘껏 눌렀다. 무대는 독 속에서 중얼대는 사람 모양으로,

"아이고 죽겠다…."

기어들어가는 소리를 하고는, 최후로 몸을 한 번 움직이면서 기침을 콜록콜록 두 번 하고, 사지를 쭉 뻗어버렸다. 이때 계집이 이불을 벗기고 보니, 무대는 두 눈을 홉뜨고 이를 악물고 죽었는데, 눈과 코와 귀와 입에서는 검붉은 피가 흐르는 것이 아닌가. 반금련이 무대를 타고 앉았다가 이 모양을 보고 침상에서 뛰어내려 신발을 신고 아래층으로 내려와, 뒷문으로 왕파네 집까지 줄달음질쳐 들창문을 쾅쾅 두드렸다.

방 안에서 왕파가 말한다.

"어떻게 됐수? 일이 끝났수?"

"끝났어요! 그런데 나 혼자서는 감당 못 하겠어요."

"뭐! 뭐가 어렵다고 그러우. 내 지금 나갈 테니 가만있수!"

대답하고서 왕파가 나오더니, 소매를 걷어붙이고 반금련을 따라 위층으로 올라와서는 즉시 더운물을 한 통 쏟아놓고 먼저 무대의 입을 닦아낸 후, 이목구비의 피 흔적을 깨끗이 씻어내고 옷을 갈아입힌 다음에 침상의 요도 새것으로 갈고, 무대를 그 위에 눕히고 그의 머리까지 빗겨 깨끗해 보이도록 만들어놓고 제 집으로 돌아갔다.

왕파가 돌아간 뒤에 반금련은 제 손으로 죽여놓은 서방의 머리맡에 걸터앉아서 가짜로 울부짖었다.

옛날부터 여자들의 울음에는 세 가지 종류가 있으니, 눈물을 철철 흘리면서 소리를 내는 것을 곡(哭)이라 하고, 소리 없이 앵두 같은 눈물방

울만 똑똑 떨어뜨리는 것을 읍(泣)이라 하고, 눈동자는 뽀송뽀송하면서도 건성으로 소리만 내는 것을 호(號)라고 하는데, 지금 반금련이 울부짖는 소리가 바로 세 번째 것이다.

이 모양으로 반금련이 울부짖고 있노라니까, 경고는 벌써 5경을 알린다. 날이 미처 밝기 전인데, 이때 서문경은 간밤의 일이 어찌되었는지 궁금해서 왕파를 찾아왔다.

"간밤에 일이 잘됐나?"

"그러문요. 기어코 요정을 냈답니다!"

왕파는 반금련이 무대한테 비상을 먹여 죽인 후, 제가 건너가 뒤치다꺼리한 이야기를 자세히 했다.

서문경은 주머니에서 은전 몇 냥을 꺼내 왕파에게 주고 말했다.

"이걸로 관재(棺材)를 사고 모든 걸 뒷집 아씨하고 상의해서 잘 하게."

"가만 계시오. 내 아씨를 불러올게."

왕파는 뒷문으로 쭈르르 나가더니, 조금 있다가 반금련을 데리고 들어왔다.

반금련이 들어서면서 서문경을 보고,

"우리 집 무대가 아주 죽었어요! 난 오직 당신만 믿어요!"

응석을 부리니까,

"염려 마라. 그런 말 안 하면 누가 모르나!"

서문경이 위로한다. 이때 왕파가 말했다.

"그런데 한 가지 걱정이 있군요!"

서문경의 눈이 둥그레져,

"뭣이 또 걱정이 남았나?"

하고 묻는다.

"혹시 아시는지 모르지만, 이 고을 단두(團頭)로 있는 하구숙(何九叔)

이 말씀입니다. 그게 사람이 여간 자상한 사람이 아닌데, 그 사람이 와서 보고, 수상쩍은 시체라고 염을 안 해주기라도 한다면 그 노릇을 어떡합니까?"

"염려 마라! 그건 걱정 없는 것이, 하구숙이 내 말이라면 괄시를 못할 테니까!"

"그러시다면 그 일은 대관인만 믿고 걱정 안 할 테니, 그럼 어서 나가서 하구숙에게 당부나 잘 하십쇼."

서문경은 알았다고 대답하고서 즉시 돌아갔다. 조금 있다가 날이 훤하게 밝았다.

왕파는 서문경한테서 받은 돈을 가지고 밖으로 나가 관재와 향촉(香燭)과 지전(紙錢) 등속을 사가지고 돌아와서 반금련과 함께 죽은 사람한테 공양할 국과 밥을 지어놓고, 또 한 쌍의 수신등(修身燈)에 불까지 켜놓았다.

그러자 이 집에 초상났다는 말이 한 입 두 입 건너가 이웃 사람들은 모두 찾아와서 조상을 하는 것이었다. 반금련은 조문객들이 들어올 때마다 가짜로 눈물도 안 나는 울음을 우느라고 바빴다.

"이게 웬일입니까! 대체 며칠 전까지도 멀쩡하시더니, 무슨 병환으로 갑자기 돌아가셨나요?"

조객들이 인사 겸 이렇게 물으면, 반금련이는 기어들어가는 듯한 목소리로,

"며칠 전부터 웬일인지 가슴이 답답하다고 자리에 눕더니, 아무 차도 없이 점점 더 병이 더해져서 그만 어젯밤 3경쯤, 그예 세상을 떠나셨답니다."

라며, 아이고 아이고 가곡(假哭)을 하는 것이었다.

조상 온 손님들은 반금련의 이야기가 모호하기 짝이 없다고 속으로는 의심했지만, 그렇다고 그 이상 꼬치꼬치 캐물을 필요도 없고 하니

그저 듣기 좋게 반금련을 위로하는 것이었다.

"돌아간 양반은 아마 명이 그밖에 없었나 보오! 그러기에 나이 삼십도 못 넘기고 돌아간 거 아니겠소? 그러니까 모두 명으로 생각하고 너무 애통해하지 마오!"

그들은 각기 위로의 말을 남기고 모두 돌아갔다.

조객이 모두 다녀간 뒤에 왕파는 친히 이 고을 단두 하구숙을 청하러 갔다.

하구숙은 나이 사십을 바라보는 사람으로서 직업은 비록 송장만 치우는 단두였지만 의젓한 남자였다. 그는 왕파의 청을 듣고, 즉시 수하에 있는 인부 몇 명을 초상집으로 먼저 보낸 다음 자기는 사패시분(巳牌時分)쯤 되어서 집을 나섰다. 그가 천천히 걸어서 자석가로 들어서는데, 뜻밖에도 길가에 서문경이 서 있다가 그를 보고 말을 건넨다.

"여보게, 하구숙이. 어딜 이렇게 가는 길인가?"

"네. 다른 사람 아니고, 떡장수하던 무대가 죽었대서 지금 염을 하러 가는 길입니다."

"아, 그런가. 바쁘지 않거든 나 좀 잠깐 보고 가게나그려."

서문경은 하구숙을 데리고 골목 모퉁이에 있는 조그만 술집으로 들어가는 것이었다.

하구숙이 따라 들어가니까 서문경은 그를 상좌에 앉으라고 권한다. 하구숙은 저같이 천한 백성이 어찌 대관인과 함께 상좌에 앉겠느냐고 사양했지만, 서문경은 별소리를 다한다고 하며 기어코 나란히 한 줄에 있는 교의에 좌정하고 썩 좋은 술과 안주를 주문한다.

술과 안주가 나오자 서문경이 손수 술병을 들어 하구숙에게 한 잔 따라놓고,

"자아, 우리 한잔 듭시다."

하고 권한다.

하구숙은 이상하게 느꼈다.

'이 사람이 여태까지 한 번도 나하고 술을 나눈 적이 없는데 오늘은 웬일일까? 아마도 무슨 까닭이 있는 술이지….'

그는 이렇게 생각하면서 서문경이 권하는 대로 그냥 술잔을 받아 마셨다.

술을 대여섯 잔 마셨을 때 서문경은 소매 속으로부터 열 냥짜리 은전을 꺼내 탁자 위에 놓고, 하구숙의 얼굴을 바라보면서 말한다.

"이거 너무 약소하오마는 허물 말고 받아주시오."

이 모양을 당한 하구숙은 속으로 더욱 괴상하다고 느꼈다.

"소인이 무슨 일을 해드렸기에 이렇듯 은자(銀子)를 주십니까?"

"아따, 사양하지 말고 받아주구려!"

"글쎄 무어 부탁하실 말씀 있거든 그냥 하십시오. 이건 도로 집어넣으시구요."

"그럼 내가 말할 테니까, 다른 사람한테는 입 밖에도 내지 않겠나?"

서문경은 또 하구숙의 얼굴을 들여다보며 말했다.

"염려 맙쇼. 소인 혼자만 알고 있을 거니까요."

"다른 게 아니라, 지금 초상집엘 가서 무대의 시체를 염할 때, 모쪼록 모든 걸 무사하게 되도록 적당히 잘 해주구려. 그거 한 가지만 부탁하는 것일세."

"네, 소인이 다 알아서 잘 합죠. 그만한 일에 신경을 써가며 돈까지 주십니까?"

"그럼 내가 구숙이 자네한테 못 줄 걸 줬다는 겐가? 그러지 말고 받아두게."

그전부터 하구숙은 서문경이 어떤 인물이라는 것을 잘 알고 있는 터이었으므로 끝까지 자기가 돈을 받지 않고 퇴해버린다면 나중에 자기한테 재미없는 일이 생길 것 같아서, 마지못해 그 돈 열 냥짜리 은자를 소매 속에 집어넣었다.

그리고 두 사람은 술을 몇 잔씩 더 나눈 뒤에 밖으로 나갔다.

술집 문 앞에서 두 사람은 각기 반대 방향으로 걸어가게 되자, 서문경이 또 한 번 하구숙한테,

"부디 아까 말한 대로 입 밖에 내지 말고 염을 잘 해주게. 내 며칠 후에 사례를 다시 할게."

하고 돌아간다. 이 모양을 보고 하구숙은 더욱 괴상한 현상이라고 생각했다.

'이거 아무래도 이만저만한 일이 아닌 걸? 무대의 시체를 잘 묶어달라고 하면서 적잖은 돈을 주다니… 반드시 무슨 곡절이 있는 거야!'

하구숙이 이렇게 단정하고 초상집 대문 앞에 당도하니까, 문 앞에서 자기가 먼저 보내두었던 인부 두 사람이 인사를 한다.

"그래, 무대가 무슨 병으로 죽었다던?"

하구숙이 그들을 보고 물으니까 인부들이,

"무어? 가슴앓이라던가요, 심동병(心疼病)으로 죽었다나 봐요."

라고 대답한다.

하구숙이 대문간의 발을 걷어올리고 안으로 들어서니까 왕파가 내달으며 한마디 한다.

"왜 이리 늦으셨소? 오래 기다렸구면."

"네, 오다가 아는 사람을 만나 좀 늦었습니다."

이렇게 대답하고 있을 때 방 안으로부터 하얗게 소복한 반금련이 애고애고 울면서 나온다. 하구숙이 반금련에게 위로하는 말로,

"아씨, 너무 애통해하지 맙쇼. 주인 어른은 벌써 극락으로 가셨는데 뭘 슬퍼하십니까!"

라고 하니까, 반금련이 애고애고 울다가 하는 말이,

"글쎄 며칠 사이에 가슴앓이로 돌아가시니 이 노릇을 어쩌면 좋을지

모르겠어요!"

하고, 또다시 애고애고 운다.

하구숙은 가짜로 울부짖는 반금련을 아래위로 훑어보고 속으로 중얼거렸다.

'내가 소문만 들었지 이 색시가 이런 줄은 몰랐군! 무대가 이렇게 예쁜 색시를 데리고 살 수 있었을라고. 그러니까 아까 서문경이 열 냥 돈을 나한테 준 게 다 까닭이 있었구나!'

이렇게 생각하고 하구숙이 시체방으로 들어가 천추번(千秋幡)을 들고, 백견(白絹)을 걷어치운 후, 오륜팔보(五輪八寶)를 가지고 죽은 사람의 얼굴을 살펴보다가 별안간 그는,

"어엇."

외마디 소리를 지르고 뒤로 나가자빠지더니, 입으로 피를 토하면서 그대로 인사불성 정신을 못 차렸다.

이때 왕파 노망구가 이 모양을 보고,

"아뿔싸, 살에 맞은 게로구나! 어서 냉수를 떠다가 얼굴에 뿜어야 한다!"

인부들을 보고 호통하는 것이었다.

인부들이 왕파가 하라는 대로 하구숙의 얼굴에다 냉수를 입으로 뿜어주니까, 하구숙은 약간 정신이 드는 모양이다.

왕파는 인부들더러 빨리 하구숙을 집으로 모셔가라고 재촉했다. 그래서 인부들은 대문짝에다 하구숙을 드러눕힌 후 앞뒤에서 떠메어 그의 집으로 들어갔다.

뜻밖에 이 광경을 당한 하구숙의 아낙은 너무도 놀라워서 울음을 터뜨리며,

"아이구, 이게 웬일이오. 조금 전에 웃으면서 집을 나가더니 대체 이게 어찌된 일이오!"

주먹으로 자기 가슴을 쿵쿵 치며 넋두리하는 것이었다.

이때 하구숙은 집안에 마침 아무도 없는 것을 보고, 자기 마누라한테 눈짓을 하여 가까이 불러 가만히 이야기했다.

"울지 말아요. 난 아무렇지도 않소! 지금부터 내 이야기를 할 테니 들어보라고! 아까 말이오, 초상집에 가다가 자석가 어귀에서 아따 그 약방 주인 서문경을 만났더니, 그자가 날 술집으로 끌고 가서는 술대접을 하면서 돈 열 냥을 주고 하는 말이, 염을 하러 가거든 모든 일을 좋도록 적당히 해달라고 부탁하는구려. 내 속으로 이상하게 생각하면서 초상집엘 가봤더니, 죽은 사람의 아낙이 좀 지나치게 예쁘단 말야. 그래 아무래도 곡절이 있을 거라고 생각했지!

그런데 말요, 그다음 시체방에 들어가 천추번을 들고 송장의 얼굴을 보니, 아니나 다를까 송장 얼굴이 새까맣고 이목구비에 피 흔적이 역력할 뿐더러 입술엔 잇자국이 뚜렷한 게 틀림없이 독살(毒殺)을 당한 눈치라, 서문경의 은자가 이 까닭인 모양이지만, 서문경한테서 미움을 안 받기 위해 눈을 슬쩍 감아둘 수도 없는 것이, 죽은 사람한테는 전번에 경양강에서 맨주먹으로 호랑이를 때려잡은 무송이라는 아우가 있구려. 그이는 지금 지현 상공 분부로 서울 가고 없지만, 미구에 돌아오는 날에는 아무래도 일이 드러날 거란 말요. 그래 내 시체 앞에서 이럴 수도 없고 저럴 수도 없기에, 일부러 살 맞은 것처럼 자빠져 죽는 시늉을 한 거라오. 그래 그 자리를 피하여 집으로 왔소마는, 장차 이 일을 어떡하면 좋겠소?"

하구숙의 이야기를 듣고 나더니 그의 아낙이 말했다.

"옳거니, 일전에 저 뒷골목에 사는 운가란 아이가 왕파네 집에서 무대하고 같이 샛서방을 잡는다고 소동을 일으킨 일이 있었다더니 이 일이 바로 그 일이로구먼! 다른 사람을 대신 보내서 염을 해주게 하고 임잘랑 아예 나서지 마슈. 그리고 동정을 봅시다그려. 저것들이 만약에 죽은 이의 아우가 돌아올 때까지 발인을 안 하고 기다린다면 다행이요, 또 설사 발인하더라도 매장을 한다면 좋지마는 만약에 화장을 해버린다면 까닭이 단단히 붙은 것이니까, 임자는 장사 날 슬그머니 따라가서 몰래 뼈를 두어 개 집어갖고 오슈. 서문경이 준 열 냥 은자하고, 뼈하고, 그게 모두 나중에 증거가 되는 것 아니겠수…?"

"그래? 마누라 말이 옳은 말이야!"

하구숙이 즉시 사람을 초상집으로 보내 일이 어떻게 진행되는가 알아오게 했다. 그랬더니 인부가 갔다 오더니, 사흘 뒤에 화장을 지내기로 결정했다고 보고한다. 하구숙 내외는 그 말을 듣고 서로 마주보고 말없이 고개만 두어 번 끄덕이었다.

한편, 왕파 노망구와 반금련은 그날 밤을 함께 새우고, 이튿날은 중을 청해다가 경문을 읽고, 사흘째 되는 날엔 인부들에게 시체를 입관시켜 이웃 사람들의 전송을 받으면서, 반금련은 애고애고 가짜 울음을 울어가며 성문 밖에 있는 화인장(火人場)으로 나갔다.

이때 하구숙이 화인장에 나와 있는 것을 보고 왕파가 말한다.

"아이구, 우리보다 먼저 나와 계시군. 그래, 이제는 아주 쾌차하신가요?"

"네, 이제는 괜찮습니다. 전일 무대랑한테 떡을 사먹고 돈을 안 낸 일도 있고 해서 오늘 이렇게 소지(燒紙)라도 올리려고, 그래서 일찍부터 나왔습니다."

"아이, 고마워라! 참말 지성이셔!"

"천만의 말씀! 어서 재당(齋堂)으로 들어가 보시죠. 동네에서 많이들 나오셨나 본데 불은 제가 보겠습니다."

"그럼, 좀 봐주시오."

왕파와 반금련은 하구숙을 보고 이렇게 부탁한 후 재당으로 들어갔다.

하구숙은 두 사람이 재당으로 들어간 뒤에 아무도 근처에서 보는 사람이 없는 것을 확인한 후, 화젓가락을 들고 불 속에서 타고 남은 무대의 뼈다귀 두 개를 꺼내어 물속에 얼른 집어넣었다가 꺼내보았다. 뼈다귀 빛이 몹시 꺼멓고 퍼렇다.

하구숙은 그것을 얼른 소매 속에 넣어 집으로 돌아와서, 화장 지낸 날짜와 수상 나온 사람들의 이름을 일일이 적은 후, 그 종이를 서문경한테서 받은 열 냥짜리 은전과 함께 싸가지고 문갑 속에 깊숙이 간직해 두었다.

이런 줄도 모르고 남편의 시체를 화장지내고 집으로 돌아온 반금련은 윗목에다 고연을 설치하고 '망부 무대랑지위(亡夫武大郎之位)'라는 위패를 모셔놓고, 제사상 앞에다가는 유리등에 불을 밝히고, 위패 뒤에다 경번(經旛)·전타(錢垜)·금은정(金銀錠)·채증(采繪) 같은 것을 장식하여 골고루 벌여놓았으므로 남이 보기에는 제법 초상난 집 같았으나, 반금련은 매일같이 하는 일이라곤 서문경과 만나 위층으로 올라가서 맘대로 실컷 즐기는 것이었으니, 그 재미는 전일 왕파의 집에서 도둑질하듯이 남몰래 즐기던 때와는 비교가 안 되는 것이었다.

서문경은 원체 호색가였던 탓으로 매일같이 음락(淫樂)에 빠져 반금련의 집에 아주 늘어붙었다.

그래서 동네에서는 이런 일을 모르는 사람이 한 사람도 없건만, 모두들 서문경을 건드렸다가는 그 뒤가 이롭지 못할 것을 알고 있는 까닭으로 아무도 아는 체하지 아니할 뿐이었다.

그러나 세상 이치는 으레 고진감래(苦盡甘來)하고 흥진비래(興盡悲來)하는 법인지라, 어느덧 40여 일이 지나, 지현 상공의 분부로 예물 수레를 영거하여 서울에 올라갔던 무송이 돌아왔다.

무송이 서울 갈 때에는 북풍이 내리던 겨울철이었는데 돌아오니 3월 초순이다. 그동안 무송은 도중에서 무슨 까닭인지 심사가 불안해져 견딜 수 없었다. 그래서 그는 돌아오는 길로 형님을 찾아뵈오리라 생각하고, 우선 현청으로 들어가 지현 상공께 회서(回書)를 올린 후 사처로 물러나와 옷을 갈아입고 자석가로 분주히 걸어갔다.

무대의 집 이웃 사람들은 무송이 돌아온 것을 보고 깜짝 놀라 서로들 얼굴을 바라보며 쑥덕공론이 분분했다.

"저거 큰일 났군! 이제 두고 보라지, 저 사람이 가만있을 줄 아나?"

"암! 무사할 리 만무하지!"

"서방질하던 년이 이제 잘됐지!"

동네 사람들이 쑥덕거렸지만, 무송은 전혀 그런 소리를 못 듣고 부리나케 형의 집 문전에 이르러 발을 걷어올리고 안으로 들어갔다.

그가 들어서자마자 첫눈에 띈 것이 안방 윗목에 있는 '망부 무대랑지위'라고 쓰인 일곱 자의 위패였다. 대체 이게 어찌된 일이냐?

무송은 너무나 놀랍고 어이가 없어서, 눈을 동그랗게 뜨고 바라보다가 몇 번이나 두 손으로 눈을 비비면서 다시 보고 또 다시 보았다. 그러나 몇 번을 다시 보아도 그것은 조금도 틀림없는 자기 형 무대의 위패였다.

그는 고개를 쳐들고 위층을 향해서 큰소리로 형수를 불렀다.

"아주머니, 무송이 돌아왔습니다!"

무송의 복수

이때 위층에서는 연놈이 한참 재미를 보고 있다가 뜻밖에도 무송이 돌아왔다고 소리를 지르는 바람에 그들은 그만 질겁을 해서, 서문경은 그대로 위층에서 뒤꼍으로 허둥지둥 뛰어내려 왕파네 집으로 빠져나가고, 반금련은 황망히 아래층에다 대고 대답을 했다.

"아주버니, 잠깐 기다려주십쇼. 제가 곧 내려갑니다."

이 계집이 저의 남편 무대를 독살해 죽인 뒤엔 날마다 화장을 두텁게 하고 서문경과 행락하기에 골몰해온 터인지라, 무송이 부르는 소리엔 정말로 혼비백산해, 허둥지둥 대야물에 세수를 하고, 비녀·귀고리 따위를 모조리 빼어버린 후, 머리를 풀어 산발하고 다홍치마를 벗어던지며 어디다 두었는지도 모르는 베옷을 찾아 갈아입고, 애고애고 안 나오는 울음을 억지로 울어가며 아래층으로 내려왔다.

무송은 형수를 보고 다짜고짜 다그쳤다.

"아주머니, 형님이 대체 무슨 병환으로 돌아가셨습니까? 약은 누구약을 쓰셨나요?"

반금련은 연방 울음소리를 내면서 대답한다.

"아주버니께서 서울로 떠나신 지 한 열흘 후부터 형님은 가슴이 쓰라리고 아프다며 자리에 누우시더니 점점 병세가 무거워져 누우신 지

아흐레 만에 그만 돌아가셨어요! 점도 쳐보고, 무꾸리도 해보고, 좋다는 약은 죄다 써보았는데도 기어코 떠나셨답니다!"

이때 옆집 왕파 노망구는 벽을 사이에 두고 무송과 반금련이 무어라고 수작을 하는가 엿듣고 있다가, 혹시나 계집이 말대답을 잘못해 저희들의 죄상이 드러나면 어쩌나 싶어서 반금련을 도와주려고 부리나케 건너왔다.

무송은 형수의 말을 듣고 그 모양을 살피면서 말했다.

"그런데 우리 형님이 여태까지 가슴앓이라고는 해본 적이 없습니다. 가슴앓이로 돌아가셨다니 정말 알 수 없군요!"

반금련이 미처 말대꾸하기 전에 왕파가 얼른 대꾸한다.

"아이고, 도두는 그렇게 생각 마시오. 모두 다 천명이고, 팔자라고… 생각하십쇼!"

무송은 왕파에겐 말도 않고 형수에게 또 묻는다.

"그런데 장사는 대체 어떻게 지내셨습니까?"

반금련이 말했다.

"저 혼자서 정말 어떻게 해볼 도리가 없어서 할 수 없이 돌아가신 지 사흘 만에 화장으로 모셨지요."

"대체, 돌아가신 지가 며칠이나 됐습니까?"

"모레… 글피가 바로 돌아가신 지 49일이 되는군요."

무송은 형수의 대답을 듣고 한참 동안 입을 다물고 무엇을 생각하다가 아무 말도 않고 대문 밖으로 나와 자기 사처로 돌아와 흰 옷으로 갈아입고, 병정 한 사람을 데리고 장거리로 나와서 쌀·국수·향촉·명지(冥紙) 등속을 사가지고 다시 형수 집으로 들어갔다.

반금련은 또 애고애고 울면서 나왔다.

무송은 제사상 위에다 촛불을 켜놓고 술과 안주를 벌여놓은 다음 영전(靈前)에 재배하고 말씀을 아뢰는 것이었다.

"형님! 형님의 영혼이 아직 멀리 가시진 않으셨겠지요? 영혼이 계시 거든 제 말씀 좀 들어주십쇼! 형님, 어쩌면 이렇게 허무하게 돌아가셨 습니까? 아무리 해도 믿어지지가 않습니다. 만약에 형님이 원통한 죽음을 당하셨거든 저한테 현몽(現夢)해주셔서 일깨워주십쇼. 원수는 맹세 코 제가 갚아드리겠습니다!"

무송은 이렇게 말하고 잔에 술을 가득 부어 영전에 올린 후 명지 종이를 소지올린 다음에 꿇어 엎드려 방성대곡(放聲大哭)한다.

반금련은 안방에 앉아 있다가 그 소리를 듣고 또 한 번 가짜 울음을 애고애고 터뜨리는 것이었다.

무송이 곡을 마치고 데리고 온 병정과 함께 저녁을 먹어 치운 후 평상 두 개를 내어다가 한 개는 중문간에 놓고 병정더러 거기서 자라 하고 무송이 저는 안방 윗목 제사상 앞에다 평상을 놓고 팔베개를 하고 드러누우니까, 반금련은 혼자서 위층으로 올라갔다.

무송은 잠이 오지 아니해서 이리 뒤척 저리 뒤척 돌아눕기만 하다가 마침내 일어나 앉았다. 때는 밤도 깊은 3경이었다.

이때 시각을 알리는 북소리가 들린다.

무송은 저절로 한숨을 후 쉬고 나서 혼자 속으로,

'우리 형님이 생존하셨을 땐 매사가 느렸었는데 돌아가실 때는 어쩌면 그렇게 갑자기 돌아가셨는고! 가슴앓이로 돌아가시다니… 그전엔 그런 병을 앓지 않았었는데, 아무래도 말이 안 돼.'

이렇게 중얼거릴 때, 별안간 제사상 밑에서 찬 기운이 올라오더니 등 잔불은 침침해지고 바람벽에 붙여놓은 종이는 어지럽게 나부낀다.

무송의 머리카락은 저절로 모두 곤두섰다.

그러자 무송의 눈앞 제사상 아래로부터 희미하게 사람의 그림자가 나타나더니 말을 하는 것이 아닌가.

"아우야! 내가 못 죽을 죽음을 당했고나!"

무송은 이 소리를 듣고 벌떡 일어서며 한마디 말을 물어보려 했는데, 문득 사람의 형상은 연기처럼 사라져버렸다.

무송은 이 순간 정신을 바짝 차리고 생각해보았다.

'이게 꿈인가?'

그러나 이것은 정녕코 꿈이 아니었다. 고개를 돌이켜 중문간에 누워 있는 병정을 살펴보니, 그는 벌써 잠이 들어 코를 골고 있다.

무송은 다시,

'아무래도 형님이 돌아가신 까닭이 분명치 않다! 지금 형님이 나한 테 무슨 말을 하려고 하다가, 아마 내 신기(神氣)에 눌려 형님 혼백이 그만 사라져버리신 모양인데, 좌우간 날이나 밝거든 좀 더 자세히 알아보아야겠다….'

생각하며 앉아 있노라니까, 얼마 지나지 아니해서 날이 훤히 밝는다.

중문간에서 자던 병정이 일어나 물을 데워놓은 후 무송이 세수를 하고 나니까, 그때서야 위층에서 반금련이 내려온다.

무송은 형수를 보고 또 한 번 물어보았다.

"아주머니! 우리 형님께서 대체 무슨 병환으로 돌아가셨지요?"

반금련이 말한다.

"왜, 들으시고도 잊어버리셨나베… 어제 제가 말씀하지 않았어요? 가슴앓이로 돌아가셨다고."

"약은 누구한테서 갖다 쓰셨습니까?"

"약봉지가 바로 여기 있으니 보세요."

"관은 누가 사왔나요?"

"이웃집 왕파 마나님한테 부탁해서 사왔지요."

"그럼, 관은 누가 메고 나갔나요?"

"단두 하구숙이 도맡아서 해주었답니다."

"잘 알았습니다. 그럼 제가 잠깐 나갔다 오겠습니다."

무송은 즉시 병정을 데리고 골목 밖으로 나와 그를 보고 물었다.

"너, 하구숙이 집을 아니?"

"도두님, 왜 잊으셨어요? 요전에 도두님을 찾아와 뵙고 인사까지 드리던데요. 그 사람이 바로 사자가(獅子街)에 살고 있죠."

"그럼 그 사람의 집까지 나를 인도해라!"

병정을 따라 하구숙의 집 문 앞까지 왔을 때, 무송은 병정을 현청으로 돌려보낸 다음에 주인을 찾았다.

"하구숙이 집에 있는가?"

이때 하구숙은 막 자리에서 일어나 앉아 있다가, 부르는 그 말소리가 무송임을 깨닫고 마음이 어찌나 급했는지, 미처 두건도 못 찾아 쓰고 허둥지둥 문갑 속으로부터 열 냥짜리 은전과 뼈다귀 두 개를 소매 속에 간수한 후 밖으로 뛰어나와 무송을 맞이했다.

"도두님! 서울서 언제 돌아오셨습니까?"

"어제 왔네. 그런데 자네한테 이야기가 있는데… 요 앞까지 나하고 잠깐 안 나가겠는가?"

"모시고 나갑죠!"

하구숙이 무송을 따라 골목 모퉁이에 있는 술집으로 들어갔다.

두 사람이 술집에 들어와서 술을 여러 순배 마시도록 무송은 도무지 한마디의 말도 하지 않는다.

하구숙은 아까부터 짐작하는 일이 있는지라, 점점 겁이 나서 등덜미에선 식은땀이 흐르고 있건만, 겉으로는 천연스럽게 앉아서 무송이 권하는 술을 받아 마시고 있었다.

술이 여남은 순배 돌아갔을 때, 무송은 별안간 옷자락을 걷어올리더니 품속으로부터 날이 시퍼런 칼 한 자루를 꺼내 탁자 위에 탁 꽂아놓는다.

이때 하구숙의 얼굴은 흙빛이 되었다.

무송은 소매를 걷어올리고 칼자루를 꽉 쥐고, 하구숙을 바라보며 묻는다.

"조금도 두려워 말고 바른대로 이야기만 하게. 내가 자네를 해칠 생각은 조금도 없네. 대체 우리 형님이 어떻게 돌아가셨던가? 사실대로만 이야기한다면 자네한테 손톱 하나 건드리겠는가? 그러나 손톱만치라도 거짓말이 섞인다면, 이 칼이 가만있지 않을 걸세! 자네가 보았으니까 알 것 아닌가? 그래, 대체 우리 형님 시체에서 이상한 것은 못 보았는가?"

이렇게 말하는 무송의 두 눈에서는 불이 철철 흐르는 것 같다.

하구숙은 얼른 소매 속으로부터 주머니 하나를 꺼내어 탁자 위에 놓고 말한다.

"도두께선 고정하십쇼! 이 주머니 속에 증거가 죄다 들어 있습니다."

무송은 이 말을 듣고 그 주머니를 끄른 후, 주머니 속을 들여다보았다. 그 속에 있는 것은 검푸른 뼈다귀 두 개와 열 냥짜리 은전뿐이다.

"이게 무슨 증거란 말인가?"

무송은 괴상히 생각하고 묻는 것이었다.

"소인이 말씀할 터이니 들어주십쇼. 바로 지난 정월 스무 이튿날, 집에 있으려니까 자석가에서 다방을 내고 있는 왕파가 소인을 찾아와서 하는 말이, 간밤에 무대랑이 죽었으니 곧 와서 염을 해달라고 그럽디다. 그래 왕파를 보내고 나서 소인이 자석가로 나갔더니, 길가에서 바로 누구를 만났느냐 하면, 현청 앞에서 생약포를 하는 서문경을 만나지 않았겠어요? 서문경이 소인을 보더니, 잠깐 이야기가 있다고 술집으로 끌고 들어가 술을 사주고 여기 있는 이 돈을 주면서 신신당부하기를, 무대랑을 염할 때 모든 것을 적당히 좋도록 해달라는 거예요. 그래 소인은 생각하기를, 이놈이 필유곡절(必有曲折)이로구나… 했습니다만, 서문경이란 자가 어떤 사람인 것쯤은 도두께서도 아마 짐작하실 거예요… 그자가 모처럼 그렇게 청하는 것을 소인이 섣불리 거절했다가는 나중에 어떤 일이 생길지 누가 알아요?

그래 그 돈을 받아 그길로 무대랑 댁엘 찾아가 시체를 살펴보지 않았겠습니까? 그랬더니 이목구비에 피 흐른 자국이 역력하고, 또 입술 위에 잇자국이 뚜렷합디다그려! 정녕코 심상치 않게 돌아가신 줄은 뻔히 짐작되지만, 가슴앓이로 앓다가 돌아가셨다는 것을 소인 혼자서 그렇잖다고 들춘대도 소용없을 것 같고… 이럴 수도 없고… 저럴 수도 없고…, 얼핏 생각나는 것이 이 일을 제가 안 해야겠다는 생각뿐이어서, 그만 그 자리에서 살 맞은 것처럼 기절해버리는 체했죠! 그래, 나중에 소문을 듣자니까, 3일째 되는 날 화장을 하기로 했다기에 화인장엘 나가서 몰래 이 뼈다귀를 훔쳐 돌아왔습니다. 자, 보십쇼. 이 뼈가 검푸른 게 독약을 자시고 돌아가신 게 분명하죠? 소인은 또 여기 종이에다 그때 수상(隨喪)나왔던 사람들의 이름과 날짜를 적어두었으니, 보십쇼! 소인이 아는 일이라고는 모두 이것뿐입니다."

"그러면, 간부(姦夫)는 대체 누구란 말인가?"

"그건 소인도 모릅죠. 그런데 소문을 들으니까, 과일 팔러 다니는 운가라는 애녀석이 언젠가 무대랑과 함께 왕파네 다방에서 간부를 잡으려고 하다가 한바탕 소동만 했다는 이야기가 있으니까, 소인 생각엔 그 애 운가한테 물어보면 아실 수 있을 것 같습니다."

"그럼, 자네 수고롭겠네마는, 나하고 그 애한테 같이 좀 가세!"

무송은 탁자 위에 꽂아놓았던 칼을 도로 집어넣고 두 개의 뼈다귀와 열 냥짜리 은전을 소매 속에 감춘 다음, 하구숙을 앞장 세워 운가 소년을 찾아갔다.

두 사람이 운가의 집 문 앞에 이르렀을 때, 운가는 마침 과일을 다 팔고 빈 바구니만을 울러매고 쌀 한 되를 사가지고 돌아오는 길이었다.

"얘 운가야! 너 도두님을 모르니?"

하구숙이 먼저 운가를 보고 물으니까, 운가 소년은 무송을 바라보며 대답한다.

"왜요, 잘 알죠! 이 어른이 접때 호랑이를 주먹으로 때려잡으신 분이시죠? 그런데 저의 집에는 어째서 오셨나요?"

이때 무송이 말했다.

"너 나하고 잠깐 나가자!"

"안 돼요! 제 집에 환갑 지내신 아버지가 혼자 계신데… 밥을 지어야 해요."

"참 기특하구나! 내 너한테 돈을 닷 냥 줄 테니까 그걸로 뭘 사드리기로 하고 잠깐만 갔다 오자꾸나."

운가는 무송의 말을 듣고 생각해보았다.

'닷 냥만 가지면 석 달은 살 수 있잖나?'

그는 이렇게 생각하고 즉시 따라나섰다.

무송은 하구숙과 운가를 데리고 그 근처 음식집으로 들어가서 운가에게 돈을 주고 자세히 물어보니, 운가는 제가 서문경한테 배를 팔러 갔다가 자석가의 왕파 다방으로 찾아가 왕파한테 얻어맞던 일과, 무대를 찾아보고 왜 오쟁이만 지느냐고 일러바치던 일과, 그 이튿날 무대하고 약속한 대로 다방 근처에서 망을 보고 있다가 왕파 집으로 뛰어들어갔으나 무대가 서문경의 발길에 차여서 거꾸러지던 일… 전후사연을 조리 있게 이야기하고 나서,

"그런데 말씀예요, 그런 지 5, 6일 만에 무대 그 양반이 죽었다 하더군요. 난 그렇게 빨리 죽을 줄은 몰랐어요!"

라고 이야기를 끝마친다.

무송은 이야기를 듣고 나서 고개를 끄덕거리고 아무 말도 않고 운가 소년에게 밥을 먹인 다음, 음식 값을 치러주고 밖으로 나왔다.

"소인은 집으로 돌아가겠습니다."

음식집 문 앞에서 하구숙이 먼저 작별하고 돌아가려 드는 것을 무송은 붙들었다.

"아냐! 날 따라와야 해!"

무송은 이렇게 말하고 두 사람을 데리고 바로 현청으로 들어갔다.

현청에 좌정하고 있던 지현 상공은 무송을 보고 묻는 것이었다.

"왜, 무슨 일로 들어왔느냐?"

무송은 꿇어앉아서 공손히 아뢰었다.

"현청 앞에서 생약포를 내고 있는 서문경이라는 자가 소인의 형수 반금련과 간통해오다가 마침내 소인의 형 무대를 독살했삽기로, 이제 이것들 두 명을 증인으로 삼아 감히 상공께 통분한 사정을 고하는 바이옵니다."

지현은 무송의 말을 듣고 즉시 하구숙과 운가가 진술하는 것을 기록시킨 다음, 아전들을 불러 상의했다.

그런데 이곳 양곡현 아전들은 오래전부터 서문경과 정답게 지내오던 인물들인지라, 그들은 그들끼리 짜고서 이구동성으로,

"이번 일은 아무리 생각해보아도 이문(理問)할 도리가 없습니다…."

라고 반대 의견을 드리는 것이었다.

이 말을 듣고 지현은 무송에게 이른다.

"무송아! 네가 본현 도두니까 응당 법도(法度)를 잘 알겠지? 자고로 간부를 잡으려면 연놈을 한꺼번에 잡아야 하고, 도둑을 잡으려면 먼저 장물을 손에 넣어야 하고, 살인범을 잡으려면 해를 당한 사람을 보아야 하는 법인데… 지금 네가 고집한댔자 네가 등시포착(登時捕捉) 못 했고, 또 네 형이 독살을 당했다고 하나 이미 죽은 사람의 시체가 남아 있지 않으니, 어찌 저 두 사람의 말만 곧이듣고 생사람을 살인공사(殺人公事)에 붙이라 하겠느냐? 네 가만히 생각해보아라, 일이 그렇지 않으냐 말이다."

지현의 말씀을 듣고, 무송은 품속에서 얼른 두 덩어리의 뼈다귀와 열 냥짜리 은전과 사람 이름이 적힌 종이를 바치면서,

"여쭙기 황송합니다만, 이것이 모두 증거품이오니 검증해주십시오. 소인이 결코 무실(無實)한 말씀을 허황하게 여쭙는 것이 아니올습니다."

이렇게 아뢰었다.

지현은 그것들을 받아보고는,

"사실을 알아볼 것이니, 너는 물러가거라."

라고 분부를 내린다. 무송은 즉시 하구숙과 운가 소년을 데리고 사처로 돌아왔다.

한편, 이날 이 같은 일이 있었다는 정보를 들은 서문경은 현청 관리들에게 적지 않은 돈을 풀었다. 그러나 서문경이 관리들을 매수해버린 사실을 무송은 전혀 알지 못했다.

이튿날, 무송은 아침 일찍이 현청에 들어가 또 사정을 호소했다. 그러나 서문경한테서 재물을 받아먹은 관리들은 어제 무송이 증거품으로 바쳤던 두 개의 뼈다귀와 열 냥짜리 은전과 종이를 들고 나와 무송에게 도로 주며,

"이 같은 일은 남의 말만 믿고 함부로 처단하는 법이 아니다! 대개 인명에 관한 송사(訟事)는 시(屍)·상(傷)·병(病)·물(物)·종(踪) 다섯 가지 조건이 구비되어야만 문초하는 법이다."

이렇게 말하는 게 아닌가.

무송은 대답을 듣고 속으로,

'안 되겠다! 관가를 바라고, 관가의 힘을 빌리려고 하다가는 원수를 못 잡겠다.'

라고 부르짖었다. 그는 입을 꽉 다물고 뼈와 돈과 종이를 도로 집어 하구숙에게 간직하라 하고 사처로 물러나왔다.

사처로 나와서 조반을 먹고 나니까 하구숙과 운가는 그만 저희들 집

으로 돌아가게 해달라고 한다.

　그렇지만 무송은 허락하지 않았다.

　"내가 잠깐만 나갔다 올 테니, 그동안 여기서 기다려주게."

　무송은 이렇게 말하고 병정 세 사람을 데리고 밖으로 나가 돼지 대가리 한 개, 거위 한 마리, 닭 한 마리, 술 두 통, 그리고 과일 등속을 사가지고 자석가로 향했다. 때는 바로 사패시분이었다.

　이때 반금련은 벌써 관가에서 무송의 소장(訴狀)을 접수하지 아니했다는 정보를 알고 있었는지라, 무송이 지금 병정들을 거느리고 찾아왔건만 조금도 겁내는 기색이 없었다.

　무송은 위층에 있는 반금련한테 말했다.

　"아주머니! 잠깐만 내려오십쇼!"

　이 소리를 듣고 반금련은 천천히 위층에서 내려오더니 묻는다.

　"왜 부르셨나요?"

　"네, 내일이 바로 돌아가신 형님의 49재 되는 날입니다. 그간 동네 사람들한테도 신세를 많이 졌으니까 제가 아주머니를 대신해서 동네 분들한테 술이라도 한잔 대접할까 하고… 이렇게 좀 사갖고 왔답니다."

　"무얼 그렇게까지 하셔요. 안 그러시면 어떻습니까?"

　"아닙니다. 인사는 차려야지요."

　라고 한 후 무송은 데리고 온 병정들에게 제사상 앞으로 나아가 두 자루의 황초에 불을 밝혀놓고 향로에 향불을 피우게 한 후 제사상 위에 제물을 늘어놓았다. 그리고 그는 병정 한 명한테 부엌으로 들어가서 술을 데우고 나머지 두 명은 대문 앞에 탁자와 걸상을 내다놓게 하고, 각각 앞문과 뒷문을 지키게 하는 것이었다.

　반금련은 말없이 무송이 하는 꼴만 지켜보았다.

　무송은 병정들을 이렇게 배치한 다음 형수를 바라보고,

　"그럼 아주머니, 잠깐만 기다려주십쇼. 제가 나가서 손님들을 청하여 올 테니까요."

하고 먼저 이웃집 왕파 노망구한테 찾아갔다.

왕파는 무송이 청하는 것을 처음엔 사양했으나 무송은 들어가지도 않고 문 앞에 서서,

"이번에 어느 누구보다도 마나님께 신세를 많이 졌습니다. 별로 차려놓은 것은 없습니다만, 잠깐만이라도 꼭 참석해주십시오."

계속해서 청하는 고로, 왕파는 급기야 다방문을 닫아걸고 무송을 따라 무대 집으로 건너왔다.

무송은 왕파를 데리고 들어와 형수한테,

"아주머니가 주인이 되셔서 이 마나님께 약주를 좀 권하십쇼. 저는 또 이웃 손님들을 청해올 테니까."

이렇게 말하고 나가자, 왕파는 이미 서문경한테 이야기를 들어서 알고 있는 터인지라, 아주 안심하고 앉아서 술잔을 들었다.

밖으로 나온 무송은 먼저 이웃집 은방(銀房) 주인 요문경(姚文卿), 맞은편에서 지마포(紙馬舖)를 내고 있는 조중명(趙仲銘), 냉주(冷酒)장사 하는 호정경(胡正卿), 경단장수 장공(張公), 이렇게 네 사람을 차례차례 청해왔다. 이 사람들은 모두 무대가 살아 있을 적에도 서로 왕래가 없었는데 가뜩이나 소문이 좋지 않은 집에 발을 들여놓기가 꺼림칙해서 오지 않으려고 사양들을 했었지만, 너무도 무송이 간절히 청하는 까닭에 따라왔던 것이다. 그래서 이들 네 사람과 왕파와 또 반금련과 모두 여섯 사람이 탁자 앞에 차례로 앉으니까, 무송은 따로 자리 잡고 앉으면서 병정 한 사람을 보고 술을 따르라 하여 손님들에게 권하는 것이었다.

"이렇게 아무것도 차린 것 없이 오시라 해서 죄송합니다마는… 어서 잡수십시오."

라고 무송이 권하므로 손님들은 받아먹기는 받아먹지만, 마음은 불안했다. 앞문과 뒷문에는 병정이 한 명씩 버티고 앉았으니, 말하자면 감

금당한 것이나 다름이 없다.

술이 세 순배 정도 돌아갔을 때, 호정경은 수저를 놓고 일어서면서 말한다.

"저는 좀 바쁜 일이 있어서 그만 물러가야겠습니다."

이 말을 듣고 무송은 큰소리로,

"못 가십니다! 여기 들어오신 이상 맘대로 못 나가실 것이니, 모두들 그렇게 아십쇼!"

라고 한다.

모두들 등어리에 냉수를 끼얹은 것처럼 선뜻했다.

'대체 우리를 여기다 가두고 어떡할 작정인가?'

모든 사람이 근심하고 있을 때, 무송은 또 병정에게 술을 부지런히 따라 올리라고 명령했다. 손님들은 맨주먹으로 호랑이를 때려잡은 무송 앞에서 도망갈래야 도망갈 수도 없고 해서, 주는 술이나 받아먹을 수밖에 도리가 없다.

술이 일곱 순배까지 돌아갔을 때, 무송은 잔을 놓고 손을 들더니 병정을 보고,

"잠깐 쉬었다 하겠으니, 상을 물려라!"

라고 명령한다.

손님들은 이때가 기회라 생각하고 모두들 돌아가려고 자리에서 일어났다.

그러자 무송은 두 팔을 벌리고 그들을 막는다.

"잠깐, 아까대로 자리에 앉아주십쇼. 내가 여러분께 긴히 할 말씀이 있어서 그럽니다. 그런데 여러분 중에 어느 분이 글씨를 잘 쓰십니까?"

이 말을 듣고 은방 주인 요문경이 냉주 장수 호정경을 가리키며 대답한다.

"이분이 본래 아전 출신이죠. 글씨가 아주 얌전하십니다."

무송은 이 말을 듣고,

"그럼, 선생이 수고를 좀 해주셔야겠습니다."

하고, 두 팔의 소매를 걷어올리더니 품속으로부터 칼날이 예리해 보이는 단도 한 자루를 꺼내들고 불을 내뿜으며,

"제가 지금 이 자리에서 원통하게 돌아가신 형님의 원수를 갚으려고 합니다! 동네 여러분께서는 이 사람을 위해서 증인이 되어주십쇼!"

하고, 왼손으로는 반금련의 한쪽 어깨를 움켜쥐고, 바른손에 쥐고 있는 칼끝으로 왕파의 가슴 한복판을 겨누니, 손님으로 참석했던 네 사람은 눈이 뚱그레져서 입만 벌리고 어쩔 줄 몰라 제각기 얼굴만 서로 쳐다보며 말 한마디 못 하고 있다.

무송은 그들을 바라보면서 힘 있게 말했다.

"여러분! 조금도 이상하게 생각하지 마십시오. 놀라실 것도 없습니다. 이 사람이 비록 못생기고 천한 사람이올시다마는, 오늘 이 자리에서는 오직 돌아가신 우리 형님의 원수를 갚으려는 것뿐이지, 결코 여러분한테 행패하려는 게 아니올시다. 그러니까 안심하시고 부디 이 사람의 증인이 되어주십시오. 그러나 혹시 제 말씀을 안 들으시고 누구시든지 그냥 돌아가시려 든다면, 제가 가만두지 않을 것이니 그런 줄 아십쇼."

무송이 이렇게 말하는 소리를 듣고, 손님들은 숨도 크게 못 쉬고 꼼짝 못 하고 가만히 앉아 있었다.

무송은 이번엔 왕파를 보고 목소리를 가다듬어,

"이 개 같은 년! 네년이 우리 형님의 목숨을 해치고서, 그래, 네 목숨은 온전할 줄 알았느냐?"

이렇듯 꾸짖고 나서, 이번엔 반금련을 보고 꾸짖는다.

"이 음탕한 계집년아! 네가 우리 형님을 어떻게 죽였니? 바른대로 말해! 바른대로만 고백하면 네년의 목숨만은 살려준다!"

이렇듯 호령이 추상같고 형세가 험악하건만, 반금련은 앙큼하게 잡

아뗀다.

"아주버니! 무슨 말씀을 그렇게 하세요? 형님께선 진정 가슴앓이로 앓다가 돌아가셨는데, 제게 무슨 죄가 있다고 이러십니까?"

반금련의 말이 그치기 전에 무송은 들고 있던 단도를 탁자 위에 탁 꽂고서 왼손으로는 계집의 머리채를 감아쥐고, 바른손으로는 멱살을 움켜쥐고 번쩍 들어다가 제사상 앞에다 팽개쳐버리고는, 즉시 한 발로 그 가슴을 꽉 밟고 한 손으로는 탁자 위에 꽂힌 단도를 뽑아들고, 왕파를 노려보며 또 호령한다.

"이 개 같은 년아! 네가 이래도 바른대로 대지 못하겠느냐?"

왕파는 이 광경을 보고 도저히 피할 도리가 없음을 깨달았는지,

"네, 바른대로 죄다 말씀드릴 테니까, 도두님! 부디 고정합쇼!"

이같이 말한다.

무송은 즉시 병정을 불러 지필묵(紙筆墨)을 가져오게 한 후, 냉주 장수 호정경한테 말한다.

"대단히 미안합니다만, 저 늙은 년이 부는 대로 좀 적어주십쇼."

호정경은 승낙하고 탁자 위에다 종이를 반듯하게 펼쳐놓은 다음, 붓을 들고 말한다.

"자아, 어서 바른대로 자백을 하시오!"

일이 막다른 골목에 부딪쳤건만 왕파는 또다시 앙탈한다.

"아니, 내가 이 집 일에 무슨 상관이 있다고 날더러 자백하라는 거요."

무송은 또 호령을 한다.

"이년아! 내가 죄다 알고 묻는데 끝까지 잡아떼기만 하면 벗어날 줄 아느냐? 내 먼저 이년부터 죽인 후, 네년을 극락세계로 보내줄 테니까, 꼼짝 말고 가만있거라!"

그리고 무송은 단도 끝으로 반금련의 이마빡을 건드리니까, 계집은

그만 떨리는 목소리로 애원한다.

"아주버니… 제가 모든 것을 바로 댈 것이니 목숨만 살려줍시오."

무송은 반금련을 잡아 일으켜 제사상 앞에 꿇어앉힌 다음, 또 한 번 호령을 추상같이 한다.

"이 더러운 년! 어서 자백해봐!"

반금련은 마침내 꿇어앉아서 자백한다. 처음에 대문간에서 발을 걷어들이려다가 잘못되어서 서문경의 머리를 맞춘 일로부터 왕파의 청으로 그의 수의를 바느질해주려고 왕래하다가 그 집에서 서문경과 만나 간통하게 된 일을 숨기지 않고 자백한 다음, 무대가 눕게 되자 왕파가 권해서 마침내 약에다가 비상을 타서 먹여버렸던 사실을 하나도 빼지 않고 죄다 자백하고야 말았다.

그리고 무송이 지시하는 대로 글씨 잘 쓰는 호정경은, 반금련이 자백하는 말을 한마디도 빼놓지 않고 죄다 기록했다.

반금련의 자백이 끝난 뒤에 무송은 왕파를 보고 꾸짖었다.

"이년, 개 같은 년! 네가 이제도 잡아떼겠느냐?"

일이 이렇게 되고 보니 도망갈 길이 없는지라, 마침내 왕파 노망구도 모든 일을 세세히 자백하고 말았다.

무송은 호정경에게 왕파의 구사(口詞)도 일일이 기록하게 하고, 병정으로 하여금 잔에 술을 따라오게 하여 그 술을 제사상 위에 바치더니, 반금련과 왕파를 제사상 앞에 꿇어앉혔다. 무송의 두 눈에서는 눈물이 비 오듯 쏟아진다.

"형님! 혼백이 계시거든 지금 이 자리를 굽어보십시오! 오늘에야 제가 형님의 원수를 갚습니다!"

무송은 제사상 앞에서 이렇게 고하고 몸을 돌이키는 동시에 반금련의 머리채를 감아쥐고 그 앞가슴을 풀어헤치면서 단도를 뽑아들었다. 이때까지 혹시나 하고 요행을 바라고 있던 반금련은 얼굴이 새파랗게

질려,

"에구머니!"

외마디 소리를 지른다.

그러나 때는 이미 늦었다. 무송의 칼이 번개같이 반금련의 가슴을 한 일자로 쭈욱 갈라버리더니, 한 손이 그 속에 들어가서 심간오장(心肝五臟)을 꺼내다가 그것을 제사상 위에 올려놓는다. 그러고 나서 또 한 번 칼날이 번쩍하더니, 반금련의 모가지가 덜컥 떨어져버리는 것이 아닌가. 너무나 처참한 광경에 손님으로 붙들려 앉아 있는 네 사람은 눈을 손으로 가리고 온몸을 사시나무 떨 듯이 덜덜덜 떨고 있고, 피는 흘러서 방 안에 그득해졌다.

무송은 병정을 불러 위층에 올라가 보자기를 하나 가져오라 해서 반금련의 모가지를 보에 쌌다. 그리고 칼을 씻어 칼집에 꽂은 다음 네 사람의 손님을 보고,

"여러분은 너무 불안해하지 마시고 잠깐 동안 다락에 올라가 계십쇼. 저는 잠깐 나갔다 오겠습니다."

라고 말한다.

네 사람은 단 한시라도 이 집에 머물러 있고 싶지 않건만, 어찌할 도리가 없었다. 그래서 그들 서로는 얼굴만 바라보다가 하는 수 없이 층계 위로 올라갔다.

무송은 병정에게 왕파 노망구를 단단히 묶어 그도 위층으로 올려다 두게 한 후, 자기는 보자기에 싼 반금련의 대가리를 한옆에 끼고 그길로 서문경의 생약포를 향해서 달려갔다.

약포에 들어간 무송은 점방에 앉아 있는 주관(主管)을 보고 물었다.

"대관인 계시나요?"

"나가시고 지금 안 계십니다."

"그래요? 그럼 노형한테 긴히 할 말이 있으니 잠깐만 문 앞으로 나와

주시오."

이 말에 주관은 얼른 일어나서 밖으로 나왔다.

무송은 주관을 행인이 없는 옆 골목 안으로 끌고 들어가서, 다짜고짜로 말한다.

"네가 바른대로 대답해라! 죽고 싶으냐? 살고 싶으냐?"

주관은 몹시 당황했다.

"제가 무어 도두님한테 털끝만치라도 잘못한 일이 있습니까?"

"내 말을 들어. 네가 죽고 싶거든 서문경이 지금 가 있는 곳을 안 대 줘도 좋다! 그런데 만일 살고 싶거들랑 빨리 간 곳을 대라!"

"말씀하죠. 말씀하고말고요! 조금 아까 손님 한 분이 오셔서 그분과 함께 사자교 다리 아래 술집으로 가셨습니다."

이 말을 듣고 무송은 즉시 사자교 다리 아래 술집으로 달려갔다.

무송은 술집 주인한테서 서문경이 놀고 있는 방을 알아내 위층으로 올라가서 단도를 빼어 바른손에 드는 동시에 문을 휙 열어붙이고 안으로 들어가면서, 서문경의 얼굴에다 반금련의 대가리를 내어던졌다.

서문경은 이 사람이 무송임을 알고 소스라치게 놀라면서 도망갈 길을 찾는다.

창문 밖으로 뛰어내리자니, 아래 큰길까지는 잔뜩 두 길이 넘는다. 서문경은 감히 뛰어내리지 못하고, 다급하게 궁한 처지에서 도리어 용기가 생겼는지, 몸을 휙 돌이키면서 한 발을 번쩍 들어 무송의 복장을 겨냥대고 힘껏 걷어찼다.

그러나 이 순간 무송이 슬쩍 피해버리니까, 서문경의 발길은 단도를 쥐고 있는 무송의 손을 걷어차게 되어, 칼이 난간 아래 큰길 복판에 떨어져버렸다.

지금까지 서문경과 한자리에서 술을 먹던 사나이와 두 명의 기녀(妓女)는 마룻바닥에 주저앉아서 도망도 못 하고 손과 발을 후들후들 떨고 있다.

무송이 칼을 떨어뜨리고 빈손으로 서 있는 것을 본 서문경은 용기가 솟아 바른손을 높이 쳐들어 무송의 머리를 내리칠 듯하면서 왼손을 들어 무송의 앞가슴을 힘껏 쥐어지르는 것이었다.

그러나 이 순간에도 무송은 그 주먹을 피하면서 왼손으로 서문경의 어깻죽지를 움켜잡고, 바른손으로 그의 왼편 다리를 쥐고 번쩍 머리 위로 치켜들었다.

서문경이 제 깐에는 기운깨나 쓰는 편이고 권봉깨나 쓰는 축이었지만, 천하장사의 손에 붙들려서 몸이 공중에 떴으니, 전들 어찌할 것이냐. 무대랑의 원혼이 있고, 천리(天理)가 용서 없는 바에야 서문경의 운명은 다된 것이다.

무송이 서문경을 번쩍 들어 난간 앞으로 나와서 큰길 바닥으로 냅다 던져버리니까, 서문경은 변변히 외마디 소리도 지르지 못하고 거꾸로 떨어져서 땅바닥에다 머리를 부딪고 그만 사지를 뻗어버렸다.

무송은 마룻바닥에 떨어진 반금련의 대가리를 집어든 후, 난간을 짚고 몸을 날려서 큰길 바닥으로 사뿐 뛰어내렸다. 그리고 즉시 아까 길바닥에 떨어뜨렸던 단도를 찾아 쥐고는 단숨에 서문경의 모가지를 베어버렸다. 그리고 그놈의 대가리를 반금련의 대가리와 함께 보자기에 싸서 들고는 나는 듯이 뛰어 다시 자석가로 돌아갔다.

형의 집으로 돌아온 무송은 제사상 위에다 연놈의 대가리를 올려놓고서 신주를 바라보고 말했다.

"형님! 제가 지금 이렇게 간부(奸夫)와 음부(淫婦)를 죽여 형님의 원수를 갚았습니다. 형님은 부디 원한을 풀어버리시고 극락으로 가시길 축원합니다!"

무송은 이렇게 고하고 위층에 있는 동네 사람들을 모두 내려오게 한 후 그들을 보고 말했다.

"여러분, 지금 보시는 바와 같이 이 사람이 돌아가신 형님 원수를 오늘 갚았습니다! 이 사람은 이제 죽어버린대도 아무 한이 없습니다! 여러분을 놀라시게 해서 참으로 죄송합니다만, 이 사람은 지금부터 현아(縣衙)에 들어가 자현할 생각이니까, 네 분은 수고스러우시지만 저와 함께 가셔서 제가 한 일의 증인이 돼주셔야겠습니다."

무송은 이렇게 말한 후 왕파를 결박지어 앞세우고, 한 손에는 연놈의 모가지를 들고 증인들과 함께 현아로 들어갔다.

어느 사이에 소문이 퍼졌는지 고을 안이 발칵 뒤집혀, 큰길에는 무송을 구경하러 나온 사람이 이루 헤아릴 수 없이 많았다.

무송이 현아에 들어가자, 지현은 청상에 좌정하여 청전(廳前) 뜰 위 왼편엔 무송, 한가운데엔 왕파, 오른편엔 증인 네 사람, 그리고 연놈의 대가리는 뜰아래에 놓게 했다.

무송은 공손히 꿇어앉아서 품속으로부터 호정경이 받아쓴 반금련이와 왕파의 구사(口詞)를 꺼내 그것을 바친 다음에, 자기가 원수 갚느라고 행동한 전말을 낱낱이 고했다.

지현은 영사(令史)에게 우선 왕파의 진술을 받게 하고, 다음으로 호정경 등 증인 네 사람과 하구숙, 운가 소년을 차례로 불러들여다 물어보았다. 이렇게 여러 사람의 진술이 모두 명백하게 부합되었다.

지현은 즉시 오작행인(仵作行人, 검시하는 사람)들에게 자석가로 가서 반금련의 시체와 사자교 아래 술집에 가서 서문경의 시체를 점검케 했다. 그리고 나서 얼마 있다가 오작행인은 시단격목(屍單格目)의 문서를 만들어 지현 상공에게 바쳤다.

지현은 오작행인으로부터 서류를 받은 후, 즉시 무송과 왕파에게 큰칼을 씌워 옥에 가두라 하고, 다른 사람들은 물러가서 따로 처분 내리기를 기다리라고 분부했다.

이같이 사건을 처리한 후 지현은 마음속 깊이 무송의 의기(義氣)에 감동되고 말았다. 그리하여 어떻게 해서든지 무송을 죽을죄로부터 구해주고 싶다는 생각이 지현의 가슴속에서 끓어올랐다. 더구나 지현은 무송이 지난번에 예물을 가지고 자기의 심부름으로 서울에까지 무사히 갔다 온 공로를 잊지 못하는 터이다.

그래서 지현은 아전을 불러, 무송이 망형(亡兄)한테 제사를 지내려 할 때 그의 형수 반금련이 무송의 하는 일을 좋아하지 아니하는 까닭에 수숙 간에 언쟁이 벌어져 반금련이 제사상을 넘어뜨리고 발광을 부리므로 무송이 그만 흥분해 형수를 떠다민 것이 잘못되어서 반금련이 사망해버렸고, 그러자 서문경이 저의 정부를 찾아왔다가 반금련이 편을 들어 무송과 싸웠는데 승부가 나지 아니해서, 두 사람은 사자교까지 싸우며 오다가 마침내 서문경은 길바닥에 넘어져서 죽어버렸다, 이렇게 초장(招狀)을 쓰게 했다. 그리고 초장을 엉뚱하게 꾸며 이것을 무송에게 읽어 들려준 후 공문을 작성케 하여 무송을 동평부(東平府)로 보내 판결을 내리게 하도록 방침을 정했다.

사건이 양곡현에서 처리되지 아니하고 동평부로 이관(移管)되어버리자, 양곡현 안에도 의리를 중히 여기는 사람이 있어서 무송한테 돈과 주식(酒食)을 보내주는 사람이 많았다. 무송은 그 사람들한테 고맙다고 인사하고, 그 돈 중에서 열두 냥의 은자를 운가 소년의 부친에게 선사했다.

한편, 현아의 이원(吏員)은 공문과 하구숙이 증거물로 바친 뼈다귀를 보자기에 싸가지고 다른 혐의자들과 함께 무송을 이끌고 동평부로 떠났다.

이때 동평부 부윤(府尹)은 진문소(陳文昭)라는 사람이었는데, 이 사람은 썩어가는 벼슬아치들 가운데선 드물게 보는 정직하고 총명한 관리였다.

진문소 부윤은 양곡현으로부터 올라온 공문과 여러 사람이 공술한 공장(供狀)을 죄다 보고 나자, 당장에 무송한테 죄가 없음을 알았다.

진부윤은 어떻게 해서든지 무송의 목숨을 건져주고 싶어서, 그의 죄가 더욱 가볍도록 기록을 다시 꾸며 이것을 서울 성원(省院)으로 올려보내는 동시에, 다른 아전 한 사람한테 한 장 비밀 편지를 써주고 이것을 갖고 밤을 새워 서울로 올라가서 무송을 위하여 형부(刑部)의 관리들한테 당부케 했다.

진부윤이 애쓴 효력이 나타났다. 즉 형부로부터 진부윤한테 지시가 내려오기를, 왕파는 유부녀에게 간통하는 일을 하도록 꼬드겼고 계집을 시켜서 본남편을 독살하도록 했으니 그 죄는 능지처참해야 할 것이요, 무송이로 말하면 제가 비록 제 형의 원수를 갚았다고는 할지라도 서문경·반금련 두 사람의 목숨을 해친 죄가 있으니까 그대로 석방할 수는 없으니 40대의 척장(脊杖)을 때린 후 2천 리 밖으로 귀양을 보내라는 지시였다.

진부윤은 형부의 지시대로 즉시 왕파를 끌어내어 목말에 태워 한 바퀴 거리를 조리돌린 후 능지처참해서 죽여버리고 무송에게는 커다란 칼을 목에 씌워 맹주 노성(孟州牢城)으로 귀양을 보내니, 마침내 무송은 두 사람의 방송공인을 따라서 동경부를 떠나 맹주로 향했다.

방송공인 두 사람은 무송이 본시 마음이 좋은 사람인 것을 알고 있는 터인지라, 무송을 위해 조심해가면서 길을 걸었다. 무송은 두 사람이 자신한테 호의를 보이므로 자기도 마음이 흡족해서 보따리 속에서 돈을 꺼내 길거리에서 주막집을 보기만 하면 그 돈으로 술과 고기를 사서 두 사람과 함께 배부르게 먹어가면서 귀양길을 가는 것이었다.

귀양길

그런데 무송이 반금련과 서문경을 죽여버린 것이 3월 초순이었고, 그 후 그는 두 달 동안을 감방 속에 있다가 지금 맹주로 귀양 가게 되었으나 이때는 바로 6월 전후라, 날마다 하늘에서 이글이글 타오르는 햇볕은 들을 달구고 쇠를 녹이는 것 같았다.

그들은 새벽같이 떠나서 2, 30리 걷다가 한낮에는 나무 그늘 밑에서 쉬어가며 20여 일 걸어오는 동안, 하루는 높다란 고개를 넘어가게 되었다. 때는 사패시분이었다.

"어이 더워! 술이나 고기를 조금 사먹고, 어디 가서 다리를 좀 쉬어가면 좋겠네!"

무송이 말하니까 두 사람의 공인도 찬성이다.

"그럽시다. 고개를 내려가면 아마 주막집이 있을 거요."

세 사람은 이렇게 수작을 하고 고개 위에서 아래를 내려다보니, 멀리 언덕 아래로 초가집이 몇 채 보이고, 시냇물도 보이고, 개천가에 버드나무 드문드문 서 있는 사이로 술집에서 나부끼는 깃발이 보인다.

"오오, 저기 술집이 보이는군!"

무송이 손으로 가리키자, 공인들도 그것을 내려다보고서 좋아한다. 세 사람은 고개 아래로 내려오다가 나무꾼을 만났다.

"여보, 말 좀 물읍시다. 여기가 어디요?"

무송이 나무꾼을 보고 물으니까, 나무꾼은 나뭇단을 짊어지고 지나가면서,

"여기는 맹주(孟州) 도령(道嶺) 고개라오. 저 아래 큰 나무 서 있는 곳이 이름난 십자파(十字坡)죠."

라고 대답한다.

세 사람은 이 말을 듣고 십자파에 내려와서 보니, 과연 고목나무 한 그루가 서 있는데 몇 백 년 동안 컸는지 너덧 사람이 손을 마주 대고서야 겨우 끌어안을 만큼 굵은 나무였고, 그 나무에는 댕댕이덩굴이 얽히고 설켜 있다. 그리고 그 고목나무 곁에 술집이 있다.

그 문 앞에는 새파란 모시적삼의 앞가슴을 풀어헤친 채 머리에다 둥그런 비녀를 꽂고, 귓바퀴에다가 꽃 한 송이를 꽂은 여자가 앉아 있다가, 무송의 일행이 가까이 오는 것을 보더니 얼른 자리에서 일어나 일행을 맞이한다. 보아하니, 얼굴에는 분을 하얗게 발랐고, 분홍 치맛자락을 꼭 여미지 아니한 품으로 새빨간 속옷이 내다보이는데, 속눈썹 밑에는 살기(殺氣)가 서렸다.

무송이 여자를 이상하게 바라보고 있을 때, 여자 편에서 먼저 말을 건넨다.

"손님들 잠시 쉬어가시죠. 술도 썩 좋은 술이 있고 고기도 상등 가는 고기가 있답니다. 점심을 잡수시려면 만두가 좋습죠."

이 소리를 듣고 무송은 두 사람의 방송공인과 함께 술집으로 들어가 짊어졌던 보따리를 우선 내려놓고 땀에 흠뻑 젖은 무명적삼을 벗어놓았다.

"아무도 보는 사람 없으니, 칼을 벗어놓고 좀 편안히 쉬었다 갑시다."

라고 방송공인은 말하면서 무송한테 다가오더니, 봉피(封皮)를 떼고 칼을 벗겨놓는다. 무송은 고맙다고 인사했다.

그러자 분홍치마의 술집 여편네가 가까이 와서 묻는다.

"술하고 안주하고 얼마나 가져오랍쇼?"

무송이 대답했다.

"얼마랄 거 없이 자꾸자꾸 내오슈. 고기도 네댓 근 썰어오고."

"만두는 안 잡수시겠나요?"

"그럼 그것도 2, 30개 가져오슈."

술집 주인 여자는 기뻐하는 표정으로 부엌에 들어가더니 조금 있다가 술과 고기와 만두를 들고 나와 탁자에다 벌여놓고 권하는 것이었다.

무송은 먼저 술을 서너 잔 마신 다음에 만두 한 개를 집어 반쪽으로 쪼개다가,

"여보 아주머니, 이 만두소를 무얼로 만드셨수? 사람의 고기요? 개고긴가요?"

별안간 이렇게 묻는다.

이 소리를 듣고 여자는 깔깔 웃더니 대답했다.

"아이고, 손님도! 어쩌면 그렇게 농담을 잘하실까! 대명천지 밝은 세상에 하늘이 맑고 땅이 기름진데 사람의 고기로 만두소를 만드는 법이 어디 있습니까? 저희 집 만두는요 조상 때부터 대대로 꼭 쇠고기만 써왔답니다!"

"정말입니까? 그래도 난 못 믿겠는데요. 그전부터 내가 여러 사람한테서 이야기를 들으니까, '십자파엘랑 아예 가지 마라. 살찐 놈은 죽여 만두소를 만들고, 마른 놈은 산 채로 강물에다 집어던진다'고, 모두들 그럽디다."

라고 무송이 말하니, 주인 여편네는 능청맞게 웃으면서 대꾸한다.

"누가 그런 소리를 했을라구요? 모두 손님께서 아무렇게나 지어 하시는 말씀인 줄 알아요…."

"원, 천만의 말이지. 내가 일부러 지어서 하는 말이 아니라, 지금 이

만두소를 보니까, 털이 두어 개 들어 있는데 이놈의 털이 아무리 보아도 어떤 놈 불두덩 근처에 있는 털 같기에…, 그래서 하는 말이죠!"

주인 여편네는 이 말엔 대답을 않고 싱글싱글 웃기만 한다.

무송은 다시 물어본다.

"그런데 아주머니, 바깥양반은 안 계십니까?"

"어디 가서, 지금까지 안 돌아왔어요."

"그럼 혼자서 밤에는 쓸쓸하겠구려?"

주인 여편네는 이 말에 대답을 안 하고 겉으로는 웃는 낯을 보였으나 속으로는 괘씸하게 생각했다.

'이 자식이 아마 죽고 싶어서 몸살 나는 모양이지? 어디 두고 보자!'

주인 여편네는 속으로 이렇게 생각하고 겉으로는 태연히 말한다.

"그런 얘기는 그만두시고, 어서 술이나 더 드십시오. 잡숫고 나서 우리 집 뒤꼍 나무 그늘 밑에 가서 앉아 계시면 아주 시원하답니다. 그리고 쉬어가시고 싶으면 우리 집에서 주무셔도 좋습니다."

이 말을 듣고 무송은 속으로 생각했다.

'흐흥, 그러니까 네가 이제 본색을 드러내는 모양이로구나! 어디 네가 하는 꼴을 내가 보아야겠다!'

그는 이렇게 생각하고 나서 또 한마디 했다.

"아주머니, 아까 먹은 술이 너무 심심해서 부족한데, 어디 독한 술이 있거든 몇 잔만 더 주시구려."

"정말 독하고 맛좋은 술이야 있지만, 좀 탁해서 어떠실는지."

"좋지요! 우리들 입에는 조금 탁한 듯한 것이 되레 먹기가 좋더군요."

주인 여편네는 속으로 은근히 기뻐하면서 안으로 들어가서 혼색주(渾色酒)를 내왔다.

무송은 또 한 번 잔소리를 했다.

"이왕이면 그 술을 조금 따끈하게 데워다주시구려. 이런 술은 데워야만 맛이 더 좋다니까요."

"아시는 말씀인데요. 그럼 지금 곧 데워서 내오죠."

라고 한 후 주인 여편네는 술병을 가지고 안으로 들어가면서 속으로 생각했다.

'이 녀석들이 정말 죽을 수가 뻗친 모양이다! 약 탄 술을 따끈하게 데워서 먹으면 그저 걷잡을 새 없이 넘어가는 줄이나 알고 이러는 걸까?'

조금 있다가 주인 여편네는 술을 데워가지고 나와서 권하는 것이었다.

"자아, 식기 전에 어서들 드세요."

두 방송공인은 그들 앞에 따라놓은 술 사발을 집어들더니, 새삼스럽게 생각난 듯이 주인 여편네를 보고 말한다.

"아주머니! 이거 안주가 없구려. 강술을 어떻게 먹을 수 있나! 고기를 좀 더 썰어다주시구려."

주인 여편네는 이 말을 듣고 자리에서 일어나더니 안으로 들어간다. 이때를 놓치지 않고 무송은 술 사발을 집어들고 입에 갖다대었다가 옆에 앉아 있는 방송공인도 모르게 한쪽 구석에다 술을 쏟아버리고 아주 그 술을 마시기나 한 것처럼 입맛을 다시면서 한마디 하는 것이었다.

"그 참, 술맛 좋다! 아주 감로(甘露)로구나, 감로야!"

두 사람의 방송공인도 안주를 기다리지 못할 만큼 목구멍이 말라서 술 사발을 들고 벌컥벌컥 들이켰다.

이때 주인 여자가 안주를 담아 나오다가 그 모양을 보더니 얼른 고기 담은 쟁반을 내려놓고는, 손바닥을 찰싹찰싹 치면서 소리를 지른다.

"이 녀석들아! 어서 쓰러져라, 쓰러져!"

그러자 마치 이 소리가 군호나 되는 것처럼, 두 사람의 공인은 의자에서 그대로 벌렁 나가자빠졌다.

이 모양을 보다가 무송도 얼른 눈을 감고 마룻바닥에 쓰러져버렸다.

주인 여자는 깔깔 웃으면서,

"그러면 그렇지. 어디 가겠니!"

하고, 즉시 안에다 대고 소리를 지른다.

"소이(小二)하고 소삼(小三)이하고, 얼른 좀 이리로 나오너라!"

이 소리가 떨어지자, 안으로부터 상판대기가 험상스럽게 생긴 녀석 두 놈이 뛰어나오더니, 먼저 두 사람의 방송공인부터 마주잡이를 하여 들고 안으로 들어간다.

주인 여자는 그들 앞에 놓인 탁자 위에서 무송의 보따리와 방송공인의 전대를 한 번씩 주물러보더니, 웃음을 띠고 중얼거린다.

"이 속에 돈이 적지 않게 들었나 보다. 오늘 벌이는 미상불 잘됐는데 이 녀석들을 잡아서 만두소만 만드는 데도 값이 적지 않겠다!"

주인 여자는 아주 좋아하면서 보따리와 전대를 집어들고 안으로 들어갔다.

조금 있다가 주인 여자가 다시 나와 보니, 소이와 소삼이가 무송이 한 사람을 마주 들려고 해도 요지부동으로 들려지지 아니하는 까닭에 땀을 빼고 있는 중이다. 이 꼴을 보고서 여자는 그들을 꾸짖는다.

"에라, 빙충맞은 것들! 밥이나 술은 걸신들린 것처럼 잘 처먹어도 이런 일을 시키면 굼벵이처럼 군단 말야? 저리들 비켜! 내가 들어볼게… 그런데 이 녀석이 이렇게 돼지같이 살이 쪘으니, 이놈을 황소 고기라고 속여 팔아야겠구나. 말라깽이 두 녀석은 물소 고기라고 그러고… 어쨌거나 이 녀석부터 먼저 잡아야지."

주인 여자는 중얼거리면서 모시적삼을 벗어놓고, 분홍치마도 벗어 던지고, 다리와 팔뚝을 벌겋게 드러내더니 무송에게로 달려들어 두 팔을 붙들어 일으킨다.

무송은 그때까지 죽은 체하고 가만있다가 여자가 자기를 안아 일으키려고 하는 그 순간, 별안간 획 일어서면서 여자를 자빠뜨리고는 두 다리 사이에 여자의 허리를 꿈쩍 못하도록 끼워버렸다.

주인 여자는 '으아' 하고 죽는 소리를 내면서 몸부림친다.

이때 소이와 소삼이 즉시 무송한테로 덤벼들려 했으나 벼락 치는 소리같이 무송이 호령하는 바람에 찔끔해 두어 발자국 물러선 채, 다시는 발자국을 떼어놓지도 못하고 얼빠진 놈처럼 멀거니 서서 무송을 바라보기만 한다.

주인 여자는 다리 사이에 끼어, 있는 힘을 다하여 몸부림을 쳐보았으나 아무 효과가 나타나지 아니하므로 할 수 없다고 깨닫고서 이번에는 무송한테 애원했다.

"에구 사람 살류! 다시는 안 그럴게 제발 살려주슈! 에구구 사람이 죽는대도….."

여자가 애걸하고 있을 때 문간에서 나뭇짐을 지고 들어오던 한 사나이가 황급하게 무송이 앞으로 다가오더니,

"여보시오, 장사는 부디 노염을 푸시고 저 사람을 용서해주십시오. 이 사람이 꼭 해줄 말씀이 있소이다."

라고 청한다. 무송은 그대로 여자를 꽉 밟고 서서 그 사나이의 아래위를 훑어보았다.

머리에는 청사(靑紗)로 만든 건을 썼고, 위에는 흰 베적삼을 입고, 아래에는 무르팍까지 내려오는 잠방이를 입었고, 허리에는 전대 하나를 차고서 발에는 삼신[麻鞋]을 신었는데, 이마는 툭 불거졌고, 광대뼈는 삐죽 나온 얼굴에 수염은 건성드뭇 몇 가닥밖에 나지 아니했고, 나이는 35세쯤 되어 보인다.

험상스럽게 생긴 사나이가 무송을 바라보고 이번엔 허리를 굽혀 인사를 하면서 은근히 묻는다.

"대체 호걸께서는 뉘 댁이신지요? 존함을 가르쳐주십쇼."

"나는 양곡현에서 도두로 있던 무송이오."

라고 무송이 꿈쩍도 않고 서서 대답하니까, 그 사나이는 또 한 번 재차 묻는다.

"그러면 바로 경양강 고개에서 호랑이를 때려잡으셨다는 그 무도두이십니까?"

"바로 그렇소!"

무송이 대답하니까 그 사나이는 공손히 절하고 나서 말한다.

"참말 성함은 오래전부터 듣자왔습니다. 그렇지만 이렇게 만나뵐 줄은 꿈에도 몰랐습니다그려."

무송은 그 말엔 대답을 안 하고 물었다.

"혹시 이 아주머니가 노형 부인이 아니시오?"

"네, 이 사람이 바로 소인의 내자입니다."

무송은 이 말을 듣고 얼른 발을 옮겨놓고는, 땅바닥에 자빠져 있는 부인을 붙들어 일으키고 나서 물었다.

"그런데 내 보기에 두 분이 심상한 분이 아닌 듯싶은데 대관절 뉘 댁이시오?"

무송이 이렇게 물으니까 그 사나이는 저의 내력을 말한다.

"네, 소인의 이름은 장청(張靑)이라 합니다. 본디 이 근처 광명사(光明寺)의 종채원자(種菜園子)로 있었죠. 그런데 수년 전에 수틀리는 일이 있어서 그곳 광명사 중녀석을 때려죽이고 절에다 불을 질러 훌쩍 태워버렸더니 어느 놈이 감히 대들려고 하지도 않고, 또 관사(官司)에서도 모르는 체하기에 여기 십자파에 와서 이렇게 술장사를 하고 지내는 터입니다. 언뜻 보시기에는 술장사가 소인의 생업인 것 같죠. 하지만 실상인즉 이러고 앉아서 돈냥이나 두둑이 갖고 있는 듯한 손님을 만났을 땐, 술에다 몽한약을 타서 그것을 먹여 죽인 다음에 배를 갈라 잡아서는 큰 덩어리는 황소 고기라고 속여 팔고, 찌끄레기는 모조리 만두소를 만들지요. 소인이 약간 무예도 배웠고, 또 천하 호걸들과 많이 알고 있는 까닭에 모두들 소인을 채원자 장청이라고 불러준답니다. 소인의 내자는 별명이 모야차(母夜叉) 손이랑(孫二娘)이구요.

그런데 지금 밖에서 막 돌아오려니까, 저 사람이 죽는 소리를 하기에 뛰어들어왔습니다만, 참말이지 무도두님을 이렇게 만나뵐 줄은 천만뜻밖입니다. 그렇잖아도 소인이 내자한테 그전부터 일러둔 말이 있습죠. 어떤 일이 있든지 간에 운유승도(雲遊僧道)와 행원기녀(行院妓女)는 죽이지 말고, 또 귀양 가는 사람도 죽이지 말라구요. 한 번은 이런 일이 있었습니다.

본래 연안부 노충 경략상공 앞에서 제할로 있던 노달이라는 양반이 주먹 세 대로 진관서를 때려죽이고 오대산으로 들어가 중이 되었는데, 등어리에 꽃을 수놓았대서 세상 사람들이 그를 화화상(花和尙) 노지심이라고 부르지요. 이분이 지나가다가 우리 집에 들렀는데, 저 사람이 그 살찐 것을 보고 술에다 몽한약을 타서 먹이고는 안으로 끌어들여다가 막 배를 가르려고 하는 판인데, 그때 마침 소인이 들어와서 보니까 한 구석에 선장(禪杖)이 놓였는데 아무리 보아도 범상한 사람의 물건이 아니라…, 그래 곧 해약(解藥)을 먹여 구해내고 그만 형님을 삼았죠.

근자에 듣자니까 청면수 양지(楊志)와 두 사람이 이룡산 보주사의 적굴을 빼앗아 괴수 노릇을 하고 계시면서 소인한테도 와서 같이 지내자고 몇 번이나 소식이 있었습니다만, 아직 못 가고 이러고 있답니다."

"응, 나도 노지심과 양지의 선성은 익히 들어서 알고 있소이다."

"그래, 소인은 늘 이 사람한테 몽한약을 먹이는 데도 사람을 보아가며 먹이라고 일러왔건만 기어코 오늘은 도두께 죄를 지었습니다. 하마터면 큰일 날 뻔했습니다. 대체 어떻게 된 일이오?"

장청은 저의 아낙을 바라보고 묻는 것이었다.

"처음에는 그럴 생각이 없었지만 이 어른이 돈냥이나 족히 가지신 것 같고, 또 자꾸 나를 희롱하려 드시기에, 그만 약을 타드렸지요."

이 말을 듣고 무송이,

"내가 말할 테니 들어보슈. 난 본시 부인네들과 실없는 수작하기를 좋아하는 사람이 아닙니다. 그러나 아주머니께서 자꾸 내 보따리를 유심히 보시기에 그때 의심이 나서, 어디 아주머니 동정을 좀 보자, 이렇게 생각하고 그랬던 거랍니다."

라고 하자, 장청은 껄껄 웃으며 무송을 권하여 뒤꼍에 있는 객석으로 청하여 들인다.

무송은 장청을 따라 뒤꼍으로 들어가 두 명의 방송공인을 살려달라고 청했다.

그러니까 장청이 묻는다.

"대체 무도두께선 무슨 죄를 지셨으며, 또 귀양살이는 어디로 가시는 길입니까?"

질문을 받고, 무송은 자기의 형수와 서문경을 죽여 돌아간 형님의 원수 갚은 내력을 털어놓았다.

장청 부처는 아주 그 이야기에 감탄했다. 그리고 장청이 묻는다.

"소인이 도두께 구태여 마음을 악하게 먹으시라는 게 아니라, 이제 맹주 노성 영내로 들어가셔서 모진 고초를 겪으시느니보다, 소인의 생각 같아서는 아주 오늘 이 자리에서 저 두 놈을 없애버리고, 소인과 함께 여기서 지내시는 게 좋지 않겠습니까? 그리고 만약에 적굴이라도 사양치 않으신다면 소인이 누구보다도 먼저 이룡산 보주사로 모시고 가오리다."

그러나 무송은 그 말을 들으려 하지 아니했다.

"그렇게까지 생각해주시니 진정으로 감사합니다만, 부탁하신 대로는 결단코 실행하지 못하겠습니다. 저 두 사람은 본시 소인과 아무런 원수진 일이 없는 터이고, 더구나 여기까지 함께 오는 동안에도 나한테

여간 고맙게 해주지 않았는데, 그런데 내가 만약에 저 사람들을 죽여버린다면 천리(天理)가 나를 용납해주지 않을 것이외다. 그러니까 만일 노형이 나를 아끼신다면 어서 저 두 사람을 속히 구해주십시오!"

무송의 대답이 이렇게 떨어지자, 장청은 진심으로 감복하면서 저의 아내더러 두 사람에게 먹일 해약을 만들어오라고 부탁해 두 사람의 입에다가 체약을 흘려 넣었다.

약이 들어간 지 반 시각쯤 되어 두 놈의 방송공인은 마치 꿈속에서 깨어난 것처럼 눈을 번쩍 뜨더니 무송에게 묻는다.

"세상모르고 아주 늘어지게 잘 잤는걸! 대체 무슨 술이기에 그렇게도 독하다는 거요? 몇 잔 먹지도 아니했는데. 이러고 보니 이 집을 잘 보아두었다가 돌아오는 길에 세상없어도 또 들러야겠네!"

이같이 묻는 말이 너무도 천진스러워서 무송이 허리를 잡고 웃으니까 장청 내외도 함께 웃는다. 그들이 그처럼 웃는 것을 보고, 방송공인 두 명도 무슨 까닭인지 모르면서 건성으로 같이 웃는다.

그것이 되레 우스꽝스러워 세 사람은 또 한 차례 굉장히 웃어젖혔다.

장청 부처는 공인 두 명과 무송을 후원으로 청해 닭을 잡고 거위를 튀긴 뒤에 새로 배반을 정돈하여 은근히 술을 권하는 것이었다.

호걸과 호걸이 만난 자리인지라, 장청과 무송이 인사하기는 오늘이 처음이지만 그들끼리 친숙하게 지내는 품은 가히 백년지기(百年知己)나 다름없다.

이날 밤을 장청의 집에서 편히 쉬고, 이튿날 아침에 무송은 일찌감치 길을 떠나려 했다.

그러나 장청이 무송을 그렇게 섭섭하게 떠나게 둘 이치는 만무했다.

그래서 하루만 더 묵어가라… 하루만 더 묵어가라고, 연 사흘 동안이나 붙드니까, 무송은 그들 부처의 호의에 깊이 감동되어 마침내 장청과 결의형제를 하게 되었다. 두 사람이 서로 나이를 따져보니, 장청이 무송보다 다섯 살이나 위다.

무송은 즉시 일어나 장청에게 절을 하고 장청을 형님이라고 불렀다.

그러나 언제까지나 이러고 있을 수는 없는 일이라, 무송은 사흘 만에 장청을 보고 오늘 떠나겠다고 주장했다. 장청이도 하는 수 없이 닭 잡고 돼지 잡고 해서 연석을 베풀고 그와 작별술을 나누었다.

무송은 다시 칼을 쓰고, 두 명 방송공인을 따라서 문밖으로 나왔다. 장청과 손이랑은 따라 나와 눈물을 흘리며 전송했다.

이렇게 십자파를 떠나 부지런히 걸어 무송과 방송공인이 맹주성 안에 도착한 것은 그날 오정 때였다.

그들 공인은 무송을 이끌고 주아(州衙)에 들어가서 동평부로부터 보내는 문첩(文牒)을 당청(當廳)에 드리니까, 부윤은 그것을 보고 나서 두 명의 방송공인한테는 회문(回文)을 주어 동평부로 돌려보내고 무송은 즉시 문서와 함께 노성영으로 보냈다.

무송이 그길로 노성영 앞에 이르러 보니, 커다란 글자로 '안평채(安平寨)'라는 패액(牌額)이 걸려 있다. 무송이 그 문 앞에 서 있노라니까 안으로부터 공인이 나오더니 그를 이끌고 들어가 단신방(單身房)에 가두고 나가버린다.

공인이 밖으로 나가자 이웃 방에 있는 십여 명의 수도(囚徒)들이 무송의 방문 앞으로 몰려와서 묻는다.

"여보시오. 새로 들어오신 분이구려! 뭐 윗사람한테 청을 드릴 편지나 돈냥 가진 게 있거든 꺼내놨다가 이제 차발이 오거들랑 얼른 주슈? 그래돼야 이따가 살위봉(殺威棒)을 맞을 때 덜 곯습네다! 우리나 당신이나 똑같은 신세니까 그래 알려드리는 거요. 속담에도 말이 있지 않소? 토끼가 죽어버리면 여우가 서러워한다고."

무송은 문 앞에 옹기종기 서 있는 여러 사람의 얼굴을 바라다보면서 대답했다.

"여러분이 그처럼 일러주시니 감사합니다. 내가 편지 가진 건 없어도 돈냥은 좀 갖고 있죠. 그렇지만 제가 와서 좋은 말로 청하기나 한다면 몰라도, 괜스레 딱딱거리기나 한다면, 피천 한 푼도 안 줄 생각이외다."

"원, 그게 무슨 말이오? 아예 생각을 고치시오! 그랬다가는 눈곱만큼도 당신한테 이로운 일이라곤 없을 거요. 벼슬아치가 무서워서 그러는 게 아니라, 몽둥이가 무서우니까 그러는 게지!"

말이 채 끝나기 전에 한 사람이,

"쉿, 차발이 왔소!"

하고 손짓을 하니까, 십여 명의 죄수들은 일시에 쫙 헤어졌다.

무송이 혼자 앉아서 보따리를 끄르는 체하고 있으려니까, 과연 차발이 들어오더니 묻는다.

"새로 들어온 놈이 어떤 놈이냐?"

무송이 대답했다.

"이 사람이올시다."

차발은 무송을 한번 아래위로 훑어보고 나서,

"네가 바로 경양강에서 호랑이를 때려잡았다는 장사란 말이지? 양곡현에서 도두까지 지냈다면서 도무지 사리도 경우도 모르는 모양이로구나! 그렇지만 이놈아! 여기선 고양이 새끼 한 마리도 네겐 만만한 게 없다! 그런 줄 알아라!"

이 소리를 듣고 무송도 마주 욕을 했다.

"흥! 네가 들어오는 길로 내게 대드는 걸 보니 아마 내가 돈냥이나 집어줄까 하고 그러나 보다마는, 어림도 없다! 피천 한 푼 안 줄 테니 그런 줄 알아라… 정 달란다면 주먹이나 한 대 줄까? 내가 돈은 좀 갖고 있다마는 그건 두고두고 술을 사먹어야 할 게니까 못 준단 말이다. 알겠니?"

차발 녀석은 이 소리를 듣고 성이 꼭뒤까지 나서는, 쿵쾅거리며 돌아갔다.

차발이 나가버리자, 옆의 방 죄수들이 다시 무송의 방 앞으로 우르르 몰려와서 지껄이기 시작한다.

"여보! 그렇게 우리가 일러드렸는데도 기어코 그러신단 말이오? 저 사람이 저렇게 성이 잔뜩 나서 돌아갔으니, 아마도 관영 상공한테 나가서 뭐라고 고자질해 당신의 목숨을 해치려 들 거요! 어떡하실라오?"

무송은 이 말을 듣고 태연하게 말했다.

"어쩌나 우리 두고 봅시다. 난 조금도 겁날 게 없으니까."

무송의 말이 채 끝나기도 전에, 서너 명 공인이 무송의 독방으로 썩 들어서면서,

"새로 온 무송이 어디 있느냐?"

라고 고함을 친다.

"왜 그러느냐? 아무 데도 안 가시고 여기 이렇게 앉아 계시다! 소리는 왜 이렇게 귀청이 떨어지게 지르는 거냐?"

무송이 대꾸하니까, 공인들은 일제히 달려들어 다짜고짜로 무송의 팔뚝을 움켜잡더니 그대로 끌고서 점시청(點視廳)으로 갔다.

이때 관영 상공이 청상에 앉아 있다가 공인들이 무송을 끌고 온 것을 내려다보고,

"저놈의 칼을 벗겨라!"

분부하고 무송을 꾸짖는 것이었다.

"네 이놈, 자세히 듣거라! 태조 무덕황제의 구제(舊制)에, 신도배군(新到配軍)에게는 반드시 일백 살위봉을 먹이라고 했느니라! 너도 이런 것쯤은 들어서 알겠지?"

이 말이 떨어지기가 무섭게, 군한(軍漢)들이 달려들어 무송의 볼기를 까려고 했다.

"이거 나 하나 때문에 여러 사람이 이러지 마슈! 내 꼼짝 않고 맞을 테니 마음놓고 때리슈! 몽둥이 한 대쯤 내가 두려워한대서야 내가 어떻게 호랑이를 때려잡았겠소? 이왕 때리려거든 아주 힘껏 치란 말요! 내가 아얏 소리를 한다면, 나는 양곡현에서 큰일을 저지른 사람이 아닐 게다!"

무송이 이렇게 호언장담하니까, 공인과 군한은 기가 막혀서 어이가 없다는 듯이 저희들끼리 낄낄거리면서 비웃었다.

'원, 별 미친놈을 다 보겠네. 저놈이 아마도 땅 냄새가 코에 구수하게 들어가는 모양인가 보다.'

그들이 이처럼 느끼고 있을 때, 마침내 군한 한 명이 무송의 곁으로 다가서면서 곤장막대기 한 개를 골라잡더니,

"에잇!"

외마디 소리를 지르는 것이었다.

이때 문득 관영 상공 앞에서 한 사나이가 달려나오더니 상공의 귀에다 입을 대고 뭐라고 속삭거린다.

무송이 눈을 들어 보니까, 그 사나이의 키는 9척이요, 나이는 스물서넛쯤 되어 보이는 남자인데 희멀끔한 얼굴에 수염을 길렀고, 머리는 흰 수건으로 싸매고, 몸에는 청사로 만든 겉옷을 입고, 손은 무슨 까닭인지 흰 명주로 팔뚝까지 단단히 뭉쳐매었다.

이런 사람이 관영 상공한테 무어라고 속삭거리고 난 뒤에 관영 상공은 무송을 때리려는 군한들을 정지시키고 물었다.

"무송아! 네가 예까지 오는 도중 혹시 무슨 병이나 앓지 않았느냐?"

무송은 얼른 대답했다.

"병이라곤 도무지 안 앓았습니다. 술도 잘 먹고, 고기도 잘 먹고, 밥도 잘 먹고, 또 걸음도 잘 걸었습니다."

그러자 관영 상공이 말한다.

"저놈이 이번 길에 오다가 병을 얻어왔다는데 얼굴빛이 썩 좋지 않구나. 여봐라, 살위봉은 두었다가 요다음에 때리기로 하겠다!"

이때 양쪽에 서 있던 곤장 때리는 군한들이 나직한 음성으로 무송에게 귀띔을 한다.

"어서, 병이 났었다고 말씀해라! 관영 상공께서 인정을 쓰시느라고 저러시는 거니까, 얼른 몸이 불편하다고 그래라!"

그러나 무송은 곧이곧대로 대답했다.

"여기까지 오는 도중에 병이라고는 감기 한번 앓아보지 못했습니다. 살위봉인지 뭔지 어서 때리슈! 두었다가 나중에 때리시겠다니, 나중에 맞을 거면 아주 지금 맞아두는 편이 시원합니다."

이 말에 모두들 어처구니가 없어서 깔깔 웃었다.

관영 상공도 웃음을 참지 못하여 미소를 지으면서,

"저놈이 아마 열병을 앓고 땀을 제대로 내지 못해서 저렇게 헛소리를 하는 모양이니, 저놈 말을 더 들어볼 것도 없다. 어서 도로 갖다 가두어라!"

라고 명하니까, 군한들이 달려들어 무송을 붙들고는 다시 끌어다가 단신방에 집어넣었다.

이에 옆방의 죄수들은 또 무송의 방문 앞으로 몰려와서 물었다.

"관영 상공하고 퍽 친하신 양반의 편지라도 가지고 있다가 그걸 바치신 모양이로군요?"

"그런 편지가 내게 있을 턱이 있소?"

"아, 정말이오? 만약에 그렇다면 살위봉을 안 때린 게 되레 좋지 못한 조짐인데! 아마 오늘 저녁에 끌어내다가 아주 물고를 낼 작정인가 보오!"

"물고를 내다니, 어떻게 한다는 거요?"

"이제 저것들이 밤에 와서 쉰밥에다가 썩은 생선을 먹여서 배를 잔뜩 불려놓고는 토로(土牢)로 데리고 가죠. 그 속으로 데리고 가서 굵은 동아줄로 잔뜩 결박을 지어놓은 다음 거적으로 둘둘 말아 담벼락에다 가 거꾸로 세워놓으면, 반 시각이 못 되어 저승길로 떠나고 마는데, 이 걸 분조(盆吊)라고 한답니다."

"그렇게 죽이는 게 '분조'라? 그러면 또 그렇게 하지 않고 달리 죽이 는 법은 없소?"

"또 있죠. 어떡하냐 하면, 당신을 단단히 결박지어서 땅바닥에다 뉘 어놓고, 따로 커다란 포대에다 흙을 하나 가득 담아, 그걸 당신 배 위에 다 올려놓으면, 역시 반 시각이 못 돼서 당신은 이 세상을 떠나는데, 이 렇게 하는 것을 토포대(土布袋)라 한답니다."

"또, 그 밖에는 죽이는 법이 없소?"

"왜 있기야 있지만, 이 두 가지가 그중 지독한 거죠."

죄수들과 수작을 하고 있을 때, 문득 군한(軍漢) 한 명이 두 손으로 큰 찬합을 받쳐들고 무송의 방으로 들어와서 묻는다.

"이번에 새로 오신 무도두가 누구십니까?"

무송이 대답했다.

"나요! 왜 그러시오?"

그 사나이가 말한다.

"관영 상공께서 점심을 갖다드리라 해서 갖고 왔습니다."

사나이는 이렇게 말하고 찬합을 내려놓고 뚜껑을 열고 벌여놓는데, 술이 한 병, 고기가 한 접시, 국수가 한 사발, 또 국이 한 대접… 이렇게 굉장히 빽적지근한 음식이었다.

무송은 속으로 생각했다.

'아까 저놈들 말에는 쉰밥에다 썩은 생선을 먹인다더니 이건 너무 과 만한데? 그러나저러나 먹으라는 거니 먹고 볼 일이다.'

배를 주렸던 터이라, 무송은 술병을 들어 한숨에 들이켜고, 다음에 고기며 국수며… 그릇을 모두 깨끗이 비워놓았다.

음식을 갖고 왔던 군한은 옆에 서서 무송이 다 먹은 다음에 아무 말 없이 그릇을 챙겨서 돌아갔다.

무송은 혼자 속으로 웃었다.

'어디 두고 보자! 이제 너희들이 어떻게 할 작정이냐?'

그러나 한동안 아무런 변화가 없었다.

이윽고 날이 저물어 어둑어둑해질 때, 아까 점심을 가져왔던 군한이 또 큰 합을 두 손으로 받쳐들고 들어왔다.

무송은 물었다.

"왜 또 왔소?"

군한이 대답한다.

"이건 저녁 진집니다."

군한이 내려놓는 것을 보니까, 또 술 한 병, 고기 한 접시, 생선국에 밥이 한 사발이다.

'오오라, 이걸 먹여놓고 그 '분조'라나 뭐라나 하는 법으로 죽일 작정인가 보다마는, 아무렇게나 너희들 하고 싶은 대로 해보려무나. 죽인다고 겁낼 내가 아니다!'

무송은 이렇게 생각하고 또 달게 먹었다. 그가 음식을 먹고 나자, 그때까지 한옆에 서 있던 군인은 아무 말 없이 그릇을 거두어 돌아가버린다.

그리고 조금 있다가 또 한 사람의 군인과 함께 욕통(浴桶)과 뜨거운 물 한 통을 들고 와서, 무송한테 목욕을 하시라고 청하는 것이었다. '이제는 아주 마지막으로 목욕까지 시켜서 죽여버리는가 보다. 아무려나 하고 싶은 대로 해보라지.'

무송은 이렇게 생각했다. 그리고 그가 목욕을 하고 욕통에서 나오니까, 두 놈의 군인은 단신방에다가 등(藤)으로 만든 침상을 들여다놓고, 망사로 꾸민 방장(房帳)을 치더니 양침(涼枕) 베개까지 주면서,

"고단하실 터인데, 편히 쉬십시오."

인사의 말을 하고서 돌아갔다.

이렇게 되고 보니, 무송은 자기의 예상과는 아주 판이함에 놀라지 아니할 수 없다.

'도무지 알 수 없는 노릇이로구나!'

그는 속으로 의심하면서 그 밤을 지냈다.

아무 일 없이 그 밤을 지내고 이튿날 새벽이 되자, 어젯밤에 왔던 그 사람이 또 세면탕을 들고 들어와서 세수를 하시라고 청한다.

무송이 일어나서 세수를 하고 나니까, 그 사람은 가지고 왔던 빗으로 무송의 머리를 말끔히 빗겨준다. 그리고 방 안을 깨끗하게 치운 뒤에 고기국과 밥을 가지고 들어오더니 조반을 잡수시라고 권한다.

무송이 밥을 먹고 나니까, 또 차를 갖다놓는다.

차마저 마시고 나니까, 그 사람은 공손히 말한다.

"여기서는 거처하시기가 불편하실 터이니 방을 옮기시지요."

무송은 이 말을 듣고 생각했다.

'방을 옮긴다? 아마 이제야말로 '토로'라나 뭐라나 하는 곳으로 끌고 가려는 게로구나! 아무려나 하라는 대로 할 수밖에!'

그는 이렇게 마음먹고 그 사람을 따라서 나왔다.

군인을 따라서 들어온 곳은 '토로'가 아니고 널찍하고 정결한 방인데, 방 안에는 탁자와 의자와 그 밖에 방 안에 있어야 할 모든 기구가 구비되어 있는 게 아닌가.

무송을 방으로 안내한 군인이 나간 뒤에 무송은 영문을 몰라서 궁금하기 짝이 없었다. 그러나 그날도 그 이튿날도, 그 사람은 아무 말 없이 끼니때마다 술에 고기에 떡 벌어진 음식을 갖다주는 게 아닌가. 그리고 밤이면 욕통을 들여놓고 목욕까지 시켜주고, 머리까지 빗겨주는 게 아닌가. 아무리 생각해보아도 까닭을 알 수 없는 노릇이다.

마침내 무송은 궁금함을 견디다 못해서, 하루는 그 사나이가 술과 밥을 가지고 왔을 때 물어보았다.

"대체 날마다 누가 이렇게 정성스럽게 밥을 보내주는 거요?"

그러자 그 군인이 대답한다.

"소관영(小管營)께서 보내시는 겝니다."

무송은 다시 물었다.

"소관영이란, 누구 말이오?"

군인은 대답한다.

"도두께서 여기 오셔서 맨 처음으로 관영 상공 앞에 나오셨을 때, 그때 공청 위에 머리하고 손을 헝겊으로 싸매신 분이 계시지 않았습니까? 그분이 바로 관영 상공의 자제 되시는 소관영이시죠."

"오오, 그러니까 내가 일백 살위봉을 얻어맞지 않고 면한 것도, 그럼 그 사람이 자기 어르신네한테 말씀드려서 안 때린 거로구먼?"

"네. 바로 그렇습니다."

"그거 참 모를 일이로군! 난 청하현 사람이고, 그로 말하면 맹주 사람인데, 언제 어디서 날 보았다고 이러는 겐고? 이게 무슨 까닭이 있지! 그런데 대체 소관영의 성명은 뭐라 하오?"

"성은 시(施)씨이고, 이름은 은(恩)이신데 권봉(拳棒)을 잘하시지요. 그래서 사람들이 모두들 금안표(金眼彪) 시은이라고 부른답니다."

이 말을 듣고 무송이 말했다.

"그러니까 말하자면 소관영도 일개 호걸이로군! 그런데 여보! 내 청이니 지금 곧 가서 그분을 이리로 모시고 오오."

"안 됩니다. 애초에 소관영께서 분부하시기를 도두께는 아무 말도 말라고 하셨답니다. 반년이고 1년이고 지난 다음에 그때 가서 소관영께서 도두를 만나보시고 자세한 말씀도 하시겠다던 걸요."

"그런 말 말고, 어서 가서 내가 꼭 뵙고 싶어 한다고, 곧 좀 오시라고 하오!"

"그랬다간 소인이 여간 꾸중을 듣지 않는뎁쇼!"

"그거 참! 그렇게도 내 청을 들어주지 않는다면, 난 이제부터 술이고 밥이고 간에 소관영이 보내주는 음식을 도무지 안 먹을 테니까, 그런 줄 알우!"

무송이 끝까지 주장하니까, 그 사나이는 하는 수 없이 안으로 들어 갔다.

한참 있다가 안으로부터 시은이 나와서 무송한테 공손히 절하고 인 사를 드린다.

무송은 황망히 자리에서 일어나서 답례하고,

"이 사람으로 말씀하면 상공 치하에 있는 일개 수도(囚徒)이고, 그리 고 일찍이 존안(尊顔)을 우러러뵈온 적도 없는 터인데, 전일엔 일백 대 살위봉을 면하게 해주시고, 그 후로는 매일같이 호주호식(好酒好食)을 내리시니 도무지 까닭을 모를 일일 뿐 아니라, 그렇다고 해서 아무런 분부도 없으시니 이야말로 공(功) 없이 그저 녹(祿)만 먹는 격이라, 침식 이 불안해서 못 견디겠습니다."

라고 하자, 시은이 대답한다.

"제가 형장의 대명(大名)을 듣자온 지는 이미 오래였으나 길이 없어 서 만나뵙지 못했는데, 오늘날 다행히 이곳에 오시게 되어 저의 기쁨 은 이루 측량할 수 없습니다마는… 무어 아무것도 관대하올 물건이 없 기 때문에 부끄러워서 진작 나와 뵙지 못했습니다. 과히 허물 마십시 오."

"조금 아까 그 사람한테서 이야기를 들으니 무어 반년이고 1년이고 지난 다음에 이 사람한테 하실 말씀이 있으시다던데, 그것은 무슨 말씀 인가요?"

"원 저런, 종작없는 것이 객쩍게 주둥아리를 놀렸나 봅니다만, 아직은 구태여 아시려고 마십시오. 이제 차차 말씀드릴 때가 오겠죠."

"지금 말씀 못 하실 게 없지 않습니까? 이 사람이 답답해서 못 견디겠습니다그려!"

무송이 진실한 표정으로 말하니까, 시은이 한참 생각하다가 말한다.

"실상인즉 제가 형장께 한 가지 청할 일이 있어서 그럽니다마는, 다만 이번에 형장께서 수천 리 먼 길을 걸어오시느라고 기력이 많이 상하셨을 것이라, 그래 반년이고 얼마 동안 지낸 후, 형장의 기력이 아주 완쾌되신 다음에 그때 자세한 말씀을 드릴까 합니다."

이 말을 듣고 무송은 껄껄껄 한차례 웃고 나서 말했다.

"이 사람이 바로 지난해에 석 달 동안이나 학질을 앓고 난 끝에도 경양강 고개 위에서 맨주먹으로 호랑이 한 마리를 때려잡았는데, 항차 지금이야 말씀해 무엇하겠습니까?"

"그래도⋯ 좀 기운을 기르신 다음에 여쭙기로 하죠!"

"자꾸만 그렇게 말씀하시니⋯ 그러면 좋은 수가 있습니다. 제가 어제 이 뒤에 나갔다가 천왕당(天王堂) 앞마당에 청석돈(靑石墩)이 하나 놓여 있는 것을 보았는데, 그게 아마 근량(斤量)이 제법 무거울 것 같더군요."

"아마 4, 5백 근 실할 겝니다."

"그럼 같이 나가 보실까요? 이 사람이 그걸 능히 드는가? 못 드는가?"

라고 한 후, 무송은 마침내 시은을 데리고 천왕당 앞으로 나갔다.

6월 염천(炎天), 뙤약볕이 이글이글 내리쬐는 아래에서 죄수 무리들이 혹은 물을 져서 나르고 혹은 나무를 베고, 혹은 잡공(雜工)을 하고 있다가, 소관영이 나오는 것을 보자 그들은 모두 허리를 굽혀 예를 했다.

무송은 두 손으로 청석돈을 잡고 두어 번 흔들어보다가, 한번 껄껄 웃었다.

"이거 정말 기운이 다 빠졌나⋯ 좀체 들어질 것 같지 않습니다그려!"

"그러기에 제가 무어라고 말씀했습니까? 4, 5백 근이나 되는 것을 어떻게 드시겠다고 그러십니까?"

시은이 말하니까, 무송이 또 한 번 웃고 나서 말하는 것이었다.

"아니, 소관영께서는 정말 제가 이것을 못 들 것 같아서 그러십니까?"

라고 한 후 무송은 웃통을 훌떡 벗어버린 다음,

"비켜라! 모두들 저만큼 물러나거라!"

소리를 질러 가까이 모여든 죄수들 무리를 멀찌감치 물러서게 한 다음, 그는 두 손으로 청석돈을 번쩍 들었다가 내어던지니까, '꽝!' 하고 땅이 울리면서 한 자나 깊이 땅이 푹 파이는 것이 아닌가. 이 모양을 구경하던 죄수들은 모두 다 입을 벌리고 혀를 내저었다. 무송은 다시 앞으로 나오면서 한 손으로 청석돈을 잡아 일으켜 세우고 두 손으로 그 댓돌을 번쩍 쳐들더니 공중으로 치켜 던지는 것이었다.

그 집채만큼이나 큰 댓돌이 하늘 높이 두 길이나 솟았다가 다시 떨어지자, 무송은 얼른 두 손으로 그것을 받아서 도로 제자리에 갖다놓고 나서 시은이와 그 밖의 죄수들을 둘러보는 것이었다.

무송의 얼굴빛은 아무렇지도 않고, 숨도 가빠하는 기색이 없으며, 가슴도 별로 뛰지 않는 모양이었다.

이 모양을 본 시은이는 그 자리에서 무송에게 또 절을 하고 말한다.

"형장은 참말 범인(凡人)이 아니올시다! 바로 천신(天神)이십니다!"

이때 구경하던 죄수들도 일제히 말하는 것이었다.

"도두께서는 정말 신인(神人)이십니다!"

이렇듯 모든 사람이 감탄하자, 시은은 무송을 자기의 사택 당상(堂上)으로 인도하여 올라갔다. 그리고 손과 주인이 자리를 정해 좌정하자, 무송이 먼저 물어보는 것이었다.

"이제 말씀을 하시죠. 대관절 저 같은 사람을 무슨 일에 쓰시려고 생각하셨던가요?"

"네, 말씀을 드리죠."

하고, 시은이 비로소 이야기를 시작했다. 그의 이야기를 듣건대, 본래 시은이 어릴 때부터 창술, 봉술 같은 것을 좋아했기 때문에 국내에서 이름이 높은 스승을 찾아다니면서 부지런히 배워왔던 것이다. 그래서 맹주 일대에서는 시은의 별명을 금안표(金眼彪)라고 불러왔다.

그런데 맹주 동문(東門) 밖에 장거리가 있는데, 그 장거리를 쾌활림(快活林)이라 이름한다.

그리고 이곳은 산동(山東)과 하북(河北)의 객상(客商)들이 모두 모여들어서 장사를 하는 까닭으로 대객점(大客店)이 백여 군데나 되고, 도방(賭方)과 태방(兌坊)이 수십 개 있는 터이다.

바로 얼마 전까지만 해도 시은이는 이곳에다가 주육점(酒肉店)을 크게 내고 앉아서 그들을 상대로 장사를 하고 있었다.

그래서 여러 곳으로부터 그에게 매일같이 바치는 간전(間錢)만 하더라도 수백 냥이 착실하게 되는 것이었다.

이렇게 수입이 좋던 장사가, 바로 두어 달 전에 본영(本營) 안에 있는 장단련(張團練)이라는 자가 동로주(東路州)로부터 장충(蔣忠)이라는 자를 끌어들인 까닭으로, 그만 시은이는 장삿길을 빼앗기고 말았다.

그런데 이 장충이라는 자는 키가 9척이나 되고, 무예 수단이 놀라워서 창술·봉술에 능할 뿐더러, 씨름도 잘하는 까닭으로 세상 사람들이 그를 장문신(蔣門神)이라고 별명을 지어 부른다는 것이었다.

그리고 이놈이, 정말인지 거짓말인지는 알 수 없으나, 툭하면 하는 소리가 3년 전에 씨름의 본고장 태악(泰嶽)에를 가보았는데 아무도 저를 당해내는 사람이 없더라고 뽐내면서, 이자가 쾌활림에서 시은이를 내쫓고 제가 그 자리를 뺏으려고 했다는 것이다.

그러나 시은이도 호락호락 그대로 쫓겨날 위인이 아니었다. 하지만 무예 수단이 장문신만 훨씬 못한 시은이 어찌 이길 수 있었으랴! 그만 주먹에 얻어맞고, 발길에 차이고 해서, 마침내 그는 두 달 동안이나 자리에 드러누워 앓다가 일어났다는 것이다. 그래서 무송이 처음에 왔을 때 시은이 머리와 손목을 흰 수건으로 싸맸던 것은, 바로 장문신한테 매 맞았던 상처가 완쾌되지 못했기 때문이었다는 것이다.

그리고 그동안 시은은 장정들을 데리고 장문신을 찾아가서 한번 싸워볼 생각도 했었다. 그러나 상대는 결코 장문신 한 사람이 아니다. 장단련의 수하엔 또 정군(正軍)이 있는 것이다. 만일 섣불리 장문신을 건드렸다가는 일이 아주 크게 벌어질 위험이 있다. 이런 까닭으로 시은은 한(恨)이 골수에 사무쳤건만 감히 복수를 못 하고 지내왔다는 것이다.

시은은 자기 내력을 이야기하고 나서 무송에게 간청했다.

"이렇게 고민하던 중인데 뜻밖에도 형장께서 여길 오셨으니, 저는 어떻게든지 형장의 힘을 빌려 골수에 맺힌 한을 풀어보고 싶습니다. 그렇게만 된다면 정말이지, 당장 죽어도 눈을 감겠습니다. 그러나 형장께서 먼 길을 오시느라고 기운이 파해서 아직 완전하지 못하시겠기에, 그래 반년이고 1년이고 서서히 기운을 기르신 다음에나 이런 말씀을 여쭈려고 했었습니다."

이야기를 듣고 나자, 무송은 한바탕 크게 웃고서 묻는다.

"그 장문신이라는 자는 대체 머리가 몇 개나 있고, 팔은 몇 개나 달렸나요?"

"그야 팔이 두 개고, 머리는 하나죠. 그 밖에 더 있을 턱이 있습니까?"

무송은 또 한 번 웃고 나서 말한다.

"난 또 그자가 삼두육비(三頭六臂)로 나탁태자(那吒太子)의 수단이라도 가졌나 했죠! 그러나 이미 그자가 머리 한 개, 팔 두 개뿐이라면, 조금도 겁날 것 없습니다. 우리 지금 이길로 그자한테 같이 가십시다."

"아닙니다. 조금 기다려주십시오. 저의 가친께서도 형장을 만나보시겠다고 하셨으니까… 내일쯤 사람을 쾌활림으로 보내서 그자가 집에 있나 없나를 알아보게 하고… 그리고 모레쯤 가보시기로 하십시다."

"소관영께서 그자한테 얻어맞은 까닭을 내 이제야 알겠습니다. 사내 대장부가 하는 일이 그래서는 안 되지요. 가면 지금 가고, 안 가면 아주 안 가는 거지, 오늘은 어떻고… 내일은 어떻고가 어디 당한 말씀이오?"

무송이 말을 맺기 전에, 뜻밖에 병풍 뒤로부터 한 사람이 나오니, 이는 다른 사람이 아니라 바로 시은의 엄친(嚴親) 관영 상공이다.

"내가 병풍 뒤에서 의사(義士)가 하는 말씀을 죄다 들었소이다. 자아, 나하고 같이 후당으로 들어가서 우리 말씀 좀 합시다."

무송은 그들 부자를 따라서 후당으로 들어갔다.

"자아, 게 앉으시오."

노관영이 그에게 자리를 권한다. 그러나 무송은 사양했다.

"소인은 상공 치하에 있는 일개 수도(囚徒)이온데, 어찌 감히 상공과 대좌(對坐)하겠습니까! 천만 부당하다고 아뢰옵니다."

무송이 사양하는데도 노관영은 두 번 세 번 자리를 권하는 고로, 무송은 마침내 교의에 앉았다.

그러나 시은은 그 곁에 공손히 서 있다.

무송은 시은이 서 있는 것을 보고 그에게도 자리에 앉기를 권했다. 그러자 노관영도 자기 아들에게 말했다.

"의사가 저렇게 말씀도 하고, 또 마침 외인(外人)도 없으니, 너도 게 앉거라."

이리하여 마침내 시은도 자리에 앉았다.

조금 지나서 술상이 들어왔다. 노관영은 친히 술잔을 들어 무송에게 주면서 말했다.

"내 아이한테서 들으셨으니까 아시겠소마는, 이 애가 쾌활림에 가서 장사를 한 것이 무어 탐재호리(貪財好利)하기 때문이 아니고, 실로 맹주 땅을 번창하게 하고 또 호협기상(好俠氣象)을 일으키기 위함이었는데, 그 장문신이라 하는 놈이 힘으로 내 아들을 쫓아내고 말았소. 아무리 생각해도 노형 같은 의사의 힘을 빌리지 않고서는 이 원수를 갚고, 원한을 풀 도리가 없을까 보외다. 그러니까 의사가 내 아들을 버리시지 않겠거든 이 술잔을 받으시고, 아주 이 자리에서 아들놈의 사배(四拜)를 받으시오."

무송은 황송하여 대답했다.

"소인같이 아무 재학(才學)이 없는 놈이 어찌 감히 소관영의 사배를 받겠습니까? 상공께서 그런 말씀을 하시면 소인은 참으로 몸 둘 곳을 모르겠습니다."

"그러지 말고 어서 이 잔을 받으시오."

무송이 어쩔 수 없어, 마침내 노관영한테서 잔을 받아 마시니까, 시은은 즉시 자리에서 일어나 무송에게 사배를 드린다.

무송은 황망히 답례했다.

이날 이렇게 되어서 무송과 시은은 의를 맺어 형제가 되었고, 무송은 몸을 가누지 못할 만큼 술을 마셨다. 관영 부자는 청지기에게 그를 부축하여 돌아가 편히 쉬도록 했다.

그 이튿날 무송이 혼자 방에 앉아 있으려니까, 시은이 와서 말한다.

"사람을 쾌활림으로 보내 알아보았는데, 장문신이란 놈이 집에 없답니다. 형님, 내일이나 가보시기로 하시지요."

그가 이렇게 말하는 것은 어제 저녁에 무송이 술에 취했던 것을 생각해서 그의 부친과 상의해 하루를 편히 쉬게 하려고 짐짓 이렇게 말한 것이다. 그러나 무송은 그 속을 알 턱이 없었다.

"그렇다면 내일 가지!"

그리고 두 사람은 밖으로 나가서 한참 동안 거닐다가 서로 창법(槍法)을 이야기하고, 또 권봉(拳棒)을 시험하기도 했다.

어느덧 해가 한낮을 가리키자, 시은은 무송을 자기 처소로 청하여 점심을 대접했다. 그러나 밥상에는 안주가 그들먹하게 많이 놓였건만, 정작 술은 몇 잔밖에 없었다.

무송은 대단히 마음에 부족했다.

점심을 끝내고 무송이 자기 처소로 돌아와 있으려니까 두 명의 청지기가 목욕통을 들고 와서 그에게 목욕하기를 권한다.

무송은 그놈들을 보고 물어보았다.

"너의 댁 소관영께서 오늘은 도무지 술을 나한테 권하지 않으시니 대체 무슨 까닭이냐?"

청지기가 대답했다.

"바른대로 말씀합죠. 오늘 아침에 관영 상공 부자분이 서로 의논하시기를 도두께서 간밤에 약주가 과하셨으니까 만약 오늘 쾌활림에 가셨다가는 실수가 있으실지 모르겠다 하시면서, 오늘 하루는 약주도 드리지 말고 편히 쉬시게 한 후, 내일 가보시게 하자고 그러시더군요."

"그래, 내가 술에 취하면 안 된다고 그러시더란 말이냐?"

"네."

무송은 더 이상 묻지 않고 목욕을 한 후, 그들을 돌려보낸 다음 일찌감치 잠자리에 들었다.

간계에 빠진 무송

이튿날 새벽에 무송은 일찌감치 일어나서 세수를 하고 이마에다 고약을 붙여 귀양살이하는 죄수의 표적인 금인(金印)을 감추고, 누른빛 포삼(布衫)을 입고, 붉은빛 명주띠를 두르고, 머리엔 만자두건(萬字頭巾)을 쓴 후, 마혜(麻鞋)를 신고 앉아서 때를 기다렸다.

차비를 차리고 있자니까, 시은이가 청지기를 보내 건너오시라고 청한다. 무송은 즉시 건너가서 시은과 함께 조반을 들었다.

식사가 끝난 다음 시은이 묻는다.

"형님, 말을 타고 가실까요?"

무송이 대답한다.

"다리가 싱싱한 게 두 개나 있는데, 말은 왜 타겠나? 그냥 걸어가세! 그런데 내가 꼭 청할 일이 하나 있네."

"무슨 청이십니까? 어서 말씀하시지요."

"다른 게 아닐세. 지금부터 성을 나서서 쾌활림까지 가는 도중에 술집이 있으면 술집마다 들러서 나한테 꼭 석 잔씩만 술을 사줘야 하네!"

시은이는 이 말을 듣고 적이 난처한 표정을 했다.

"동문 밖을 나서서 쾌활림까지 가는 사이에 술집이 모두 열 집이나 있는데, 형님께서 한 집에 석 잔씩을 잡수신다면 모두 서른 잔이나 되지 않습니까? 그렇게 대취해서 어떻게 장문신을 당해내시겠습니까?"

무송은 한바탕 크게 웃어젖혔다.

"여보게, 그건 자네가 모르고 하는 말일세! 다른 사람들은 어쩐지 모르겠네마는, 나는 오히려 술을 안 먹고는 기운을 못 쓰는 편이거든! 그것도 몇 잔쯤 먹어서는 소용도 없지! 꼭 취할 만큼 먹어야만 한단 말야. 내가 경양강에서 호랑이를 때려잡을 때만 해도, 술에 잔뜩 취했기에 알맞았지, 만약에 술이 안 들어갔던들 그게 어디 좀체 쉬운 일인가?"

"아니, 정말 그러시다면 술을 드리다뿐이겠습니까? 그럼 이렇게 하시면 어떨까요? …저의 집에 썩 좋은 술이 있으니까, 술과 안주를 하인한테 들려 천천히 가시면서 생각나시는 때 아무 때고 석 잔씩 잡수시기로 하시죠."

"그래! 그럭하면 더욱 좋지!"

이리해서 시은은 두 사람의 하인을 불러 술항아리와 안주가 들어 있는 찬합 같은 것을 들고서 먼저 길을 떠나가다가 술집을 만나거든 그곳에서 기다리도록 하라고 이른 후, 그는 무송을 모시고 맹주 동문 밖으로 나섰다.

시은의 부친 노관영은 그들이 쾌활림을 향하여 떠나는 것을 본 후 즉시 건장한 군인 20여 명을 불러 두 사람의 뒤를 멀리 따라가면서 만일의 사태가 생기는 경우엔 응원하라고 단단히 부탁했다.

때는 바로 7월, 절기가 바뀌는 때였다. 노염(老炎)은 아직 풀리지 않았으나, 바람은 이따금씩 제법 가을인 양 시원하기도 하다.

두 사람이 동문 밖을 나서 불과 4, 5백 보(步) 걸었을까, 관도(官道) 길거리에 벌써 술집 하나가 눈에 띈다.

그 앞에 당도하여 보니, 먼저 집을 떠난 두 놈의 하인이 술집 안에서 기다리고 있는 게 아닌가.

무송은 곧 그 안으로 들어가서 자리를 잡고 앉아, 큰 잔으로 석 잔을 마셨다. 술맛이 기막히게 좋았다.

그가 술을 마시고 나자 하인은 그릇을 수습하여, 또 앞서서 길을 떠났다. 무송과 시은이 천천히 자리에서 일어나 술집에서 나왔다.

두 사람이 한가로운 듯이 이런 이야기 저런 이야기 해가면서 길을 걸어오기 5리가량 했을 때, 또 맞은편 송림 속에 술집의 깃발이 바람에 휠휠 나부끼고 있다.

두 사람이 그 앞에 당도하여 보니까, 앞서 가던 두 놈의 하인은 벌써 술집 안의 탁자 위에 안주를 벌여놓고 두 사람이 들어오기를 기다리고 있는 것이었다.

무송은 들어가서 또 큰 잔으로 석 잔을 부어 마셨다.

그가 술 석 잔을 마시고 나자, 두 놈의 하인은 또 그릇을 챙겨서는 앞서서 길을 떠났다.

무송과 시은이 술집을 나와 다시 길을 걷기 7, 8마장 했을 때, 또 술집 하나가 눈에 띈다.

무송은 들어가서 또 큰 잔으로 석 잔을 기울였다.

대체 이렇게 하기를 십여 차 거듭한 뒤, 그들은 마침내 저 앞에 쾌활림이 빤히 건너다보이는 곳까지 왔다.

이때 무송이 발을 멈추고서 시은을 돌아다보며 말했다.

"이제 자네는 좀 뒤에 떨어져서 걸어오게!"

"그럭하지요. 그런데 형님! 장문신이란 놈을 너무 얕보지 마시고 부디 조심하셔야 합니다!"

"걱정 말게!"

하고 무송은 하인 한 명만 데리고 쾌활림을 향하여 걸어갔다.

이때 무송은 아주 취하지 않고 7, 8분가량 주기(酒氣)를 띠었건만, 일부러 만취된 것처럼 앞으로 고꾸라질 듯 뒤로 자빠질 듯 하며 동으로 비틀… 서로 비틀… 이렇게 걷기를 서너 마장쯤 지나 수림 앞에 이르렀다.

그러자 따라오던 하인이 앞에 보이는 삼거리를 손으로 가리키면서 말했다.

"이거 보세요. 저기 보이는 게 바로 장문신의 주점입니다."

이 소리를 듣고 무송은,

"그럼 너는 어디 가서 몸을 숨기고 있다가, 내가 장문신을 때려눕히거든 그때 나오너라!"

라고 이르고 하인을 보낸 후, 이리 비틀 저리 비틀 비틀거리며 송림을 빠져나가려니까, 커다란 홰나무 아래 기골이 장대한 금강역사(金剛力士)같이 생긴 어떤 놈이, 몸엔 흰 베저고리를 입고, 손엔 파리채를 들고서 의자에 걸터앉아 있었다.

무송은 이리 비틀 저리 비틀 대취한 체, 그 앞으로 지나면서 가만히 곁눈으로 살펴보니, 상판대기가 흉하고, 모양이 극히 추악하여 결단코 두 발로 땅 위에 서서 하늘을 우러러보는 사람의 형상이라고는 못 하겠다.

'아마, 이자가 장문신인 게로구나!'

무송은 속으로 생각하고, 그 앞을 지나서 마침내 장문신의 주점 앞에 당도했다.

주점 문 앞에 망간(望竿)이 서 있고, 그 위에 주망자(酒望子)가 걸렸는데, 거기엔 '하양풍월(河陽風月)'이라고 쓰여 있다.

그것을 흘낏 보고 무송은 안으로 썩 들어섰다.

이때 술청 뒤에서 젊은 계집 하나가 들어오는 무송의 행색을 아래위로 훑어본다.

이 계집은 장문신이 이곳 맹주에 들어와서 새로 맞아들인 그의 첩이었다.

무송은 술청으로 들어서자, 바로 맨 앞에 자리를 잡고 앉아서 눈을 똑바로 뜨고 그 계집의 얼굴만 뚫어지게 바라보았다.

계집은 눈살을 찌푸리더니 얄밉다는 듯이 외면을 한다.

무송은 그 모양을 보다가 다시 술청 안을 휘둘러보았다. 한편에서는 고기를 썰고 있고, 한편에서는 만두를 찌는데, 술심부름을 하는 놈이 6, 7명이나 있다.

무송은 주먹으로 탁자를 쾅쾅 두드리며 소리를 질렀다.

"여봐라! 이 집에 술파는 사람 없느냐?"

술심부름하는 놈 하나가 급히 달려오더니 응대한다.

"약주를 얼마나 가져오랍쇼?"

"한 두어 통 먹겠다마는 술맛이 어떤지 우선 한 사발 갖다가 맛을 좀 보이려무나!"

심부름하는 놈은 이 말을 듣고 술청 앞으로 가더니, 계집에게 술을 두 근가량 따라달라 해 그것을 화롯불에 데워다가 무송에게 준다.

무송은 그 술을 잔에 따라서 코앞에다 대고 냄새를 맡아보더니, 머리를 설레설레 흔들면서 중얼댔다.

"틀렸다, 틀렸어! 이거 어디 먹겠느냐? 어서 다른 술을 가져오너라!"

심부름하는 놈은 아까부터 무송이 술에 취해 들어온 것을 알고 있는지라, 말썽이 없게 하려고 즉시 계집한테 청하여 상등 가는 술을 한 사발 따라와서 무송에게 주었다.

무송은 그것을 받아 겨우 한 모금 마셔보고는 다시 소리를 질렀다.

"이것도 틀렸다. 어디 먹겠느냐! 다른 술을 갖다다오."

심부름하는 놈은 몹시 비위가 상한 눈치였으나, 그래도 아무 말 없이 다시 술청 앞으로 가서 계집을 보고 가만히 말한다.

"저자가 어디서 술에 취해 와서 괜스레 트집을 잡으려 드니 얼른 진국으로 몇 잔 먹여서 내보내시죠."

계집은 가만히 고개만 끄덕이고서 일등상색호주(一等上色好酒)를 따라준다.

심부름하는 놈은 그것을 받아가지고 가서 잠깐 데워 무송에게 갖다주었다.

무송은 그 술을 한 모금 마셔보더니 말했다.

"이 술은 그럭저럭 먹겠다! 그런데 여봐라, 너의 집 주인의 성(姓)이 무어냐?"

"장(蔣)씨입니다."

심부름하는 놈이 대답하니까, 무송은 입을 삐죽거리면서 말한다.

"성이 장가여? 어째서 이(李)가 아니고 장가란 말이냐."

술청에 앉아 있던 계집이 참다못해서 한마디 종알댄다.

"저게 어디서 처먹고 여기 와서 저 지랄인고?"

심부름하는 놈이 계집한테 눈짓을 하고 소곤거린다.

"저게 어디 먼 시골서 여기가 어딘지도 모르고 온 모양이죠. 저게 뭐라고 지껄이든지 그저 모른 체하고 계십쇼!"

무송이 이때 술잔을 들다 말고 고개를 돌이켜 그 둘을 바라보며 물었다.

"지금 뭐라고 지껄였니? 내가 뭘 어쨌다고?"

심부름하는 놈이 어리숭이를 친다.

"아닙니다. 그냥 우리끼리 딴 얘기를 했습죠. 손님껜 상관없는 얘기예요. 약주나 어서 드십쇼."

"술은 먹겠다마는… 얘야, 저 술청에 앉아 있는 그 색시더러 이리 내려와서 술이나 한 잔 따르라고 해라!"

이 소리에 심부름하는 놈은 저도 모르게 언성을 높였다.

"이건 어디 대고 하는 소리여? 우리 댁 주인 아씨를 가지고!"

"아따 그 자식! 너희 집 권 아씨기로서니, 나한테 술 한 잔 못 따라줄 게 뭐냐?"

이때 술청에 앉았던 계집은 참다못해서 소리를 빽 질렀다.

"저게 어디서 빌어먹던 자식이야! 원 살다 살다 나중엔 별꼴 다 보겠네!"

계집은 욕지거리를 하고, 얼굴이 새빨개져 술청으로부터 내려오더니, 그대로 안으로 들어가버리려고 한다. 이 모양을 보자, 무송은 웃통을 훌쩍 벗어부치고 그대로 술청 안으로 달려들어가, 한 손으로는 계집의 허리를 휘어잡고, 한 손으로는 그의 머리채를 거머쥐었다. 술청 앞에는 술이 그득그득 담긴 커다란 술통이 서너 개 놓여 있다. 무송은 그 계집을 번쩍 들어 술통 속에다 풍덩 집어넣었다.

이때 주점 안에서 심부름하던 놈들 5, 6명이 이 광경을 당하고 일제히 무송한테로 달려들었다. 그러나 무송은 자기 앞에 닥치는 대로 한 놈씩 번쩍번쩍 들어 술통 속에다 집어던졌다. 한 통에 한 놈씩 세 놈을 집어넣고 나니까, 이제는 더 집어넣을 술통이 없다.

무송은 남아 있는 놈들을 그대로 주먹으로 갈기고 발길로 차서 땅바닥에 쓰러뜨려버렸다.

그랬더니 그중에서 한 놈이 재빠르게 일어나서 밖으로 달아난다.

무송은 이놈이 필시 장문신한테 이 일을 알리러 간 것이라 생각하고서 그도 즉시 문밖으로 나왔다.

그랬더니 과연 저편으로부터 장문신이 헐레벌떡거리며 달려온다. 무송은 그냥 다짜고짜로 장문신한테 대들었다.

장문신이 기운이 장사이기는 하지만, 요사이 주색에 빠졌기 때문에 몸이 상했는 데다가, 무송이 술에 취한 모양을 보고 아주 그를 얕잡아보았는지라, 미리부터 계획을 꾸미고 달려든 무송을 당해낼 재간이 없었다. 그는 무송이 자기 이마빡을 치려고 주먹을 휘두르다가 슬쩍 돌아서서 달아나므로 그 뒤를 쫓아갔는데, 별안간 무송이 돌아서면서 그의 아랫배를 걷어차더니 뒤미처 한쪽 발이 그의 얼굴을 걷어차는 바람에 그는 나가자빠지고 말았다.

무송의 이 같은 수단은 '옥환보 원앙각(玉環步鴛鴦脚)'이라는 신묘한 수단으로 아무나 쉽사리 흉내 내지 못하는 방법이었다.

장문신이 나가자빠지자, 무송은 즉시 그놈의 가슴을 한 발로 꽉 밟고 서서, 쇠망치 같은 주먹으로 그놈의 얼굴을 함부로 내리쳤다.

꼼짝 못 하고 얻어맞던 장문신은 마침내,

"살려주오!"

하고 비명을 질렀다. 무송은 주먹을 쥐고 목소리를 가다듬어 호령했다.

"네 이놈! 네가 살고 싶으냐? 진정 살고 싶거든 네가 세 가지 조건을 시행해야 하느니라!"

"에구구! 세 가지 아니라 삼백 가지라도 시행할 테니, 제발 목숨만 살려주슈!"

"그럼 내가 말할 테니 자세히 들거라! 지금 당장 네 집안에 있는 세간살이를 하나도 빼놓지 않고 모두 싸서 금안표 시은이에게 도로 주겠다고 그래라! 이것이 첫째 조목이다!"

"네, 네! 그리합죠!"

"둘째는, 이 쾌활림에서 두목 격으로 활개치던 호걸들을 모조리 불러다가 시은이에게 인사를 드리게 해야 하느니라. 그렇게 하겠느냐?"

"네, 네. 그렇게 합죠!"

"그리고 셋째는, 네가 오늘 이 자리에서 당장 이곳 쾌활림을 떠나서 네 고향으로 돌아가야 하느니라! 그런 후에 두 번 다시는 이곳 맹주 일경에 발을 들여놓아서는 안 된다. 만약 네가 내 말대로 하지 않는다면, 그때엔 내 손에 맞아 죽더라도 원망 못 하느니라!"

"네, 잘 알았습니다. 그러지요. 그렇게 합죠!"

그제야 무송은 장문신의 가슴에서 자기 발을 내려놓고 그를 일으켰다. 장문신의 볼따구니는 시퍼렇게 멍이 들었고, 입술은 터져 퉁퉁 부르텄고, 모가지는 한옆으로 비뚤어졌고, 이마빡과 아래턱에서는 선지피가 뚝뚝 떨어지고 있다.

무송은 그 꼴을 바라보면서 또 한 번 꾸짖었다.

"이놈아! 경양강 호랑이도 내 주먹 세 대에 죽었단 말이다! 너 같은 놈이야 말해 뭘 하니!"

장문신은 이제야 그가 무송임을 알고 마음이 황겁해져서 연신 꾸벅거리면서 살려달라고 애걸한다.

이때 마침 시은이가 20여 명의 병정을 데리고 그 자리에 이르러 벌써 무송이 장문신을 이긴 것을 보고 대단히 기뻐했다. 그리고 그는 수하 병정들로 하여금 무송을 옹위하여 둘러서게 했다. 그러자 무송은 다시 한 번 장문신을 보고 명령하는 것이었다.

"여기 주인께서 이렇게 나오셨으니, 네가 지금 내가 이른 대로 거행하여라!"

장문신은 허리를 굽신하여 보인 후, 그길로 주점에 있는 가장집물을 시은이에게 돌려주고, 그러고서는 쾌활림에 있는 호걸들을 불러오게 하여 그들을 시은이에게 인사드리게 한 다음, 저 자신은 그날로 행장을 꾸려 수레를 타고 쾌활림을 떠나버렸다.

이렇게 되어 이날부터 시은이 다시 쾌활림을 맡게 되자, 이곳에 있는 모든 점방, 노름판, 술집… 그 밖의 영업장소에서는 그전보다도 더욱 많은 간전(間錢)을 시은이에게 바치는 것이었다. 시은은 만족해 날마다 무송과 함께 술 마시며 즐겼다.

광음(光陰)은 흘러서 어언 한 달이 지났다. 찌는 듯한 더위가 물러가고 선들바람이 불어오는 초가을 어느 날 시은과 무송이 점방 안에 앉아서 한가로운 이야기를 하고 있을 때, 문득 점방 문 앞에 병정 두어 명이 말 한 필을 끌고 와서 주인을 찾으며 묻는 것이었다.

"어느 분이 호랑이를 잡으신 무도두이신가요?"

시은이 방에서 나와서 내다보니, 바로 맹주수어병마도감(孟州守禦兵馬

馬都監) 장몽방아내(張蒙方衙內)에 있는 친수인(親隨人)들이다.

시은이 그들 앞으로 나서면서 물었다.

"무도두를 너희들이 왜 찾는 거냐?"

병정이 대답한다.

"도감 상공께서 무도두가 훌륭하신 분이라는 소문을 들으시고, 저희들더러 말을 가지고 가서 모시고 오라 하셔서 이렇게 찾아왔습니다. 여기 상공의 균첩(鈞帖)이 있으니 보십시오."

시은은 그것을 받아보고 생각했다.

'장도감으로 말하면 우리 아버지의 상사관(上司官)이시고 또 무송으로 말하면 맹주 노성영으로 귀양 온 사람이니, 모두 도감관하(都監管下)에 속하는 사람들 아닌가? 이렇게 오라고 청하는데 아니 간다 할 수 있나?'

그는 이렇게 생각하고 무송에게 물어보았다.

"장도감 상공께서 말까지 보내시고 오라고 청하시는데, 형님 어떻게 하시렵니까?"

무송은 원체 곧은 사람인지라, 자세한 내용도 모르고 대답했다.

"도감 상공께서 모처럼 부르신다니 가봐야지."

그는 이렇게 말하고 즉시 의복을 갈아입고, 머리엔 새 건(巾)을 쓰고, 병정을 따라나와 말을 타고서 맹주성 안으로 들어갔다.

장도감 댁 문 앞에서 말을 내려 바로 청전(廳殿)에 나아가니까, 장도감이 청상에 앉아 있다가 무송이 온 것을 보고 대단히 기뻐하며, 앞으로 가까이 나와서 보이라고 분부를 내렸다.

무송이 청하로 바싹 나아가 절하여 뵙고서 한옆에 양수거지하고 섰노라니까, 장도감은 그를 내려다보며 말했다.

"내가 들으니까, 너야말로 대장부요, 쾌남아로서 영웅무적(英雄無敵)이라더구나! 남을 위해서 그 사람과 함께 생사(生死)를 같이할 수 있는 쾌남아인 줄 알고 너한테 묻는 터이니 대답하여라. 내 장전(帳前)에 너를 두고 싶으니, 네가 즐거이 내 수하에서 친수인이 되겠느냐?"

무송은 그 자리에 꿇어앉아서 아뢰었다.

"소인은 노성 영내에 있는 일개 죄수일 뿐이온데, 만약 은상(恩相)께서 그렇듯 소인을 대우해주신다면 소인이 마땅히 집편수등(執鞭隨鐙)하와 은상을 모시겠습니다."

그가 이같이 말하니까 장도감은 대단히 기뻐하면서 곧 과합주(果盒酒)를 내어오라 분부하여 무송으로 하여금 취토록 마시게 한 후, 이날 밤은 전청낭하(前廳廊下) 곁에 있는 이방(耳房) 하나를 치워주어 그곳에서 편히 쉬게 하고, 그 이튿날은 사람을 시은한테 보내 무송의 행리(行李)를 찾아오게 했다.

이날부터 도감 상공은 때때로 무송을 후당(後堂)으로 불러들여 술도 주고, 밥도 주고, 마치 일가 사람같이 대접하므로 무송은 그만 진심으로 감복하고 말았다.

'상공께서 나를 이렇게 알아주시니, 이 은혜를 만분의 일이라도 보답해야 할 게 아닌가!'

그는 이렇게 생각했기 때문에, 틈을 타서 쾌활림으로 시은을 찾아볼 생각도 못 하고 오직 장도감을 지성으로 섬기는 것이었다.

이렇게 무송이 도감 상공한테 귀여움을 받고 지내는 것을 알자, 사람들은 장도감에게 청할 공사(公事)가 있으면, 먼저 무송한테 와서 청을 했다.

무송도 그 같은 청을 듣고 들어줄 만한 일이면 곧 도감 상공에게 말씀드렸고, 또 그의 말이라면 상공도 모두 들어주는 고로, 이렇게 된 후부터 무송에게 금은과 비단 등속을 보내는 사람이 많았다. 무송은 커다란 버들상자를 하나 사서, 그같이 받은 물건들을 모두 그 속에다 간직했다.

세월은 빨라서 어느덧 팔월 한가위가 되었다. 아침저녁으로 바람은 쌀쌀하고, 우물가의 오동나무 잎새는 하나둘씩 떨어지고, 연못에는 연꽃 대신 연밥이 열려 있다.

장도감은 후당 연못가에 있는 원앙루(鴛鴦樓) 아래에다 크게 연석을 배설하고 중추명월(仲秋明月)을 함께 관상하자고 무송을 불러들였다. 무송이 후당으로 들어가 보니, 도감 상공뿐 아니라 그 부인과 안식구들이 모두 한자리에 모여 있으므로, 그는 마음에 황송해서 겨우 한 잔 술을 받아 마시고는 곧 몸을 일으켜 밖으로 나오려 했다. 이때 장도감이 무송을 자기 앞으로 불러 묻는다.

"너 지금 어디 가려고 일어나느냐?"

무송은 아뢰었다.

"은상께옵서 위에 계시고, 또 합부인과 권솔이 모두 나와 계시기로 소인은 황송하와 물러가려 하옵니다."

이 말을 듣고 장도감은 껄껄 웃었다.

"그렇게 생각하지 마라! 내가 너를 의사(義士)로 알고 공경하여, 한 집안 사람같이 생각하고 불러들인 터인데, 네가 피하겠다니 말이 되느냐? 어서 게 앉거라!"

그러나 무송은 사양했다.

"소인은 일개 죄수인데, 어찌 감히 은상을 모시고 한자리에 앉아 있겠습니까? 용서하십시오."

"허허, 네가 너무 겸사하는구나! 마침 외인도 없고 하니, 좀 더 앉아 있으려무나!"

이래도 무송은 사양했으나, 장도감은 도무지 허락하지 않고, 기어코 무송을 다시 자리에 앉게 했다.

그리고 장도감은 시비로 하여금 술을 따라 무송에게 권하게 했다. 무송은 연달아 권하는 바람에 여덟 잔이나 받아 마셨다.

그러자 장도감은 문득 생각난 듯이,

"여봐라, 대장부가 어찌 작은 잔으로 술을 마시겠느냐? 큰 그릇을 갖다드려라."

라고 분부한다. 그러자 시비는 커다란 은그릇을 갖다가 술을 부어 올렸다. 이때 마침 둥근 달이 중천에 떠오르며 동창이 환하게 밝아진다.

장도감은 유쾌한 듯이 옥란(玉蘭)이라는 시비를 자기 앞으로 불러 앉히고서,

"이 자리에 외인이라곤 없으니, 너는 어려워 말고 오늘 밤 중추명월을 두고 시경곡(時景曲)을 하나 불러봐라! 내가 듣고 싶어 그런다."

라고 분부했다. 그러자 옥란이는 어여쁜 손으로 상판(象板)을 잡더니 동파학사(東坡學士)의 '중추수조가(中秋水調歌)'를 부른다.

"달이 밝고 물 맑은데, 잔을 들고 하늘 보니, 아지 못하노라 궁궐이 어디메인고. 돌아갈거나, 바람을 타고 이 밤에 돌아갈거나!"

청아한 음성으로 한 곡조 노래를 부른 다음 옥란이 상판을 내려놓고 한옆으로 물러앉으니까, 장도감은 다시 그에게 분부한다.

"옥란아! 너 술 한 순배 돌려라!"

자리에 앉았던 옥란은 일어나서 권반(勸盤)을 들고서 먼저 상공 앞에 나아가 한 잔을 올리고, 다음에 부인한테 한 잔을 올리고, 셋째 잔을 무송에게 권했다. 무송은 송구스러워서 그 잔을 받아 한숨에 마시고서는 잔을 도로 쟁반 위에 놓았다.

이때 도감은 한 손으로 옥란이를 가리키면서 무송을 보고 말한다.

"이 애가 대단히 총명하고, 또 지금 네가 들어보았으니 알리라마는 음률에 재주 있고, 또 침선이 능숙하다. 내 생각하기를, 이제 수일 내로 길일을 택해 이 옥란이로 너의 내실을 삼을까 하는데… 네 생각은 어떠냐?"

무송은 자리에서 일어나 도감 상공에게 절하고 아뢰었다.

"너무나 과분한 말씀이오라, 소인은 황송하기만 합니다."

장도감은 너털웃음을 웃으면서,

"너, 사양하지 말아라! 내 이미 말을 한 바에야, 다시 두말이 있겠느냐?"

라고 한 후 다시 술을 권했다.

무송은 연거푸 권하는 바람에 술을 여남은 잔 받아 마신 후, 혹시 취중에 예절을 어기지나 아니할까 두려워서, 마침내 자리에서 일어나 도감 상공과 부인한테 인사를 드리고는 자기 방으로 물러나왔다.

방문을 열고 안으로 들어가서 자리에 드러누우려고 하니까, 배가 부른 데다가 취기가 올라온다. 도무지 그대로는 잠을 이루지 못할 것 같아서 그는 머리에 쓴 두건을 벗어놓고, 옷도 벗어놓은 채 한 자루 초봉(硝棒)을 쥐고 뜰아래 내려와 한참 동안 봉술을 시험했다.

그러고 나서 하늘을 우러러보니, 때는 3경쯤 된 듯싶다. 무송은 그만 자기 방으로 들어와 자리에 드러누워 잠을 청했다.

그런데 바로 이때에 후당으로부터 별안간,

"도둑이야!"

소리가 들린다.

무송은 이 고함 소리를 듣고,

'아뿔싸! 도둑이 든 모양이구나! 도감 상공께서 나에게 이렇게 잘해 주시는데, 내가 가만있을 수 있나?'

생각하고, 즉시 몽둥이 한 개를 집어들고는 후당을 향하여 달음질했다.

그런데 이때 마침 옥란이가 허둥지둥 후당으로부터 이리로 달려나오다가 무송과 마주치자 옥란은 급한 소리를 한다.

"어서 가보세요! 도둑놈이 지금 화원 안으로 뛰어갔어요!"

이 소리를 끝까지 듣기도 전에 무송은 들고 있던 몽둥이를 다시 꼬나

잡고 화원 안으로 뛰어들어갔다. 그러나 그가 화원 안을 한 바퀴 돌아보아도 도둑놈의 그림자도 보이지 않는다.

그는 마음에 괴이하게 생각하면서 몸을 돌이켜 다시 밖으로 나오려고 했는데, 뜻밖에도 그때 캄캄한 그늘 속으로부터 걸상 하나가 날아와서 무송을 맞혀 땅바닥에 넘어뜨리더니 7, 8명의 병정들이 우르르 몰려와서,

"도둑놈 잡았다!"

이렇게 큰소리를 치고 다짜고짜로 무송을 단단히 결박짓는다.

무송은 큰소리로 급히 발명했다.

"아니요! 나요, 나야! 나 무송이란 말요!"

그러나 그 말이 통하지 않는다. 병정들은 그냥 무송을 묶어 후당으로 끌고 들어가니, 당상에는 등촉이 휘황한데 청상엔 장도감이 나와 앉아 있다.

"이리로 끌고 오너라."

장도감의 분부가 떨어지자, 병정들은 무송의 어깻죽지를 몽둥이로 한대 때리고 앞으로 떠다민다. 무송은 장도감 앞에 서서 아뢰었다.

"소인은 도둑놈이 아니오라, 바로 무송이올습니다!"

그러나 장도감은 얼굴에 노기를 띠고, 서슬이 시퍼렇게 꾸짖는다.

"네 이놈! 귀양살이 온 강도 놈아! 내가 너를 어떻게 사람을 만들어 볼까 해서, 그간에 여러 가지로 돌보아주었고 조금 전에는 한자리에서까지 먹였건만, 네가 이놈 종시 적심적간(賊心賊肝)을 고치지 못하고 이런단 말이냐?"

호령을 듣고 무송은 크게 외쳤다.

"소인은 억울합니다! 도둑놈이 들어왔다는 소리를 듣고 소인은 도둑놈을 잡으러 들어왔었는데… 냅다 소인을 잡아 도둑놈이라고 하시니, 참으로 애매합니다! 무송은 이래도 하늘 아래 땅 위에 일개 호한(好漢)

입니다. 도둑놈이란 누명을 씌우지 마십시오."

장도감은 다시 호령했다.

"네 이놈! 듣기 싫다! 여봐라, 이놈을 끌고서 이놈의 방에 가서 장물(臟物)이 있나 없나 찾아보아라!"

그러자 병정 놈들은 무송을 앞세우고 무송의 방으로 끌고 갔다.

병정 놈들이 무송의 방에 들어가서 버들상자의 뚜껑을 열고 그 속에서 옷가지를 몇 개 들추어내니까 그 밑바닥에는 가지각색의 은그릇이 들어 있는 게 아닌가! 얼른 보아도 대략 2백 냥어치의 장물이었다.

무송은 너무나 뜻밖의 일인지라, 어처구니가 없어서 입을 딱 벌리고만 있었다.

장물을 발견한 병정 놈들은 버들상자를 들고서 무송을 끌고 다시 후당으로 들어가서 장도감 앞에 내놓았다.

장도감은 그것을 보더니, 노기가 등등해 꾸짖는다.

"이런 죽일 놈이 있나! 이놈! 네 어찌 이렇듯 무례하냐? 장물이 이미 네가 쓰는 상자 속에서 나왔는데도 할 말이 있느냐? 네가 이놈 거죽만 사람의 꺼풀을 뒤집어썼지, 속에는 도둑놈의 간장이 들어 있었구나!"

장도감은 이렇게 꾸짖고 나서, 병사들을 보고 분부를 내린다.

"너희들은 이 장물을 엄중히 봉해놓고 저놈을 기밀방(機密房)에 데려다가 가둬라!"

분부가 내리므로 무송은 여러 번 소리 높여 자신의 원통함을 호소했건만 아무 소용이 없고, 병정들은 장도감의 분부대로 장물에다 봉인(封印)을 하고, 무송을 기밀방으로 끌고 가서 그 안에다 가두어버렸다.

무송을 이렇게 잡아 가둔 다음에 장도감은 그 밤으로 지부(知府)에게 사람을 보내어 이 일을 알리게 하는 동시에, 또 압사(押司)와 공목(孔目)들한테도 적지 않은 돈을 나누어주었다.

그 이튿날, 날이 밝아지자 지부가 청상에 나와 앉으니까, 좌우 즙포

관찰(緝捕觀察)이 무송을 데리고 들어와서 뜰아래에다 꿇어앉히고, 장물을 모두 청상에 바치는 것이었다.

그리고 장도감의 심복인이 앞으로 나와서 도둑당한 문서를 올리니까, 지부는 그 문서를 대강 보고 나더니 좌우로 하여금 무송을 앞으로 가까이 끌어내라고 호령한다.

그 소리가 떨어지기 무섭게 노자(牢子)와 절급(節級)의 무리들이 한 다발이나 되는 문사옥구(問事獄具)를 꺼내다가 무송이 곁에 놓는다.

무송은 이것을 보고 즉시 자기가 무죄하다는 것을 설명하려 했건만, 지부는 무송이 입을 열기도 전에 꾸짖는 것이 아닌가.

"네 이놈! 네가 원래 귀양 온 죄수이니, 어찌 도둑질을 안 했겠느냐? 재물을 눈앞에 보고 저절로 마음이 동해 저지른 노릇일 게라. 이미 저같이 장물이 나온 이상 네놈의 말을 듣는댔자 소용없다!"

지부는 이렇게 말하고 나서, 옥졸(獄卒)들을 내려다보고 호령했다.

"이봐라, 네 저놈을 매우 쳐라!"

이 같은 호령이 떨어지자, 무송의 몸엔 대나무 작대기가 빗발치듯 내리쳤다.

무송은 이 모양을 당하면서 비로소 자기가 변명한댔자 아무런 소용이 없을 것을 깨달았다. 그리하여 그는 마침내 자기가 진짜 도둑질한 것처럼 굴초(屈招)해버렸다.

지부는 무송의 초장(招狀)을 받은 다음, 큰 칼을 씌워 사수로(死囚牢) 속에 가두게 했다.

무송은 사수로 속에서 혼자 생각했다.

'그래, 장도감이란 놈이 그렇게까지 흉계를 꾸며 나를 이렇게 죄에 빠뜨리다니! 세상에 이럴 수가 있나? 내 만약에 죽지 않고 살아나기만 한다면, 어떻게든지 이 원수는 갚고야 말겠다!'

이렇게 결심하고 있자니까, 옥졸들이 달려오더니 그의 두 다리에다 족쇄를 채우고, 그의 두 손에다가 목축을 채워놓는다. 이렇게 되고 보니, 이제는 제아무리 무송이 날개를 가졌기로서니 날아갈 수도 없다.

이때 시은이는 쾌활림에서 이 일을 인편에 전해 듣고 크게 놀랐다.

그는 부리나케 성내로 들어가서 자기 부친한테 사실을 보고하고, 대책을 상의했다.

노관영은 아들의 이야기를 듣고 나더니 한숨을 길게 쉬고 말한다.

"이번 일은 장단련이란 놈이 장문신의 원수를 갚으려고 장도감을 매수해 무송을 함정에 떨어뜨린 게니라. 필시 장도감한테 뇌물을 많이 썼을 게다. 그러기에 지부 이하로 한 사람도 무송의 발명을 들으려고는 하지 않고, 꼭 목숨을 해치려고 하는 게 아니냐? 그러하니, 설혹 무송이 물건을 훔쳐냈다고 하기로서니, 그게 무슨 죽을죄가 되겠느냐? 그러니까 이제 곧 양원(兩院)의 압로절급(押牢節級)을 매수하여 무송의 목숨만 온전하게 하여 밖으로 내올 수 있게 하면, 그다음엔 또 무슨 도리가 있을 게다!"

시은이 의견을 드린다.

"제가 당로절급(當牢節級)으로 있는 강(康)이라는 사람을 잘 알고 있는데요. 그 사람한테 가서 이 일을 청해보면 어떨까요?"

노관영은 위엄을 보이면서 말했다.

"이번에 무송이 고생하는 것은, 말하자면 너 때문에 욕을 당한 게 아니냐? 네가 지금 가서 구해주지 않고, 어느 때 구해보겠느냐?"

시은이는 부친의 말대로 즉시 일어나서 은자(銀子) 2백 냥을 갖고 강절급의 집을 찾아갔다.

강절급은 아직 집에 돌아오지 아니했다. 그래서 그는 밖에서 한참 동안 기다리고 있다가 마침내 강절급과 만나 방으로 들어와서 마주앉은 후, 시은은 이번에 무송이 욕을 당하는 것이 자기 때문인 것을 이야기하고 사정을 호소했다.

이야기를 듣고 강절급이 말했다.

"내가 형장한테 사실대로 이야기하리다. 이번 일은 장단련과 장도감이 꾸민 일입니다! 두 사람이 서로 성이 같은 데다가 결의형제까지 해서 사이가 좋게 지내지요. 그래서 장문신은 지금 장단련의 집에 숨어 있으면서 이곳 관원들에게 뇌물을 굉장히 써가면서 기어코 무송의 목숨을 없애버리려고 든답니다! 그런데 당안공목(當案孔目)으로 있는 섭(葉)씨가 듣지 않기 때문에 얼른 죽이지 못하고 있을 뿐입니다. 섭씨는 참말 사람이 충직한 분이지요. 옥중의 일은 제가 내일부터 무송한테 괴롭게 하지 않을 터이니, 형장은 속히 섭공목(葉孔目)한테 청을 넣어 빨리 결단을 내리게 하시오. 그렇게만 하면, 무송의 목숨 하나만은 구해낼 수 있을 게요."

시은은 이 말을 듣고 얼른 가지고 왔던 돈에서 1백 냥을 그에게 선사했다. 강절급은 몇 번 사양하다가 마침내 그 돈을 받아 넣었다.

강절급 집에서 나온 시은은 그길로 영리(營裡)에 살고 있는 섭공목과 친히 지내는 친구를 찾아가서 이번 일을 자세히 이야기하고, 섭공목에게 전해달라고 백 냥 돈을 그에게 맡기고 왔다.

이렇게 한 후 그 이튿날, 시은은 술과 안주를 하인한테 들려 강절급의 인도를 받아 사수로에 들어가 무송을 만나보았다. 이때는 벌써 강절급의 주선으로 무송이 족쇄도 매지 않고, 목축도 떼어버리고 있는 것이었다.

시은이는 수십 냥의 돈을 옥졸들에게 나누어준 후, 무송에게 술과 밥을 권하고서 가만히 말했다.

"이번 일은 장도감이 장문신의 원수를 갚아주기 위해서 일부러 형님을 죄인으로 꾸민 것이래요! 그러나 염려 마십시오. 제가 벌써 섭공목한테 청을 했고, 또 섭공목도 처음부터 형님을 구해주고 싶은 생각이 있었다니까, 이제 기한만 차면 나가시게 될 겁니다. 그때 다시 좋은 도리를 차려보기로 하십시다.”

시은은 이렇게 무송을 위로하고 영중(營中)으로 돌아갔다.

무송은 목축과 족쇄가 손과 발에서 벗어져버린 뒤로 탈옥할 생각을 품고 있었는데, 시은이가 이날 돌아와서 이렇게 말했기 때문에 그만 탈옥할 생각은 내던져버렸다.

이틀이 지나서 시은은 또 술과 음식을 준비해 무송을 찾아와서 옥졸들에게 돈을 나누어주었다. 이렇게 하는 한편으로 시은은 또 사람을 시켜서 상하 관원들에게 널리 손을 쓰고, 수일 후에는 새로 지은 의복과 주육(酒肉)을 갖추어서 세 번째 무송을 찾아갔다.

5, 6일 동안에 세 번이나 사수로를 출입했기 때문에 이것이 소문이 나고 말았다.

장단련의 집 심복인이 이 일을 알고 즉시 장단련에게 고하자 장단련은 다시 이 일을 장도감한테 말했다. 장도감은 즉시 사람을 시켜 금과 비단을 갖고 지부(知府)한테 찾아가서 이 일을 고하게 했다.

지부는 몹시도 뇌물 받기를 좋아하는 탐관(貪官)이었다.

그래서 그는 심복 관원들에게 그날부터 매일 사수로를 지키고 있다가 서투른 사람이 보이기만 하면 붙들어내게 한 고로, 이 말을 들은 시은이는 감히 무송을 찾아갈 생각을 못 하고 오직 강절급을 통하여 무송의 소식을 들을 뿐이었다.

무송이 옥에 갇힌 지 그럭저럭 두 달이나 되었다.

당안(當案)의 섭공목은 하루 속히 무송의 일을 처단하려고 지부를 찾아보고 전후 사실을 일일이 밝혀서 이야기했다.

지부는 제가 비록 뇌물을 탐하는 썩어빠진 장관이기는 하나 그래도 사리(事理)의 옳고 그른 것은 짐작하는 인물인지라, 섭공목의 설명을 듣고 보니, 장도감이 장문신의 뇌물을 받아먹고 장단련과 짜고서 흉계를 꾸며 무송을 함해(陷害)한 것이 분명하다.

지부는 속으로 생각했다.

'정작 돈은 저희들끼리 받아처먹고… 나를 시켜서 무송의 목숨을 뺏으려고 하는 게 아닌가?'

이렇게 깨닫고 보니 이제까지 애매한 무송을 해치려고 들었던 자신의 처지가 싱겁기 한량없다.

그래서 지부는 이 일을 아주 섭공목에게 맡겨버리고 다시는 자기가 간섭하지 않았다.

만 60일이 지나자 섭공목은 무송을 끌어내다가 칼을 벗기고 초장(招狀)을 읽어 돌린 후 척장 20대를 때리고 은주 노성(恩州牢城)으로 귀양 보내게 하는 동시에, 장물은 본주(本主)에게 돌려주라는 판결을 내렸다.

무송은 간신히 죽을 고비를 넘겼다.

그는 척장 20대를 맞고, 금인(金印)을 받고, 일곱 근 반이나 되는 무거운 칼을 쓰고, 두 명의 방송공인에게 이끌려 멀리 은주 노성으로 귀양 가는 몸이 되었다.

무송이 두 명의 공인과 함께 성문을 나와서 5리가량 갔을 때다.

길가 주점에서 시은이 쫓아 나오며,

"형님!"

하고 부른다.

무송이 반가워서 그를 바라다보니까, 어찌된 일인지 시은의 머리와 손목에는 흰 수건이 감겨 있는 것이 아닌가.

무송이 물었다.

"자네 어째서 그동안 볼 수 없었나? 그리고 머리하고 손목은 왜 또 처맸는가?"

"바른대로 말씀하죠. 제가 형님을 옥중으로 세 번 찾아가 뵙지 않았어요? 그 일을 장도감이 알고 지부에게 말해서 그 뒤부터는 형님 계신 근처에 강아지 한 마리 얼씬 못 하게 했답니다. 그래 강절급을 통해서

형님 안부만 알고 지냈는데… 바로 보름 전 일입니다. 제가 쾌활림에
있으려니까 별안간 장문신이란 놈이 병정 놈들을 몰고 와서 저를 또 이
렇게 때려주었답니다. 그리고 형님이 찾아주셨던 가장집물을 그놈한테
모조리 뺏기고 집으로 돌아와서 누워 있던 중에 오늘 형님이 은주로 가
신다는 말씀을 듣고 이렇게 뵈오려고 나왔습니다."

시은은 이렇게 말을 마치고 두 명의 공인을 보고 잠깐 술집으로 들어
가기를 청했다. 그러나 두 놈은 거절했다.

"여보시오, 그런 말 마시오! 이놈이 흉악한 도둑놈인데 이놈으로 해
서 당신의 술을 얻어먹었다가는, 내일이라도 관부(官府)에 그 소문이 들
어가면 야단나요! 그런 말 마시고 비켜나시오!"

시은이는 그때 얼른 돈 열 냥을 품속으로부터 꺼내 그들의 손에 쥐어
주려 했다. 그러나 그들은 완강히 거절하고, 무송의 등을 때리면서 어서
가자고 독촉하는 것이었다.

시은이는 하는 수 없이 돈을 도로 집어넣고, 술집으로 급히 들어가서
술을 두 사발 사가지고 밖으로 나와서 길가에 선 채로 무송에게 마시게
하고, 보따리 하나를 무송의 허리에다 채워준 후, 그의 귀에다 입을 대
고 가만히 말했다.

"보따리 속에 솜옷 두 벌, 신발 두 켤레, 돈 열 냥이 들었으니 그리 아
십쇼. 그리고 이놈들 두 놈이 암만 해도 형님한테 호의가 없는 놈인 모
양이니, 부디 길 가실 때 조심하십쇼."

무송은 고개를 끄덕끄덕하면서 대답했다.

"나도 알고 있네. 하지만 이까짓 놈들을 두려워할 내가 아닐세. 내가
다 알아서 잘할 터이니까 아무 염려 말고 자네는 어서 돌아가게. 인연
이 있으면 후일 우리가 또 만나겠지!"

시은이는 무송에게 절하고 눈물을 씻으면서 성내로 들어갔다.

시은과 작별하고 무송이 공인을 따라서 다시 5리쯤 갔을 때, 두 명의

공인이 가만히 속삭거리는 소리가 무송의 귀에 들린다.

"올 때가 되었는데 웬일일까?"

"글쎄… 혹 먼저 가서 기다리고 있는 거 아냐?"

무송은 이 소리를 듣고 속으로 웃었다.

'흥… 네놈들이 무슨 꿍꿍이속이 있나 보다마는… 어림도 없다!'

그럭저럭 한 20리나 걸어왔을 때, 저 앞에 웬 젊은 놈 두 놈이 제각기 손에는 박도(朴刀)를 들고, 허리엔 요도(腰刀)를 차고 누구를 기다리고 있는 모양이더니, 무송의 일행이 오는 것을 보고는 저희끼리 서로 눈짓을 하고 일행과 함께 길을 걷는다.

무송은 벌써 속으로 짐작했지만, 겉으론 모른 체하고 그대로 길을 걸었다. 다시 십 리가량 걸어갔을 때 일행은 포구(浦口)에 이르렀다. 사방을 둘러보아도 모두 개울인데 기다란 판교(板橋)가 하나 걸려 있고, 그 판교 옆에 누각이 하나 서 있으며, 그 누각에는 비운포(飛雲浦)라는 패액(牌額)이 걸려 있다.

이것을 보고도 무송은 짐짓 못 본 체하고 물었다.

"여기가 뭐라고 하는 데요?"

두 명의 공인은 눈을 부라리면서 호령한다.

"넌 눈깔도 없니? 저 패액에 비운포라고 쓰여 있는 것도 안 보이니?"

무송은 그 자리에 서서 또 한마디 청을 했다.

"나 여기서 오줌을 누어야겠소!"

그리고 그는 다리 끝으로 나가서 돌아서서 오줌을 누려고 했는데, 그때 칼 가진 놈 두 놈이 그에게로 달려들었다. 그러나 무송은 이것을 미리 알고 기다리던 참이라,

"이놈들!"

벼락같이 소리를 지르면서 휙 돌아서는 길로 한 놈의 복장을 걷어차니 그놈은 거꾸로 다리 아래 물속에 떨어졌다.

그 순간 또 한 놈은 달아나려고 하는 것을 무송은 쫓아가서 발길로 걷어차 그놈마저 물속에 처넣었다.

이 광경을 당하고 두 놈의 공인은 그냥 다리 아래로 달아났다.

"네놈들이 가면 어디로 갈 테냐!"

무송은 고함을 지르고 두 손으로 목에 걸린 칼을 한 번 비틀어 두 조각을 내어 물속에 던진 다음, 공인 놈들의 뒤를 추격하여 다리 아래로 내려갔다.

무송이 추격하자, 한 놈은 겁이 나서 그냥 땅바닥에 주저앉아버리고, 한 놈은 그대로 달아나는 것을 무송은 쫓아가서 한 주먹에 때려눕혔다. 그리고 그 근처에 떨어져 있는 칼을 집어들고서 그들 두 놈을 난도질하여 죽이고 나니까, 그때 물에 빠졌던 두 놈이 헤엄쳐서 강가에 올라와 그냥 달아나려고 했다.

무송은 그놈들한테로 달려가서 한 놈의 목을 썽둥 베어버린 후, 또 한 놈의 덜미를 움켜쥐고 물었다.

"네 이놈! 어딜 도망가느냐? 바른대로 말해라! 그러면 네 목숨 하나만은 살려주마!"

호령하니까 그놈은 벌벌 떨면서 자백한다.

"살려줍쇼! 소인들은 장문신의 도제(徒弟)입니다. 사부(師父)와 장단련 어른의 분부를 받아 저 두 놈의 방송공인과 함께 모두 어른을 해치려고 왔었답니다."

무송은 이놈을 붙든 손을 놓지 않고 또 물었다.

"장문신이 지금 어디 있느냐?"

"소인이 떠나올 때 장단련과 함께 장도감댁 후당 원앙루에서 약주를 잡수시며 저더러 하시는 말씀이, 그리로 돌아와서 회보(回報)하라고 하시더군요."

이 말을 듣고 무송은 소리를 높여,

"그렇다면 너도 살려둘 수 없다!"

호령하고 그놈의 목을 베어버린 후, 그놈의 허리에서 요도를 끌러 자기 허리에 찼다. 그리고 그는 다리 위로 올라가서 혼자 생각했다.

'내가 이놈들 네 명을 죽이기는 했지만 정작 죽여야 할 장도감·장단련·장문신… 이놈들을 죽이지 못했으니… 이놈들을 살려두고서야 어떻게 원한을 씻을 수 있는가?'

한참 동안 이런 생각을 하다가 마침내 그는 결심하고 박도(朴刀) 하나를 집어들고는 그길로 발길을 돌려 맹주성을 향해서 걸어갔다.

그가 맹주성 안에 돌아왔을 때는 저녁때였다. 집집마다 대문을 걸어 닫고, 네거리에는 등불을 켜놓았고, 절에서는 종소리가 은은히 울리는데 하늘에는 둥근 달이 떠올랐다.

무송은 장도감 댁 후화원(後花園) 담 밖에 있는 마원(馬院) 곁으로 갔다.

뒷문을 지키는 후조(後槽)는 아직 아내(衙內)로부터 물러나오지 못한 모양이다. 무송은 으슥한 구석에 가서 숨었다.

조금 있다가 삐걱 하고 각문(角門)이 열리더니, 후조가 등불을 들고 나와 다시 각문을 잠근 다음 저의 방으로 들어간다.

이때 북소리가 들린다. 귀를 기울여 들어보니 바로 일경사점(一更四點)이다.

무송은 마원 앞으로 가서 가만히 문을 흔들었다.

옷을 벗고 막 잠자리에 들어갔던 후조가 고함을 지른다.

"이게 어떤 놈이냐? 내가 지금 잠이 드실 판인데, 어째서 이러는 거냐? 내 옷을 훔쳐가려고 왔느냐?"

무송은 이 소리를 듣고, 칼은 한쪽에 내려놓고, 요도를 빼어 한 손에 든 다음 요란스럽게 각문을 흔들었다.

후조는 화가 버럭 났다. 벌거벗은 채 자리에서 일어나자, 그는 몽둥이 하나를 집어들고 대문 빗장을 뽑고 문을 열면서 바깥을 향하여 몽둥이를 휘두를 작정이었는데, 그보다 먼저 무송은 문을 왈칵 밀어붙이고 뛰어들더니, 몽둥이를 들고 있는 후조의 팔을 꽉 붙든다.

후조는 소리를 지르려다가 눈앞에 번쩍 번쩍 빛나는 한 자루 칼을 보고서 그만 얼굴이 새파랗게 질려,

"제발 살려줍쇼!"

하고 애걸한다.

무송은 말했다.

"네가 나를 알아보겠느냐?"

후조는 그의 음성을 듣고 비로소 이 사람이 무송임을 알고 애원했다.

"네! 알고말고요! 저는 아무 죄도 없습니다. 제발 살려만 줍쇼!"

무송은 또 물었다.

"네가 살고 싶거든 바른대로 말해라! 지금 장도감이 어디 있느냐?"

후조는 솔직하게 말한다.

"장단련·장문신, 두 분과 함께 오늘 하루 종일 술타령이시랍니다. 아마 지금도 원앙루에 모두 계실 겝니다."

"네 이놈! 거짓말 아니지?"

"소인이 거짓말을 할 이치가 있습니까? 정말입니다!"

"그래? 그렇다면 너도 살려둘 수 없다!"

무송은 이렇게 말하고 후조를 그 자리에서 목 베어버린 후 칼을 도로 칼집에 꽂은 다음, 허리에 차고 있던 보따리를 끌러 그 속에서 시은이가 준 솜옷을 꺼내 등불 아래에서 옷을 갈아입었다.

그리고 보따리 속에 들어 있던 잔돈 부스러기는 전대에 넣어 문고리에다 걸었다.

그러고 나서 그는 사닥다리를 들어다가 담에다 세워놓고, 후조와 방 앞에 있는 등불을 꺼버린 다음 다시 밖으로 나와서 박도를 집어들고 담 위로 기어올라갔다.

이때 달빛이 대낮같이 환하게 밝았다.

무송은 담 위에서 안으로 뛰어내려, 등불이 새어나오는 곳으로 먼저 갔다. 그런데 보니까 이곳은 부엌이었다.

그가 창문 틈으로 부엌 속을 엿보니까, 계집 하인 두 사람이 부뚜막에 앉아서 종알거리고 있다.

"아니, 하루 종일 먹었으면 그만이지, 밤이 되도록 돌아갈 줄 모르니, 대체 손님 두 분은 염치도 없나봐!"

"그러게 말야! 사람이 꼭 죽겠어!"

이 모양을 보고 무송은 박도를 한옆에 놓고, 요도를 빼어든 다음에 부엌 문을 왈칵 열어붙이고 안으로 뛰어들어갔다.

이에 놀란 계집 하인들은 일어나서 그를 쳐다보았다.

무송은 다짜고짜로 한 계집의 머리채를 움켜쥐고 한칼에 모가지를 베어버렸다. 이때 또 한 계집은 그 자리에서 도망하려고 했지만 발이 땅바닥에서 떨어지지 않고, 소리를 지르려고 했지만 입에서 목소리가 나오지 아니했다.

무송은 또 한 번 칼을 들어 그 계집을 죽인 다음, 등불을 꺼버리고, 창 틈으로 새어 들어오는 달그림자를 밟으면서 안으로 들어갔다.

그는 두 달 동안이나 장도감 댁에서 안팎을 출입했던지라, 집안 구조를 환히 알고 있었다. 더듬지 않고 그는 원앙루 아래에 이르렀다. 다행히 아무도 보는 사람이 없었다.

장도감 앞에서 심부름하는 사람들도 온종일 시중드느라고 피곤해서 어디로 쉬러 간 모양이다. 무송은 발소리를 죽이고 층계를 올라갔다.

층계를 다 올라가서 가만히 방 안에서 나오는 소리를 엿들어보려니까, 먼저 장문신의 음성이 들린다.

"도감 상공 덕택에 소인이 이번에 원수를 시원히 갚았습니다. 진심으로 감사합니다! 앞으로 이 은혜는 반드시 보답하겠습니다."

이 말에 대답하는 장도감의 음성이 들린다.

"바른대로 말이지, 우리 형님 장단련의 낯을 보았기에 망정이지, 그렇지 않으면 누가 이런 일을 꾸몄겠나? 자네도 이번에 아마 돈냥을 적지 않게 썼겠지만 그래도 원수를 갚았으니 시원하겠네! 비운포에서 요절을 내버리라고 단단히 일렀으니까 하여튼 내일 아침이면 이것들이 돌아와서 무슨 말이 있을 거야!"

그다음엔 장단련의 목소리가 들린다.

"모두 네 놈이 무송이 한 놈을 못 해내겠나? 무송이란 놈이 목숨이 서너 개 있다손 치더라도 살기는 틀렸지!"

장문신이 또 한마디 지껄인다.

"하여튼 소인도 제자 놈에게 단단히 일러두었으니까, 오늘 밤 안으로 좋은 소식을 가지고 올 겝니다."

방 안에서 새어나오는 소리를 듣고 나자, 무송의 가슴속에서는 저절로 불덩어리가 끓어오르는 것 같았다. 그는 칼을 고쳐잡고 그대로 방 안으로 뛰어들어갔다.

방 안의 등불은 휘황하고, 달빛도 명랑한데, 탁자 위에는 배반이 낭자하다.

이때 장문신은 교의에 걸터앉아 있다가, 별안간 뛰어드는 사람이 다른 사람이 아니라 지금쯤은 벌써 비운포 강변에 싸늘한 시체가 되어 누웠으리라고 믿고 있던 바로 그 무송인지라, 너무도 뜻밖의 일을 당해서는 정신이 핑 돌았다.

그래서 그는 황망히 일어나 무송의 칼끝을 피하려고 했으나 때는 이미 늦었다. 무송은 단번에 장문신의 어깻죽지를 찍어서 거꾸러뜨렸다.

장도감이 이때 몸을 피해서 누각 아래로 달아나려 했다. 그러나 무송은 이것을 놓치지 않고 쫓아가서 그도 한칼에 베어버렸다.

그런데 장단련은 본래가 무관 출신인 고로 술은 취했지만 기운이 있다. 그는 자기가 피신할 수 없음을 깨닫고 급히 자기가 걸터앉았던 의자를 집어들고 무송을 치려 했다.

이때 무송은 그대로 바싹 달려들면서 주먹으로 장단련의 복장을 힘껏 쥐어지르니까, 장단련은 쿵 하고 마룻바닥에 나가자빠졌다. 무송은 그에게 달려들어 한칼에 그 머리를 베어버렸다.

이때 칼을 설맞은 장문신이 최후발악으로 벌떡 일어나더니 무송에게로 달려들었다. 그 순간, 무송은 번개같이 한쪽 발로 그의 아랫배를 걷어차서 넘어뜨리고 그 자리에서 모가지를 썽둥 베어버렸다.

그리고 무송이 다시 방 안을 둘러보니, 아직도 장도감이 숨이 끊어지지 않았고, 팔다리를 버둥거리고 있다. 무송은 달려들어서 장도감의 머리도 베어버렸다.

탁자 위에는 술도 있고, 고기도 남아 있다. 무송은 송장 세 개가 나란히 누워 있는 그 방에서 커다란 그릇에 술을 가득 부어 서너 잔이나 들이켰다. 그러고 나서 그는 죽은 사람의 옷자락을 찢어 방바닥의 피를 흠씬 묻혀서는 흰 벽 위에다 커다란 글씨로,

사람을 죽인 자는 호랑이를 때려잡은 무송이다

(殺人者 打虎 武松也)

이렇게 써놓고 누각 아래로 내려오려 했다. 그런데 이때 누각 아래서 도감 부인의 목소리가 들린다.

"관인께서 모두 만취가 되셔서 쓰러지셨나 보다. 너희들 둘이 같이 올라가 보려무나."

이 말이 끝나기 전에 발자국 소리가 나면서 사람들이 층계를 올라오는 게 아닌가.

무송이 한옆에 가서 살짝 몸을 숨기고 가만히 살펴보니까 그들은 다

른 사람 아니라 바로 그 전날 자신을 꽁꽁 묶던 장도감의 친수인(親隨人)들이다.

무송은 그대로 숨어 서서 두 사람이 방 안으로 들어오게 내버려두었다.

두 사람은 다락 위로 올라와서 무심코 방 안으로 한 발자국 들어서다가 뜻밖에도 송장 세 개가 피바다 속에 누워 있는 모양을 보고 깜짝 놀라 서로 얼굴을 바라보았다. 그들은 뒤통수를 몽둥이로 얻어맞았거나 등골에다 냉수를 퍼부은 것처럼 선뜻해졌다.

그래서 두 사람은 엉거주춤하고 있다가 급히 몸을 돌이켜 누각 아래로 내려가려는 것을 숨어 있던 무송이 달려들어 한칼에 한 놈을 베어버리니 한 놈은 그 자리에 털썩 주저앉으면서,

"제발 살려줍쇼!"

하고 애원하는 것이었다.

그러나 무송은 털끝만큼도 사정이 없다.

"너도 살려둘 수 없다!"

그는 이렇게 한마디 던지고 한칼로 그자의 모가지를 베어버리니, 등불 아래 송장은 즐비하게 자빠졌다.

이때 무송은 생각했다.

'한 놈을 죽이거나… 두 놈을 죽이거나… 백 명을 죽이거나… 내가 한 번 죽기는 일반이다.'

무송이 속으로 뇌까리고 누각 아래로 내려오니까, 장도감 부인이 아직도 층계 아래에 서 있다가 묻는다.

"아니, 그 무슨 소리가 그렇게 요란했느냐?"

무송은 아무 말 없이 다짜고짜로 부인의 얼굴을 칼로 푹 찔러 죽여버린 후 부엌으로 통하는 복도에 들어섰다. 맞은편에서 사람의 발자국 소리가 들린다. 무송은 재빠르게 층계 밑으로 몸을 감추고 가만히 엿보고

있으려니까, 전날 잔치 때에 동파학사의 '중추수조가'를 부르던 장도감의 수양딸 옥란이 시비(侍婢) 두 사람에게 등불을 들려 이리로 오는 것이었다.

그들은 층계 앞까지 와서 등불 아래 처참하게 보이는 장도감 부인의 시체를 보고,

"에구머니!"

소리를 지르고 놀란다.

이때 무송은 층계 밑에서 뛰어나와서 옥란의 가슴을 칼로 푹 찔러 죽이고는 두 명의 시비도 차례로 목을 베어버린 후에야 그길로 앞문으로 달려갔다.

마당에는 달빛이 처량하게 환하다.

무송은 앞문에 빗장을 굳게 걸은 다음에 다시 중당(中堂)으로 가서 이 방 저 방을 차례차례 들여다보다가, 그중 맨 끝방에 세 사람의 부인이 바느질을 하고 있는 것을 보고 그는 그 방으로 뛰어들어가서 그들을 모조리 죽여버린 후 그제야 가슴속이 시원해져 각문(角門) 밖으로 나왔다. 그는 즉시 마원(馬院)으로 들어가서 아까 문고리에 걸어두었던 전대를 끌러 허리에 찬 다음에, 칼을 집어들고 급히 걸어서 성(城) 가에 나왔다.

그는 성 밑에서 생각했다.

'성문이 열릴 때까지 기다리고 있다가는 영락없이 붙들릴 게다! 아무래도 이 밤으로 성을 넘어서 멀리 달아나는 게 상책일 게다!'

주의를 정하고, 그는 즉시 성 위로 기어올라갔다. 원래 맹주성은 작은 고을인 고로 그다지 높지 않은 토성(土城)이었다.

그는 성 위에 올라서서 아래로 뛰어내렸다. 성 밖에는 참호가 있다. 그는 참호 가에 가서 큰 돌멩이 한 개를 집어들고 그것을 물 가운데 풍덩 던져보았다. 돌멩이가 물속에 가라앉는 소리로써 수심(水深)을 측량해보니까, 수심은 불과 두 자[二尺]가량이다. 이때는 10월 중순경인지라

각처의 샘물이나 연못에 물이 마른 때다.

그는 신발을 벗고, 아랫동아리를 무릎 위까지 걷어올리고 물을 건너서 맞은편 언덕 위에 올라갔다.

언덕 위에 올라와서 문득 생각하니, 시은이한테서 받은 보따리 속에 팔탑마혜(八塔馬鞋)가 들어 있는 것이 생각났다. 그는 즉시 그 신을 꺼내어 신고, 의복을 고쳐입고 일어나려니까, 성 안에서 경고(更鼓) 울리는 소리가 들린다. 귀를 기울이고 들어보니까, 사경삼점(四更三點)이다. 그는 즉시 칼을 집어들고 동쪽 지름길로 걸음을 재촉했다.

그러나 무송은 그다지 멀리 달려가지는 못했다. 때는 5경, 미처 날이 밝기 전인데, 하룻밤 동안 장도감 이하 십여 명의 사람을 죽이느라고 기운이 파한 데다가, 엎친 데 덮치는 격으로 귀양 갈 때 매 맞은 자리의 봉창(棒瘡)이 도져 쑤시고 아프니, 아무리 무송인들 견딜 수가 없다.

그는 발을 멈추고 숨을 돌리면서 앞을 바라보니, 맞은편에 수풀이 있고 그 수풀 속에 고묘(古廟) 하나가 보인다. 이것을 보고 그는 천천히 고묘 안으로 들어가서, 박도를 한옆에 세워놓은 후 보따리를 끌러 그것을 베개 삼아 자리에 드러누워버렸다.

조금 지나서 무송이 막 잠이 드는 판인데, 별안간 묘문(廟門)이 와락 열리더니, 장정 네 명이 안으로 들어와서 불문곡직하고 굵은 동아줄로 무송의 팔과 허리를 단단히 묶어버렸다. 무송은 눈을 멀뚱멀뚱 뜬 채 그자들에게 이끌려 밖으로 나왔다.

어찌된 일인지 영문을 모른 채 팔과 허리를 묶여 무송이 끌려 나오는데 그를 끌고 오는 네 놈이 저희들끼리 지껄였다.

"이놈이 살이 이렇게 쪘으니, 아마 고깃근이나 나가겠는데!"

"그런데 이 자식이 온몸에 피투성이를 하지 않았나?"

"그러게 말야! 아마 어디서 일을 저지른 모양이지?"

이런 소리를 들으면서도 무송은 아무 말 하지 않고, 그냥 묵묵히 따라갔다.

약 5리가량 걸어갔을 때 놈들은 무송을 이끌고 조그만 초가집으로 들어가더니, 뒤꼍 조그만 방 속으로 들어가서 그를 발가벗겨 기둥에다 단단히 붙들어맸다.

무송이 기둥에 기대어 결박을 당하며 사방을 둘러보니, 부뚜막 위에 사람의 넓적다리가 세 개나 걸려 있는 게 아닌가.

이것을 보고 무송은 속으로 한탄했다.

'내가 이런 데서 속절없이 죽음을 당하다니 이거 너무나 원통하고 나! 이럴 줄 알았더라면 차라리 맹주 부중으로 들어가서 자수하는 편이 낫지 않았을까? 어차피 죽을 바에야 떳떳이 이름이나 세상에 남겨놓을 것을….'

이렇게 후회하고 있을 때 한 놈이 안에다 대고 큰소리를 친다.

"아주머니! 어서 좀 나오세요. 오늘 벌이가 실없이 괜찮습니다!"

이때 안에서 무어라고 대답하는 소리가 들리더니, 얼마 지나지 않아 두 사람이 들어선다.

무송이 그쪽을 바라보니, 먼저 들어오는 사람이 여인이요, 그의 뒤를 따라서 들어오는 사람은 기골이 장대한 남자인데, 두 사람은 무송을 한번 바라보더니 깜짝 놀라는 것이었다.

"아니, 이분이 무도두 아주버니 아니세요?"

먼저 앞에 섰던 부인이 외치니까, 뒤에 섰던 남자가 네 녀석을 돌아보면서,

"이게 웬일이냐? 어서 풀어드려라!"

하고 호령했다.

무송이 눈을 크게 뜨고 다시 한 번 이 사람을 자세히 살펴보니, 이 사람은 다른 사람 아니라 바로 '채원자' 장청이요, 여자는 '모야차' 손이랑 이다.

네 명의 심부름꾼은 깜짝 놀라, 황망히 무송의 결박을 풀어놓고, 옷을 주어 입게 했다.

원래 장청 내외가 경영하는 술집은 한두 군데가 아닌 터이라, 그래서 무송이 뒤꼍에 끌려 들어와서도 여기가 어디인지 분간하지 못했던 것이다.

장청은 무송이 옷을 입고 난 다음에 그를 앞에 있는 객석으로 청해놓고 황망히 묻는 것이었다.

"우리가 이렇게 만날 줄은 참 몰랐네! 그래 대관절 어떻게 지냈나?"

무송은 그때 그들 내외와 십자파에서 헤어져 맹주로 와서 노성영에 갇혀 있다가 소관영 금안표 시은과 서로 친하게 된 일로부터, 장문신을 때려눕히고 쾌활림을 뺏어준 일과 장단련·장도감의 간계(奸計)에 빠져 도둑놈이란 누명을 뒤집어쓰고 은주로 귀양 가다가 비운포에서 두 명의 공안과 두 명의 자객을 죽여버린 후, 맹주성으로 돌아가서 장도감·장문신 등 세 명은 물론이거니와 장도감의 마나님과 그 집안 식구들을 모조리 죽여버리고 그대로 성을 넘어서 도망해오는 길에 몸이 고단해서 숲속에 있는 고묘 안에 들어가 한숨 잔다는 노릇이 그만 이렇게 묶여오게 된 전후 사정을 세세히 이야기했다.

곁에서 이야기를 듣고 있던 녀석들은 그만 송구스러워서 무송 앞에 꿇어앉아 사죄했다.

무송은 도리어 그들을 위로해준 담에 다음 밑천이라도 삼으라고 돈 열 냥을 꺼내 그들에게 나누어주었다.

이때 손이랑이 말한다.

"아주버니께서 장문신을 때려눕히시고 금안표 시은이라나 하는 사람과 쾌활림에서 잘 지내신다는 말씀은 여기서 가끔 지나가는 장사치들한테서 들어 알고 있었지만 그 뒷일은 도무지 모르고 있었죠… 그러니 지금 얼마나 고단하시겠어요? 어서 들어가서 좀 쉬셔야지요."

그 말에 그의 남편 장청은 얼른 일어나서 무송을 객실로 데리고 가서 편히 쉬게 했다.

그런데 이때 맹주성 안에 있는 장도감 아내(衙內)에서는 그 당시 무송의 눈을 피해서 은신하고 있던 놈이, 5경쯤이나 되어서 그제야 나와서는 뒤채에서 자고 있는 장도감의 친수인들과 바깥채에서 번을 드는 군노(軍奴)들을 소리쳐 깨웠다.

친수인들과 군노가 나와서 보니, 기가 막히는 사태가 벌어진 것이 아닌가. 그래서 온통 집안이 벌컥 뒤집혔다.

날이 밝자, 그들은 즉시 부중으로 들어가서 고장(告狀)을 올렸다.

지부(知府)는 고장을 보고 나서 깜짝 놀랐다. 그는 즉시 사람을 보내 살해당한 사람의 수효와 살인범의 형적을 조사하여 현장 검증한 문서를 올리게 했다.

지부의 분부를 받은 오작행인(仵作行人)들은 즉시 장도감 댁으로 가서 현장을 검사한 후, 돌아와서 지부에게 보고했다.

"나가 보오니 행흉인(行兇人)은 먼저 마원 안으로 들어가서 양마후조(養馬後槽) 한 명을 죽였사온데, 그곳에 헌옷 두 벌을 벗어놓은 것이 있사옵고, 다음에 주방에 들어가 부뚜막 앞에서 시비 두 명을 죽였사옵고, 그다음 원앙루에 올라가서 장도감과 친수인 두 명과 그리고 객관(客官) 장단련과 장문신, 도합 다섯 명을 죽였사옵고, 누각 위의 벽상(壁上)에다 피를 옷자락에 묻혀 '살인자 타호 무송야(殺人者打虎武松也)'라는 글자를 써놓았사옵고, 또 층계 아래에 도감 부인의 시체가 넘어져 있고 거기엔 도감의 양녀 옥란과 시비 두 명의 시체도 있사오며, 아래채 끝방에서 세 명의 부인도 죽음을 당했사오니, 살사남녀(殺死男女)가 도합 15명이옵니다."

보고를 받고, 지부는 분부를 내려 맹주성 사대문을 엄중히 지키게 한 다음, 군병과 즙포인원과 성내의 방상 이정(坊廂里正) 무리들에게 흉인

(凶人) 무송을 체포하라 했다.

　그러자 그 이튿날 비운포로부터 보정인(保正人)이 달려와서 보고하기를, 포내(浦內)에 사람 네 명이 살해당하여 그 시체가 모두 물속에 있다고 한다.

　지부는 그 같은 장문(狀文)을 받고 즉시 본현 현위(縣尉)에게 비운포에 가서 네 사람의 시체를 건져서는 검시(檢屍)하도록 했다.

　현위가 비운포에 달려와서 검시한 결과, 두 명은 본부의 방송공인이요, 나머지 두 명은 장문신의 부하다.

　맹주성 안의 문을 굳게 닫고 사흘 동안이나 가가호호를 일일이 수색했으니, 오가일련(五家一連) 십가일보(十家一保)… 그 어딘들 찾아보지 아니한 곳이 없다. 그러나 흉인 무송은 보이지 아니했다.

　지부는 문서를 관내 각 향(鄕), 각 보(保), 각 도(都), 각 촌(村)에 내려 흉인을 체포하되, 무송의 향관(鄕貫)·연갑(年甲)·모상(貌相)을 자세히 그리고 적어서 3천 관의 상금을 걸고, 만약에 누구든지 무송이 숨어 있는 곳을 알아내 관가에 고발하는 사람이 있다면 상금을 줄 것이요, 만약에 범인을 감추거나 집에다 두고서 숙식(宿食)을 시키는 자가 있다면, 그 죄가 범인과 같으리라고 포고했다.

　이때 무송은 장청의 집에 4, 5일 동안 숨어 있다가 일이 매우 급하게 된 것을 깨달았다.

　매일같이 공인 무리들이 성에서 나와 각 향, 각 촌을 샅샅이 뒤졌다.

　마침내 장청이 무송을 보고 말했다.

　"이거 뭐 내가 겁이 나서 하는 말이 아니라, 이대로 가만있다가는 자네가 내일 어떻게 될지 알 수가 없네! 그래, 자네가 안심하고 숨어 있을 곳을 한 군데 정해놓고 하는 말인데 자네 의향이 어떤가? 가보겠나?"

　무송이 대답했다.

　"요 며칠 동안 곰곰이 생각했죠. 아무래도 여기서는 어려울 것 같군요. 형님 한 분 계시다가 돌아가신 뒤엔 혈혈단신 나 한 몸뿐이어서 아무 데도 갈 곳 없고… 지금 말씀같이 안심하고 있을 곳이 있다면야 가고말고요.”

“그렇다면 이룡산(二龍山)으로 가게. 내가 전번에 이야기한 일이 있지 않은가? 어딘고 하니 청주(靑州) 땅인데, 거기 보주사(寶珠寺)가 있단 말일세. 노지심하고 양지하고 둘이서 그 절에 웅거하고 있는데, 청주 관군포도(官軍捕盜)들이 그곳엔 얼씬도 못 하는 형편이란 말일세! 자네가 거기만 가 있으면 무사하리라고 난 믿네. 편지 한 장을 써줄 테니 그리로 가겠나?”

“아, 나도 요새 그런 생각을 했었답니다. 편지만 써주시면 오늘로 떠나지요!”

무송이 흔연히 대답하자, 장청은 즉시 종이를 펴놓고는 붓을 들었다.

이때 곁에서 두 사람의 수작을 듣고 있던 장청의 마누라 손이랑이 말참견을 한다.

“아니, 어쩌자고 아주버니더러 지금 떠나시라는 거요? 이대로 나가셨다간 단박에 붙잡히실걸!”

이 말을 듣고 무송이 물었다.

“붙잡히기는 왜 붙잡힌다고 그러십니까?”

손이랑이 말한다.

“그대로 나가시면 안 돼요! 지금 관가에서 각처에다 문서를 돌렸지요. 3천 관의 상금을 걸어놓고, 아주버니 얼굴을 그려 붙이고, 향관·연갑을 자세히 적어 넣어 거리거리에 돌렸는데… 그래, 이마에 찍혀 있는 금인(金印)은 어떡하실 작정이에요?”

장청이 대신 대답했다.

“그건 이마빡에다가 고약을 붙이면 감춰지지!”

손이랑은 깔깔 웃으면서 말한다.

"세상 사람이 모두 어수룩한 줄 아슈? 그래서는 공인들의 눈을 못 속입네다!"

"그럼 어떡하란 말이오?"

"좋은 수가 하나 있지만, 아주버니께서 들으실지 알 수 있어야지?"

무송이 물었다.

"숨어 살려고 피해가는 사람인데 잡히지 않을 도리가 있다면야 무슨 말씀인들 안 듣겠습니까?"

손이랑이 말한다.

"바로 2년 전 일입니다. 두타(頭陀) 하나가 지나가다가 우리 집에 들른 것을, 제가 술에다 몽한약을 타 먹여 죽인 일이 있지요. 그때 그 사람의 철계고며, 의복이며, 잡색단세도며, 도첩이며, 백팔염주와 철계도를 하나도 내버리지 않고 그대로 두었는데, 제 생각 같아서는 아주버니께서 아주 머리를 깎아버리시고, 이마의 금인만 감추시고 행자(行者) 모양을 차리시고 떠나시는 게 좋을 성싶습니다."

이 말을 듣고 장청은 손뼉을 치면서 좋다고 찬성한다.

무송은 즉시 장청 부부의 말대로 머리를 홀랑 깎아버린 다음, 중의 의복을 입고, 단세도 메고, 철계고 쓰고, 염주를 들었다. 그는 이제 완연히 한 사람의 행자로 변했다.

장청과 손이랑은 그 모양을 바라보고 손뼉을 치고 웃으면서 말한다.

"어쩌면! 꼭 행자 같으신데!"

"전생에 무슨 인연이 있었던 모양이지?"

무송은 이 말을 듣고 거울 앞으로 가서 자기 모양을 바라보고 그도 한바탕 웃었다.

성주탕 요리

　세 사람이 한바탕 웃고 나서, 장청은 일이 급한 것을 깨닫고 노잣돈을 꺼내서 전대 속에 넣어 그것을 무송의 허리에 차게 한 후, 술과 밥을 가져오게 하여 배불리 먹게 한 다음, 무송을 보고 당부하는 것이었다.

　"이제부터 매사에 조심하게! 제발 술일랑 조금씩 먹고, 그리고 남하고 시빌랑 하지 말게! 이미 행자로 꾸미고 나섰으니 일거일동을 행자답게 해야 하지 않겠나? 그래서 무사히 이룡산에 가거들랑 곧 편지를 보내주게. 우리도 언제까지나 여기서 이렇게 지낼 수 없으니까, 기회를 보아서 이룡산으로 들어가겠네. 그때까지 부디 몸조심하고 잘 있게!"

　장청이 이렇게 말하는 것을 무송은 달게 받으면서 그들과 작별하고, 마침내 이룡산을 바라보고 길을 떠났다.

　이때는 10월 중순이다. 해가 짧아서 길을 떠난 지 얼마 아니 가서 어느덧 해가 저문다.

　십자파로부터 50리도 못 가서 큰 고개 밑에 당도했다. 무송은 왼쪽으로 달빛을 받으면서 한 걸음 또 한 걸음, 고개 위로 올라갔다.

　이렇게 고개 위에 올라간 무송은 걸음을 멈추고 하늘 위에 있는 달을 우러러보았다.

　'아마 초경(初更)쯤은 되었나 보다.'

이렇게 생각하고 그가 다시 걸음을 걸어 고개 아래로 막 내려가려 할 때, 문득 사람의 웃음소리가 들리는 게 아닌가.

무송은 그 자리에 우뚝 서서 가만히 귀를 기울였다.

'별일 다 보겠군! 이렇게 깊은 산속에… 이렇게 높은 고개 위에… 아닌 밤중에 사람의 웃음소리가 웬일인가?'

그는 이렇게 생각하고 소리가 나는 곳을 찾아 들어갔다.

소나무 수풀 속을 수십 발자국 걸어 들어가니까, 숲속에 열두어 간 되어 보이는 조그만 암자가 있고 대청문이 활짝 열렸는데, 어떤 선생 한 사람이 젊은 여자를 끌어안고 달을 쳐다보며 희롱하는 모양이 보인다.

이 모양을 보고 무송은 크게 노했다.

'저런 나쁜 놈이 있나! 아무리 깊은 산중이기로서니, 명색이 출가(出家)했다는 놈으로서 저게 무슨 꼴이냐?'

그는 이렇게 생각한 후, 이놈을 죽이려고 허리에 차고 있던 계도(戒刀) 두 개를 칼집에서 빼어 달빛에 비추어 보니, 칼날이 몹시 날카롭다.

그는 한 자루를 도로 칼집에 꽂고, 한 자루만 들고 소매를 걷어붙인 다음 암자 앞으로 다가서서 문을 두드렸다.

문을 두드리는 소리를 듣더니 선생은 즉시 뒤 창문을 탁 닫아버린다. 무송은 땅바닥에서 돌멩이를 하나 집어들고 더욱 요란하게 문을 두드렸다.

그러자 옆문이 삐걱 하고 열리더니 도동(道童) 하나가 달려나와 그를 보고 통명스럽게 말한다.

"아니, 웬 사람이 반야삼경(半夜三更)에 찾아와 왜 이렇게 시끄럽게 구는 거야?"

무송은 눈을 부릅뜨고, 벼락같이 소리를 지르면서, 한칼에 도동의 모가지를 베어버렸다.

바로 이때, 도동의 모가지가 땅바닥에 떨어지자마자 선생이라는 자

가 뛰어나오더니,

"어떤 놈이 감히 내 도동을 죽인단 말이냐?"

하고 크게 외치면서 두 손에 두 자루의 칼을 휘두르며 무송에게로 달려든다.

무송은 껄껄 웃고, 자기도 허리에서 계도 한 자루를 마저 뽑아들고서 그를 상대하여 싸우기 시작했다.

높은 산꼭대기 위에 달빛은 대낮같이 밝은데, 두 사람이 서로 밀거니 밀리거니, 쫓거니 피하거니 싸우는 동안, 칼날이 달빛을 받아 번쩍이는 모양은 싸늘하고 엄숙했다.

두 사람이 싸우기 12합 했을 때 무송이 일부러 파탄(破綻)을 보이니까, 선생은 때를 놓치지 않고 달려들면서 무송의 머리 위로 칼을 내려친다.

무송은 이때 번개같이 몸을 피하면서 칼을 들어 그자의 머리를 쳤다, 그와 동시에 모가지가 끊어지면서 달빛 아래 시체 하나가 쓰러진다.

무송은 곧 대문 안을 향해서 소리를 쳤다.

"집 속에 앉아 있는 낭자는 나오너라! 내 너를 죽이지 않을 터이니까, 빨리 나와서 자세한 내력을 말해라!"

이 소리가 떨어지자, 암자 안에서 젊은 계집이 달려나오더니 땅에 엎드려 절을 한다.

"절을 하지 말고 말이나 해라! 대체 여기가 뭐라는 곳이고, 또 저 선생은 너하고는 어떻게 되는 사람이냐?"

무송이 칼을 들고 선 채 물으니, 젊은 계집은 울면서 대답한다.

"첩은 바로 이 고개 아래 장태공(張太公)의 여식입니다. 이 암자는 저희 집 조상의 분암(墳庵)이고요. 저 선생은 어디서 왔는지 모릅니다마는 저희 집에 찾아와 음양(陰陽)을 잘 보고, 풍수(風水)를 잘 안다 해서, 돌아가신 제 아버지께서 이곳에 있는 분상을 보아달라고 청했더랍니다.

그래서 며칠 동안 제 집에 묵고 있다가 어느 날 우연히 첩의 얼굴을 한 번 보고, 이놈이 악심을 품고 석 달 동안이나 제 집에 묵고 있다가 마침 내 저희 집안 식구들을 모조리 죽여버리고 첩을 강제로 이리로 끌고 들어왔습니다. 아까 먼저 나와서 죽은 도동도 어디서 저놈의 꼬임에 빠져 들어왔답니다. 이 고개 이름이 오공령(蜈蚣嶺)이라서 저 선생이란 놈이 고개 이름을 따서 제가 '비천 오공왕 도인(飛天蜈蚣王道人)'이라고 도호(道號)까지 지어가지고 있었답니다."

이 말을 듣고 나서 무송은 물었다.

"일가는 없느냐?"

"친척은 몇 집 있습죠. 그러나 모두 다 농사꾼들이라, 아무도 저 선생이란 자를 어쩌지 못했습니다."

"이놈이 혹시 재물은 가진 게 없었느냐?"

"있습니다. 아마 2백 냥 될까 봅니다."

"그렇다면 얼른 안에 들어가서 재물을 모두 갖고 나오너라. 내가 이 암자를 불살라버리고 가겠다!"

"사부(師父)님! 약주는 좋아하지 않으십니까?"

"있으면야 먹고말고…."

"그럼 잠시 안으로 들어가시죠."

계집을 따라서 무송이 암자 안으로 들어가니, 과연 들창문 앞에 탁자가 놓여 있고, 탁자 위에 주육(酒肉)이 있다.

그는 큰 사발에 술을 부어 한 잔 또 한 잔 들이켰다. 그가 이러고 있을 사이에 계집은 금은재백(金銀財帛)을 모조리 바깥으로 들어내었다.

무송은 술과 고기로 배를 채운 뒤에 사방에다 불을 지르고 밖으로 나왔다.

이때 계집이 금은 한 봉지를 무송에게 바친다.

무송은 그것을 받지 않고 말했다.

"나한텐 그런 거 소용이 없다! 너나 그걸 가지고 어서 가서 잘 살아라! 속히 가거라!"

계집은 너무도 고마워서 세 번 네 번 인사를 드린 후에 재물 한 보따리를 올러매고 고개 아래로 내려갔다.

무송은 계집이 내려간 뒤에 두 개의 시체를 불속에다 집어던져 깨끗이 태워버렸다. 그런 뒤에 그는 칼을 도로 칼집에 꽂고 오공령 고개를 내려와 청주 땅을 향하여 부지런히 걸어갔다.

이렇게 걸어가기를 십여 일. 지나는 촌방(村坊)·노점(路店)·시진(市鎭)·향촌(鄕村)… 이르는 곳마다 흉인 무송을 잡으라는 방문이 안 붙은 곳이 없다.

그러나 무송은 머리를 깎고 행자 모양으로 변해버린 까닭에 노상에서 아무도 그를 무송으로 알아보는 사람이 없으니 그것은 다행이지만, 때는 어느덧 동짓달 중순경이라 날씨가 몹시 추워서 길 걷기가 여간 괴롭지 않다.

무송은 추워서 떨며 언덕 하나를 넘은 후 5리가량 걸어오니까, 다행히 그곳에 술집 하나가 있다. 술집 앞으로 시냇물이 흐르고, 뒤에는 험준한 석산(石山)이 보인다.

그는 우선 주점 안으로 들어가서 한구석에 앉은 후, 주인을 불렀다.

주인이 가까이 오니 무송이 말한다.

"술 두 근만 주슈. 고기도 좀 넉넉하게 내오슈!"

술집 주인이 대답한다.

"술은 백주(白酒)가 있습니다만, 고기는 없는뎁쇼."

"그럼 술이나 어서 주슈!"

주인은 안으로 들어가더니 따끈하게 데운 술 두 근과 함께 숙채 한 접시를 들고 나와 탁자 위에 놓고 안주를 삼으라고 했다.

무송은 고개를 끄덕이고 숙채를 씹어가며 술 두 근을 잠시 동안에 마셔버린 후 또 두 근을 청하는 것이었다. 주인은 또 술 두 근을 따끈하게 데워다주었다.

무송은 그것도 잠깐 사이에 마셔버렸다.

무송이 고개를 넘어오기 전에 이미 약간 취기가 있었는데 지금 이곳에서 연거푸 백주를 네 근이나 마셨고, 게다가 일기가 찬 까닭에 술이 와짝 올랐다.

무송은 큰소리로 주인을 불렀다.

"여보! 정말 고기 좀 팔 거 없소? 노형이 안에서 쓰려고 둔 거라도 있거든 좀 파시오! 값은 후하게 쳐드리리다."

무송이 이렇게 말하니까 술집 주인은 웃으며 대답한다.

"원, 참! 출가한 분으로 이 양반같이 술, 고기를 찾는 분은 내 처음 보겠네! 정말이지 다 팔고 없는 걸 어떡하랍니까?"

"내가 돈을 안 낼까봐 그러오? 그러지 말고 좀 팔구려!"

"정말 고기는 없어요. 술은 달라시면 더 드리지만!"

술집 주인과 무송이 서로 다투고 있을 때, 바깥에서 기골이 장대한 사나이가 수하의 무리 서너 명을 데리고 주점 안으로 썩 들어선다.

술집 주인은 웃는 낯으로 얼른 그 앞에 가서 맞아들인다.

"어서 오십쇼! 이리로 앉으십쇼."

그 사나이가 묻는다.

"내가 아까 말해둔 거 어떻게 됐나?"

"다 해놨습죠. 나으리 오시기만 고대하고 있었답니다."

"그럼 어서 내오게!"

그 사나이는 이렇게 말하고, 데리고 온 수하의 무리들과 함께 바로 무송과 마주 보이는 탁자 앞에 자리 잡고 앉았다.

주인은 부리나케 안으로 들어가더니 술항아리를 받쳐들고 나왔다.

무송이 곁눈으로 슬쩍 보니 그것은 바로 청화옹주(靑花甕酒)인데, 주인이 항아리의 봉한 것을 떼고 커다란 백분(白盆)에다가 그 술을 따르니 바람에 풍겨 코에 미치는 술 향기가 사뭇 사람의 비위를 동하게 한다.

무송은 저도 모르게 침을 꿀꺽 삼켰다.

주인은 다시 안으로 들어가더니 이번에는 숙계(熟鷄) 한 쌍과 정육(精肉) 한 쟁반을 받쳐들고 나온다.

무송은 저도 모르게 자기 탁자 위를 내려다보았다. 자기 앞에 놓인 것은 싸늘하게 식은 숙채 한 접시뿐이다.

무송은 화가 치밀었다. 그는 불현듯 주먹으로 탁자를 쾅 치고서, 주인을 불렀다.

"주인! 이리 좀 와! 이건 사람을 업신여겨도 분수가 있지, 이렇게 하긴가?"

주인은 깜짝 놀라서 황망히 그 앞으로 왔다.

"아니, 왜 이러십니까? 약주를 더 잡수시려거든 조용조용히 말씀하십쇼."

무송은 눈을 부릅뜨고 꾸짖는다.

"뭐라고? 이놈아! 아니, 저 청화옹주하고 닭고기·쇠고기를 나한테는 안 팔고, 다른 사람한테 팔아야 옳단 말이냐? 내 돈은 돈이 아니더냐?"

술집 주인은 변명한다.

"그런 게 아닙니다. 저 술하고 안주가 모두 제 것이 아니구요, 저 나으리께서 손수 댁에서 갖다가 제 집에 맡겨두신 것이거든요! 제 집에서는 자리를 잠깐 빌려드리는 것뿐이랍니다."

주인이 이렇게 변명했건만, 무송의 귀에는 그 같은 변명이 통하지 않는다.

무송은 소리를 버럭 질렀다.

"이놈아! 쓸데없는 변명 그만둬!"

무송이 소리를 지르니까, 술집 주인도 화가 났다.

"내 이런! 경우도 체신도 모르는 행자는 처음 보겠네!"

무송은 이 말을 듣고 더욱 소리를 높여 호령이다.

"이놈! 뭐라고 했니? 노야(老爺)께서 어째서 경우를 모르신다고 하는 거냐?"

술집 주인이 지지 않고 또 한마디 한다.

"별꼴 다 보겠군! 출가한 사람이 저를 '노야'라고 부르는 거, 난 처음 듣겠다!"

이 말이 끝나자, 무송은 자리에서 벌떡 일어나면서 손을 들어 철썩! 주인의 뺨을 후려갈겼다.

"에쿠!"

주인은 한번 얻어맞고 비슬비슬하더니, 그만 땅바닥에 쓰러져버린다.

맞은편 탁자 앞에 앉아 있던 사나이는 이때 술집 주인이 쓰러진 후 한쪽 뺨이 금시에 부풀어오른 것을 보고는, 참을 수 없다는 듯이 벌떡 일어나더니 무송을 보고 꾸짖는다.

"저런 망할 놈의 중이 있담! 술투정을 하다가 나중엔 사람을 마구 때리고, 중이 그러면 아무짝에 못 쓴다!"

무송은 이 소리를 듣고 그 사나이한테로 고개를 돌리고 소리쳤다.

"뭐라고 했니? 이놈아! 내가 저놈을 치거나 말거나 네가 무슨 상관이라고 함부로 지껄대는 거냐?"

이 소리를 듣고 그 사나이는 정말로 노했다.

"이놈의 중 봐라! 넌 눈깔에 뵈는 것이 없니? 어디다 대고 이따위 수작이냐?"

이 소리를 듣고 무송은 견딜 수 없다는 듯이 탁자를 밀어제치고 앞으로 썩 나서며,

"이놈! 너야말로 눈깔에 뵈는 게 없느냐? 어디다 대고 하는 수작이

냐!"

이렇게 꾸짖었다. 그러자 그 사나이는 픽 웃고 하는 말이,

"아니, 그럼 네가 나하고 한번 해보겠단 말이냐?"

하고 앞문으로 걸어나가면서,

"정녕코 네가 원한다면 내가 상대해줄 테니 나오너라!"

이렇게 말했다.

"별, 아니꼬운 놈 다 보겠군! 내가 네까짓 거 무서워할 줄 아니?"

무송은 이렇게 대꾸하고 즉시 그 사나이를 따라서 밖으로 나갔다.

그 사나이는 그때서야 무송의 기세가 대단한 것을 보고 섣불리 달려들었다가는 창피를 당할 것 같아 한쪽에 버티고 서서, 잠시 기회만 노리고 있었다.

그러나 무송은 지체하지 않고 앞으로 다가서서 그 사나이의 팔을 움켜쥐었다.

그 사나이는 저를 잡은 무송의 팔을 마주잡고 한 번 기운을 다해서 앞으로 낚아채 무송을 넘어뜨리려 했다.

그러나 무송은 끄떡도 안 했다.

이번엔 무송이 그 사나이의 두 팔을 왈칵 당기면서 그를 번쩍 들었다가 뒤로 떠다미니까, 그 사나이는 마치 어린애 모양으로 나가떨어져 잠시 동안 팔다리를 움직이지도 못했다.

이 광경을 목도한 그 일행의 무리들은 기가 질려서 감히 앞으로 나서지 못했다.

무송은 땅바닥에 쓰러진 그 사나이를 한쪽 발로 밟은 다음 주먹을 들어 머리와 얼굴을 가리지 않고 함부로 때렸다. 이렇게 잠시 동안 그 사나이를 때리다가 무송은 이미 초주검을 당한 그 사나이를 다시 잡아 일으켜, 두 손으로 번쩍 들어 앞에 있는 개천에다 그대로 팽개쳐버렸다.

이 광경을 보고 있던 무리들은 일제히,

"으악!"

소리를 지르며 우르르 개천으로 내려가 그 사나이를 구해서는 전후 좌우에서 부축하여 남쪽으로 달아났다.

무송은 다시 주점 안으로 들어갔다.

그런데 이때까지 술집 주인은 정신을 못 차리고 땅바닥에 주저앉은 채 퉁퉁 부어오른 뺨만 만지고 있다가 무송이 들어오는 것을 보더니, 그만 벌떡 일어나 안으로 피해버렸다.

무송은 주점 안에 들어와서 탁자 위를 살펴보니, 청화옹주와 한 쌍 숙계에 정육 한 접시가 아무도 손을 안 댄 채 그대로 있는 게 아닌가.

그는 아무 놈도 거리끼지 아니하니까 이제는 마음놓고 술을 마시고, 고기를 먹었다.

이렇게 한참 먹고 나니까, 배는 부를 대로 부르고 술은 취할 대로 취했다. 그는 주점 문을 나서서 개천을 따라 걸었다.

이때 갑자기 북풍이 맹렬히 분다.

무송은 취기가 함뿍 올라와 이리 비틀 저리 비틀… 해가며 그럭저럭 약 5리가량 내려갔다. 그런데 이때 길가의 토담 안에서 누렁개 한 마리가 달려나오더니 무송을 보고 몹시 짖는 것이 아닌가.

무송은 걸음을 멈추고 고함을 질렀다.

그랬건만 누렁이는 달아나지를 않고 더욱 사나운 소리로 짖는 것이었다.

무송은 워낙이 취했던 까닭으로, 쓸데없이 화를 버럭 내면서 허리에 차고 있던 계도를 뽑아들고 그 개한테로 달려들었다.

그런데도 개는 멀리 달아나지 않고, 개천가에서 뺑뺑 돌면서 무지하게 짖기만 한다.

무송은 개 대가리를 겨냥하고 들고 있던 계도를 홱 내리쳤다.

그러나 무송은 이미 술 취한 사람이니, 그가 던진 칼이 개한테 맞았을 이치가 있으랴? 도리어 그는 한 손을 홱 뿌리치는 바람에 저도 모르게 몸이 삐끗하면서, 그대로 개천 속에 거꾸로 떨어졌다.

때는 겨울인지라, 개천물이 줄어들어서 겨우 한두 자밖에 물은 깊지 못하건만, 원체 거꾸로 떨어진 몸인 까닭에 전신이 흠뻑 젖어 뼈가 저리도록 추웠다.

무송은 겨우 몸을 일으켜 밖으로 나오려 하다가 자기가 던진 칼이 물속에 빠져 있다는 것을 깨닫고 그 칼을 건지려고 다시 허리를 굽히면서 한 팔을 길게 뻗어 개천 바닥을 더듬어보다가 또 한 번 앞으로 고꾸라져서 이번엔 정신을 잃고 물속에 드러누웠다. 이때 언덕 위 토담가로 사람들의 한 떼가 지껄대면서 걸어오고 있다.

맨 앞에 선 사람은 머리에 전립을 썼고, 몸에는 아황저사납오(鵝黃紵絲衲襖)를 입었고 손에는 한 자루 초봉(哨棒)을 들었는데, 뒤에서 따라오는 십여 명의 장정들도 각각 손에 몽둥이 한 개씩을 들었다.

그들이 무송이가 자빠져 있는 곳까지 이르렀을 때, 그들 중 한 사나이가 개천 바닥을 가리키며 소리를 친다.

"저 개천 속에 자빠진 놈이 바로 그 중놈 아니냐?"

그 소리에 또 한 사나이가 대꾸한다.

"맞았어! 지금 작은나으리가 장객들을 데리고 그놈을 잡는다고 술집으로 올라가셨는데, 저놈이 어느 틈에 예까지 달려나와서 물속에 자빠졌단 말인가?"

이런 소리가 끝나기도 전에 아까 무송이한테 호되게 얻어맞던 사나이가 옷을 말쑥하게 갈아입고, 한 손에 박도를 들고 이곳으로 달려왔는데, 그 뒤를 따라서 온 장객 수십 명도 몽둥이 한 개씩을 들고 있다.

그 사나이는 언덕 위에서 개천 바닥에 무송이 쓰러져 있는 것을 보고, 먼저 와 있던 '아황납오'를 입은 사람한테 말했다.

"저놈이 바로 저를 때린 놈입니다!"

이 말에 '아황납오' 입은 사람이 대답한다.

"그렇다면 저놈을 잡아가지고 집으로 가서 단단히 버릇을 가르쳐줘 야겠다!"

그는 이렇게 말하고 즉시 장정들에게 명령했다.

"얘들아! 저놈을 잡아가지고 어서 집으로 돌아가자!"

명령이 떨어지자 3, 40명의 장정들이 우르르 개천 아래로 내려가서 무송을 끌어올리는데, 이때 무송이 취중에도 잠깐 정신이 들어 팔다리 를 놀리려 했으나, 많은 장정들을 당해낼 수가 없어서 그만 꼭 붙들려 언덕 위로 올라와서는 장정들한테 떠메이다시피 이끌려서 커다란 장원 안으로 붙들려 갔다.

장정들은 무송의 계도와 보따리를 뺏어버리고 옷을 빨가벗긴 후, 큰 버드나무에다 붙들어 매달고서 한 뭉치 등(藤)나무 회초리로 매질하기 시작했다. 마당 주위에는 뺑 둘러 높은 담이 둘러 있고, 담 안의 정원에 는 수목이 울창하다.

이때 무송은 술에서 깨어났다.

등나무 회초리로 매를 맞으면서 그는 생각했다.

'때리니까 맞을 수밖에… 별도리가 없구나!'

그는 이렇게 생각하고 눈을 딱 감고 아무 소리도 내지 아니했다.

그럴 때에 안에서 한 사람이 나오더니 이 광경을 보고 묻는다.

"그게 웬 사람이냐?"

그러자 '아황납오'를 입은 사람 곁에 있던 사나이가 두 손을 모으고 대답하는 것이었다.

"오늘 저 앞에 있는 술집으로 제가 술을 먹으러 갔더니, 이놈이 시비 를 걸어 저를 죽일 것처럼 마구 때려주고서는 물속에 처박았답니다! 이 거 보십쇼. 머리며, 면상이며, 손등이 이렇게 깨졌습니다. 그래, 집으로 돌아와서 옷을 갈아입고 형과 함께 사람들을 데리고 다시 술집엘 가보

왔더니, 이놈이 제가 먹으려고 술집에 맡겨두었던 주육(酒肉)을 죄다 처먹고서 저 아래 냇물 속에 쓰러져버렸기에 지금 잡아다가 좀 버릇을 가르치는 길이랍니다. 그런데 이놈이 행자 행색을 차렸지만 지금 자세히 보니까 이마에 금인(金印)이 있습니다. 아무래도 이놈이 어디서 죄를 저지르고 귀양살이하다가 도망해나온 놈 같군요!"

이 말을 듣고 나더니 그 사나이는 무송의 앞으로 와서 그 얼굴을 들여다보고는 큰소리로 말하는 것이었다.

"아니, 이 사람이… 이거… 무송이 아닌가?"

이 소리에 무송은 비로소 눈을 뜨고 그 사나이를 보고, 그 역시 깜짝 놀랐다.

"아니, 형님 아니세요?"

그 사나이는 좌우를 둘러보면서,

"이 사람이 바로 내 아우님이야! 어서 묶은 것을 풀어놓게!"

하고 부탁한다.

뜻밖의 일인지라 '아황납오'를 입은 사나이와 지금 말하던 사나이는 당황해 묻는다.

"아니, 이 행자가 사부님의 아우님이세요?"

그러자 그 사나이는 대답하는 것이었다.

"왜 내가 이야기하지 않던가? 경양강 고개 위에서 맨주먹으로 호랑이를 때려잡은 무송이 바로 이 사람이야! 그런데 어찌해서 언제부터 이 사람이 행자가 되었는지는 나도 모르겠는데?"

이 말을 듣고 형제는 급히 묶었던 동아줄을 끌러버리고 새 옷을 한 벌 내다입힌 후에, 초당 안으로 그를 인도하는 것이었다. 무송은 그들을 따라서 초당으로 들어갔다. 네 사람이 자리 잡고 앉을 때, 무송이 나중에 나온 사나이한테 무릎을 꿇고 절을 하자, 그 사나이는 반가움을 못 이기는 듯이 무송의 손을 끌어안는다. 이 사람은 다른 사람 아니라, 바로 운성현에 있었던 '급시우(及時雨) 송강'이다.

무송은 너무나 반가워서 큰소리로 말했다.

"저, 저는 형님께서 아직도 시대관인 댁에 머물러 계신 줄만 알았는데… 어떻게 여기까지 와 계십니까? 이거 혹시 꿈에 형님을 만나뵙는 게 아닙니까?"

송강이 웃으면서 대답했다.

"난 그때 자네가 떠나간 뒤에도 아마 반년이나 시대관인 댁에 묵고 있었지. 그러나 어디 집의 일이 궁금해서 견디겠던가? 그래 내 아우 송청을 집에 보내봤더니 얼마 후 그곳 소식을 전하는데, 관가의 일은 주동과 뇌횡 두 도두(都頭)가 애를 써주어 우리 집은 무사하게 되고 이제는 나 한 사람만 찾는다네그려. 그래 약간 마음을 놓고 있었는데 그때 마침 이곳 공태공(孔太公)께서 나를 청하시기에 나는 시대관인 댁을 떠나서 이리로 왔는데, 여기는 백호산(白虎山)이라는 곳이고 이 댁이 바로 공태공의 장원일세. 아까 자네와 술집에서 싸운 사람이 공태공의 작은 자젠데 원래 성미가 급하기 때문에 남들이 '독화성(獨火星) 공량(孔亮)' 이라고 부르는 터이고, 이 '아황납오'를 입은 사람은 공태공의 큰 자제인데 남들이 '모두성(毛頭星) 공명(孔明)'이라고 부른다네.

이 두 사람이 모두 창봉(搶棒)을 좋아하기 때문에 내가 여기 온 뒤로 몇 가지 술법을 가르쳐주었더니, 그래서 이 사람들이 나를 사부라고 부르는 걸세. 그런데 내가 이 댁에서도 그럭저럭 반년이나 지냈으니까, 이제는 청풍채(淸風寨)로나 가볼까 하던 판이야. 내가 시대관인 댁에 있을 때 자네가 경양강에서 호랑이를 맨주먹으로 때려잡았다는 소문을 들었고, 또 그 뒤에 서문경을 죽이고 자수했다는 소문도 들었지만, 그 뒤의 소식을 몰라서 궁금했었는데… 지금 보니까 뜻밖에 이렇게 행자가 되었으니, 이건 또 어떻게 된 일인가?"

송강의 이야기를 듣고서 무송도 지나온 내력을 털어놓았다. 애초에 시대관인 댁에서 송강과 작별하고 고향으로 돌아오다가 경양강 고개 위에서 호랑이를 때려잡고 양곡현 도두가 되었던 일로 시작해서, 형수와 서문경을 죽이고 자기 형 무대의 원수를 갚은 일과 맹주로 귀양 가다가 십자파라는 곳에서 채원자 장청과 그의 마누라인 모야차 손이랑을 만난 일과, 맹주에 가서는 금안표 시은과 친해서 장문신을 때려준 일이 동티가 나서 장도감 이하 열다섯 명의 남녀를 죽이고 도망해오다가 장청의 집에 숨었던 일, 그리고 마침내 장청의 집에서 머리를 깎고 행자의 모양을 차리게 된 일과, 오공령 고개를 넘어오다가 왕도인이란 자를 죽여버리고 계집 하나를 구해준 일, 술집에서 술을 먹다가 공량과 시비가 벌어져서 싸우게 된 일을 하나도 빼지 않고 세세히 송강에게 고해바쳤다.

무송의 이야기를 듣고 나서 공명·공량 형제는 즉시 자리에서 일어나서 무송에게 절을 했다.

"제발 용서해주십시오! 저희들 형제가 눈이 있어도 정말 태산(泰山)을 몰라뵈었습니다."

공명 형제가 절을 하고 이렇게 말하므로 무송은 또한 답례를 하고 말했다.

"천만의 말씀! 내야말로 취중에 실수를 한 모양이니 용서하시오."

그러자 이때에 공태공이 나와서 술자리를 베풀고 송강과 무송을 대접했다.

송강과 무송은 각기 취토록 마시고 밤이 깊은 후 자리를 사양하고 바깥채로 나와서 두 사람이 한자리에서 잤다.

이튿날 아침 송강이 먼저 묻는다.

"그래, 이제 자네는 어디 가서 안신(安身)할 작정인가?"

무송이 대답한다.

"어젯밤에 왜 제가 말씀드리지 않았습니까? 장청의 편지를 가지고 이룡산 보주사로 노지심을 찾아가는 길이죠!"

"그래도 좋겠지! 그런데 나는 일간에 화영(花榮)을 찾아갈까 하네. 일전에 내 아우 송청한테서 기별이 왔는데, 내가 염파석을 죽인 일을 알고 화영이 자꾸만 날더러 청풍채로 와 있으라고 여러 번 편지를 보냈더라네. 여기서 청풍채는 멀지 않은데 어떻게 생각하나? 자네도 나하고 같이 청풍채로 갈 생각은 없는가?"

"생각해봐야 되겠는데요. 원체 저의 죄명이 너무 무거워서요! 그리고 제가 또 이렇게 머리를 깎고 행자의 행색을 차린 까닭으로 형님께서 저와 함께 동행하셨다가는 남의 의심을 받으시기가 십상팔구입니다! 형님이야 저와 함께 생사를 같이하실 수 있다 하겠지만, 제가 알지 못하는 화영이란 사람한테까지 누를 끼쳐서야 되겠습니까? 아무래도 저는 그냥 이룡산으로 들어가는 것이 좋을 것 같습니다. 하늘이 저를 불쌍히 여기시고 죽기 전에 초안(招案)을 받게나 된다면, 그때 형님을 찾아뵙지요."

"자네가 그렇게 조정(朝廷)에 귀순할 생각이 있으니까, 하늘이 반드시 자네를 도와주실 걸세. 그리고 나도 억지로 권하지는 않을 테니까 우리가 며칠만 더 있다가 함께 떠나세그려."

이렇게 의논이 되어 두 사람은 공태공의 장원에서 십여 일을 묵은 후 태공에게 하직을 고하니까, 공명과 공량 형제는 두 사람을 전송하기 위하여 따라나왔다.

무송은 여전히 행자의 행색을 했고, 송강은 허리에 요도를 차고 손에 박도를 들고 머리에 전립을 썼다.

공명과 공량은 20리 밖에까지 전송하고 돌아갔다.

송강과 무송은 그들 형제와 작별하고 그날은 이미 저물었는지라, 일찌감치 객줏집에 들어가 함께 쉰 다음, 이튿날 다시 4, 50리가량 걸어오자니까 꽤 커다란 저잣거리가 보인다. 이곳이 서룡진(瑞龍鎭)이라는 저

자인데, 여기서 길이 동서(東西) 두 갈래로 나뉘었다.

송강은 걸음을 멈추고 그곳 사람한테 물었다.

"여보, 길 좀 물읍시다. 이룡산, 청풍진(淸風鎭)으로 가려면 어느 쪽 길로 가야 하오?"

"이룡산으로 가려면 서쪽 길로 가야 하구요, 청풍진으로 가시려면 동쪽 길로 가셔야 합니다. 청풍산만 넘어가면 바로 거기가 청풍진입니다."

송강은 그 말을 듣고 즉시 무송을 보고 말했다.

"그렇다면 우리가 아마 여기서 작별하게 됐나 보지? 어디서 술이나 몇 관씩 나누고 헤어지세!"

"아니오! 제가 형님을 모셔다드리고 가야지요."

"그만두게! 천리만리를 전송하면 뭐하자는 거야? 종말에 작별하기는 매한가지거든! 다만 내가 자네한테 당부하는 것이 꼭 하나 있네. 부디 술을 과히 먹지 말란 말야! 그리고 만약에 조정에서 초안이 내리거든, 자네 노지심에게도 권해서 조정에 귀순하도록 하게! 그래서 후일 변상(邊上)에서 일조유사(一朝有事)하여 크게 무공(武功)을 세워, 이름을 길이길이 청사(靑史)에 남긴다면 대장부 이 세상에 태어났던 보람이 있는 거 아니겠나? 나는 백에 한 가지도 능한 것이 없는 위인이지만, 자네는 영웅으로 생긴 사람이니까 무슨 일을 하든지 크게 이룰 것일세. 부디 몸조심하고, 내 말을 명심하란 말야. 그럼 후일 기회 있으면 우리 또 만나지!"

무송은 그 말을 듣고, 근처 술집으로 송강을 모시고 들어가 술을 서너 잔씩 나눈 후, 다시 밖으로 나와 두 갈래 길까지 와서는 송강에게 사배(四拜)를 드렸다.

송강은 눈물을 떨어뜨리면서 당부한다.

"아무쪼록 내 말을 명심하게! 술을 과히 먹지 말고 몸조심을 하란 말야⋯."

무송은 공손히 대답하고, 서쪽 길로 이룡산을 향하여 걸어갔다.

송강은 무송과 작별한 후, 동쪽 길로 청풍산을 바라보고 길을 걸으면서도 머릿속에는 무송의 생각으로 가득했다.

이렇게 걸어가기 수일 후, 바로 전면에 높은 산이 보이는데, 산 모양이 고괴(古怪)하고, 수목이 조밀해 보인다. 이 산이 유명한 청풍산이었다.

송강은 청풍산을 바라보고 마음이 기꺼워서 걸음을 재촉했는데, 짧은 겨울 해는 어느덧 황혼이 되었다. 그는 속으로 걱정했다.

'이거 탈 났구나! 여름이라면 하룻밤쯤 한데서 잔다기로 상관없지만 이 추운 겨울에는 도저히 어렵지! 추위도 추위려니와 사나운 호랑이 같은 것이 달려들면 그게 큰일 아닌가?'

송강은 속으로 중얼거리고 동쪽 좁은 길로 걸음을 재촉하여 한 식경이나 걸었으나, 인가는 보이지 않고 하늘은 아주 깜깜해져서 이제는 길바닥도 잘 보이지 않는다.

그는 마음이 불안해 달음박질하는 것처럼 급히 걸어가다가 무슨 넝쿨에 발목이 걸려 그만 앞으로 푹 거꾸러졌다. 이와 동시에 왕방울 소리가 떨렁떨렁 울린다.

'에쿠나! 내가 반각색(絆脚索)에 걸렸구나!'

그가 이것을 깨달았을 때, 벌써 숲속에 있던 도둑놈들 십여 명이 우르르 달려나와 송강의 몸을 굵은 밧줄로 꽁꽁 묶어버렸다.

손을 한 번 놀려볼 사이도 없이 이렇게 붙잡힌 송강은 그놈들이 끄는 대로 따라갈 수밖에 도리가 없다. 도둑떼는 횃불을 밝혀 웃고 지껄이면서 산 위로 올라가는 것이었다.

도둑떼가 웅거하고 있는 산채(山寨)에 들어가 송강이 불빛 아래 사방을 살펴보니, 주위는 목책으로 뺑 둘러막고, 한가운데 커다란 초청(草廳)을 지었는데, 대청 위에는 호피교의(虎皮交椅) 세 개가 놓여 있고 초청 뒤에는 초방(草房)이 있다.

졸개들이 송강을 끌어다가 뜰아래 장군주(將軍柱) 기둥에 붙들어 매니까, 대청 위에 있던 졸개 놈이 한마디 던진다.

"대왕께서 지금 주무시고 계신다. 그러니까 대왕께서 잠이 깨시거든 그 자식을 죽인 후 간을 꺼내 성주탕(醒酒湯)을 끓여 올리고… 우릴랑 고기나 한 점씩 얻어먹자."

기둥에 붙들려 매여 꼼짝을 못 하고 있는 송강은 이 소리를 듣고 기가 칵 막혔다.

'이런 기구망측한 팔자가 어디 있나! 음탕한 계집년 하나 죽였대서 이렇게도 갖은 고생을 다하다가 여기 와서 개죽음을 당하다니!'

송강이 길게 한숨을 쉬고 있을 때, 아마 3경쯤 되었을까, 대청 뒤에서 4, 5명의 졸개가 나오면서,

"대왕께서 납신다!"

하고 등촉을 휘황하게 밝힌다.

송강이 가만히 살펴보니, 머리에 붉은 모자를 쓰고, 몸에 붉은빛 저사납오(紵絲衲襖)를 입고, 두 눈이 커다란 놈이 뚜벅뚜벅 걸어나와 한가운데 놓인 호피교의에 떡 걸터앉더니 졸개들에게 묻는다.

"얘들아! 저 자식을 어디서 잡아왔니?"

졸개 한 놈이 아뢴다.

"저 아래 길목을 지키고 있노라니까, 걸려든 놈이 바로 이놈이올시다. 대왕께 성주탕이나 끓여드리려고 잡아왔습죠."

"거 잘했다! 그럼 어서 두 분 대왕을 모셔오너라."

졸개가 분부를 듣고 안으로 가더니, 조금 있다가 두 놈의 호걸이 걸어나와 좌우에 앉는다.

이같이 호피교의 세 개에 늘어앉은 세 사람은, 좌편이 왕영(王英)이라는 사람으로 키가 워낙 작기 때문에 별명이 왜각호(矮脚虎)인데, 본시

차부(車夫) 출신이다.

그는 어느 날 길에서 재물 가진 사람을 찔러 죽이고 재물을 빼앗았다가 일이 탄로나서 옥에 갇힌 후, 요행히 탈옥해 이곳 청풍산에 들어와 도둑패의 괴수 노릇을 하게 된 사람이요, 오른편에 있는 사람은 왕영과는 딴판으로 얼굴이 희고 수염을 삼각(三角)으로 길게 늘이었고 머리에는 붉은 두건을 썼으니, 소주(蘇州) 사람으로 이름은 정풍수(鄭千壽)요, 흔히 백면낭군(百面郎君)으로 통한다.

그는 어렸을 때부터 창봉(槍棒)을 좋아했었는데 하루는 청풍산을 지나다가 왕영과 싸우게 되어 5, 60합 접전했건만 승부가 나지 아니해서 마침내 가운데 앉아 있는 두령이 두 사람을 화해시켜 도둑패의 괴수가 된 사람이다.

그리고 가운데 앉은 두령은 산동 내주(萊州) 사람으로 이름은 연순(燕順)이요, 별명은 금모호(錦毛虎)인데, 객상(客商)을 오래 하다가 밑천을 들어먹고 맨 처음에 청풍산에 들어와서 도둑패의 괴수가 된 사람이다.

이같이 세 명의 두목이 자리에 앉아 먼저 왕영이 분부를 내린다.

"얘들아, 곧 저놈의 간을 꺼내 성주탕을 끓여오너라!"

명령이 떨어지자 졸개 한 놈이 큰 구리로 만든 대야에 냉수를 하나 가득 담아 송강 앞에 갖다놓으니까, 또 한 놈의 졸개가 소매를 걷어올리면서 시퍼런 칼을 쳐들고 송강 앞으로 나선다.

그러자 대얏물을 가져왔던 졸개가 냉수를 떠서 송강의 가슴에다 끼얹는다.

이것은 무슨 까닭이냐 하면, 사람의 염통에는 더운 피가 엉겨 있으므로 먼저 냉수를 끼얹어 더운 피를 식히고, 그 뒤에 염통과 간을 꺼내야만 고기가 단단해지지 않는 까닭이다.

졸개가 가슴에다 냉수를 끼얹고 나서 이번에는 바가지로 냉수를 떠서 송강의 얼굴에다 끼얹는다.

송강은 이때 저도 모르게 한숨을 쉬고 중얼거렸다.

"슬프다! 송강이 여기서 죽는구나!"

이때, 가운데 교의에 앉아 있는 두목 연순이 '송강'이라는 말을 듣고 놀란 듯이 졸개들에게 호령한다.

"얘! 물을 좀 천천히 끼얹어라!"

이렇게 호령하고 묻는다.

"그런데 그놈이 지금 송강이 어떻구 하니…그게 무슨 소리냐?"

졸개가 아뢴다.

"이놈이 저 혼자서 '슬프다 송강이 여기서 죽는구나' 그러는군요."

이 소리를 듣고 연순은 의자에서 일어나면서,

"이 사람아! 자네가 송강을 아는가?"

하고 묻는다.

"내가 바로 송강이오!"

송강이 이렇게 대답하자, 연순은 즉시 뜰아래로 내려와서 또 한마디 묻는다.

"어디 사는 송강인가?"

"제주 운성현서 압사 다니던 송강이오."

"그럼 산동의 '급시우 송강'이라고… 염파석을 죽이고 몸을 피신하여 이리저리 떠도는 그 송강이 아니시오?"

"어떻게 그렇게 자세히 아시오? 내가 바로 그 송강이오."

이 말을 듣더니 연순은 깜짝 놀라며 즉시 졸개가 들고 있던 칼을 빼앗아 송강의 몸에 묶여 있는 줄을 모조리 끊어버린 다음 제가 입고 있던 '저사납오'를 훌쩍 벗어 송강의 몸에다 둘러주고 그를 부둥켜안다시피 싸고 대청 위로 올라와 가운데 호피교의에 앉히더니, 왕영과 정천수더러 빨리 교의에서 내려오라 해서, 세 사람이 일제히 넙죽 절을 하는 게 아닌가.

송강은 황망히 교의에서 내려와 답례하면서 말했다.

"세 분 호걸께서 이 사람을 안 죽이고, 도리어 이처럼 예를 베푸시니 무슨 까닭입니까?"

이 말에 연순이 대답한다.

"형님을 못 알아뵙고, 하마터면 형님 목숨을 해칠 뻔했습니다! 제가 녹림총중(綠林叢中)에서 십여 년 지내오며 형님의 고명(高名)을 익히 들 자왔사오나, 연분이 닿지 않아 만나뵙지 못하는 것을 평생의 한으로 여겼더니, 오늘 뜻밖에 만나뵈어 어떻게 기쁜지 모르겠습니다! 그런데 형님께서 대체 이곳은 무슨 연유로 지나가시는 길입니까?"

이 말을 듣고 송강은 그전 날 '탁탑천왕' 조개를 구해준 일로부터, 염파석을 죽인 뒤에 시진한테 가 있다가 그 뒤에 공태공한테 와 있은 후… 이번에 청풍채로 화영을 찾아가는 길임을 자세히 이야기했다.

이야기를 듣고 나더니, 세 명의 두목들은 모두 기뻐하면서 우선 송강의 옷부터 갈아입힌 후, 졸개들에게 양을 잡고 말을 잡아 그 고기로 큰 잔치를 베푼 다음, 서로 취토록 마시고 5경이나 되어서야 각각 잠자리에 들어갔다.

송강은 그날부터 청풍산에 머물러 있게 되어, 매일 술과 고기로 극진한 대접을 받아가며 7, 8일을 꿈결같이 지냈다.

어느덧 섣달 초순이다.

그전부터 산동 사람들은 이때 성묘하는 것이 풍속인지라, 이날 산 아래로 내려갔던 졸개가 급히 올라와 보고하기를, 지금 큰길 위에 교자한 채가 놓여 있고 하인이 7, 8명이나 달려 있는데, 아마도 누가 음식을 차려 성묘를 하러 온 모양이라 한다.

이 같은 보고를 듣고 키가 작은 두목 왕영은 본래부터 호색(好色)하는 인물인지라, 그 교자 속에 반드시 부인이 있으리라 생각하고, 즉시 창을 집어들고 일어나서 4, 50명 졸개를 거느리고 산 아래로 쫓아내려갔다.

첫째 두목 연순, 셋째 두목 정천수, 그리고 송강, 이 세 사람은 그대로 산채에 앉아서 술을 마시며 놀았다.

세 사람이 이렇게 술 마시며 두어 시간가량 잡담하고 있으려니까, 아까 왕영을 따라서 내려갔던 졸개가 돌아와서 보고하기를, 왕두목을 모시고 내려가니까 교자를 호위하고 있던 병정들 7, 8명이 죄다 도망치고, 교자 속에 앉아 있던 부인 한 명만 붙잡았는데, 몸에 지닌 것이라고는 은(銀)으로 만든 향합(香盒) 하나뿐이고, 재물은 아무것도 가진 것이 없더라고 한다.

이 같은 보고를 듣고 첫째 두목 연순이 묻는다.

"그래, 그 부인은 붙잡았다가 어떻게 했니?"

졸개가 아뢴다.

"왕두령께서 저기 뒷방으로 데리고 가셨죠!"

이 말을 듣고 연순이 껄껄 웃는 것을 보고 송강이 한마디 했다.

"왕두령이 아마 여색(女色)을 너무 좋아하는 모양이군. 잘하는 일이 아닌데!"

연순이 그 말에 대꾸한다.

"그 사람이 다른 것은 하나도 나무랄 것이 없는데, 꼭 그것 한 가지가 병이죠."

송강이 말한다.

"그렇다면 우리 세 사람이 함께 가서 좋은 말로 권해봅시다. 어디 그래서야 쓰겠소!"

이 말에 연순과 정천수는 찬성하고, 즉시 송강을 인도하여 뒷산에 있는 왕영의 처소로 갔다.

그들이 선통도 하지 않고 왕영의 처소에 이르러 느닷없이 방문을 열어젖히니까, 이때 왕영은 소복(素服)한 부인을 얼싸안고 한참 실랑이를 하고 있다가 그들이 들어오는 것을 보고 깜짝 놀라 부인을 한쪽으로 밀어놓고 황망히 세 사람에게 자리를 권하는 것이었다.

먼저 송강이 부인을 보고 물었다.

"낭자는 뉘 댁 아낙이시며, 이런 시절에 산에는 어째서 올라오셨나요?"

부인은 부끄러워하면서도 똑똑하게 대답했다.

"첩은 청풍채(淸風寨) 지채(知寨)의 실내입니다. 오늘이 바로 모친의 소상날이어서 성묘하러 올라왔습니다. 대왕님! 제발 목숨을 살려주십시오."

이 말을 듣고 송강은 놀랐다.

'내가 지금 화지채(花知寨)를 찾아가는 길인데… 이 부인이 화영(花榮)의 실내라면 내가 어디까지나 구해주어야 하지 않는가?'

이렇게 생각하고 송강이 물었다.

"그럼, 왜 화지채는 함께 안 왔습니까?"

"대왕님, 첩은 화지채의 실내가 아닙니다."

"지금 부인이 청풍채 지채의 실내라고 말씀하지 않았습니까?"

"대왕님이 모르시고 물으시는 말씀입니다. 청풍채에 지채가 문관(文官), 무관(武官) 두 사람입니다. 무관은 지금 대왕님이 말씀하신 화지채시고, 문관은 유고(劉高)라는 사람인데, 첩이 곧 유지채의 실내입니다."

송강은 이 말을 듣고 생각했다.

'저의 남편이 화영과 함께 있는 동관(同官)이라면 역시 내가 구해줘야지? 그러지 않고서야 내일이라도 내가 화영을 대할 낯이 없잖은가!'

이렇게 생각하고 송강은 왕영을 보고 청했다.

"왕두령! 지금 알고 보니 이분이 바로 이름 있는 관원의 부인이구려. 내 낯을 보아서… 또 이 세상의 대의(大義)를 생각해서… 이 부인을 무사히 돌려보내십시다!"

그러나 왕영은 송강의 말을 듣지 않는다.

"형님, 그러지 마시고 내 말씀 좀 들어주십시오. 요새 세상에 그까짓 관원의 계집 하나쯤, 어떻다는 겝니까? 저 같은 홀아비 사정도 좀 봐주셔야 하지 않습니까!"

이 말을 듣고 송강은 그의 앞에 무릎을 꿇고 앉아서 정중하게 말했다.

"아우님! 아우님이 홀로 있어 고적을 느끼신다면 일후에 송강이 마땅한 부인을 골라 아우님의 부인으로 천거하리라! 이 낭자는 나의 친구의 동료로 있는 정관(正官)의 부인이니, 제발 내 얼굴을 보아서 속히 돌려보내주시오!"

송강이 이렇게 정중히 간청하자, 곁에서 이 모양을 보고 있던 연순과 정천수 두 사람의 두목이 황망히 송강의 두 손을 잡아 일으키며,

"형님! 이러시지 마십시오. 어려운 일 아닙니다."

이렇게 말하고 왕영이야 좋아하거나 말거나 상관없다는 듯이, 교군꾼을 불러 이르는 것이었다.

"얘들아, 어서 이 부인을 모시고 돌아가거라!"

이같이 분부하자, 부인은 금방 죽을 자리에서 살아난 듯이,

"대왕님! 참으로 감사합니다."

라고 사례한다.

"천만에, 난 산채에 있는 대왕도 아니고 운성현에서 온 손님이랍니다."

부인은 그래도 송강에게 절하여 사의를 표한 후 교자에 올라타니, 교군꾼들은 죽었다가 살아난 듯이 교자를 떠메고 쏜살같이 산 아래로 내려갔다.

왕영은 한편으로 부끄럽고 또 한편으론 분하기도 했지만, 혼자 속으로 분해했지 감히 입 밖에 내지는 못했다.

그런데 이보다 앞서 청풍채 군인들이 실내 부인을 도둑떼에게 빼앗

긴 채 그대로 돌아가서 유지채에게 사실을 고했더니, 유지채는 그만 노발대발하는 것이었다.

"이놈들아, 이 못생긴 것들아! 그래 그것도 말이라고 하니?"

"소인들은 사실 무죄합니다. 소인들은 모두 6, 7명밖에 안 되구요, 그놈들은 3, 40명이나 되니 대체 무슨 수로 당해낼 수가 있어야죠!"

"이놈들아, 듣기 싫다! 지금 곧 산채에 가서 마마를 도로 모시고 오면 몰라도, 만일 그렇지 못한다면 너희 놈들 모조리 옥에 가두겠다!"

병정들은 불호령을 듣고, 하는 수 없이 그 앞을 물러나와 본채(本寨) 안에 있는 병정 7, 80명과 함께 각기 창과 몽둥이를 들고 청풍산으로 향했다.

그러나 그들이 청풍산에 이르기 전에 산에서 내려오는 부인의 교자와 마주쳤다.

"아이구 마마님! 어떻게 이렇게 내려오십니까? 지금 저희들이 모시러 가는 길인뎁쇼."

병정들이 반가이 맞이하면서 인사를 드리니까, 부인이 말한다.

"그놈들이 나를 산채까지 끌고 가기는 했지만 내가 유지채 실내인 줄 알고서는 그만 놀라서는, '제발 용서하십쇼, 모르고 그랬습니다.' 하고 나를 곧 돌려보내주데."

"참말 불행 중 다행입니다. 그런데 여쭙기는 정말 황송합니다마는… 돌아가시거든 사또께 저희들이 적굴을 들이치고 마마님을 모셔내왔다고 이렇게 말씀 좀 해주십시오. 그래야만 저희들이 요행 목숨이 살아날 것 같습니다."

"그래, 내가 알아서 할 테니 걱정 마라!"

병정들은 부인한테 사례하고, 교자의 전후좌우를 옹위하여 청풍채로 돌아갔다.

송강은 유지채 부인을 무사히 구해 돌려보낸 뒤 5, 6일이 지나서, 마침내 연순·왕영·정천수 세 사람의 두목과 작별하고 산에서 내려왔다.

그는 지금 청풍채로 화영 지채를 찾아가는 길이다.

송강이 청풍진에 다다라서 물어보니, 청풍채 아문(衙門)은 바로 진시(鎭市)의 중앙에 있는데 남쪽 소채(小寨)에는 문관 유지채가 들어 있고, 북쪽 아문에는 무관 화지채가 살고 있다고 일러주는 것이었다.

송강은 그 사람에게 고맙다 인사하고, 북채(北寨)로 찾아갔다.

아문 앞에 이르러 문을 지키는 병정에게 송강은 자기 이름을 대고 찾아온 뜻을 말하니까, 그 병정이 안으로 들어가더니 금시에 새파랗게 젊은 군관(軍官)이 달려나와서는 그를 영접한다. 이 사람이 바로 화지채 화영(花榮)이다.

화영은 친히 송강을 부축하여 정청(正廳) 위로 올라가 그를 양상(凉床)에 앉힌 다음, 그에게 사배(四拜)를 드리고 말한다.

"형님과 작별한 지도 어언 5, 6년이 지났습니다. 그동안 어떻게 지내셨습니까? 지난해 소문을 들으니까, 형님이 어떤 노는계집을 죽이셨대서, 관가에서는 각처로 문서를 돌리고 형님을 잡으려고 한다더군요. 그래서 저는 형님 일이 궁금해서 바늘방석에 앉은 것처럼 마음이 불안하여, 형님 댁으로 십여 통이나 글월을 올렸는데 형님이 받아보셨는지요? 하여간 잘 오셨습니다."

말을 마치고 화영은 또 몸을 일으켜 송강에게 절한다.

송강은 그를 붙들어 일으키며,

"자네 인사는 그만하고 이리 와서 내 이야기나 들어주게."

라고 말하고 화영을 자기 곁에 앉혔다. 그리고 그는 자기가 염파석을 죽인 후 시대관인한테 숨어 있다가 공태공한테 와서 지내는 동안 우연히 무송을 거기서 만났던 일과 청풍산에 붙들려 들어가 연순을 만나던 전후 사실을 자세히 이야기했다. 화영은 듣고 나서 감탄하고 다시 그를 후당(後堂)으로 모시고 들어가 자리를 권한 뒤에 부인 최씨(崔氏)와 또 누이를 불러내어 송강에게 인사를 드리게 한 후, 새 옷을 내다놓고 송강에게 향탕(香湯)에 들어가 목욕하기를 권하는 것이었다.

송강이 목욕한 다음 옷을 갈아입고 나니, 화영은 그를 연석(宴席)으로 인도하여 마주앉아 술을 권하면서 좋은 말로 위로하는 것이었다.

술이 여러 순배 돌았을 때, 송강은 자신이 청풍산에 머물러 있는 동안 유지채의 실내가 붙들려 와서 하마터면 욕을 당할 뻔한 것을 자기가 극력 주선해서 마침내 욕을 면하게 한 후 돌려보냈다는 이야기를 했다.

화영은 이야기를 듣고 나더니, 이맛살을 찌푸리면서 불쾌하게 말했다.

"형님도! 그까짓 거 아무 연줄도 닿지 않는 계집을 뭣하러 구해주셨습니까?"

참으로 송강에겐 뜻밖의 대답이었다.

"이 사람아, 그게 무슨 말인가? 난 자네 동관(同官)의 부인이라기에 애써 구해준 것인데… 자네한테서 그런 말 들을 줄은 몰랐네!"

"형님도 모르시니까 그렇게 말씀하겠지요. 이곳 청풍채는 청주에서는 요긴(要緊)한 곳입니다. 만일 제가 혼자서 이곳을 지킨다면 원근(遠近)의 도둑떼가 감히 청주 지방을 시끄럽게 하지 못할 겁니다. 그런데 유고란 놈이 제가 정지채(正知寨)랍시고 항상 저를 능멸할 뿐만 아니라, 조정의 법도(法度)를 어기고 양민을 괴롭히고 뇌물만 탐내 온갖 나쁜 짓을 다하는데, 이런 모든 조화가 모두 그 계집년한테서 나오거든요. 그런 년은 욕을 당하는 게 조금도 아깝지 않아요! 내버려두실 것을 공연히 형님이 헛수고하셨습니다."

"그러지 말게. 옛부터 말이 내려오지 않는가. 원수는 풀어야 하지, 원수를 맺는 것이 아니라고! 자네가 그런 사람과 동관으로 있는 이상, 설사 그 사람에게 잘못이 있더라도 악한 것은 감추어주고, 잘한 일은 드러내주어야 옳은 일일세. 부디 남하고 원수 맺으려고 하지 말고, 좋게 지내야 하네."

"형님 말씀이 옳습니다. 앞으로 그렇게 하도록 하지요. 그런데 술이나 좀 더 드십시오."

화영은 이같이 대답하고 송강에게 다시 술을 권하는 것이었다. 송강은 하루 종일 화영 부부의 관대를 받다가 저녁 늦게 연석을 떠나 후당에 있는 큰방에 들어가 편히 쉬었다.

그 이튿날도 화영은 또 연석을 베풀고 송강을 관대했다.

이렇게 4, 5일 동안 송강은 화영의 채중(寨中)에서 지내다 하루는 주머니에 돈을 넣고, 화영의 친수인(親隨人)을 데리고 청풍진 거리로 나가 장판의 시끄러운 광경도 구경하고 촌락 뒤에 있는 사원(寺院)도 구경하고, 술집과 다방에도 들어가서 차도 마시고 술도 먹어보았다.

그 후부터 그날그날을 소일하기 한 달이 지나니까, 어언간 해는 바뀌어 새해 원소절(元宵節)을 맞이하게 되었다. 청풍진의 원소절 행사를 서울에 비교할 수는 없는 터이지만, 그래도 시골로서는 해마다 굉장한 구경거리였다. 집집마다 문 앞에 등불을 매다는 것은 물론이고, 토지대왕묘(土地大王廟) 앞에는 소오산(小鰲山)을 쌓고 그 위에다 채화(綵花)를 찬란하게 장식하고 6, 7백 개나 되는 화등(花燈)을 휘황하게 밝히고, 저잣거리에서는 온갖 재주를 다 부리는 연기(演技)가 시행되는 것이었다.

이날 아침에 화영은 수백 명 군사를 지휘하여 거리의 요소요소를 경계하게 하고, 또 수십 명씩을 사방의 책문(柵門)에 배치하고서 출입하는 사람을 엄중히 단속하도록 지시한 후 오정 때가 지나서야 채중으로 돌아왔다.

점심 후에 송강이 화영더러 말한다.

"오늘 밤에 화등이 장관을 이룬다지? 내가 나가서 구경을 좀 할까?"

"참, 제가 모시고 나갔으면 좋겠는데, 워낙 직책이 있는 까닭으로 모시고 나갈 수가 없습니다. 그러니 이따가 하인을 몇 사람 데리고 형님 혼자서 구경하시고 일찍이 돌아와주십시오. 저는 집에서 기다리고 있다가 형님께 술을 드리고 오늘 명절을 축하하겠습니다."

"그렇게 하지!"

이같이 주의를 정하고 날이 어둡기를 기다리니, 오래지 않아 맑은 하늘에 둥근 달이 떠오르는 게 아닌가.

송강은 화영의 친수인 두 사람을 데리고 밖으로 나왔다. 거리에는 수없이 많은 화등이 깔렸는데, 등불마다 허다한 인물의 고사(故事)를 오색이 영롱하게 그려 붙였다. 이런 것을 보면서 송강은 대왕묘 앞에 이르러 소오산을 구경했다.

그들이 소오산을 구경한 후 거기서 남쪽으로 6, 7백 보(步) 걸어가니까 커다란 장원(莊園) 하나가 보이는데, 이쪽 모퉁이에는 등불이 휘황하고, 수많은 사람들이 삥 둘러서서 무엇을 구경하고 있다. 마침 음률 소리가 끝나니까 군중들은 박수갈채를 하는 것이었다.

송강이 그 앞으로 쫓아가 보니 재인(才人)이 포로무(鮑老舞)를 춤추고 있는 것이 아닌가.

송강은 원래 키가 작은 편이라 남의 등 뒤에서는 구경할 도리가 없으므로 사람 틈을 비집고 안으로 들어갔다.

재인이 춤을 추는데 그가 손짓 발짓 하는 것이 하도 우스꽝스러워서 송강은 입을 크게 벌리고 껄껄 웃었다.

그런데 일이 공교롭게 되느라고 이때 장원 안에서 이 구경을 하고 있던 사람은 다른 사람이 아니라 유지채 유고 부부 일행이었다.

그래, 유고의 아낙이 송강의 웃음소리를 듣고 그쪽을 한참 바라보더니 깜짝 놀라며 남편을 돌아다보고,

"저기 좀 보세요! 저기 얼굴이 까무잡잡하고 키가 작달막한 놈이 보이죠! 저놈이 바로 전번에 나를 잡아갔던 청풍산 도둑떼의 괴수랍니다!"

라고 말했다. 이 말을 듣고 깜짝 놀란 유지채는 즉시 수하 군사들에게 송강을 잡아 청전(廳前)으로 오라고 호령했다.

이 소리를 듣고 송강은 달아났다. 그러나 수십 보를 못 가서, 송강은 병정들한테 붙들려 남채(南寨)로 끌려갔다.

유지채는 벌써 동헌(東軒)에 나와 앉아 있다가 송강이 붙들려 오는 것을 보고, 그 죄인을 가까이 끌어오게 하여 뜰아래 꿇어앉히고 호령을 추상같이 했다.

"네 이놈! 청풍산 도둑놈이 감히 오늘 거리에 내려와서 관등(觀燈)을 하다니, 될 뻔이나 한 일이냐? 할 말이 있거든 해봐라!"

송강은 말했다.

"소인은 운성현 사는 장삼(張三)이라는 놈입니다. 화지채하고는 오래 전부터 아는 사이라서, 벌써 여기 온 지도 여러 날이 되었는데, 어쩌자고 저를 청풍산 도둑놈이라고 말씀하시는지 모르겠습니다."

이때 유지채의 아낙이 병풍 뒤에서 나오더니 소리소리 지른다.

"뭣이 어째 이놈아! 네가 날 잡아다놓고 나더러 '대왕님'이라고 부르게 해놓고 지금 와서 무슨 잔소리냐!"

"마나님! 그게 무슨 말씀이십니까? 그때 마나님께서 소인보고 대왕님이라고 말씀하시기에, 소인은 대왕이 아니라 운성현 사람으로 이곳에 와 있는 손님이라고 말씀하지 않았습니까?"

이 말을 받아 유지채가 한마디 한다.

"네가 청풍산에 손님으로 있었다면서, 어찌해서 오늘은 산에서 내려와 관등을 했더란 말이냐?"

이때 유지채의 부인이 또 한마디 한다.

"참 기가 막히네. 저놈이 괴수 중에도 상괴수로, 바로 그중 높은 교의에 앉아서 끄덕거리더니, 지금 와선 아주 딱 잡아떼는구먼!"

"마나님, 너무하십니다! 그때 소인이 힘써드리지 아니했더라면 영락

없이 욕을 당하시는 걸 그래도 무사히 그 자리를 피하시어 댁으로 돌아오셨으면서도, 지금 이렇게 소인을 도둑놈으로 모시니 이게 무슨 까닭입니까?"

이 말에 계집은 그만 펄쩍 뛰면서 송강을 손가락질하며 고함을 지른다.

"원 세상에 저런 죽일 놈이 있나! 네가 기어코 매를 맞아야 바른대로 대겠느냐?"

이때 유지채는,

"그래… 부인 말이 옳소!"

하고, 곧 형리(刑吏)를 불러,

"네 저놈을 힘껏 쳐라!"

라고 분부를 내렸다. 그러자 병정 놈들은 곤장을 들고 송강을 때리기 시작하여 20여 대를 사정없이 내리치니 마침내 송강의 아랫도리 살은 찢어지고 피가 흘렀다.

유지채는 이 꼴을 보고 영을 내렸다.

"이제 그만 저놈을 철쇄로 단단히 묶어서 옥에 가둬라."

유지채는 송강을 운성현 사는 장삼인 줄만 알고 이놈을 날이 밝는 대로 청주부(靑州府)로 압송할 방침이다.

한편, 이날 밤 송강을 따라서 관등놀이를 나갔던 화지채의 친수인 두 사람은 뜻밖의 일을 당해, 그길로 북채(北寨)로 돌아가서 화지채에게 사실을 보고했다.

화영은 송강이 붙들려 갔다는 말을 듣고 깜짝 놀라, 즉시 글을 써서 그것을 친수인 두 사람에게 주고서 남채로 가서 유지채에게 전하라 했다.

화지채한테서 사람이 왔다는 말을 듣고, 유지채는 불러들여 그들이 가지고 온 편지를 펴보니, 그 뜻은 '오늘 밤 관등하다가 존형(尊兄)의 위(威)를 범한 사람은 다른 사람 아니라 근자에 저를 찾아온, 저와는 한 집안같이 지내는 유장(劉丈)이라는 사람이니, 청컨대 저의 낯을 보시어 부디 용서해주시고 방면(放免)하시기를 바랍니다.' 하는 뜻이다.

편지를 읽고 나서 유지채는 도리어 성을 내면서 편지를 구겨 던지며, 호령했다.

"화영이 어쩌면 이렇게 무례하냐! 조정의 명관(名官)으로 앉아서 강적(强賊)과 상통하여 나를 속이다니! 그런 법이 어디 있느냐? 너는 그놈을 제주서 온 유장이라 했지만, 그놈은 벌써 제 입으로 운성현 사는 장삼이라고 했다! 네가 그래 강적 놈하고 나하고 동성(同姓)을 만들어놓았으니, 그럭하면 내가 마음을 돌릴 줄 알았더냐? 에잇 괘씸한 놈을 다 보겠다!"

유지채는 이렇게 꾸짖고 편지 가지고 온 화지채의 친수인 덜미를 잡아 문밖으로 몰아내게 했다.

편지를 써 보낸 뒤에 행여나 좋은 기별이 있을까 하고 고대하던 화영은 뜻밖에도 자기의 친수인이 욕을 당하고 돌아온 것을 보고 크게 노했다.

그는 즉시 갑옷을 입고 창을 들고 말에 올라탄 후, 수십 명 군사를 거느리고 남채로 쳐들어갔다. 이때 남채의 문을 지키고 있던 군사들은 형세가 위급한 것을 보고 그냥 도망질쳐버렸다.

화영은 군사들이 도망가는 것을 본체만체한 후 정청(正廳) 앞으로 들어가 말 위에서 내리고 수하 군사들을 좌우에 늘여세운 다음, 큰소리로 외쳤다.

"유지채! 날 좀 보시오!"

그러나 유지채는 화지채가 노기등등하여 군사를 거느리고 들어왔으므로 무서운 생각이 들어 감히 나오지 못했다.

화영은 잠깐 그 자리에 서서 기다리다가, 유지채가 나오지 않으므로 좌우를 꾸짖어 안채의 이방(耳房)을 샅샅이 뒤져보게 했다.

군사들이 영을 받들고 일제히 방을 뒤지는 통에 마침내 낭하이방(廊

下耳房) 안에서 송강을 발견하게 되었다. 지독하게 매를 맞고 피투성이가 된 사람이, 쇠사슬로 묶여 들보에 높이 매달려 거의 숨이 끊어지려는 순간이었다.

화영은 그를 구하자, 그 자리에서 먼저 군사들로 하여금 송강을 자기 집으로 모시게 한 다음, 말에 올라 다시 안쪽을 향하여 큰소리로 외쳐댔다.

"유지채! 어째서 우리 형님을 도둑으로 몰아서는 함부로 잡아다가 가둔다는 거요? 이럴 수가 있소? 내일 우리 한번 따져봅시다!"

이렇게 한마디 남기고 그는 군사를 거느리고 북채로 돌아갔다.

그가 돌아간 뒤에야 유지채는 분해서 펄펄 뛰며 동헌으로 나와 두 사람의 교두(教頭)를 불러 영을 내렸다.

"지금 곧 너희들이 군사를 거느리고 북채로 쫓아가서 죄인을 도로 찾아오너라! 만일 못 찾아오면 너희들을 그냥 두지 않을 테니까 그런 줄 알아라!"

엄명을 듣고도 교두들은 화지채의 무예 수단이 비상한 줄을 알고 있는 터이므로 쫓아갈 마음이 조금도 없건만, 그렇다고 유지채의 명령을 어길 수도 없는 터이므로 하는 수 없이 군사 2백 명을 거느리고 북채로 몰려갔다.

그들이 북채에 이르렀을 때 날은 아직 밝지 아니했고 채문(寨門)은 활짝 열린 채, 안에서는 아무런 동정이 없었다. 그러나 서로 겁이 나서 아무도 앞장서 들어가지 못했다. 두 사람의 교두는 군사를 문밖에 벌여 세운 채 공연히 한참 동안 문안의 동정만 살피고 있는 것이었다.

그러자 조금 있다가 날이 환하게 밝은 다음 인기척이 나더니, 화지채가 정청에 나와서 좌정하는데 왼손에는 활을 들고 바른손에는 화살을 쥐었다.

이 모양을 본 군사들은 겁을 집어먹고 문간에 몰려서서 화지채의 거동만 살피고 있는데, 이때 화지채가 바깥을 내다보고 소리 높이 말한다.

"군사들아 내 말을 듣거라! 너희들이 유지채의 영을 받고 온 모양이다마는 공연히 왔다! 새로 온 교두들아, 지금 내가 잠깐 수단을 보여줄 것이니 보고 나서도 화지채가 두렵지 않거든 너희들 맘대로 들어오너라. 자아, 내가 먼저 대문 왼편에 서 있는 문신(門神)의 정수리를 쏘아 맞힐 테니 잘 보아라!"

말을 마치고 화지채는 즉시 활을 화살에 메겨 한 번 쏘니, 시위 소리가 나면서 그와 동시에 화살이 바로 문신의 정수리에 꽉 꽂힌다.

보고 있던 군사들이 일제히 입을 딱 벌리고 어이가 없어 하는데 화지채는 또 화살 한 개를 집어들면서 말했다.

"너희들 자세히 보아라! 이번엔 문신이 쓰고 있는 두괴(頭魁)의 바른 편 주영(朱纓)을 맞힐 테니 보아라!"

말이 끝나자, 시위 소리와 함께 화살이 날아 영락없이 문신이 쓰고 있는 투구의 오른편 투구끈을 맞추는 것이 아닌가.

군사들이 이 모양을 보고 모두 다 혓바닥을 빼무는데, 이때 화지채는 세 번째 화살을 집어들고 소리를 지른다.

"자아, 너희들 잘 보아라! 이번에는 흰 옷을 입은 너희 교두의 가슴 한복판에 화살이 꽂힌다!"

말이 끝나기 전에 그 교두는,

"에쿠!"

소리를 지르고 그만 달아나니, 이제는 모든 군사가 서로 앞을 다투어 아우성을 치며 달아났다.

화지채는 군사를 시켜 채문을 닫아걸게 하고 후당으로 들어가 송강한테 사과드렸다.

"제가 생각이 부족해서 형님을 욕보게 했습니다그려. 용서해주십쇼."

"천만에! 나야 상관없네마는, 유지채가 이대로 그냥 있지는 않을 것이니까, 그게 걱정일세. 아무리 생각해보아도, 내가 오늘 밤 안으로 청풍산에 들어가서 몸을 숨기는 것이 상책일 성싶으네! 나만 없어지면야 제아무리 일을 만들려 하더라도, 아무 증거가 없지 않겠는가?"

"글쎄요… 형님 말씀이 근리(近理)한 말씀이긴 합니다만, 형님이 그 다리로 어떻게 산엘 올라가시겠어요?"

"일이 워낙 급하니까 할 수 없지! 오늘 밤을 넘겨서는 안 되겠네. 산 아래까지만 가면 무슨 도리가 있겠지."

의논을 정하고, 송강은 상처에다 고약을 새로 붙이고 행장을 수습한 후, 날이 어둡기를 기다려 아무도 모르게 살그머니 채문 밖으로 나왔다.

한편, 이때 유지채는 죄인을 붙들어오라고 보냈던 군사들이 화지채의 귀신같은 활재주에 간담이 서늘하여 채문 안에 발도 들여놓지 못하고 그대로 돌아오자, 아무래도 무력으로는 겨누어볼 도리가 없음을 깨닫고 좌우를 물리친 다음, 혼자서 곰곰이 생각했다.

'화영이 그놈을 뺏어다가 제 집에 두고 어쩔 텐가? 생전 감춰둘 수는 없을 것 아닌가. 아마도 오늘 밤은 넘기지 않고 그놈을 청풍산으로 도망시키겠지…, 그래서 증거만 없애고 보면, 내가 아무리 주장하여도 소용없도록 일을 꾸밀 게다. 남들은 그저 문관과 무관이 불화하여 서로 다투는 거라고… 이렇게 생각하겠지. 이놈을 어떡하면 좋다? …가만있자, 오늘 저녁 군사를 한 20명 풀어서 청풍산 가는 길목을 지키게 하여 요행 그놈을 잡거든 쥐도 새도 모르게 가둬놓은 다음에 상사(上司)에 보장(報狀)하여 아주 화영이도 함께 잡아다 죽여버리도록 하고 보면, 그 뒤엔 내가 혼자 이 청풍채를 맡게 될 것 아닌가…?'

이렇게 방침을 결정하고 유지채는 군사 20여 명에게 각기 창과 몽둥이를 들고 청풍산으로 올라가는 길목에 가서 지키고 있으라고 영을 내렸다.

저녁때 나갔던 군사들이 밤중에 과연 송강을 결박해 돌아왔다.

"그럼 그렇지! 네가 어디 간단 말이냐!"

유지채는 무릎을 치고 기뻐하면서 즉시 송강을 후원에다 깊숙이 가두어놓고, 그 밤으로 실봉신장(實封申狀)을 작성하여 두 명의 심복인에게 주고 밤을 새워 청주부(靑州府)로 올리게 했다.

그러나 화영은 일이 이렇게 된 줄을 전혀 모른다. 지금쯤은 송강이 벌써 산에 들어가 있으려니 하고, 아주 마음을 턱 놓고 이제 유지채가 어떻게 나오는가 두고 보자고 기다리기만 했다.

그런데, 이때 청주부 지부(知府)는 성이 모용(慕容)이요, 이름이 언달(彦達)이니 바로 지금 휘종천자(徽宗天子)의 총애를 받고 있는 모용귀비(慕容貴妃)의 오라버니가 되는 사람이다.

모용언달은 청주 지부로 도임해와서 제 누이동생의 세도만 믿고 청주 지방의 양민을 달달 볶아 재물을 빼앗고, 세상을 속이고 못할 짓 없이 잔악한 짓을 맘대로 하는 까닭에 백성들 간에는 원망하는 소리가 높은 터이다.

이날 모용 지부가 일찍이 청상(廳上)에 나아가 앉아 있으려니까, 좌우에 있는 공인(公人)이 유지채의 '신장비보 적정공사(申狀飛報賊情公事)'를 올린다.

지부는 그것을 받아 보고 크게 놀랐다.

'화영으로 말하면 공신(功臣)의 자제인데 어찌하여 청풍산 강적 떼와 내통한단 말인고? 그 죄가 이만저만이 아니다! 그러나 아직 허실(虛實)을 알지 못하니, 병마도감(兵馬都監)을 보내 사실을 알아오라 해야겠다.'

그는 방침을 정하고 즉시 병마도감을 불러들였다.

그런데 이곳 청주 병마도감의 이름은 황신(黃信)이라는 사람으로 무예가 출중하여 그 위엄이 청주 일대를 덮고 있는 터이다. 그런 까닭으로 사람들은 그를 별명지어 부르기를 '진삼산(鎭三山)'이라고 하는 터인데, 그게 무슨 뜻이냐 하면 청주 지부 관하에 나쁜 산이 세 개가 있는데, 첫째가 청풍산이요, 둘째가 이룡산이요, 셋째가 도화산(桃花山)으로서, 이 세 군데가 모두 도둑놈들의 소굴이므로, 황신은 오래전부터 이 세 군데의 도둑놈들을 혼자서 모조리 잡아 없애겠다고 장담을 해온 까닭이다.

이날, 황신은 모용 지부의 명령을 받은 후 물러나와서 즉시 갑옷 입고, 투구 쓰고, 허리에 상문검(喪門劍) 차고, 건장한 군사 50명을 거느리고서 말을 달려 그 밤으로 청풍채로 갔다.

그가 남채 앞에 다다라서 말에서 내리니까, 병마도감이 왔다는 말을 듣고 유지채가 황망히 나와서 맞아들였다.

황신이 유지채를 따라 후당에 들어가 자리에 좌정하자 유지채는 금시 주연(酒宴)을 베풀고 은근히 술을 권하면서 청풍산의 도둑놈 괴수 운성현의 호장삼(虎張三)을 붙잡은 경로를 이야기한다. 그리고 후당 뒤에 가두어두었던 장삼이를 끌어내왔다.

황신은 장삼이라는 송강의 모양을 한번 바라보더니,

"뭐, 물어볼 것도 없지! 내일 저놈의 대가리에다 붉은 헝겊을 동여매고 '청풍산 도둑놈 괴수 호장삼'이라는 지기(紙旗)나 하나 꽂아 수거(囚車)에 싣고 밤을 새워 압송하면 그만이외다."

이렇게 말한다. 송강은 아무 소리 안 했다.

황신은 다시 유지채보고 묻는다.

"그런데 유지채가 저놈을 잡아 가둔 것을 화영이 알고 있소?"

유지채가 대답한다.

"간밤 2경쯤, 저놈이 청풍산으로 가는 것을 길목을 지키고 있던 군사들이 잡아왔으니까, 화영은 아마 저놈이 무사히 산으로 올라간 줄만 알고 마음을 턱 놓고 있을 겝니다!"

"그렇다면 잘됐소! 내일 일찌감치 대채(大寨)에다 크게 연석을 배설

하시오. 그리고 공청 뒤에다 4, 50명 군사를 매복해놓으면, 내가 화영을 찾아가 모용 지부께서 그대들 문관과 무관이 피차에 화목하게 지내지 못한다는 소문을 들으시고, 특히 나를 보내셔 두 사람을 권유(勸誘)하고 오라 하셨다고 말한단 말이오. 그러면 제가 반드시 나를 따라서 이곳에 올 것이니 그때, 술을 권하다가 내가 술잔을 집어던지는 것을 군호삼아 서 일제히 뛰어나와 붙잡으면 일이 끝나는 거란 말이오. 이 계교가 어떻겠소?"

"과연 훌륭한 계교입니다. 그렇게 한다면야, 화영은 독 속에 들어 있 는 쥐새끼나 다름없지요!"

두 사람은 이렇게 계교를 꾸민 후, 밤이 깊어서 술자리를 떠나 각각 침소에 들어갔다.

일도양단

　이튿날 유지채는 대채(大寨)의 좌우 장막 속에 군사 4, 50명을 매복시킨 후, 공청 위에 연석(宴席)을 차려놓았다.

　이렇게 준비를 마친 후 황신은 말을 타고 하인 두 사람을 데리고 북채로 갔다.

　화지채의 문리(門吏)가 황도감이 찾아온 것을 안에 들어가서 보고하자 화영은 황망히 쫓아 나와서 황신을 맞아들였다.

　두 사람이 함께 공청에 올라가 자리에 좌정하자, 먼저 화영이 어쩐 일인가고 묻는다.

　"도감 상공께서는 이번에 무슨 시간이 나셨기에 누지까지 왕림하셨습니까?"

　"다름 아니라, 어제 지부 상공께서 하관(下官)을 부르시기에 들어갔더니, 청풍의 문무 관리가 무슨 까닭인지는 알 수 없으나 서로 불화(不和)하게 지낸다고 하니, 네가 고기와 술을 가지고 가서 두 사람을 화해시켜 좋게 지내도록 하라고 분부하십다. 그래서 내가 이리로 와서 먼저 유지채를 찾아보고 얘기하고 지금 대채의 청상에다 연석을 마련시킨 후 이렇게 찾아온 터이니, 화지채는 지금 나하고 함께 대채로 가십시다."

화지채는 이 말을 듣고 껄껄 웃으며 말했다.

"유고가 언제나 항상 이 사람의 잘못을 캐내려고만 애쓰니까 그렇지, 만일 그렇지만 않는다면 화영이 어찌 감히 정지채(正知寨)를 업신여길 수 있겠습니까? 이런 시시한 일로 지부 상공을 심려하시게 하고, 또 도감께서 여기까지 오시게 하여… 참으로 죄송스럽습니다."

이렇게 말하고 화영은 마침내 황신을 따라서 대채로 갔다.

이때 유고는 이미 공청에 나와 있었다.

황신이 화영의 손을 잡고 대청 위로 올라 세 사람이 각기 자리에 좌정하자, 즉시 술이 나왔다.

이때 유지채의 친수인들이 화영이 타고 온 말을 문밖으로 끌어내고 문을 굳게 잠가버린다. 그런데 화영은 이것이 어떤 계책인지 알지 못하고 있었다. 다만 황신도 자기와 같은 무관이니까, 자신에게 악의는 없으리라고 생각하고 있을 뿐이다.

황신은 먼저 술잔을 들어 유고한테 권하면서 말한다.

"유지채와 화지채 두 분이 서로 불화하게 지내신다는 소문을 들으시고 지부께서 이처럼 황모를 보내신 터이니, 앞으로는 두 분이 서로 합심하시어 조정에 보답하시겠다는 생각만 가져주시기 바랍니다."

유고가 대답한다.

"이 사람이 별로 재주는 없습니다마는, 그래도 약간 세상 이치는 알고 있습니다. 우리 두 사람이 서로 말다툼을 해본 적이 없는데, 이번에 지부 상공께 그 같은 심려를 끼쳐드리게 되었으니… 이건 아마도 한가한 사람의 망령된 말을 들으신 것일 겝니다."

이렇게 말하고 유고가 술잔을 받아 마시니까, 황신은 다시 술 한 잔을 가득 부어 화영에게 권하면서 말한다.

"아마도 유지채의 말씀과 같이 한인망어(閑人妄語)였는지도 모르겠소이다. 화지채도 한잔 드시오."

화영은 그 잔을 받아서 마셨다.

그러자 이번엔 유고가 술 한 잔을 가득 부어 황신에게 권하면서 말했다.

"자아, 이번엔 도감 상공 한잔 드시죠."

이때 황신은 그 술잔을 받아들고 좌우를 한번 둘러보더니, 까닭 없이 술잔을 마당에다 팽개쳐버린다.

그러자 그와 동시에 좌우 장막 속에서 함성이 일어나며 4, 50명의 병정들이 쏟아져 나오더니, 화영을 다짜고짜로 붙들어 섬돌 아래 꿇어앉혔다.

이때에 황신은 호령을 추상같이 했다.

"저놈을 당장 꼭꼭 묶어라!"

뜻밖에 일을 당한 화영은 소리를 질렀다.

"내가 무슨 죄가 있다고 이러는 거요?"

황신은 껄껄 웃더니 호령한다.

"이놈! 네가 청풍산 강적 떼와 내통하여 조정을 배반하고서도 감히 입이 있다고 무죄를 주장하느냐?"

화영은 그래도 굴하지 않고 뻗댔다.

"무슨 증거가 있기에 함부로 사람을 묶는 거요?"

"무슨 증거가 있느냐고? 그래, 살아 있는 증거를 보여주마!"

황신은 좌우를 돌아보고 분부했다.

"그놈을 당장 이리로 끌어오너라!"

명령이 떨어지자, 병정 놈들이 후원으로 달려가더니 지기(紙旗)를 꽂은 수거(囚車)를 끌고 나오는데, 수레 위에 묶여 앉아 있는 사람은 다른 사람 아니라 바로 송강이다. 화영은 너무나 어이가 없어 입을 딱 벌린 채 다물지도 못했다.

황신은 노기가 등등해 또 꾸짖는다.

"네 이놈! 이래도 네가 할 말이 있느냐?"

화영은 그래도 발뺌을 했다.

"저분은 운성현 사는 나의 일가 되는 분이요, 결코 청풍산 강적은 아니란 말요!"

"이놈, 그만둬라! 할 말이 있거든 이제 지부 상공 앞에 나가서 해라!"

황신은 이렇게 꾸짖고 즉시 유지채에게 백 명의 군사를 인솔하고 죄인 두 명을 정주부로 압송하라고 분부했다.

화영은 이때 황신에게 말했다.

"황도감이 유지채의 말만 곧이듣고 나를 죄인으로 만드오마는, 상사(上司) 앞에 나가서 나도 사리를 분별할 터이니 그런 줄이나 알아주시오. 그리고 한 가지 부탁드릴 것은, 나나 황도감이나 다 같이 무관(武官)이니, 제발 관면(官面)을 보아 내 의복은 벗기지 말고, 이대로 수거에 실어주시오."

황신은 그 말을 선뜻 승낙한다.

"그래라, 그만한 청이야 못 들어주겠니!"

라고 답한 후, 황신은 이날 유지채와 더불어 말을 타고 1백 50명의 병정을 거느린 채 송강과 화영을 태운 수레를 몰아 청주부를 향하여 길을 재촉하며 떠났다.

그들이 청풍채를 떠난 지 불과 40리도 못 가서 앞서 가던 병정이 맞은편 숲속을 가리키면서 한마디 한다.

"저 숲속에서 어떤 놈이 우리 쪽을 엿봅니다."

이 소리에 병정 놈들은 일제히 걸음을 멈추었다.

황신이 마상에서 꾸짖는다.

"왜들 안 가고 섰느냐?"

"저 숲속에서 우리를 엿보는 놈이 있답니다."

황신은 또 꾸짖었다.

"엿보는 놈이 있기로 어떻단 말이냐? 어서 빨리 가자!"

이리하여 일행은 다시 행진을 계속했는데, 그들이 겨우 산기슭에 있는 수풀에 이르렀을 때, 별안간 숲속으로부터 2, 30개의 큰 징을 울리는 소리가 요란하게 일어나며 그와 동시에 함성이 천지를 진동시켰다. 이때 죄수를 압송하던 병정 놈들은 손발이 떨려 어쩔 줄을 몰라 하다가, 모두 도망하려고 들었다.

이 꼴을 당하고 황신은 크게 호령했다.

"이놈들! 허둥대지 말고, 내 좌우로 벌려 섰거라!"

그리고 그는 유지채를 돌아다보고 말했다.

"유지채는 수거를 꼭 지키시오!"

그러나 유지채는 벌써 마상에서 정신이 혼란해져 그 말에는 대답도 못 하고 속으로 빌었다.

"어려운 일, 괴로운 일을 죄다 구해주시는 옥황상제께 비옵니다. 소인이 10만 권의 경(經)을 읽고 3백 군데에 사찰을 세우겠사오니, 이 목숨 하나만 제발 덕분에 살아 있게 해주십시오!"

그러나 황신은 유지채와는 달라서 무관이므로 담력이 상당했다.

그는 즉시 말을 채찍질하여 앞으로 나가 보니 숲속으로부터 4, 5백명의 졸개들이 쏟아져 나오는데 모두가 기골이 장대하고 얼굴은 흉악하고, 머리엔 붉은 수건을 동여매고, 몸엔 누비동옷[衲襖]을 입고, 허리엔 단도를 찼고, 손엔 기다란 창을 들었다.

졸개들이 쏟아져 나와서 앞길을 막자, 숲속으로부터 도둑떼의 괴수 같은 호한(好漢) 세 명이 나오는데 한 명은 청포(靑袍)를 입었고, 한 명은 녹포(綠袍)를 입었고, 또 한 명은 홍포(紅袍)를 입었으며, 머리에는 소금만자두건(銷金萬字頭巾)을 쓰고, 허리엔 요도(腰刀)를 차고, 손에는 박도(朴刀)를 들었으니, 가운데 있는 사람이 연순이고 좌편은 왕영이요, 우편이 정천수다.

이 세 사람의 두목이 황신 앞에 길을 가로막고 서서 큰소리로 외쳤다.

"이 땅을 통과하려면 매로전(買路錢)으로 3천 관(貫)을 내놓아야 한다!"

이 소리를 듣고, 황신은 마상에서 크게 꾸짖었다.

"너희들이 어찌 감히 이렇게 무례하단 말이냐? 진삼산(鎭三山)이 바로 나란 말이다!"

"진삼산은 그만두고, 진만산(鎭萬山)이라도 소용없다. 매로전 3천 관을 안 내놓고는 못 간다."

"내가 지금 상사의 분부를 받들고서 공사(公事)로 행차하는 도감인데, 매로전이 어디 당한 소리냐!"

"잔소리 마라! 일개 도감 따위… 너 같은 것이 조대신(趙大臣)의 심부름꾼 아니냐. 그동안 백성들한테서 뺏어먹은 돈이 3천 관만 되겠니? 어서 돈을 내놓아라!"

이 소리에 황신은 그만 약이 올랐다.

"저런 도둑놈들! 이렇게도 무례하다니! 이럴 수가 있느냐?"

황신은 이렇게 호령하고 좌우를 둘러보고, 북을 치고 징을 울려 기세를 돋우게 한 다음, 그는 칼을 휘두르며 말을 달려 연순을 들이쳤다.

이때 연순·왕영·정천수 세 명의 두목도 칼을 휘두르면서 내달았다.

황신은 기운을 뽐내어 세 사람을 상대로 싸웠다.

그러나 황신이 제아무리 무예가 출중하기로서니, 어찌 이 세 사람을 당해낼 수 있으랴. 그래서 그는 세 사람을 상대로 십여 합 싸우다가 형세가 불리한 것을 깨닫고 잘못되어 그들에게 사로잡히면 자기 명성만 더럽힌다고 느끼고 급히 말머리를 돌이켜 달아났다.

연순 등 세 명은 그 뒤를 쫓았다.

황신은 유지채를 돌볼 겨를도 없이 혼자서 청풍진을 향해 말을 달렸다.

이 모양을 보고 죄수를 압송하던 1백 50명의 군사들도 일제히 사방으로 흩어져 달아났다.

이렇게 되어 결국 혼자 남아 있게 된 유지채는 소스라치게 놀라 황망히 말머리를 돌려 도망하는 것을, 졸개들이 반마색(絆馬索)으로 유고가 탄 말을 얽어버리니, 유고는 그만 땅 위에 거꾸로 떨어져버렸다. 졸개들은 아우성을 치며 달려들어서 그를 빨가벗긴 다음, 굵은 빨랫줄로 단단히 결박지어버렸다.

이때 화영은 자기가 타고 있던 수거를 깨뜨리고 뛰어나와서 자기 몸에 묶여 있는 줄을 모조리 끊어버리고, 송강을 수거 밖으로 구하여냈다. 연순 등 세 명의 두목은 유지채의 의복을 송강에게 입히고 그를 말에 태워 먼저 산으로 올려보낸 후, 화영과 함께 졸개들을 거느리고 유지채를 묶어 앞세우고 산채로 돌아갔다. 원래 연순 등 세 명의 두목은 송강의 소식이 궁금하여서 몇 명 졸개를 청풍진으로 보내 알아보게 했더니, 졸개가 돌아와 보고하기를, 화지채와 송강이 유고의 손에 붙잡히어 청주부로 압송되는 모양이라 하므로, 이 말을 듣고 그들은 곧 졸개들을 거느리고 큰길로 내려와서 길목을 지키고 있다가 송강과 화영을 구하고 유지채를 사로잡은 것이다.

일행이 산채에 돌아오니, 때는 벌써 2경이나 되었다.

연순 등 세 명의 두목들은 송강과 화영을 취의청(聚義廳)으로 인도하여 상좌에 좌정하게 한 후, 금시에 음식을 내오게 하여 대접하는 한편, 졸개들에게도 술을 내려주었다.

이때 화영이 세 명의 두목을 보고 감사하다는 인사를 하고 말한다.

"이번에 세 분 장사의 덕택으로 저와 저의 형님이 생명을 보전하고 또 원수를 갚게 되었으니, 이 은혜를 무엇으로 갚아야 할지 모르겠습니다. 그러나 저의 아내와 누이동생이 청풍채 안에 그대로 있으니 필연코 황신한테 사로잡힐 것이라, 어떻게 그들을 구해낼 도리가 없을는지요?"

연순이 대답했다.

"염려 마시오… 내 생각 같아서는 황신이 감히 부인을 어쩌지는 못할 줄 압니다. 또 설사 불손한 일이 있다 하더라도, 제가 청주부로 나가려면 반드시 이 산 아래로 지나가야 할 것이니까 그전에 몇 놈을 내려보내서 소식을 알아오게 하고, 내일 식전에 우리 형제 세 사람이 산에서 내려가서 부인과 매씨를 모셔오면 그만입니다."

"참으로 감사합니다!"

화영이 이렇게 감사하자, 송강이 말한다.

"유지채란 놈을 잡아왔다는데 그놈을 어디 두었소? 지금 곧 잡아들이도록 하시오."

"그놈을 아까 장군주(將軍柱)에다 매어놓게 했지요. 지금 곧 배를 가르고서 그놈의 간을 꺼내오라 하겠습니다."

이때 화영이 일어서면서 송강을 보고,

"형님! 그놈은 제가 요절을 내죠!"

이같이 말하고서 뜰아래로 내려가서 칼을 번쩍 들어 유지채의 배를 가르고 한 손으로 그놈의 간을 꺼내가지고 올라와서 송강에게 바쳤다. 졸개들은 장군주에서 유지채의 시체를 끌러 한구석에다 치워버렸다.

송강이 말했다.

"저놈은 죽였지만 저놈의 계집년을 마저 잡아 죽이지 않고서는 내 속이 시원치 않겠다!"

이 말을 듣고 왕영이 얼른 대꾸한다.

"형님, 염려 마십시오! 내가 내일 내려가서 그년을 잡아다가 요긴하게 쓰겠습니다!"

이 소리에 그만 좌중의 호걸들은 모두 웃음을 터뜨리고 말았다. 이리하여 이날 밤 그들은 즐거이 술 마시며 객담을 하다가 밤이 깊은 후 연석을 파했다.

이튿날 아침 그들은 다시 취의청에 모여서 청풍채를 칠 의논을 시작하자, 연순이 먼저 입을 열었다.

"아이들이 어제 모두 다 피곤했을 거니까, 오늘 하루는 편히 쉬게 하고, 내일 일찌감치 내려가도 늦지는 않을 건데…."

송강도 이 말에 찬성이다.

"그래, 그 말이 좋겠소."

그러자 모든 사람이 옳다고 찬성하게 되어, 이날은 인마(人馬)가 움직이지 아니했다.

한편, 병마도감 황신은 청풍산 아래서 필마단기(匹馬單騎)로 몸을 빼쳐 청풍진 대채로 돌아와, 즉시 인마를 점검한 후 사방의 채문을 굳게 파수 보게 한 다음, 신장(申狀)을 써서 두 명의 교군두목(敎軍頭目)에게 주어 말을 달려서 이 사실을 모용 지부에게 보고했다.

모용 지부는 신장을 받아보고서 그 밤으로 공청에 나와 앉았다.

'화영이 조정을 배반하고 청풍산 강도들과 결탁을 하다니… 청풍채의 형세가 위급하니 양장(良將)을 보내 지방을 안전하게 보수하라 했으니… 어찌하면 좋단 말이냐?'

그는 걱정을 하다가 청주지휘사(靑州指揮司) 총관본주(總管本州) 병마통제(兵馬統制)로 있는 진명(秦明)을 청하여 중대한 이 사건을 의논하기로 작정하고 즉시 사람을 진명에게 보냈다.

그런데 '본주 병마통제'로 있는 진명이라는 장수는 본래 산후 개주(山後 開州) 사람으로서 성질이 조급하고, 목소리는 우렛소리 같아서, 사람들이 그의 별명을 벽력화(霹靂火)라고 부르는 터인데, 그는 낭아봉(狼牙棒)을 잘 쓰며 만부부당지용(萬夫不當之勇)을 갖췄다. 이날 그는 지부 상공의 초청을 받고 부리나케 부중으로 들어갔다.

모용 지부는 그를 맞아들여 인사를 나눈 후, 즉시 황신으로부터 올라온 비보신장(飛報申狀)을 그에게 보였다.

진명은 그것을 받아보고 대단히 흥분해서 말했다.

"홍건적(紅巾賊)들이 이다지도 무례할 수가 있나? 그렇지만 상공은 너무 염려 마시오! 내가 비록 재주는 없으나 곧 군마를 거느리고 나가서 도둑놈들을 모조리 잡아오리다!"

모용 지부가 말한다.

"그러나 장군이 만일 출동하시는 것이 늦어지면, 이놈들이 반드시 청풍채를 들이칠 것 같소이다."

"그럴 리가 있습니까? 지만(遲慢)하지 않고, 오늘 밤으로 인마를 점기(點起)하여, 내일 아침엔 떠날 생각이오이다!"

지부는 이 말을 듣고 대단히 기뻐하면서 즉시 술과 고기와 건량(乾糧)을 갖추어서 내일 성 밖에까지 자기가 나가서 상급을 주겠노라고 약속을 했다.

진명은 지부 앞에서 물러나와 말을 타고 지휘사로 들어가서 마군(馬軍) 1백 명과 보군(步軍) 4백 명을 점검해본 후, 그 이튿날 새벽 일찍이 '병마총관 진통제(兵馬總管秦統制)'라고 크게 쓴 홍기(紅旗)를 앞세우고 군마를 거느리고 성 밖으로 나갔다.

이보다 앞서 모용 지부는 성 밖에 있는 사원 안에서 만두를 찌고, 고기를 삶고, 술을 데워가며 군사가 도착하기를 기다리고 있다가, 마침내 진명이 7백 명의 군사를 거느리고 성에서 나오는 것을 보니, 과연 영웅 같아 보이므로 마음이 흡족했다.

진명이 말에서 내려 지부에게 인사를 드리니까, 지부는 술잔을 들어주며 진총관에게 당부했다.

"형편을 잘 보아서 속히 개가를 올리도록 부탁하오!"

그리고 모용 지부는 군사 한 사람 앞에 술 세 사발, 만두 두 개, 삶은 고기 한 근씩 나누어주어 호군(犒軍)하기를 마치자, 진총관은 신포(信砲)

를 한 방 올린 후 몸을 날려 말에 올라탄 다음, 대오를 정돈하여 군사를 거느리고서 청풍채를 향하여 떠났다.

이때 산채에서 내려왔던 졸개들은 성 밖에서 이런 일을 모조리 정탐하고 부리나케 산상에 올라가서 보고했다.

연순 등 세 명의 두목과 송강과 화영은 이때 함께 모여 앉아서 청풍채를 습격할 의논을 하고 있다가, 뜻밖에 벽력화 진명이 군사를 거느리고 산 아래에 이르렀다는 졸개들의 보고를 듣고 모두들 소스라치게 놀랐다.

그러나 오직 화영은 태연하게 말한다.

"여러분, 과히 염려하실 것 없소이다. 자고로 이르기를 '병림고급(兵臨告急)하면 필수사적(必須死敵)'이라 하지 않았습니까? 아이들을 배불리 먹인 후에 내 말대로만 하십시다. 우선 힘으로 당하고, 다음엔 꾀로 잡읍시다."

이렇게 말하고 화영이 음성을 낮추어 자세히 자기 계교를 이야기하니까, 그 말을 듣고 송강은 무릎을 치고 좋아한다.

"됐어! 그거 좋은 계교인데! 여러분 그대로만 해봅시다!"

연순 등 세 명의 두목들도 그 계교를 따르기로 하고 즉시 졸개들에게 영을 내려 각기 준비를 급히 하게 되니, 화영은 친히 자기가 한 필 말과 갑옷 한 벌과 궁전철창(弓箭鐵槍) 등을 모두 준비해놓고 때가 오기만 기다렸다.

한편, 진명은 이때 군사를 거느리고 청풍산 아래 10리 밖에 이르러 채책(寨柵)을 둘러 세우고, 그다음 날 5경에 밥을 지어 군사들을 배불리 먹인 다음, 신포 한 방을 터뜨리고 바로 청풍산을 향하여 올라가다가 산기슭 널찍한 풀밭에 인마를 벌여 세우고, 뇌고(擂鼓)를 크게 울렸다.

그러자 문득 산 위에서 징소리가 요란하게 울리면서 한 떼의 인마가 쏟아져 내려온다.

진명이 낭아봉을 비껴들고 눈을 부릅뜨고 바라보고 있노라니까, 졸 개들이 화영을 옹위하여 언덕 아래까지 오더니 바라를 울리며 진(陣)을 친다. 그러더니 화영이 철창을 휘저으며 달려나와서 진명을 보고 한마 디 한다.

"진총관, 무고하시오?"

진명은 큰소리로 꾸짖었다.

"화영아! 네가 대대 장문(將門)의 자손으로 조정이 너를 등용하여 지 채(知寨)를 삼으시고 일경지방(一境地方)을 너한테 맡기고, 너에게 녹(祿) 을 내리시기를 부족함이 없었거늘, 네가 어째서 적구(賊寇)와 결탁해 조 정을 배반한단 말이냐? 내가 이번에 너를 잡으러 온 터이니, 네가 만일 조금이라도 사리를 아는 놈이거든 빨리 말에서 내려서 결박을 당해라! 공연히 내 손을 더럽히게 하지 마라!"

화영은 이 말을 듣고 얼굴에 웃음을 띠고 공손히 말한다.

"총관! 내 말씀을 들어주시오. 화영이 어찌 즐겨서 조정을 배반하리 까? 사실 말하자면, 유고가 무(無)에서 유(有)를 만들어내어 사사로운 원수를 공사(公私)에 얽어 나를 죄인을 만든 까닭으로, 그래서 화영은 집이 있어도 갈 곳이 없어지고, 나라가 있어도 용납되지 못하는 신세가 되어 부득이 이곳에 피신하고 있답니다. 총관께서 부디 이 사람의 사정 을 살펴주십시오."

진명은 또 꾸짖는다.

"네가 얼른 내려와서 결박당하지 않고 도리어 희번드르한 말로써 군 심(軍心)을 어지럽힐 작정이냐?"

그는 이렇게 꾸짖고 곧 좌우로 하여금 북을 울리어 위엄을 돋우는 동 시에, 낭아봉을 꼬나잡고 화영을 바라보며 달려들었다.

화영은 소리 높여 웃었다.

"네가 평소에 내 상관이었기에 내가 겸사하느라고 한 말이지, 내가 참말로 너 같은 것을 두려워하는 줄 알았더냐?"

그는 곧 창을 휘두르며 진명을 상대해서 싸우기 시작했다.

두 사람이 피차에 수단을 다해가며 싸우기 4, 50합 했건만 좀체 승부가 나지 아니했다.

그러자 화영은 문득 실수하는 기색을 보이고, 말머리를 돌이켜 산 아래 좁은 길로 달아나기 시작했다. 진명은 크게 노하고 그 뒤를 쫓아갔다.

그가 쫓아오는 것을 보고 화영은 들었던 창을 허리에 찬 갈고리에 꽂고, 왼손에 활을 쥐고, 오른손에 화살을 쥐고 마상에서 몸을 비틀어 쫓아오는 진명의 투구를 과녁하고서 한 대를 쏘니, 시위 소리 울리자 진명의 투구 위에 있는 홍영(紅纓)을 맞추어 떨어뜨렸다.

진명은 깜짝 놀라, 감히 쫓아가지 못하고 말머리를 돌이켰다.

화영은 진명이 쫓아오지 않는 사이 졸개의 무리들을 이끌고 그대로 산 위로 올라가버렸다.

진명은 그들이 무사히 돌아가는 꼴을 보고 다시 크게 노해서 북을 치고 징을 울리며 길을 찾아 산 위로 올라갔다.

그러나 고개를 두 개 넘어서자, 높은 봉에서 별안간 굵은 나무토막과 바윗돌과 회병(灰瓶)·금집(金汁) 따위가 마구 쏟아져 내려와, 군사들 가운데 즉사하거나 중상당하는 자가 삽시간에 4, 50명이나 생겼다.

그리고 나머지 군사들은 제각기 앞을 다투어가며 산에서 내려왔다.

진명은 본래 성질이 조급한지라, 이 꼴을 당하고 더욱 분해서 그는 다시 군사를 수습하여 길을 찾아가며 산 위로 올라갔다. 시각은 오정 때쯤인데 적의 그림자는 보이지 않는다.

이때 문득 서쪽 산에서 징소리가 요란하게 나며, 잡목이 우거진 속에서 한 쌍의 홍기(紅旗)를 가진 적이 달려나온다. 진명은 즉시 군사를 휘동하여 그쪽으로 달려갔다. 그러나 그 산 아래 이르러 보니, 징소리도 안 들리고 홍기도 안 보인다. 진명은 말을 멈추고 길을 찾았다.

그런데 산중에 정로(正路)라고는 아무리 찾아도 안 보이고 오직 나무꾼이 지나다닌 듯싶은 길 자국이 있는데, 그나마도 나무토막과 가시덤불을 짚더미만큼 쌓아올렸기 때문에 통행할 도리가 없다.

그래서 진명은 군사를 시켜 그것을 치워가며 길을 트게 하고 있으려니까 후방에 있던 군사가 달려와서,

"지금 동쪽 산에 징소리가 울리더니, 거기서 홍군(紅軍)이 또 나왔습니다…."

이같이 보고한다.

진명은 급히 군사를 거느리고 숨 가쁘게 동쪽 산으로 달려갔다.

그러나 동쪽 산 밑에 다다라서 아무리 살펴보아도 홍기는 안 보이고, 징소리도 안 들린다.

진명은 군사들로 하여금 사방으로 길을 찾아보라 했건만 역시 길이라고는 없고, 가시덤불과 나무토막을 높다랗게 쌓아놓은 작은 길밖에 없다.

진명은 어찌할까 하고 망설이고 있었는데, 이때에 탐사하는 병정이 달려와서 보고한다.

"지금 서쪽 산에서 징이 울리고 홍군이 또 나왔습니다."

진명은 다시 군사를 서쪽 산으로 몰아서 달려갔다.

그러나 서산에 당도해보니, 징소리도 들리지 않고 홍군의 그림자도 없는 것이 아까와 마찬가지다.

진명은 본래 성급한 위인인지라, 노기가 충천하여 이를 북북 갈면서 어찌할 바를 몰라 하는데, 또 동쪽 산에서 천지를 진동시키는 징소리가 요란하게 울린다.

진명은 또 군사를 휘동하여 그쪽으로 달려갔다. 그러나 그곳에 당도해보니, 역시 사람도 안 보이고 홍기도 안 보인다.

진명은 기어코 산 위로 올라가 보려고 군사들로 하여금 길을 찾게 하

고 있을 때 다시 서쪽 산으로부터 함성이 요란하게 들린다.

진명은 더욱 노기가 충천하여 또 한 번 군사를 휘동하여 소리 나는 곳을 찾아갔다. 그러나 역시 그곳에 당도해보니 산 위나 산 아래나 사람의 그림자라고는 볼 수 없다.

진명은 공연히 군사들만 호령호령하면서 길을 찾게 하고 있을 때, 갑자기 병정 한 놈이 앞으로 달아나오면서 아뢴다.

"저기 동남산에 일조대로(一條大路)가 있는데, 아마 그게 산채로 들어가는 길인 것 같습니다!"

이 말을 듣고 진명은 즉시 군사를 휘동하여 동남산을 바라보고 달려갔다.

이때 날은 이미 저물었고 반나절 동안이나 동쪽 서쪽으로 분주히 왔다 갔다 했기 때문에, 사람은 피곤하고 말은 지쳐버렸다.

진명은 동남산에 올라갈 생각을 그만두고, 산 아래에다 하채(下寨)하고서 군중에 영을 내려 저녁밥을 짓게 했다. 바로 그때 산꼭대기에 횃불이 무수히 일어나고, 징소리 북소리가 요란스럽게 울린다.

진명은 분함을 견딜 수 없어서 마군(馬軍) 50명을 이끌고 산꼭대기로 치달아 올라갔다. 그러나 절반도 못 올라갔을 때, 뜻밖에도 수풀 속으로부터 화살이 무수히 날아와서 군사가 태반이나 상했다.

진명은 하는 수 없이 다시 산 아래로 내려와서 군사들을 재촉하여 밥을 짓고 있으려니까, 이제는 산꼭대기에 아까보다 더 한층 횃불이 휘황해지면서 휘파람 부는 소리가 자기들을 조롱하는 것처럼 들려온다.

진명은 급히 군사를 이끌고서 또 산꼭대기를 올라가려 했는데 그때 횃불은 일시에 탁 꺼져버리고 휘파람 소리도 사라져버렸다.

이날 하늘엔 달이 있기는 했으나 흰 구름에 가리어서 명랑하지는 못했다. 그래서 진명은 군사를 시켜 잡목에다 불을 지르게 했다.

그때, 산 위로부터 피리 소리가 들리는 게 아닌가.

진명은 말을 몰아 그편으로 향하여 올라갔다. 거의 다 올라가서 보니 거기엔 횃불이 여남은 개 밝혀 있고, 그 불빛 아래 화영과 송강이 마주 앉아서 술을 먹고 있는 것이었다.

진명은 그만 분통이 터지는 것 같아서, 그 자리에 말을 세우고 큰소리로 두 사람을 꾸짖었다.

"이 역적 놈들아!"

이 소리를 듣고 화영이 고개를 돌려 아래를 내려다보며 한마디 했다.

"진총관! 너무 역정을 내지 마시오! 오늘은 그냥 돌아가서 편히 쉬고 우리 내일 다시 만나서 한번 겨루어봅시다그려!"

진명은 소리를 질렀다.

"이놈들, 역적 놈들! 이리로 썩 내려오지 못하겠느냐? 네놈들이 나하고 3백 합만 싸워보겠니?"

그러나 화영은 조롱하는 듯, 허허! 웃고 나서 말한다.

"진총관! 당신이 오늘 무척 고단하실 거요. 그러니 지금 내가 당신과 싸워서 이긴대도 누가 날더러 강하다고 칭찬을 안 할 거라! 그러니까 오늘은 그냥 돌아가고, 우리 내일 다시 만납시다!"

진명은 이 소리를 듣고 더욱 분했다.

그대로 산꼭대기로 올라가고 싶으나, 한편으론 화영의 화살이 겁도 난다. 그래서 그는 그대로 거기 서서 꾸짖고 욕하기만 했다.

그러자 산 아래 자기 영채(營寨) 안에서 군사들이 떠드는 소리와, 말들의 울음소리가 요란하게 들렸다.

진명은 깜짝 놀라 급히 산 아래로 달려와 보니, 뜻밖에도 그쪽 산 위로부터 화포(火砲)와 화전(火箭)이 쏟아져 내리는데, 또 등 뒤의 수풀 속으로부터 수십 명의 졸개들은 궁노(弓弩)를 쏘아대므로, 본부 인마들이 산 아래의 깊은 구렁텅이 속으로 몸을 피신하느라고 떠들고 야단법석이다. 이때는 벌써 3경이다.

이리하여 군사들이 구렁텅이 속으로 들어가서 화살을 피하고 있을 때, 뜻밖에도 상류두(上溜頭)로부터 물이 쏟아져 내려서 삽시간에 구렁텅이가 연못으로 변해버리니 본부 인마는 모두 물속에 잠기고 마는 게 아닌가. 그래서 군사들은 서로 살아나려고 앞을 다투어 언덕 위로 오르려 하다가, 간신히 기어올라온 자는 언덕에서 기다리고 있던 졸개들에게 모조리 붙들려버리고, 그나마 기어나오지 못한 자는 그대로 물귀신이 되고 만다.

진명은 목전의 이 광경을 보고 너무도 분해서 뇌문(腦門)이 빠개지는 것 같다.

그는 사방을 둘러보다가, 바로 가까운 곳에 좁다란 길이 하나 있는 것을 보고서, 그길로 말을 몰아 산 위로 올라가려 했다.

그러나 미처 4, 50보(步)를 못다 가서 진명은 말과 함께 함정 속으로 떨어져버렸다.

이때 함정 좌우에 숨어 있던 50명의 요구수(撓鉤手)들이 달려나와서 진명을 밖으로 끌어내었다. 이렇게 되고 보니, '청주부 지휘사 총관본주병마진통제'도 별수 없다. 전오(戰襖) · 의갑(衣甲) · 두구(頭具) · 군기(軍器)를 졸개들한테 모조리 빼앗기고, 새빨간 알몸뚱어리가 굵은 밧줄로 단단히 묶여지고 말았다. 이 같은 전법(戰法)은 온전히 화영과 송강 두 사람의 계교로 꾸며졌던 것이니, 먼저 졸개들을 시켜 혹은 동쪽에서 혹은 서쪽에서 진명을 꾀어 갈팡질팡하게 하여 기운이 지치도록 만들어놓고, 미리 흙부대로 막아두었던 냇물을, 밤이 깊어서 진명의 군사가 화살을 피하느라고 구렁텅이 속으로 죄다 들어간 후에 터놓았던 것이다.

이리해서 진명이 거느리고 온 5백 명 군사 가운데서 태반은 물에 빠져 죽었고, 나머지 1백 6, 70명은 모조리 사로잡혀버리고, 또 7, 80마리의 말도 고스란히 빼앗기고 말았다.

졸개들은 진명을 사로잡아 산으로 올라갔다. 산채에 들어가니, 날이 훤히 밝아온다.

이때 다섯 명의 호걸들은 취의청 위에 앉아 있다가 진명이 결박당해 끌려 들어오는 모양을 보고 화영이 급히 뛰어내려 오더니 진명의 몸에서 밧줄을 끌러버리고 그의 손을 붙들고 청상(廳上)으로 올라가서, 그 앞에 엎드리어 보기 좋게 절을 하는 것이었다.

진명은 천만 뜻밖에 화영이 우대하는 바람에 당황했다.

"이거 웬일이시오? 나는 이미 사로잡힌 몸, 장군이 나를 찢어 죽인대도 좋을 터인데… 나한테 절을 하다니, 이러지 마시오!"

"아니올시다. 졸개 놈들이 귀하신 어른을 몰라뵙고서 이렇게까지 장군을 모독했으니, 부디 용서해주십시오."

화영은 이렇게 말하고 즉시 비단옷 한 벌을 내어다 진명에게 준다. 진명은 그 옷을 받아 입고 나서 화영을 보고 묻는다.

"저기 가운데 앉으신 분은 누구시오?"

"저분은 운성현 송압사(宋押司) 송강이시고, 여기 이분들은 이 산채의 주인 되는 연순·왕영·정천수 세 분이올시다."

"아니, 송압사시라니, 그럼 산동의 급시우(及時雨) 송공명(宋公明)이란 분이 아니신가요?"

화영이 미처 대답하기 전에 송강이,

"네, 제가 바로 송강입니다."

이렇게 말하자, 진명은 얼른 일어나서 절을 드리며,

"선성은 익히 들었습니다마는, 여기서 이렇게 뵈올 줄은 참으로 뜻밖입니다."

이같이 말한다.

송강은 황망히 답례를 했으나, 그가 다리를 놀리는 형상이 매우 불편해 보이므로 진명이 묻는다.

"다리가 매우 불편하신 것 같은데 웬일이십니까?"

그가 이같이 물으므로 송강은 자기가 운성현을 떠날 때로부터 유지채한테 붙들려서는 형벌을 받게 되기까지 자초지종을 대강 이야기했다.

송강의 내력을 듣고 나더니, 진명은 머리를 설레설레 저으면서 말한다.

"그거 참! 한쪽 말만 듣고서 일을 이렇게 그르쳤습니다그려! 저를 돌려보내 주시기만 하면, 모용 지부를 뵈옵고 자세한 말씀을 드리겠습니다."

연순이 말한다.

"그리 급하실 거 있습니까, 며칠 유하시고 서서히 가시지요."

그는 이렇게 권하고 즉시 연석을 베풀게 한 후 졸개들은 모두 산등에 있는 뒤채에 들어가서 나오지 않게 지시하고서 진명을 대접했다.

진명은 술을 몇 잔 기울인 뒤에 곧 자리에서 일어나며 말했다.

"여러분이 진명을 죽이시지 않겠거든 회갑(盔甲), 마필(馬匹), 군기(軍器)를 내다주시오."

연순이 응대한다.

"총관께서 청주로부터 5백 병마(兵馬)를 거느리고 나오셨다가 이제 죄다 잃어버리셨으니, 무슨 면목으로 다시 고을 안에 발을 들여놓으시며, 또 모용 지부인들 어찌해서 총관을 죄(罪) 주지 아니하겠습니까? 저의 생각 같아서는 이대로 이곳에 머물러 계셔, 우리와 함께 고락(苦樂)을 겪으시는 게 좋을 성싶습니다."

이 말을 듣더니 진명은 즉시 뜰아래로 내려서면서,

"진명은 살아서는 송(宋)나라의 사람이요, 죽어서는 송나라의 귀신이 될 작정이외다! 조정에서 나를 병마총감을 삼으시고 겸하여서 통제사의 관직을 내리신 터인데 내가 어떻게 녹림(綠林)에 몸을 던져 조정을 배반하리까? 여러분이 나를 죽이시려거든 어서 죽이시오! 내 뜻은 결단코 굽히지 못하겠소이다."

홍분된 어조로 이렇게 말하므로 화영이 쫓아내려가 그를 붙들었다.

"총관의 마음은 잘 알았습니다. 이제 연석이 파하면 의갑과 군기를 돌려드리겠으니, 염려 마시고 어서 자리로 올라가십시다."

화영이 이같이 붙들므로 진명은 다시 자리로 돌아와서 송강과 연순 등 세 명의 두령이 권하는 대로 술을 받아 마시다가 마침내 취하도록 마시고 결국 그들의 부축을 받아 방에 들어가서 쓰러져 잠들어버렸다.

진명이 한잠을 늘어지게 자고서 눈을 떠보니 때는 진패시분(辰牌時分)이다. 그는 곧 뛰어 일어나서 부랴부랴 세수를 하고,

"자아, 그만 나를 내려가게 해주시오."

화영을 깨워서 이렇게 청했다.

그러나 호걸들은 아침밥이나 자시고서 내려가라고 붙드는 것이었다.

그러나 진명은 원체 조급한 사람인지라 조반도 일없다고 급하게 서두르므로 그들은 간신히 술과 더운 국을 몇 술 들게 한 뒤에 그제야 두구·의갑·마필·군기를 내다주므로 진명은 분주히 갑옷 입고, 투구 쓰고, 낭아봉을 비껴들고 말에 올라 산 아래로 내려갔다. 하늘은 이미 환하게 밝았다.

청풍산을 이렇게 떠나서 청주부를 향하여 말을 달리기 십 리, 멀리 바라다보니 연기가 자욱하게 일어나며, 길에는 사람의 그림자가 하나도 없다.

이상하다 생각하면서 진명이 성 밖에 당도해 보니, 본래는 수백 호의 인가가 있던 곳이 불에 홀랑 타버리고서 돌멩이와 기왓장만 널려 있는 넓은 벌판이 되어버렸는데, 여기저기엔 불에 타 죽은 남녀노소의 시체가 수두룩했다.

진명은 이 끔찍한 광경에 한편으론 놀라고 한편으론 의심하면서, 그곳을 빨리 지나 성문 앞에 이르러 보니, 이건 또 어찌된 까닭인지 성문이 꼭 닫혀 있고, 적교(吊橋)는 높이 쳐들려 있고, 성 위에는 군사와 정기

(旌旗)가 늘어섰고, 뇌목(檑木)과 포석(砲石)이 그득 쌓여 있는 게 아닌가.

"어서 조교를 내려놓고, 문을 열어라!"

진명은 성 위를 바라다보고 소리를 질렀다.

이때 성 위에서 그를 알아본 자가 있어서 그놈이 북을 두드리니까, 와 하는 군사들의 고함 소리가 일어난다.

진명은 다시 한 번 소리를 질렀다.

"나는 진총관이다! 왜 문을 열지 않느냐? 어서 열어라!"

이렇게 외쳤을 때, 이때 성 위에 모용 지부가 나서면서, 목소리를 가다듬어 그를 내려다보고 꾸짖는다.

"이 반적(反賊)아! 네 이놈, 참으로 뻔뻔스러운 놈이로구나! 간밤에 도적떼를 몰고 와서 성을 들이치고, 죄 없는 수천 명의 백성을 죽이고, 수백 호 인가를 불태우고, 그리고 지금 또 와서 성문을 열라는 게냐? 조정이 너한테 섭섭하게 한 일이 없는데, 너는 도리어 반심(反心)을 먹고 이렇듯 불인(不仁)한 짓을 하니, 참으로 너 같은 것은 천참만륙(千斬萬戮)해도 시원치 않은 놈이다!"

뜻밖의 말을 듣고 진명은 깜짝 놀랐다.

"그게 웬 말씀이오? 진명이 도적을 치러 갔다가 비록 군사를 잃고 불행히 그놈들한테 사로잡혀 산채로 끌려갔다가 이제야 겨우 몸을 빼쳐 산에서 내려오는 길인데, 간밤에 내가 와서 성을 치다니… 그게 무슨 말씀이오?"

"이놈아! 내가 모를 줄 알고 그따위 소리를 하느냐? 네가 바로 그 말 타고, 그 투구, 갑옷에 낭아봉을 들고서, 도둑놈들을 지휘하여 성을 치고 불을 지른 것을 분명히 내 눈으로 보았다! 네가 이놈, 네 처자를 성에서 빼가려고 다시 와서 그따위 수작을 하는 모양이다마는, 네놈의 집안 식구를 내가 그냥 두었을 성싶으냐? 자아, 자세히 좀 보아라!"

모용 지부는 이렇게 말하고 곧 군사를 시켜 진명의 처자와 식구들의 모가지를 창끝에 꿰가지고 성 위에서 치켜들어 보이니, 이 끔찍한 광경에 진명은 그만 눈앞이 캄캄해지고 기가 막혀서 가슴이 터지는 것 같다.

이때 성 위에서 화살이 빗발치듯 쏟아졌다.

진명은 하는 수 없이 말머리를 돌이켜 성 앞에서 떠나니 눈앞에 보이는 빈 벌판에서는 아직도 타고 남은 붉은 불길과 검은 연기가 그대로 일어나고 있다.

'이 지경을 당해서 내 더 살아서 무엇하노!'

가슴이 뻐개지는 듯 길게 한숨을 쉬고 그는 죽을 곳을 찾아서 폐허를 지나 아까 오던 길을 되돌아갈 때, 십 리를 못 가서 맞은편 숲속으로부터 한 떼 인마가 달려나오는데, 가만히 보니 앞에 선 다섯 필 말 위에 있는 다섯 명의 호걸은 다른 사람들이 아니라 송강·화영·연순·왕영·정천수의 무리들이다.

그들은 수백 명의 졸개를 거느리고 오다가 진명이 앞에 이르더니 먼저 송강이 마상에서 허리를 굽혀 인사를 하고 한마디 묻는다.

"총관은 청주로 돌아가시겠다더니 어찌하여 되돌아오십니까?"

진명은 흥분된 어조로 대답한다.

"천하에 용납 못할 어떤 도둑놈이, 간밤에 나와 꼭 같은 모양을 하고 청주성을 들이치고는, 양민을 죽이고, 인가에 불을 지르고, 내 집 식구가 몰살당하도록 일을 저질러버렸으니, 이제는 내가 하늘에 오르려도 길이 없고, 땅속에 들어가고 싶어도 들어갈 구멍이 없게 된 신세라, 만약에 그놈을 만나기만 하면 이 낭아봉으로 그저 그놈을 가루를 만들어버리겠소!"

이 말을 듣고 송강이 위로한다.

"총관! 고정하시오. 내가 다소 아는 것이 있지만 여기서는 이야기하기 어려우니, 우리 함께 산으로 올라가십시다."

진명은 어차피 갈 곳 없는 몸인지라, 우선 그들을 따라서 다시 청풍산으로 올라갔다. 길을 가는 동안 그들은 아무도 입을 벌리지 아니했다.

일행이 산정(山亭) 앞에 이르러 말에서 내려 산채로 들어가니, 졸개들은 어느 틈에 술과 안주와 과일을 연석 위에 배설해놓고 기다리고 있는 것이었다.

송강 이하 산채의 호걸들은 취의청에 올라서더니 진명을 한가운데 자리에 좌정하게 한 후, 일제히 그 앞에 무릎을 꿇고 엎드려버렸다.

진명은 어찌된 영문을 모르면서 자기도 교의에서 내려와 답례하고 꿇어앉으니까, 송강이 공손하게 말한다.

"저희들이 어제 총관을 산채에 머물러 계시게 하려고 여러 번 말씀을 올렸으나 총관께서 끝내 듣지 않으시기에 제가 계교를 짜내서, 졸개놈 가운데서 얼굴과 몸집이 총관과 비슷한 자를 골라가지고, 총관의 갑옷, 투구를 씌우고, 낭아봉을 들려서 총관의 말에 태운 후 졸개를 거느리고 바로 청주성을 들이치게 했습니다. 사람을 죽이고 불을 지른 것도 오직 총관의 돌아가실 길을 끊기 위함이었습니다. 저희들의 뜻이 이러했으나 총관께는 죄를 지었으니, 그저 죄를 내리십시오."

이 말을 듣고 진명은 기가 칵 막혔다.

그는 입을 벌린 채 한동안 말을 못 하다가 겨우 입을 열었다.

"여러분이 이 사람을 산채에 두어두시려는 호의는 알겠소이다마는, 참으로 그 계교가 너무도 잔인합니다! 내 처자 권속이 그 통에 아주 몰살당하고 말았구려!"

"그렇긴 합니다마는, 그렇게라도 안 하고서야 어디 총관이 단념을 하시겠소? 이번에 부인을 잃으셨습니다만, 마침 화지채한테 매씨가 한 분 있는데, 재색(才色)을 겸비하고 있습니다. 이 송강이 중매 들 터이니 총관은 그리로 속현하도록 해보십시오."

그러자 연순 등 여러 사람이 모두 좋은 말로 권한다.

이렇게 모든 사람이 자기를 공경하고 사랑하는 것을 보고 진명은 마침내 마음을 허락하여 산채에 머물러 있기로 했다.

　이렇게 되자 모든 사람이 송강을 받들어 상좌에 앉히고, 좌우에 진명과 화영, 그다음에 연순·왕영·정천수가 차례로 둘러앉아서 술을 마시며 청풍채 들이칠 일을 의논했다. 그러자 그들의 의논을 듣고 있던 진명이 그들의 말을 가로막는다.

　"이 일은 지극히 용이한 일이니 별로 의논할 것도 없소이다. 첫째 지금 그곳을 지키고 있는 황신으로 말하면 바로 내 수하 사람이요, 둘째 제가 나한테서 무예를 배웠고, 셋째 사사로이도 나하고 교분이 두텁소. 내가 내일 찾아가서 황신을 권하여 산으로 들어오게 하고, 화지채에 권솔을 모셔오는 한편, 유고의 계집을 잡아다가 형장의 원수를 갚도록 하오리다."

　이 말에 송강은 물론이요 모든 호걸들이 좋아한다. 이리해서 그들은 취토록 마시고 밤이 깊은 후 각각 처소로 돌아가서 편히 쉬었다.

　이튿날 진명은 아침 일찍이 일어나 조반을 빨리 먹고서 말에 올라탄 후 낭아봉을 비껴들고 산에서 내려왔다.

　이때 황신은 청풍채에 혼자 있으면서 사방의 채문을 굳게 지키며, 청주로부터 응원 군사가 오기만 고대하고 있었는데, 이날 채문을 지키는 군사가 돌아와서 보고하기를,

　"지금 진통제께서 필마단기(匹馬單騎)로 오셔서 채문을 열라십니다."
　라고 한다.

　황신은 보고를 듣고 친히 나가서 그를 맞아들여 대채의 공청으로 인도한 후 급히 물었다.

　"그런데 총관께서 어떻게 필마단기로 오셨습니까?"

　진명은 자기가 청풍산을 치러 갔다가 4, 5백 명의 군사를 잃어버린 사실과, 산채에 붙들려 들어가서 산동의 '급시우 송공명'을 만나, 마침내 자기도 그들과 같이 재물을 우습게 알고 의리를 중히 아는 호걸들과

생사를 같이하기로 결심한 전말을 이야기하고 끝으로,

"자네는 마침 부모처자도 없는 몸이니 언제까지나 문관(文官) 따위들한테 천대를 받을 것 없이, 나하고 함께 산으로 들어가세!"

이같이 권했다.

황신은 그 말을 듣고 주저함이 없이 말했다.

"총관께서 이미 그리하셨다면, 저야 무슨 딴 말씀이 있겠습니까! 그런데 청풍산에 송공명이 있다는 말은 못 들었는데, 그가 어디 있다 왔을까요?"

진명이 입가에 웃음을 띠면서 대답했다.

"자네가 일전에 유고와 함께 청주로 압송하던 운성현의 호장삼이라고 있지 않은가? 그 사람이 바로 '급시우 송공명'이었다네!"

황신은 이 말을 듣고 발을 구르며 한탄한다.

"그거 참! 그런 줄 알았다면 내 손으로 놓아줄 것을… 유고의 말만 곧이듣고 잘못했더라면 큰일을 저지를 뻔했습니다그려."

두 사람이 이야기하고 있을 때, 갑자기 채문을 지키는 군사가 부리나케 들어와 보고하기를, 지금 두 군데 길로부터 수많은 군마(軍馬)가 이쪽으로 달려온다고 한다.

진명과 황신은 즉시 일어나서 말을 타고 채문 밖으로 달려나가 앞을 바라보니, 한쪽 길로 오는 군마의 앞잡이는 송강과 화영이요, 또 한쪽 길로 오고 있는 것은 연순·왕영으로서 각각 1백 50명가량의 졸개를 거느렸다.

황신은 즉시 채문을 크게 열어놓게 한 후, 그들을 급히 안으로 맞아들였다.

이때 송강은 졸개들에게 영을 내려, 백성들에게 추호도 잘못을 범하지 못하게 하고, 우선 남채로 들어가서 유고의 집안 식구를 모조리 잡아죽이자, 왕영은 그 가운데서 유고의 계집을 빼내어 다른 곳으로 물러가고, 졸개들은 서로 다투어가며 유고의 집 금은재물을 꺼내다가 수레 위에 싣는다. 이러는 사이에 화영은 북채로 가서 온갖 재물을 수습하여 수레에 싣고, 자기 아내와 누이동생을 데리고 나왔다. 잠깐 동안에 모든 수습이 끝난 후 일행은 청풍진을 떠나서 산채로 올라갔다.

모든 호걸들이 취의청에 모였을 때 황신이 그들에게 인사를 올리니까 송강은 그를 화영의 다음 자리에 앉게 하고 화영 부인과 매씨는 후원에 거처하게 한 후, 유고의 집에서 가지고 나온 재물은 모두 다 졸개들에게 나누어주었다.

이때, 연순이 왕영을 보고 묻는다.

"유고의 계집년은 어디다 어쨌는가?"

"내 방에다 두었소. 이번엘랑 제발 나한테 맡겨두시오. 아무래도 그건 내 계집을 삼아야 하겠소."

"글쎄, 그건 나중 이야기하고, 우선 좀 불러오게."

송강도 여기서 한마디 했다.

"나도 물어볼 말이 있으니 잠깐 데려오게."

이리하여서 왕영은 자기 처소로 건너가더니 조금 있다가 계집의 손을 붙들고 나오는데, 유고의 계집은 끌려나오면서 목을 놓아 울며, 제발 목숨만 살려달라고 애걸하는 것이었다.

송강은 목소리를 가다듬어 꾸짖었다.

"네 이년! 내가 지난번엔 너를 구해내어 산에서 내려보내 주었는데, 너는 도리어 덕을 원수로 갚아 기어코 나를 죽이려 들었으니, 어디 오늘 이 자리에서 할 말이 있거든 해보아라!"

이때 연순은 교의에서 벌떡 일어나,

"형님, 그깟 년보고 무슨 말씀이십니까!"

하고, 뜰아래로 내려가면서 허리에 찬 칼을 선뜻 뽑아들더니, 그 계집을 일도양단(一刀兩斷) 내버린다. 이 모양을 보고 왕영은 분이 나서 한 자루 칼을 뽑아들고서 연순에게 달려든다.

송강은 여러 사람과 함께 나서서 왕영을 붙들고 그 손에서 칼을 뺏은 뒤에 말했다.

"연순이 지금 이년을 죽여버린 것은 참 잘한 일일세. 내가 전번에 저를 구해주었건만 그 은공은 모르고 도리어 제 사내를 충동질해 나를 해치려고 했으니, 만약 자네가 그런 년을 데리고 살다가는 앞으로 어떤 일이 있을지 누가 아나? 내가 후일 좋은 부인을 구해서 중매를 들 터이니, 그리 알고서 참게!"

연순도 한마디 한다.

"의리부동한 그따위 년을 집안에 뒀다간 해만 보지, 유익할 건 조금도 없느니! 그저 그런 줄만 알게."

왕영은 아무 소리 못 했다.

연순은 왕영을 무마시키고 졸개들로 하여금 계집의 시체를 치워버리고 핏자국을 씻어버리게 한 후, 연석을 배설하게 하여 크게 잔치를 베풀었다.

이튿날 송강과 황신의 주혼(主婚)으로 산채에서는 진명과 화영 매씨의 혼례식이 거행되었다. 예식에 사용되는 예물은 모두 화영이 마련했다.

4, 5일을 계속해서 산채에서는 잔치를 차려 진탕 먹고 마시고 또한 흥겹게 놀았다.

하루는 산에서 내려갔던 졸개가 올라와서 보고하기를 청주의 모용 지부가 문서를 보내 '화영·진명·황신 등이 모반하니 속히 대군(大軍)을 보내시어 청풍산을 소탕해주십시오.' 이렇게 중서성(中書省)에 주달(奏達)했다 한다.

송강·연순 등 산채의 두령들은 취의청에 모여앉아서 의논하기 시작했다. 일이 커졌으니, 손바닥만한 산채에 그대로 앉아 있다가 만일 관군이 대거하여 청풍산을 사면으로 에워싸고 보면 도저히 배겨날 도리가 없기 때문이다.

이때 송강이 말을 꺼냈다.

"내가 생각한 게 하나 있는데, 여러분들 의견이 어떨지를 모르겠네."

"무슨 말씀이든지 합쇼."

"어차피 여기서는 앉아배길 수가 없을 게니 양산박으로나 들어가는 것이 좋지 않을까 하네. 양산박이란 산동 제주 관하에 있는 곳인데, 방원(方圓)이 8백 리요, 중간에 완자성(宛子省)이 있고 요아와(蓼兒洼)가 있는데, 지금 조천왕(晁天王)이 4, 5천 명의 무리를 거느리고서 그곳에 웅거하므로 관병, 포도 따위가 이곳을 바로보지 못하는 터일세. 아무래도 우리가 인마(人馬)를 수습하여 그곳으로 가는 것이 상책일까 보이!"

이 말을 듣고 진명이 말한다.

"그런 데가 있다면 좋기는 합니다만, 우리를 인진(引進)해주는 사람도 없이 이대로 불쑥 찾아가면 어떻게 되죠? 그렇게 쉽게 우리를 용납해줄지 그것을 누가 장담하나요?"

이 말을 듣고 송강은 너털웃음을 웃고서, 조개(晁蓋) 일당이 생진강을 겁탈한 일이며, 유당이 돈과 글을 가지고 자기를 찾아와 사례한 일이며, 그 일봉서찰 때문에 동티가 생겨 마침내 염파석을 죽인 까닭에, 하는 수 없이 자기가 이렇게 떠돌아다니는 신세가 되고 만 일을 하나도 빼지 않고 죄다 이야기했다.

이야기를 듣고 진명은 기뻐하면서 말한다.

"그러고 보니 형님께서 양산박에 있는 호걸들한테는 대은인(大恩人)이십니다그려. 그렇다면 천연세월할 것 없이 곧 여기 일을 수습한 후 떠나기로 하십시다."

이렇게 의논이 합치되어 그들은 청풍산을 버리고 양산박을 찾아가기로 결정하고서 졸개들 가운데 가기를 원치 않는 자는 돈을 주어 저 갈 데로 가게 하고, 따라가겠다고 원하는 자는 모조리 대(隊)에 편입하니, 본래 진명이 거느리던 군사들과 합해서 그 수효가 4, 5백 명이나 되는 것이었다.

그리고 금은, 재물, 의복을 온통 수레에 싣고서 늙은이와 어린애를 모두 수레에 태우니 그 수효가 십여 채요, 따로 끌고 가야 할 말이 수백 필이다.

이렇게 수다한 인마가 성군작당해 가깝지도 않은 길을 양산박까지 무사히 가기는 쉬운 일이 아닌지라, 공론 끝에 그들은 자기들이 양산박을 토벌하러 가는 관군인 양 가장하기로 하고, 산채에다 불을 지른 후 졸개들을 삼대(三隊)로 나누어 산을 내려가니, 제1대는 송강·화영이요, 제2대는 진명·황신이요, 제3대는 연순·왕영·정천수다.

그리고 각 대에 기호(旗號)를 뚜렷이 달았으니, '수포초구관군(收捕草寇官軍)'이라 적었다. 관군의 표가 뚜렷하니까 노상에서 그들을 이상하게 보고 길을 막고 묻는 사람이 한 사람도 없다.

이렇게 행군하기를 5, 6일 만에 그들은 청주부를 멀리 떠났다.

송강과 화영은 다른 두 대(隊)보다 앞서서 졸개 4, 50명을 거느리고 노소(老少)들이 타고 있는 수레를 보호하여 길을 20리가량 갔을 때 한 곳에 이르니, 그곳의 지명은 대영산(對影山)이라, 좌우에 산이 높이 솟아 있고 그 사이로 한 가닥 역로(驛路)가 통하는 곳이다.

두 사람이 말을 몰아 나아가는데, 뜻밖에도 피리 소리와 북소리가 앞산 너머에서 들려온다.

화영은 송강을 돌아다보고,

"아마 저게 강적(强敵)들일 겝니다."

라고 말한 후, 말 탄 군사에게 이르기를 뒤에 오는 군마를 빨리 오게 재촉하라 하고, 수레는 모두 그곳에 멈추어둔 채 송강과 함께 20여 기(騎)를 영솔하고서 앞으로 달려나갔다.

두 사람이 5리쯤 갔을 때, 길가에 늘어선 인마가 백여 명은 되어 보이는데, 모두가 홍의홍갑(紅衣紅甲)을 입었고, 그들을 거느리는 사람은 아주 젊어 보이는 소년 장사로서 한 손에 방천극(方天戟)을 들고 언덕 아래로 달려나오며 외친다.

"내 오늘 너와 수단을 겨루어 기어코 승패를 나누겠다. 어서 내려오너라."

그러자 언덕 위에서 역시 소년 장사 한 사람이 백여 명의 무리를 거느리고 내려오는데, 그들은 모두 백의백갑(白衣白甲)으로 장식했다.

한쪽엔 백기(白旗), 한쪽엔 홍기(紅旗)를 휘날리며 두 사람의 소년 장사가 마주보고 있더니, 화강고(花腔鼓)가 한 차례 크게 울리자, 두 장수는 별로 문답도 하지 않고 각각 방천극을 비껴들고 말을 내달아 한가운데 큰길로 나와 각기 수단을 다해가며 열심히 싸우는데, 30여 합을 싸우건만 승부가 나지 않는다. 화영과 송강은 이 모양을 마상에서 구경하다 박수갈채를 보냈다.

싸움과 화해의 인연

이때, 소년 장수 두 사람이 어우러져 서로 싸우다가 한쪽 장수의 방천극 끝에 달린 금전표자미(金錢豹子尾)와, 또 한편 장수의 방천극 끝에 달린 금전오색번(金錢五色旛)이 공교롭게도 서로 얽혀 양쪽 장수가 각각 힘을 다해 잡아당기건만 풀리지 않으므로 두 장수는 애를 쓰고 있다.

화영은 이 모양을 보고 즉시 왼손으로 비어대(飛魚袋) 속에 있는 활을 꺼내 들고 바른손으로 주수호(走獸壺)에서 화살을 빼내 활줄에 메긴 다음 힘껏 잡아당겨 표미(豹尾)가 엉클어진 한가운데를 겨냥대고 깍짓손을 뚝 떼니, 시위 소리 울리면서 화살은 바로 들어가 맞아 엉클어진 끈을 탁 끊어버리고, 방천극을 좌우로 갈라놓았다.

홍의(紅衣)와 백의(白衣)의 2백여 명 무리들은 이때 이 모양을 보고 일제히 박수갈채를 보냈다.

이때, 두 사람 소년 장수는 다시 싸울 생각이 없는 듯이 함께 말을 달려 송강과 화영이 있는 곳으로 와서, 허리를 굽혀 인사를 드리고 이구동성으로 말한다.

"장군의 존함을 가르쳐주실 수 없을까요?"

화영은 마상에서 조용히 대답했다.

"여기 계신 이 어른은 운성현 압사… 산동의 급시우 송공명이시고,

나는 청풍진 지채(知寨) 화영이란 사람이오."

이 말을 듣더니 두 사람은 일시에 방천극을 땅에 던지고 급히 말에서 뛰어내린 후,

"두 어른의 선성은 익히 들어 모신 지 이미 오랩니다."

하고 그들 앞에 넙죽 절을 드린다. 송강과 화영도 급히 말 위에서 내려와 두 사람을 붙들어 일으키고 물었다.

"두 분 장사의 고성대명(高姓大名)은 누구시오?"

그러자 홍의를 입은 장사가 먼저 대답한다.

"소인은 담주(潭州) 태생으로 성은 여(呂)요, 이름은 방(方)입니다. 평소에 여포(呂布)의 사람됨을 흠모하여 방천극을 익혀왔으므로 사람들이 소인을 별명지어 소온후 여방(小溫侯 呂方)이라고 부릅니다. 처음에 생약(生藥)을 팔러 다니다가 그만 본전을 다 날려버리고 그대로는 고향엘 돌아갈 면목이 없어서 잠시 이곳 대영산에 들어와서 무리들을 모아 불한당 노릇을 하고 지냈는데, 요새 저 사람이 어디서 굴러왔는지 소인의 산채(山寨)를 빼앗으려고 하기에 소인이 산을 나누어 하나씩 맡아 가지자고 했는데도 그래도 듣지 않으므로 이렇게 날마다 서로 싸우게 된 것입니다."

이 말을 듣고 송강이 백의 장사한테로 고개를 돌이키니까 이번에는 백의 장사가 말한다.

"소인은 서천 가릉(西川嘉陵) 사람으로 성은 곽(郭)이요, 이름은 성(盛)입니다. 수은(水銀) 장사를 나섰다가 황하(黃河)에서 풍랑을 만나 배를 잃고, 이내 고향엘 못 들어가게 되었습니다. 전에 고향에 있었을 때 그곳 병마(兵馬) 장제할(張提轄)한테서 방천극을 배웠기 때문에 사람들이 소인을 새인귀 곽성(賽仁貴 郭盛)이라고 부른답니다. 소문에 들으니까 이 대영산에 방천극을 잘 쓰는 장사가 있대서, 극법(戟法)을 한번 겨루어 보려고 찾아와서 오늘까지 십여 일을 싸우건만 승패를 나누지 못하더

니, 뜻밖에 오늘 두 분 호걸을 뵈옵게 되어 참말 이런 다행이 없습니다."

두 사람의 말을 듣고 송강은 말했다.

"우리가 이렇게 만나게 된 것이 모두 인연인데, 이 사람 낯을 보아 두 분이 그만 화해하시는 게 어떠십니까?"

두 소년 장사는 송강의 말에 복종하고 대단히 기뻐했다. 이때 후대인마(後隊人馬)가 도착했다.

두 소년 장사는 후대의 인물들과 인사를 마치고, 여방은 일동을 자기의 산채로 청하여 소를 잡고 말을 잡아 연석을 베풀고 융숭히 대접했다. 송강 등이 그 밤을 그곳에서 편히 쉬고 나니, 이튿날은 또 곽성이 연석을 베풀고 송강 등을 대접한다. 송강은 두 소년 장사에게 자기들과 함께 양산박으로 가는 것이 어떠냐고 권했다. 두 사람은 기뻐하면서 두말없이 승낙하고 즉시 떠나려고 차비를 차리려는 것이었다.

이 모양을 보고 송강은 말했다.

"가만있소. 이대로 4, 5백 명이 한꺼번에 몰려가면 양산박에서 이 소문을 듣고 혹시 관군이 쳐들어오나 하고 무슨 일이 있을지 누가 아나? 그러니까 아무래도 내가 연순과 하루쯤 먼저 떠나서 미리 양산박에 선통하는 게 좋을 성싶으니, 자네들은 먼젓번같이 3대(隊)로 나누어서 뒤에 오는 것이 좋겠네."

이 말을 듣고 화영과 진명이 찬성하면서,

"형님이 잘 생각하셨습니다. 어서 떠나십시오."

라고 권하므로, 송강은 연순과 함께 졸개 십여 명만 거느리고 그길로 산에서 내려왔다.

양산박을 향해서 길을 부지런히 걷기를 사흘,

사흘째 되는 날 새벽부터 걸어오다가 오정 때나 되어서 송강은 길가에 큰 술집이 있는 것을 보고 수하 졸개들에게 술이나 조금 사 먹이려고 연순과 함께 말에서 내려 졸개들을 데리고 술집으로 들어갔다.

그런데 술청 안에 들어가 보니 앉을 자리가 만만치 않다. 탁자라고는 모두 세 개밖에 안 놓였는데, 조그만 탁자 두 개에는 각각 손님들이 둘러앉아 있고 큰 탁자는 누군지 손님 하나가 점령하고 있다.

송강은 한번 그 손님의 행색을 훑어보았다. 머리엔 저취두건(猪嘴頭巾)을 썼고, 몸에는 한 벌 조수삼(皂袖衫)을 입었고, 허리에는 한 가닥 백탑박(白搭膊)을 찼고, 다리에는 퇴병호슬(腿拼護膝)을 치고, 발에는 팔탑마혜(八搭麻鞋)를 신었으며, 탁자 옆에는 한 자루 단봉(短棒)과 보따리 한 개를 놓고 앉았는데, 신장은 8척이나 되어 보이고, 광대뼈가 툭 불거진 데다가 눈알은 커다랗고 수염은 하나도 없다.

송강은 주보(酒保)를 불러 말했다.

"여보, 우리 일행이 당신 보다시피 수효가 많으니, 저 손님한테 청을 해서 좀 다른 자리로 옮겨 앉으시게 하고, 우리 일행을 저 자리에 앉게 해줄 수 없겠소?"

주보는 알아듣고서 즉시 그 손님 앞으로 가서 말한다.

"어려우시지만, 이 자리를 좀 내주셨으면 좋겠습니다. 저기 저 두 분 손님의 일행이 여러분이셔서 그럽니다."

주보가 이렇게 말하니까, 그 사나이는 매우 불쾌하다는 듯이 볼멘소리로 주보에게 말한다.

"뭐라고? 내가 먼저 들어와서 앉았으니까, 내가 가기 전까지는 이게 내 자리야! 어느 분이, 일행이 얼마나 많은지는 몰라도, 난 내주지 못하겠으니 그런 줄 알아!"

이 소리를 듣고 연순은 송강을 보고 가만히 말했다.

"저놈이 하는 소리가 괘씸한데요!"

송강은 가만히 타일렀다.

"그저 모른 체하고 내버려두게!"

두 사람이 속삭이는 소리를 들었는지 못 들었는지 그 사나이는 이때 송강과 연순을 흘낏 쳐다보더니, '흥!' 하고 코웃음을 치는 것이었다.

이때 주보는 그 손님한테 또 한 번 청을 드린다.

"소인도 장사를 해야 하잖습니까? 다른 자리로 옮겨 앉아주시면 어때서 그러시나요?"

그러자 그 사나이는 화를 내며 주먹으로 탁자를 탕! 하고 치더니 소리를 버럭 지른다.

"너희들이 사람을 몰라보고… 내가 혼자라고 우습게 알고 그러느냐? 이 자리에 지금 상감께서 오셨다 해도 나는 이 자리를 못 내주겠으니 그리 알아라! 또다시 그따위 수작을 하면 주먹 맛을 뵐 테다!"

이 모양을 보고 성미가 급한 연순은 도저히 참을 수가 없어서 한마디 했다.

"여보, 손님! 자리를 바꿔 앉지 못하겠으면 그만이지, 주보에게 딱딱거릴 건 없지 않소!"

연순의 말이 떨어지자 그 사나이는 벌떡 일어나더니, 탁자 옆에 세워놓았던 단봉을 집어들고 연순에게로 대어든다.

"내가 주보를 보고 이야기했는데, 댁이 무슨 까닭으로 참견하는 거야? 내 눈에는 이 세상에서 두 사람밖에 보이는 사람이 없어! 그 나머지는 모두 발싸개 같은 것들이란 말이다."

연순은 이 소리를 듣고 분이 나서 곁에 놓인 걸상을 집어들고 그 사나이를 치려 했는데, 그때 송강이 한 손으로 연순의 팔을 잡아당기면서 조용히 그 사나이보고 묻는다.

"지금 노형 말씀이 천하에서 단지 두 사람만 어렵게 아신다 하니, 그 두 사람은 대체 누구란 말씀이오?"

"내가 말하면 아마 깜짝 놀랄 거요!"

"놀라도 상관없으니 어서 말씀해보십시오."

"그럼 말하리다. 두 분 중의 한 분은 누구시냐 하면, 창주 횡해군에 사시는 시세종(柴世宗)의 후손, 소선풍 시진 시대관인이시오.”

송강은 고개를 끄덕끄덕하고 다시 물었다.

“그리고 또 한 분은 누굽니까?”

“또 한 분은… 놀라지 마시오! 다른 분이 아니라 운성현 압사, 산동의 급시우 호보의 송공명이시라오!”

송강은 이 소리를 듣고 연순을 돌아다보며 웃음을 억지로 참았다.

연순은 집어들었던 걸상을 내려놓고 제자리에 가서 앉았다.

그 사나이는 또 말을 계속한다.

“지금 말한 그 두 분만 빼놓고는, 지금 이 자리에 대송황제(大宋皇帝)가 온대도 내가 겁나지 않소!”

송강은 또 물어보았다.

“노형이 말하는 그 두 분을 나도 잘 아는 터인데, 대체 노형은 그분들과 어디서 만나서 알게 되었소?”

“그분들을 당신이 아신다니까 이야기요마는, 내가 3년 전에 시대관인 장원에서 넉 달 동안이나 지낸 일이 있소. 그런데 송공명 그 어른만은 아직 만나본 일이 없소.”

“그러면 한번 만나보고 싶으시겠소그려.”

“그렇잖아도 지금 내가 그분을 찾아가는 길이라오.”

“그건 또 무슨 일이 생겨서 찾아가시는 건가요?”

“송공명의 계씨(季氏) 되는 철선자(鐵扇子) 송청한테서 편지를 좀 전해달라는 부탁을 받아 찾아가는 거죠.”

이 말을 듣고 송강은 반가워서 그 사나이의 팔을 붙들고 말했다.

“인연이 있으면 천리 밖에 있는 사람들끼리 서로 만나기도 하고, 인연이 없으면 얼굴을 서로 대하고도 만나지 못한다더니… 그게 바로 이런 일을 두고 하는 말인 게로군… 내가 바로 노형이 지금 찾아가는 송강이오.”

그 사나이는 이 말을 듣고 송강의 얼굴을 한참 바라보더니, 땅에 넙죽 엎드려 절을 드리며 말하는 것이었다.

"참말 여기서 뵙기가 천행(天幸)이올시다! 하마터면 제가 허행을 할 뻔했습니다."

송강이 묻는다.

"그런데 내 집에 별 연고는 없답디까?"

"이제 말씀드리죠."

그 사나이는 일어나서 이야기를 시작했다.

"소인의 성은 석(石)가이고 이름은 용(勇)이라 합니다. 대명부(大名府) 태생으로 할 일이 없어서 일상 노름판으로 떠돌아다니며 그럭저럭 살아왔습니다. 그래서 제 고향에서는 별명을 석장군(石將軍)이라고 부른답니다. 그런데 3년 전에 하루는 노름판에서 시비가 벌어져서 사람 하나를 주먹으로 때려죽인 바람에 그 즉시 집에서 도망해 시대관인 장원에 들어가 숨어 있었지요. 그때 서울, 시골로 왕래하는 사람들이 형님 말씀을 많이들 하기에 그래 한번 찾아뵈려고 일부러 운성현까지 갔습니다. 그랬더니 거기서 계씨 말씀이, 형님께서는 지금 백호산 공태공 장원에 계신다는군요. 그래 그러면 내가 백호산으로 찾아가 뵙겠다고 그랬더니 계씨 말씀이 그렇다면 부디 서신을 한 장 전해달라 하면서 일봉 서찰을 맡깁디다그려. 그래 소인이 지금 백호산으로 가는 길이랍니다."

석용의 이야기를 듣고 송강이 물었다.

"그래 자네가 내 동생한테 가서 며칠이나 묵었나? 그리고 내 가친을 못 만나뵀었는가?"

"소인이 계씨 댁에서 하룻밤 자고, 그 이튿날로 바로 떠났으니까요. 태공께서는 안 계시더군요."

송강은 더 묻지 않고, 이번에는 자기 일행이 양산박으로 가는 길임을 털어놓고 이야기했다. 듣고 나서 석용이 말한다.

"소인이 시대관인 댁을 떠난 뒤로 도중에서 들은 소문만 해도 굉장하더군요. 참으로 형님은 재물을 우습게 알고 의리를 소중히 여기며, 남의 어려운 일을 도와주고, 위태로운 처지에 있는 사람은 반드시 구해주신다고 그러더군요. 그래서 제가 기어코 형님을 찾아뵈오려고 했던 것인데… 그런데 형님께서 이미 이렇게 양산박으로 들어가시기로 하셨거든, 제발 저 좀 데리고 가주십시오."

"어렵지 않으이. 그렇게 하세나그려."

송강은 쾌히 승낙하고 석용에게 연순과도 인사를 하도록 한 후, 주보를 불러 술을 가져오라고 부탁했다. 그리하여 술이 나오자 세 사람은 각기 석 잔씩 술을 기울였다. 술 석 잔을 마신 후, 석용은 마침내 보따리 속에서 송청의 편지를 꺼내 송강에게 전했다.

송강이 편지 봉투를 받아서 보니, 가슴이 선뜻해진다. 편지 봉투가 거꾸로 봉해져 있을 뿐 아니라, '평안(平安)'이라는 글자 두 자가 봉투 위에 적혀 있지 아니했던 까닭이다. 그는 의심스러운 생각이 바짝 들어서, 급히 봉투를 뜯고 서찰을 꺼내 사연을 읽기 시작했다.

그런데 이건 청천벽력 같은 놀라운 소식이 아닌가. 송강의 부친 송태공이 금년 정월 초순에 신병으로 인해 그만 작고하셨으나, 아직 발인도 하지 않고 오직 형님이 돌아오기만 기다리고 있다는 사연이다.

편지를 읽고 나더니 송강은,

"어이구!"

한 소리 부르짖고, 두 주먹으로 제 가슴을 쾅쾅 두드리며 자기를 욕하며 꾸짖었다.

"이 세상에 나 같은 불효자식이 또 어디 있느냐? 연로하신 아버님께서 돌아가신 줄도 모르고… 죄 지은 몸이 정처 없이 밖으로 헤매면서 자식의 도리를 다하지 못했으니… 내가 개, 돼지만도 못하지 않느냐? 어이구!"

송강은 이렇게 울부짖다가 머리를 벽에다 쾅쾅 부딪고 한바탕 통곡하더니, 그만 그 자리에 쓰러져서 정신을 잃어버렸다.

이 모양을 보고 연순과 석용 두 사람은 깜짝 놀라 달려들어서 송강을 극력 간호했다. 반 시각이 지나서야 기절했던 송강은 겨우 정신을 차렸다.

연순과 석용은 좋은 말로 송강을 위로했다.

"형님! 너무 애통해하지 마십쇼!"

송강은 또 한 번 통곡하더니, 간신히 울음을 그치고서 연순을 돌아다보며 말한다.

"여보게, 내가 아무래도 한시바삐 집으로 돌아가야겠네! 박정한 말 같지만, 나한테랑 상관 말고, 아우님들이나 양산박으로 곧장 들어가게!"

뜻밖의 말을 듣고 연순이 말했다.

"형님! 태공께서 아직 안 돌아가셨다면 몰라도, 이미 돌아가신 바에야 지금 와서 서두르신들 무슨 소용 있습니까? 그러시지 말고, 우선 저희들을 양산박으로 데려다주신 다음, 그 뒤에 댁으로 돌아가십시오! 옛말에도 뱀이 머리가 없으면 못 간다고 하지 않습니까? 형님께서 앞장을 서주시지 않는다면 양산박에서 그렇게 쉽게 우리들을 받아들이겠습니까?"

그래도 송강은 연순의 말을 듣지 않는다.

"아니야! 난 아무래도 지금 곧 집으로 돌아가야겠네. 양산박에는 내가 사연을 자세히 적어서 편지 한 장을 줄 것이니까, 그것을 가지고 모두들 올라가게나그려. 내가 몰랐다면 그뿐이지만, 알고서야 내가 어찌 그냥 있겠는가? 나는 지금 한시가 바쁘네! 말도 일없고, 종자(從者)도 소용없네. 그저 나 혼자 밤을 새워 집으로 돌아갈 생각일세!"

송강은 이렇게 말하고 즉시 주보를 불러 붓과 벼루와 종이를 가져오게 한 후, 일봉서찰을 써서 연순에게 주었다.

그리고 그는 석용이 가지고 있는 마혜 한 켤레를 얻어 신고 허리에 요도 차고, 석용의 단봉을 집어들고 자리에서 일어났다. 그는 술 한 잔도, 밥 한 술도 입에 대지 않고, 그대로 술집 문을 나가려고 하는 것이었다.

이때 연순은 다시 한 번 간절하게 청을 드린다.

"형님! 가시긴 가시더라도 잠깐만 지체하시어 진총관(秦總管)과 화지채(花知寨)나 만나보시고 떠나십시오. 그러시지도 못하실 거야 없지 않습니까?"

그래도 송강은 고개를 내젓는다.

"그 사람들이 올 때까지 어떻게 기다리겠나? 하여간 그 편지만 가지고 가면 양산박에는 무난히 들어갈 거니까 그렇게 알고, 진총관이나 화지채한테는 나 대신 말이나 잘해주게!"

이렇게 부탁하고 송강은 즉시 몸을 돌이켜 술집에서 뛰어나왔다. 그는 한걸음에 자기 집까지 못 가는 것만 안타까워서 가슴이 조일 뿐이다.

연순과 석용은 어쩔 도리가 없어서 그대로 주점에 앉아서 점심을 먹고, 종인(從人)들을 데리고 밖으로 나왔다. 이리하여 연순의 일행은 다시 길을 가기를 5리쯤 하여서 길가에 큰 객줏집이 있으므로 그곳에 들어가서 그 밤을 쉬면서 뒤에서 오는 일행들을 기다리기로 했다.

이튿날 진패시분(辰牌時分)에 진명·화영의 일행이 모두 도착했을 때 연순과 석용은 일행을 맞아들인 후, 송강이 친상을 당해 자기 집으로 돌아간 사실을 고했다. 모든 사람들이 그 말을 듣고서,

"원! 그렇더라도 굳이 못 가시게 붙들어볼 일이지! 그래, 떠나시게 하다니…."

하고, 모두들 연순을 원망하는 것이었다.

이때 석용이 곁에 있다가 대신 변명을 했다.

"아무리 붙들어도 한사코 떠나시는 걸 어떡합니까? 세상없어도 한시바삐 댁엘 가시겠다고 하시며 일봉서찰을 써주시고 가셨는데, 그것

만 가지고 가면 양산박에서는 두말없이 우리들을 맞아들이리라 하십디
다."

이 말을 듣고 화영과 진명은 송강이 써놓고 간 일봉서찰을 봉투가 봉
해 있지 아니하므로 끄집어내서 읽어본 후에, 여러 사람과 더불어 상의
했다.

"자아, 길을 가다가 중도에서 이 일을 당했으니 진퇴가 양난이다! 도
로 돌아가자니 말이 안 되고 이대로 헤어지자니 그도 안 될 말이라…
되나 안 되나 가볼 수밖에 도리가 없다! 양산박엘 가서 일이 여의치 않
거든 그때 달리 방도를 차리도록 하고, 우선 가보기로 합시다!"

의논이 정하여지자, 아홉 명의 호걸들은 4, 5백 명의 인마를 거느리
고 다시 길을 떠나 마침내 양산박 근처까지 다다랐다.

일행은 큰길을 찾아서 산으로 올라가려고 갈대가 우거진 숲을 지나
는데, 별안간 물 위에서 징소리와 북소리가 요란스럽게 울려온다.

고개를 돌려보니, 산을 덮고 들을 덮은 것이 모두 울긋불긋한 깃발인
데 건너편 물 위에서 배 두 척이 이편을 바라보고 쏜살같이 오고 있다.
가만히 보니, 배 위에는 각각 4, 50명의 졸개들이 타고 있는데 앞에 오는
뱃머리에 자리를 잡고 앉아 있는 두목은 표자두(豹子頭) 임충이요, 그 뒤
에 오는 뱃머리에 앉아 있는 두목은 적발귀(赤髮鬼) 유당이다.

배 두 척이 가까이 오더니 앞에 오는 배에서 임충이 큰소리로 묻는다.

"너희 놈들이 무엇하는 놈들이며, 어느 곳 관군이기에 감히 우리를
잡으려고 왔느냐? 너희들은 양산박의 대명(大名)을 알지 못하느냐? 네
놈들 한 놈도 살아서 돌아가지 못할 줄 알아라!"

이 소리를 듣고 화영·진명 등 아홉 명은 일제히 말에서 뛰어내려 물
가로 나서서 대답했다.

"우리들은 관군이 아니올시다! 산동의 급시우 송공명 형님의 편지를
가지고 이번에 대채(大寨)로 들어가려고 찾아온 사람이외다!"

이 말을 듣고 임충이 말한다.

"송공명 형님의 서신을 가지고 온 분들이라면 우선 저기 주귀(朱貴) 주점으로 들어가서 기다리시오. 글월을 본 다음에 산으로 청하게 될는지 작정될 거란 말이오."

임충은 말을 마치고서 청기(靑旗)를 들고 한 번 휘젓는다. 그러자 갈대 우거진 속으로부터 작은 배 한 척이 쏜살같이 노 저어 나오더니, 배 안에 어부 세 사람이 있다가 한 사람만 남아 있고, 두 사람이 육지로 올라와 화영의 일행을 보고 말하는 것이었다.

"여러분 장군께서는 저와 함께 가십시다."

이 말이 떨어지자, 물 위에 있던 두 척의 초선(哨船) 중 한 척 초선 위에 백기(白旗)가 휘날리는 동시에 징소리가 한 번 크게 울리더니, 순식간에 눈앞에서 사라져버린다. 화영의 일행은 이 모양을 보고 놀라운 듯 어안이 벙벙해졌다.

"과연 관군이 조금도 범접하지 못하겠군! 우리 산채 같은 건 도저히 비교가 안 되는데…."

화영은 탄복하고서 일행과 함께 어부를 따라 주귀의 주점으로 갔다.

주귀는 그들을 맞아들인 다음에 송공명의 서신을 읽어보고 나서, 즉시 수정(水亭)으로 나아가 활을 들고 맞은편 갈대숲을 향해서 화살을 한 개 탕 쏘았다.

조금 있다가 갈대숲 속에서 배 한 척이 쏜살같이 노 저어 나온다. 주귀는 즉시 졸개에게 부탁하여 송강의 서신을 가지고 먼저 산으로 올라가서 보고하게 한 다음, 황소 두 마리를 잡아서 아홉 명 호걸들을 대접하고 이날 밤 일행을 자기 집 주점에서 편히 쉬게 했다.

이튿날 진패시분에 산에서 군사(軍師) 오학구(嗚學究)가 몸소 주점으로 내려와서 호걸들과 인사를 하고, 한 사람 한 사람씩 그들의 과거 경력을 자세히 물어보는 것이었다.

그러자 얼마 지나지 아니하여 30여 척의 큰 배가 일행을 맞아들이려고 도착했다.

오학구 오용과 주귀는 아홉 명 호걸들을 먼저 배 위에 오르게 한 후, 노소(老少), 차량(車輛), 인마(人馬), 행리(行李) 등을 모조리 배에 싣고서 금사탄(金沙灘)을 향해서 노 저어 갔다.

일행이 금사탄 언덕 위에 오르자, 송림 속으로부터 여러 사람의 호걸들이 조개(晁蓋) 두령을 따라서 고악(鼓樂)을 울리며 나와 그들을 환영한다. 수많은 호걸들은 여기서 각기 말과 교자를 타고서 일제히 취의청으로 올라갔다.

그들은 각기 인사를 마친 후 왼쪽에 늘어놓은 교의에는 조개·오용·공손승·임충·유당·원소이·원소오·원소칠·두천·송만·주귀·백승 이렇게 열두 명이 좌정하고—백일서(白日鼠) 백승은 이미 두어 달 전에 오학구의 계책으로 탈옥하여 제주 감옥으로부터 이곳에 들어와 있었다—그리고 오른편 교의에는 화영·진명·황신·연순·왕영·정천수·여방·곽성·석용 등 아홉 명이 좌정했다. 그리고 그들은 향로에 향을 피우고 각기 하늘을 향하여 맹세를 했다.

그리고 소와 말을 잡아 크게 잔치를 베풀고 새로 들어온 졸개들을 모조리 불러들여 뜰아래에서 참배하게 한 후, 뒷산의 방사(房舍)를 수습하여 노소가권(老少家眷)으로 하여금 모두들 그곳에 가서 편히 쉬게 했다.

이같이 일행의 식구들과 졸개들을 처리한 다음에 진명과 화영은 술을 마시며 송강의 이야기를 하다가, 청풍산에서 원수 갚은 이야기를 하고 칭찬하니까, 조개 이하 모든 두령들이 기뻐하기를 마지않는다. 그리고 또 여방과 곽성이 방천극을 가지고 서로 싸우고 있을 때 화영이 화살 한 개로 두 개의 방천극의 표미(豹尾)가 서로 엉클어진 것을 쏘아 맞힌 이야기도 나왔다. 이야기를 듣고 조개는,

"참말 그거 신통한 재주시로군! 어느 날 기회를 만들어 화지채의 궁

술(弓術)을 한번 구경해야겠소이다그려."

하고 입으로는 칭찬하건만, 속으로는 사실이라고 곧이듣지 않는 눈치다.

이날 호걸들은 술이 거나하게 취하자, 여러 사람이 서로 돌아보면서,

"우리 밖으로 나가서 한 바퀴 거닐다가 들어와서 다시 술을 먹기로 합시다."

이같이 말하므로, 그들은 모두 그 말에 찬성하고 자리에서 일어났다. 그리하여 그들은 피차에 서로 앞서기를 사양하며 섬돌 아래 내려서서, 천천히 산속 경치를 구경하며 대채(大寨) 앞에 있는 제삼관(第三關)에 이르렀을 때, 그때 마침 푸른 하늘 위로 기러기 떼가 날아가는 것이었다.

이것을 보고 화영은 가만히 생각했다.

'아까 이야기가 나왔을 때, 내가 방천극의 표미가 엉클어진 것을 화살로 쏘아 끊어지게 했다는 이야기를 듣고, 조개는 그 말을 믿지 않는 눈치였다… 내가 아주 이 자리에서 여러 사람 앞에 한번 재주를 보여줘서 나한테 모두 머리를 숙이도록 해야겠다!'

그는 이렇게 작정하고 좌우를 둘러보니, 마침 수행하는 사람들 중에 활과 화살통을 메고 있는 사람이 있다. 화영은 곧 그 사람한테서 활을 빌려서 보니, 이거야말로 이금작화세궁(泥金鵲畵細弓)으로 화영의 비위에 꼭 맞는 활이었다. 그는 화살을 뽑아들고 조개를 향하여 말했다.

"잠깐만 제 말씀을 들어주십시오. 아까 방천극의 표미가 엉클어진 것을 제가 화살로 맞추었다는 이야기가 났을 때, 여러분 두령님들이 곧이듣지 않으시는 것 같더군요. 지금 저편에서 기러기 떼가 날아오는데, 제가 감히 재주를 자랑하려는 것은 아니외다마는, 바로 저 셋째놈의 대가리를 쏘아 맞히어 떨어뜨림으로써 여러분의 흥을 돋울까 합니다. 혹시 맞히지 못하더라도 과히 조롱은 마십시오."

그는 말을 마치고 나서, 화살을 시위에 메겨 힘껏 잡아당겼다가 탕

놓으니 화살은 별똥같이 하늘을 날아 어김없이 세 번째 기러기를 쏘아 맞히어 구름 속에서 슬피 우는 소리와 함께 떨어뜨린다.

조개는 급히 졸개로 하여금 언덕 아래 떨어진 기러기를 집어오게 하여 들고서 보니, 과연 화살은 화영이가 말한 대로 기러기의 대가리를 꿰어뚫고 박혀 있다.

조개와 기타 모든 두령들은 일제히 탄복했다.

"과연 신비장군(神臂將軍)이시외다!"

그들은 모두 이같이 칭찬했다. 그러자 오학구가 또 한마디 한다.

"장군을 소이광(小李廣)에다 비교하는 것은 부족하외다. 내가 보기엔 장군은 양유기(養由基)보다도 나으면 낮지 못하지 않은 솜씨요! 참으로 우리 산채에 장군이 오셔서 이런 다행이 없소이다."

이같이 칭찬하니, 이로부터 누구 한 사람 화영을 우러러보고 흠모하지 않는 사람이 없게 되었다.

그리고 모든 두령들은 다시 취의청으로 들어가 술을 취토록 마시고, 밤이 깊어서 자리를 파한 후 각기 침소에 들어갔다.

이튿날 산채에는 다시 연석이 벌어지고, 그 자리에서 두령들의 좌석을 정하게 되자, 제1위 조개·제2위 오용·제3위 공손승·제4위 임충―여기까지는 이의가 없었으나, 제5위엔 화영과 진명이 서로 사양하느라고 지체되므로, 여러 사람이 강권해서 마침내 화영이 제5위가 되고 제6위 진명·제7위 유당·제8위 황신·제9위 원소이·제10위 원소오·제11위 원소칠·제12위 연순·제13위 왕영·제14위 여방·제15위 곽성·제16위 정천수·제17위 석용·제18위 두천·제19위 송만·제20위 주귀·제21위 백승―이렇게 21명 두령의 차례가 정해졌다. 그리고 그들은 모든 군기(軍器)와 선박과 거량(車輛)·개갑(鎧甲)·정기(旌旗)·궁노(弓弩)·전시(箭矢)를 정돈해놓고 언제 쳐들어올지 모르는 관군에 대한 준비를 게을리하지 아니했다.

그런데 이때 연순·석용 두 사람과 함께 동행하여 양산박으로 향해 오다가 도중에서 그들과 작별하고 자기 고향으로 걸음을 재촉하던 송 강은 여러 날 만에 지금 자기 집 동네 어귀에 다다랐는데, 때는 신패시 분(申牌時分)이었다.

송강은 동네에 들어서기 전에 동구 밖에 있는 장사장(張社長)네 술집 으로 들어가 다리를 좀 쉬어가기로 했다. 장사장이라는 사람은 본래 송 강의 집과 서로 내왕하는 터이라, 이날 송강이 술청에 들어와서 수심이 가득한 얼굴에 뺨에는 두 줄기 눈물 흔적이 있는 것을 보고서, 이를 괴 히 여기고 묻는다.

"송압사, 참 반갑소이다! 지금 생각해보니 그때 그 일이 벌써 반년 전 일이로구려. 그런데 지금 돌아오시는 길이오? 왜, 안색이 좋지 못하니, 무슨 근심 걱정이 있어서 그러시오?"

"내가 죄를 저지르고 타향으로 떠돌아다니느라고 가친의 임종에도 와서 뵙지 못했으니, 어찌 내 마음이 편하겠습니까!"

이 말을 듣고 장사장은 너털웃음을 웃고 나서 말한다.

"송압사! 그게 무슨 농담이 그런 농담이오? 아, 춘부장께서 내 집에 오셔서 약주 잡숫고 돌아가신 지가 불과 반 시각밖에 안 되었는데, 그 게 대체 무슨 말씀이오?"

송강은 정색을 하고 말했다.

"참말, 노인장께서야말로 저를 놀리시는군요! 이걸 좀 보셔요."

하고 송강은 품속으로부터 자기 동생의 편지를 꺼내어 장사장에게 보이니, 노인은 그것을 보고 나서 이상하다는 표정이다.

"대체 이게 어찌된 이야긴가? 춘부장께서는 바로 아까 5경 때쯤 동 촌(東村) 사는 왕태공(王太公)과 함께 우리 집에 오셔서 약주를 잡숫고 가셨는데, 이게 도무지 웬 소린지 모르겠네! 아무러기로 이 늙은이가 거짓말을 하겠나?"

이 말을 듣고 송강은 대체 누구 말을 믿어야 옳을지 분간이 나서지 않는다. 마음속에선 의심이 일기 시작하여 가슴이 무겁기 한량없다. 때는 이미 날이 저물었는지라, 그는 장사장에게 인사를 하고 밖으로 나왔다.

동네에 들어와서 남의 이목을 피하여 가만히 자기 집으로 들어가며 동정을 살펴보니, 집안에는 별로 이렇다 할 기맥이 엿보이지 않는다. 그러자 심부름하는 사람들이 송강을 보고 모두 앞으로 나와서 문안을 드린다. 송강은 그들을 보고 물었다.

"영감마님과 작은 나리께서 다 안녕하시냐?"

하인들이 대답한다.

"네. 영감마님께서는 그동안 큰 나으리 돌아오시기만 날마다 고대하셨으니까 얼마나 반가워하실지 모르겠습니다. 조금 아까 동촌 사시는 왕태공하고 장사장 주점에 가셔서 약주를 잡숫고 돌아오셔서 지금 초당에서 주무시고 계십니다."

이 말을 듣고 보니 이제는 더 의심할 여지가 없다. 송강은 크게 놀라서 손에 들고 있던 단봉을 땅에다 집어던지고 바로 초당으로 들어갔다.

그때 마침 송청이 안에서 마주 나오다가 그에게 문안을 드린다. 송강은 대단히 흥분해서 소리쳤다.

"이 몹쓸 놈아! 그래, 네가 그게 할 짓이냐? 지금 초당 안에서 주무시고 계신 아버님을 돌아가셨다고 거짓말을 해서 나를 놀라게 하다니… 너무도 내가 망극해서 몇 번이나 자살하려고 그랬다… 이놈! 이 천하에 불효막심한 놈!"

송청이 형님한테 꾸지람을 듣고 막 입을 열어 변명하려고 할 때, 방문을 열고 송태공이 뛰어나오며 말한다.

"애, 너무 떠들지 마라! 이 일은 네 아우가 한 일이 아니다. 네가 나간 후로 하루도 내가 네 생각 안 한 날이 없다. 그래 내가 네 동생을 시켜서, 내가 죽었다고 편지를 써서 너를 부르게 한 거다. 더구나 내가 들으

니까 백호산(白虎山)에는 도둑놈 떼가 많다더구나. 혹시 네가 마음을 잘
못 먹고 그놈들하고 한패가 되어 불충불효(不忠不孝)한 사람이 된다면
어쩌나 싶어서, 그래 마침 석용이라는 사람이 너를 그리로 찾아간다기
에 그 사람한테 편지를 전해달라고 부탁시켰다. 일이 그렇게 된 터이니,
네 아우를 원망하지 마라!"

송강은 아버지의 말씀을 듣고 곧 그 자리에 엎드려 절하고 입을 열
었다.

"관가의 동정은 그 후로 어찌되었나요? 벌써 조정에서 사유(赦宥)가
내렸으니까, 필시 감형(減刑)이 될 것이라는 소문을 들었는데요."

태공이 대답한다.

"워낙 뇌횡·주동 두 도두가 애써주기 때문에 관사에서도 나를 그동
안 성가시게 굴지는 않았다마는, 요사이 들으니까 황태자를 책립(冊立)
하신 까닭으로 조정에서 사서(赦書)를 내리셔 민간에서 범죄한 모든 죄
인을 모조리 감일등(減一等)하여 처단하기로 되었다더라. 네가 이제 집에
돌아와 있는 것이 탄로되어 관가에 붙들려 갈지라도, 고작해야 귀양살이
겠지, 목숨은 괜찮을 게다! 하여튼 서서히 의논하여 좋도록 하자꾸나!"

송강은 다시 말씀을 드린다.

"일전에 소문을 들으니까, 뇌횡과 주동 두 사람이 모두 다른 곳으로
갈려 갔다더군요. 주동은 서울로 갔다는데, 뇌횡은 어디로 갔나요? 그
리고 그 뒤에 새로 온 사람들은 두 사람이 모두 조(趙)가라 하던데 참말
인가요?"

"그래. 그런 이야기는 나중에 하고… 먼 길에 오느라고 네가 고단할
테니 오늘일랑 일찌감치 어서 쉬어라!"

태공은 이렇게 말하고 방으로 들어갔다. 송강도 물러나와서 자기 방
으로 들어가 곧 자리에 들었다.

밤이 깊어서 송가장(宋家莊) 안팎에서 모든 식구들이 잠들어 있을 때,

별안간 장원의 앞문과 뒷문에서 난데없이 아우성 소리가 들린다.

송태공은 괴이하다 생각하고 방문을 열고 나와 보니, 장원을 뺑 둘러서 횃불이 휘황하게 비추는데, 사방에서 고함지르는 소리가,

"송강을 잡아라!"

고 한다.

태공은 소스라치게 놀라 즉시 사다리를 타고서 담 위로 올라가 보았다. 횃불이 휘황한 가운데 둘러선 토병의 수효는 백 명도 더 되는 것 같고, 앞에 서 있는 사람은 운성현에 새로 부임한 조능(趙能)과 조득(趙得) 두 형제 도두들이다.

그들 조가 형제는 담 너머로 송태공이 넘어다보는 모양을 보자, 즉시 큰소리로 외친다.

"송태공! 영감도 사리(事理)는 짐작할 것이니 어서 속히 자제를 이리로 썩 내보내시오! 만일 감추고 안 내놓았다간 영감도 욕을 당할 것이니 그런 줄 아시오!"

태공은 대답했다.

"그런데 그 애가 집에 없는 걸 어떡하리까?"

조능이 말한다.

"잔말 마슈. 누가 모르는 줄 알고 그러시오? 자제가 조금 전에 동구밖 장사장 주점에서 술을 사먹고 그길로 댁엘 들어간 것을 죄다 알고 왔소! 여러 말 말고 어서 선선히 내보내시오!"

이때 사다리 밑에 송강이 나와 있다가 조능의 말을 들었는지라, 그는 자기 부친한테 말했다.

"아버님! 일이 이렇게 되었으니 제가 나가겠습니다! 현아(縣衙)의 아랫사람들이나 윗사람이나 모두 저와 아는 터이구요, 더구나 저의 일이 이미 사유를 받은 일이니까 반드시 감죄가 될 겝니다. 제가 나가기로 하겠어요!"

송태공은 사다리에서 한 층계를 내려와서 목이 멘 소리로 말했다.

"내가 공연히 너를 돌아오게 했구나!"

"아버님! 너무 걱정 마십쇼! 관가에서 일찌감치 찾아온 것이 도리어 다행입니다. 이왕 받을 처벌이면 하루 속히 때워버리는 것이 좋지요. 얼른 치르고 나와서 아버지를 모시고 지내야 하지 않겠습니까?"

송강은 이렇게 말하고 즉시 사다리 위로 올라가서 바깥을 내려다보고 큰소리로 외쳤다.

"여보시오, 거기서 그러시지 말고 두 분 도두는 안으로 들어오십시오! 내가 죄는 지었소마는 이미 사유를 받은 일이니까 죽지는 않을 거요! 들어오셔서 약주나 한잔 자시고, 그리고 내일 새벽 일찍이 같이 관사로 들어가십시다!"

송강의 말을 듣고, 담 밑에서 조능이 대꾸한다.

"네가 그런 소리로 우리를 속이고 안으로 끌어들이려고 하지만, 누가 네 꾀에 속아넘어갈 줄 아느냐?"

"내가 도두를 속이다니 그게 무슨 말씀이오? 내가 만일 그랬다가는 가친과 내 동생한테까지 누(累)를 끼칠 텐데 그럴 수가 있소? 두 분은 조금도 의심하지 마시고 들어오시오!"

송강은 말하고, 즉시 사다리에서 내려와서 장원의 대문을 크게 열어붙이고 두 사람의 도두를 청해 들였다.

그런 후 그 밤중에 닭과 오리를 잡아 요리를 만들어 당상당하(堂上堂下)에 술자리를 벌이니, 백여 명의 병정들도 모두 술에 밥에 배를 채웠다.

송태공은 병정들에게 각각 돈을 쥐어주고, 따로 은전 20냥을 두 도두에게 선사했다.

그날 밤 두 도두는 송가장에서 쉬고, 이튿날 새벽 5경에 송강을 앞세우고 고을로 들어가서 현청 앞에 당도하자, 날은 이미 밝았는지라 지현(知縣) 시문빈(時文彬)은 때마침 공청에 나와 앉아 있다가 두 도두가 송강을 잡아 들어오는 것을 보고 대단히 기뻐했다. 그리고 그는 송강의 공장(供狀)을 받아본 후 송강을 감옥에 내렸다.

그런데 급시우 송공명이 관사에 체포되어 옥에 갇혔다는 소문이 퍼지자, 운성현의 모든 백성들은 진심으로 애석히 생각하고 지현을 찾아와서 송강을 위하여 죄를 비는 것이었다.

지현도 역시 송강을 도와주고 싶은 생각이 있었던 터이라, 백성들의 진정을 받아들여 송강에게 유리하도록 문안을 작성한 후, 60일 기한이 지나가기를 기다려 제주부로 압송했다.

제주 부윤은 지현으로부터 올라온 압송 문서를 보고 나서, 죄를 감하여 척장(脊杖) 20대를 때린 후에 강주 노성(江州牢城)으로 귀양 보내도록 처결했다.

운성현에서 송강이 압송되기 전부터 송태공이 관리들에게 뇌물을 바치고 포섭한 효과가 보람 있게 나타난 셈이다.

제주부의 방송공인 장천(張千)·이만(李萬) 두 명에게 이끌리어 송강이 강주 노성으로 떠나는 날, 송태공은 작은아들 송청과 함께 아문(衙門) 밖에서 기다리고 있다가 장천·이만에게 술을 대접하고 또 돈냥을 선사한 후, 송강에게 의복을 갈아입히고 한편 구석으로 그를 데리고 가서 가만가만히 타일렀다.

"강주 땅이 거기가 생선도 흔하고 양식 걱정이 없는 곳이기에 내가 적지 않게 돈을 써서 너를 부디 그곳으로 보내달라고 청을 했더란다. 돈은 인편이 있는 대로 자주 보내줄 터이니 너는 그저 마음을 편히 갖고서 몸이나 성하게 지내거라! 그러나 여기서 강주를 가려면 아무래도 양산박을 지나가게 되는데 조개의 무리들이 산에서 내려와 너를 뺏어 가지나 않을까… 그것이 걱정이다. 네 행여나 그것들한테 몸을 던져 한패가 되어 불충불효한 자식이 돼서는 안 된다! 하늘도 무심하진 않으실 터이니, 네가 다시 무사히 돌아와서 부자 형제가 서로 볼 날이 반드시 있을 게다!"

송강은 눈물을 뿌리면서 부친에게 작별을 고하고, 아우 송청에게 집 안일을 당부한 다음, 강주를 향해서 길을 떠났다.

방송공인 장천과 이만은 송태공한테서 돈냥을 착실히 받았을 뿐 아니라, 송강이 호걸임을 잘 알고 있는 터이므로 노상에서 송강을 극진히 위해주었다.

세 사람은 제주부를 떠나 그날 하루 종일 쉬지 않고 길을 걷다가 날이 저물어서 객줏집을 찾아들어가, 공인 두 사람이 불을 피우고 밥을 지어 놓을 때, 송강은 술과 고기를 사다가 그들에게 권하면서 은근히 말했다.

"내가 두 분한테 한마디 일러드릴 말씀이 있소. 내일은 아무래도 양산박을 지나게 될 것인데 산채에 있는 호걸들이 내가 지나간다는 것을 알고 산에서 내려와 나를 뺏으려 한다면, 아마 두 분의 목숨이 위태로울 거요! 그러니까 내일 새벽에 우리가 이곳을 떠나 소문나지 않게 지름길로 걸어가기로 합시다!"

송강의 말을 듣고 방송공인들이 말한다.

"압사가 일러주시지 않았더라면 참말 큰일 날 뻔했습니다그려. 그러면 큰길로 가지 말고 샛길로 가야죠!"

그들은 의논을 정하고 그날 밤을 쉰 다음에, 이튿날 새벽에 밥 지어 먹고 즉시 객줏집을 떠나 샛길을 택하여 길을 떠났다.

그러나 그들이 불과 30리도 채 못 갔을 때, 앞에 보이는 고개 너머로부터 한 떼의 강적들이 우르르 달려나온다. 송강은 속으로 '아뿔싸!' 하고 놀랐다. 그러나 3, 40명을 거느리고 앞장서서 달려오는 두목은 다른 사람이 아니라 바로 유당이다.

유당은 칼을 휘두르며 달려오더니 송강에게는 인사도 하는 둥 마는 둥 다짜고짜로 두 명 공인을 죽이려 하니, 장천과 이만은 혼비백산해서 그 자리에 털썩 주저앉는다. 송강은 두 공인 앞으로 나서면서 급히 소리 질렀다.

"동생! 누구를 죽이려 드는 겐가!"

"형님! 이 두 놈이죠! 또 누구 있습니까?"

"그래? 그렇다면 그 칼을 내게 주게! 이놈들을 내 손으로 죽일 테니 자네는 수고할 것 없네!"

송강이 이렇게 말하니 장천과 이만의 새파랗게 질렸던 얼굴은 금시에 백지장같이 하얘진다.

유당은 칼을 그에게 내준다.

송강은 그 칼을 받아들고 다시 유당에게 묻는다.

"대관절 이 공인들을 왜 죽이려는 겐가?"

유당이 대답한다.

"양산박 형님들의 분부입니다! 소문에 듣자니까, 형님이 관사에 붙잡혔다기에 저희들은 바로 운성현으로 가서 옥을 깨치고 형님을 구해낼까 했었죠. 그런데 다시 들으니까 형님이 비록 갇혀 있기는 하지만 별로 고생은 안 하신다고 하기에 다소 안심하고 있으려니까, 이번엔 강주 노성으로 귀양을 가신다고 하지 않아요? 그런데 강주로 가자면 길이 여러 갈래가 있기 때문에 혹시 잘못해서 길이 어긋나면 어쩌나 싶어서, 그래 모든 두령들이 각각 여러 군데 길목을 지키기로 했답니다. 하여튼 일이 잘됐습니다. 형님! 어서 이 두 놈을 죽여버리시고 산으로 올라가십시다!"

그 말을 듣고 송강이 대답했다.

"잘 알아듣겠네! 나를 생각해서 그러는 줄은 알겠네마는 그게 도리어 나를 불충불효한 구렁텅이에다 떨어뜨리는 일이니, 이 노릇을 어쩌면 좋은가? 이 공인들을 죽이고 산으로 올라가야만 한다면, 차라리 나는 내 손으로 내 목숨을 이 자리에서 끊어버리는 수밖에 없네!"

그는 말을 마치자 이내 칼을 들어 자기 목을 찌르려 하므로, 유당은

급히 그의 팔을 잡아당기면서,

"형님! 왜 이러십니까?"

하고 그의 손에서 칼을 뺏어버린다. 송강은 또 말한다.

"동생! 자네가 진정 나를 가련하게 생각하거든, 부디 이대로 나를 강주 노성으로 보내주게! 내가 한(限)이 차서 무사히 나오거든 그때 우리 다시 만나세!"

유당은 난처한 듯이 대답한다.

"글쎄요… 저 혼자서는 무엇이라고 말씀할 수가 없는데요. 지금 저 앞 대로상에 군사(軍師) 오학구와 화지채가 나와 계시니 그 두 분을 이리로 청하여 다 같이 의논해보시죠."

그는 이렇게 말하고 졸개를 오학구한테로 달려가게 했다. 그러자 조금 있다가 말굽 소리가 요란하게 울리면서 오용과 화영이 수십 명을 거느리고 달려왔다.

화영은 말에서 뛰어내리더니 송강이 칼을 쓰고 있는 모양을 보고 유당을 나무랐다.

"아니, 여태까지 왜 칼을 벗겨드리지 않았소?"

유당이 미처 대답하기 전에 송강이 급히 손을 내저으면서 말한다.

"그게 무슨 말인가? 이건 국가의 법도일세! 함부로 벗다니 될 뻔이나 한 이야긴가?"

그러자 곁에서 오용이 웃는 얼굴로 한마디 한다.

"형장의 생각은 잘 알겠습니다! 그거 어렵지 않은 일이지요. 산채에 머물러 계시게만 안 하면 그만 아니겠습니까? 조두령께서 기어코 형장을 뵈옵고 싶다 하시니, 하여튼 잠시 산으로 올라가셨다가 곧 다시 떠나시기로 하십시오그려."

송강이 대답했다.

"그럼, 오직 선생만이 이 사람의 심중(心中)을 알아주십시오."

그는 이렇게 말하고 두 공인을 붙들어 일으키고 말했다.

"두 분은 아무 걱정 마시오! 차라리 내가 죽으면 죽었지, 두 분의 목숨은 안전하게 해드리리다."

두 공인은 그제야 놀란 가슴을 진정하고,

"압사 나으리! 고맙습니다! 참 은혜가 태산 같습니다!"

하고 사례하는 것이었다.

이리해서 그들은 큰길로 나와 갈대가 우거진 물가로 가서 배를 타고 물을 건너 금사탄에 이르니, 그곳에는 또 산교(山轎)가 준비되어 있다. 일행은 산교를 타고 단금정(斷金亭)에 올라가서 잠깐 쉬는 동안, 오용은 졸개들로 하여금 모든 두령들을 취의청에 모이도록 하라고 이른 후, 그들도 취의청으로 올라갔다.

조개는 먼저 취의청에 나와 앉았다가 송강을 맞아들이며 진심으로 치사를 했다.

"운성현에서 이 목숨을 구해주신 뒤로 우리들이 무사히 오늘날까지 살아왔는데 이것이 참으로 형장의 은혜인 것을 생각하지 않는 날이 없었소이다! 일전에는 또 여러분 호걸을 천거하시어 초채(草寨)를 더욱 빛나게 해주시니 가히 은보무문(恩報無門)이외다!"

송강이 대답한다.

"내가 그때 형장과 작별한 뒤에 염파석을 죽이고 운성현을 도망하여 반년 동안이나 강호로 떠돌다가 우연히 여러 호걸들을 만나 그 사람들과 함께 형장을 이리로 찾아와 뵈오려 했던 것이… 우연히 석용을 만나 가서(家書)를 받아보니, 뜻밖에도 가친께서 세상을 떠나셨다고 쓰여 있지 않아요? 그러나 알고 보니, 그것은 혹시나 내가 여러분 호걸을 따라서 산으로 들어갈까 염려하시어 가친께서 나를 집으로 불러들이시느라 꾸미신 노릇입디다! 이제 내가 관사(官司)에 붙들리어 강주로 귀양을 가기는 합니다만 거기 가서 별로 고생은 안 할 것 같소이다. 이번에 인형(仁兄)께서 나를 만나보고 싶다 하신다기로 이렇게 와서 존안(尊顔)을 뵈온 터이지만, 갈 길이 바쁜 터이므로 곧 떠나야겠습니다."

조개는 또,

"기어코 가시겠다면 굳이 붙들지는 않겠으니, 잠깐만 여기 앉아 계십시오."

이렇게 말하고서, 송강을 자기와 나란히 놓인 중간 교의에 앉게 하고 두 사람의 방송공인은 송강의 등 뒤에 숨어 앉게 한 후, 여러 사람의 두령들을 불러들여 송강에게 참배시켰다.

서로 인사를 마치고 두령들이 차례대로 양쪽에 나누어 앉으니, 작은 두목들이 분주히 술자리를 벌인다.

조개가 먼저 잔을 들어 송강에게 술을 권하고, 그다음에 오용·공손승을 위시해서 백승에 이르기까지, 모든 두령들이 차례로 술잔을 권했다.

이같이 술이 두어 차례 돌아가자, 송강은 문득 자리에서 일어나 사례했다.

"여러분 두령께서 이렇듯 이 사람을 사랑해주시니, 무엇이라 사례의 말씀을 드려야 할지 알 수 없소이다! 그러나 이 사람은 아시다시피 죄를 얻어 귀양 가는 몸이라 감히 오랫동안 이곳에 머물러 있을 수 없기로, 그만 떠날까 합니다."

이 말을 듣고 조개가 말한다.

"너무 고집을 쓰지 마시오! 인형이 저 두 사람의 공인을 꼭 살려주어야만 하시겠다면, 돈냥이나 넉넉히 주어 돌려보내면 그만 아니겠소? 양산박을 지나다가 죄인을 뺏겼다고 하면, 관사에서도 저 두 사람을 죄로 다스리지는 않을 거요!"

그러나 송강은 조개의 말을 들으려 하지 않았다.

"그 같은 말씀은 두 번 하지 맙쇼! 또 그런 말씀을 하신다면 이 사람이 더욱 괴롭습니다. 전일에도 저한테 혹시 무슨 일이 있을까 해서 가친께서 그처럼 저를 집으로 불러들이셨고, 이번에 떠날 때에도 신신당부하는 말씀이 그 말씀이었답니다! 제가 만일 여러분의 말씀을 좇아 여기서 지낸다면 위로는 천도(天道)를 어기고 아래로는 부교(父教)를 거역하여 불충불효한 사람이 될 것이니, 그래서는 이 세상에 살아 있으면 무엇합니까? 차라리 지금 이 자리에서 나를 죽여주십쇼!"

말을 마치자 송강의 두 눈에서는 눈물이 비 오듯 쏟아지더니 금시에 마룻바닥에 떨어져버린다.

조개·오용·공손승, 이 사람들은 급히 달려들어서 그를 붙들어 일으키고 말했다.

"형장이 기어코 강주로 가시겠다면 우리도 억지로 형장을 붙들지는 아니할 것이니 마음을 푹 놓고 하루만 여기서 편히 쉬신 다음 내일 떠나십시오그려! 그렇게도 못 하시겠소이까?"

송강은 이 말을 듣고 어쩌는 수 없이 그렇게 하기로 작정했다. 그러나 그가 목에 쓰고 있는 칼은 아무리 벗겨놓으려 해도 한사코 벗지 않는다. 그리고 두 사람의 공인과 행동을 같이한다.

그날 밤을 지내고 이튿날 아침 일찌감치 일어나서 송강이 길을 떠날 차비를 차리고 있을 때, 오학구가 그에게 가까이 와서 말한다.

"형장한테 말씀드릴 일이 있습니다. 다름 아니라, 나하고 퍽 친한 친구 한 사람이 지금 강주에서 양원 압로절급(兩院押牢節扱)으로 있는데 성은 대(戴)가요, 이름은 종(宗)인데, 이 사람이 본래 도술이 놀라워서 하루 동안에 8백 리를 걸어다니므로 모두들 그를 '신행태보(神行太保)'라고 별명을 부른답니다. 그런데 이 사람도 역시 의리를 중히 여기는 사람이기에 제가 어젯밤에 편지 한 장을 써놓았으니… 그것을 가지고 가셔서 그에게 전하시면 형장께 해로운 일은 조금도 없을 겁니다."

오용이 말하자 다른 사람들은 또 한 차례 송강을 만류했으나, 그는 종시 듣지 않으므로 그들은 하는 수 없이 다시 잔치를 베푼 다음, 금은

(金銀) 한 쟁반을 내어다 송강에게 선사하고 두 사람 방송공인에게는 따로 돈 20냥을 선사하는 것이었다.

그런 후 20여 명의 두령들은 금사탄까지 내려와서 송강을 전송하므로, 송강은 그들에게 공손히 인사하고 배 위에 올라탔다. 그때 오학구와 화지채는 송강과 함께 배 위에 올라와서 나루를 건넌 후 육지에 올라서 20리 밖에까지 송강을 전송하고 돌아오니, 그 뒤부터는 송강 일행 세 사람만이 강주를 향해서 걸음을 재촉할 뿐이었다. 그런데 장천·이만 두 사람의 방송공인은 양산박에서 수십 명의 두령들이 모두 다 송강을 깍듯이 위할 뿐 아니라, 산채 안에는 인마(人馬)가 너무도 많은 것을 보았는지라, 저희들이 압송하는 죄수 송강이 대단한 인물인 줄 알고 마치 귀하신 몸을 모시는 것처럼 충성을 다하는 것이었다.

이렇게 보름 동안이나 길을 걸었을 때 마침 한 곳에 당도하니, 앞에는 높은 산이 우뚝 서 있다.

이것을 보고 두 공인은 송강에게 말한다.

"이제 다 왔군요! 저게 게양령(揭陽嶺)이고요, 저걸 넘어가면 바로 심양강(潯陽江)입니다. 그리고 강만 건너서면 바로 강주 땅이랍니다."

이때 일기는 매우 덥다.

세 사람은 오정 때가 되기 전에 고개를 넘어가려고 까풀막 길을 부지런히 더듬어가며 길을 재촉했다. 그리하여 마침내 산마루터기에 올라서고 보니, 그곳에 술집이 하나 있고 집 뒤는 깎아지른 절벽이요, 집 앞에는 고목나무가 두어 개 서 있는데, 그 나무 그늘 아래 높다랗게 술집의 깃발이 펄렁거리고 있다.

송강은 술집이 있는 것을 보고 마음에 기꺼워서 방송공인을 돌아보고 한마디 했다.

"갈증이 심하던 차에 마침 잘되었군! 들어가서 한 잔씩 합시다."

그는 이렇게 말하고 장천과 이만을 데리고 술집으로 들어가서 그들에게 윗자리를 사양하고 아랫자리에 앉으니까, 장천과 이만은 보따리를 내려놓고 수화곤(水火棍) 막대기를 벽에다 세워놓은 다음에 상좌에 가서 자리 잡고 앉는다.

이같이 세 사람이 자리에 앉아서 한참 동안 기다렸건만, 아무도 나와서 아는 체하지 않는다.

송강은 마침내 소리를 질렀다.

"여보! 주인 좀 봅시다!"

이 말이 떨어지자,

"어서 오십쇼!"

하고 기골이 장대한 사나이 한 사람이 안에서 툭 튀어나온다.

송강이 그를 바라보니 눈깔은 크고 둥근데, 코 아래엔 붉은 수염이 사납게 쭉 뻗쳐 있고, 머리에는 찢어진 두건을 썼으며, 등저고리만 입고서 두 팔뚝은 벌건히 드러내놓고, 허리에는 베수건을 둘렀으니, 이 사람이 누구냐 하면 이곳 게양령에서 최명판관(催命判官)이라는 이름을 날리는 살인 강도였다. 그렇건만 송강과 두 방송공인은 알 턱이 없다.

최명판관은 세 사람에게 공손히 인사를 드리고서 말한다.

"약주를 가져오라십니까?"

송강이 대답한다.

"우리가 고개를 넘어오느라고 기갈이 몹시 심한데…, 혹시 고기가 있거든 좀 주시오."

"숙우육(熟牛肉)이 있습죠. 술은 혼백주(渾白酒)가 있는뎁쇼."

"그거 좋소! 그럼 우선 술 한 근에 고기는 두 근만 갖다주슈."

"저, 저, 여쭙기는 황송합니다마는 저희 집에서는 돈 먼저 받고서 약주를 내오기로 마련인뎁쇼!"

"아, 그래? 그렇다면 피차에 셈이 분명해서 되레 좋고말고! 옜소, 돈 받으슈!"

송강은 벌써 보따리를 끄르고 그 속에서 잔돈푼을 꺼내는 것이었다.

이때 술집 주인은 송강 곁에 가 서서 그의 보따리가 제법 묵직한 것이 돈냥이나 착실히 들어 있는 듯싶어서 은근히 기쁘게 생각하는 모양이다.

이때 송강이 돈을 꺼내 주자, 주인은 곧 안으로 들어가서 약주를 내왔다.

세 사람은 일변 먹으며 또 한편으론 이야기가 분주했다.

"소문에 들으니까, 강호(江湖)에 나쁜 놈들이 많아서 천하 호걸들한테 몽한약을 탄 술을 먹인 후 목숨과 재물을 빼앗는다는데… 우리는 그 말을 믿지는 못하겠습니다."

이 말이 끝나자, 옆에 있던 술집 주인이 한마디 한다.

"손님들이 죄다 아시는군요! 그런데 우리 집 술에도 약이 들어 있으니 부디 잡숫지 마십시오!"

송강이 이때 웃으면서 말한다.

"이 집 술이라면, 약 좀 탔기로서니 상관있나!"

이때 두 공인도 한마디 했다.

"약은 아무래도 좋습니다. 그러나 술만은 한 잔 따끈하게 데워다줍쇼그려!"

그러자 주인은 다시 안으로 들어가서 술 석 잔을 따끈하게 데워가지고 내온다. 까풀막진 산길을 걸어오느라고 기갈이 심한 세 사람은 술잔을 들자마자 한숨에 술을 마셔버렸다.

그러나 이상도 하여라! 술잔을 기울이고 나더니 두 사람 방송공인은 두 눈을 멍하니 뜨고, 입으로 침을 게제제 흘리면서 그대로 뒤로 나가 자빠진다. 이 모양을 보고서 송강은 자리에서 뛰어일어났다.

"아니, 그래 이 사람들이… 술 한 잔에 이럴 수가 있는가?"

그는 혼잣말하고 방송공인 두 명을 붙들어 일으키려 했으나, 송강 자신도 갑자기 머리가 멍하고 눈앞이 캄캄해지더니 걷잡을 새 없이 그대로 한구석에 쓰러져버렸다.

그들 세 사람은 모두 다 눈을 멀거니 뜬 채, 손끝 하나 꼼짝달싹도 못한다. 이 모양을 보더니 술집 주인 놈은,

"요새 도무지 벌이가 없더니, 오늘은 천행으로 저것들이 굴러들어왔구나!"

이렇게 중얼거리고, 먼저 송강을 번쩍 안아들고 인육작방(人肉作房)으로 들어가 박인등상(剝人凳上)에다 드러뉘어놓고, 다시 나와 두 사람 공인을 한 사람씩 차례로 안고 들어갔다. 그러고 나서 다시 나와 세 사람의 보따리를 들고 뒷방으로 들어가서 펴보니까, 나오는 것이 모두 금은(金銀)이다. 그는 입이 딱 벌어지도록 기뻐하면서 중얼거렸다.

"이거 봐라! 내 여기서 술집을 내고 여러 해 지냈지만, 이런 죄인 처음 보겠네! 그래, 일개 죄인이 이렇게 많은 재물을 갖고 다닐 수 있나? 아마 이건 하늘이 나한테 보내주신 건가 보다!"

그는 보따리를 도로 싸서 한구석에 치워놓고 문밖으로 나와서 밖에 나간 동료가 돌아오는가 앞을 내려다보았지만, 사람의 그림자도 보이지 않는다.

조금 지나서 웬 사람들이 세 사람이나 한꺼번에 부리나케 고개 위로 올라오는 모양이 보인다.

그는 한참이나 그 사람들을 바라보고 섰다가 급히 달려나가면서 인사를 했다.

"형님! 어디 가슈?"

세 사람 중에서 그중 기골이 장대한 사나이가 대답한다.

"여기서 사람을 기다리려고 올라왔네. 아무리 생각해봐도 이제는 오실 때가 지났는데… 웬일인지 모르겠네. 며칠 전부터 고개 아래서 날마다 눈이 빠지게 기다렸건만, 도무지 오시질 않네그려."

주인이 또 묻는다.

"대관절 누가 오는데 그렇게 기다리시는 거요?"

"함자를 말하면 자네도 알 걸세. 다른 사람이 아니라, 바로 운성현 송압사 송강이시어!"

"송압사 송강이라니, 그럼 천하에 유명한 산동의 급시우 송공명 그분이신가요?"

"바로 그분이지!"

술집 주인은 다시 묻는다.

"그분이 이곳에는 왜 오시오?"

"나도 모르고 있었는데, 일전에 제주서 온 사람한테서 들으니까, 운성현 송압사가 무슨 일을 저질렀는지는 몰라도 강주 노성으로 귀양 가게 되어서 제주부를 떠났다데그려. 제주부에서 강주 노성엘 가려면, 아무래도 이곳 게양령을 넘어야 하지 않나? 그 어른이 운성현에 계실 때도 내가 몇 번이나 찾아가 뵈오려 했었는데… 이곳을 지나시는 줄 알고서야 내 어떻게 가만히 앉아 있겠나? 그래 그동안 고개 아래서 며칠을 그 어른 지나시기를 고대하고 있었지만, 그 어른은 그만두고 다른 죄인도 도무지 지나가는 사람이 없네그려…, 그래 오늘은 자네도 오래간만에 만날 겸 술도 한 잔씩 마시려고 올라왔네. 그런데 요새 벌이는 좋은가?"

"그동안 벌이가 통 안 됐답니다… 그런데 오늘은 대체 어찌된 셈인지, 한꺼번에 세 놈이나 굴러들어서… 벌이가 참말 괜찮습니다!"

그 사나이는 황망히 묻는다.

"세 놈이라니, 어떤 사람들인가?"

"하나는 칼을 쓴 죄인이고, 두 사람은 방송공인이죠."

그 사나이는 깜짝 놀라면서 다시 묻는다.

"그 죄인이라는 사람이 혹시 얼굴이 검고 키가 작은 살찐 사람이 아니던가?"

"그래요! 바로 맞았어요."

"그래? 그러면 벌써 요절을 냈나?"

"아직 작방(作房)에다 들여다만 두었죠."

"그럼 내가 좀 들어가 봐야겠네!"

그들은 일제히 인육작방으로 들어갔다. 커다란 도마 위에는 죄인과 공인 등 세 사람이 눈을 멀거니 뜬 채 나란히 누워 있다.

기골이 장대한 사나이가 송강 앞으로 가까이 들어서서 얼굴을 들여다보았으나, 그가 과연 송강인지는 알 수가 없다. 이마의 금인(金印)을 보아도, 그것만으로는 죄인이 누구인 것을 알 도리가 없다.

그 사나이는 잠깐 동안 궁리하다가 무엇을 깨달은 듯 술집 주인을 돌아다보면서 말한다.

"공인의 보따리를 이리 가져오게. 그 속에 들어 있는 공문을 보면 단번에 알 것을!"

"그 참…, 그렇겠습니다!"

주인은 곧 뒷방으로 들어가서 공인의 보따리를 내왔다. 급히 끌러보니 보따리 속에서 큰 은돈과 몇 개의 조그만 은돈이 쏟아졌다. 그 사나이는 다시 보따리 속에 손을 집어넣고서 마침내 문서대(文書袋) 주머니를 찾아냈다.

그는 곧 주머니를 끄르고서 그 속에 들어 있는 차비(差批)를 펴보더니 깜짝 놀라면서 한숨을 길게 쉬고 말한다.

"내가 오늘 여길 올라온 것이 참말 하늘이 시키신 일이로구나! 자네가 아직 요정을 내지 아니했으니까 천행이지, 하마터면 큰일을 저지를 뻔하지 않았나? 하여간 얼른 들어가서 해약(解藥)을 가져오게!"

주인은 당황해서 급히 안으로 들어가 해약을 만들어서 나왔다.

우선 송강의 목에서 칼부터 벗긴 다음 해약을 입속에 흘려 넣고, 네 사람은 각각 송강의 팔다리를 붙들어 곱게 모시고서 객실로 옮겨다 뉘었다.

그때까지 송강은 정신을 못 차린다. 큰 사나이는 한참 동안 송강을 부둥켜안고 앉아 있었다.

그러자 얼마가 지나서 약기운이 돌았는지 송강은 눈을 생기 있게 뜨고, 두리번거리면서 앞에 있는 사람들의 얼굴을 둘러본다. 이 모양을 보고 큰 사나이는 같이 온 두 사람에게 송강을 부축하고 있으라 한 후, 자기는 얼른 송강 앞에 가서 절을 드리는 것이었다.

송강이 비로소,

"누구시오? …내가 꿈을 꾸고 있는 게 아닌가?"

라고 묻자, 술집 주인이 또 그에게 절을 드리므로 송강은 답례하고서 재차 묻는다.

"두 분은 그만 일어나시오. 대체 여기는 어디고 두 분은 누구시오?"

그러자 큰 사나이가 먼저 대답한다.

"소제의 성은 이(李)요, 이름은 준(俊)입니다. 노주(盧州) 태생입니다. 양자강의 뱃사공으로 있었는데, 그만큼 물에 익었기 때문에 사람들이 저를 혼강룡(混江龍) 이준이라고 부르죠. 그리고 이 집 주인으로 말씀하면, 보시다시피 이곳 게양령에서 술장사를 하고 있는데, 술에 몽한약을 타서 사람을 죽이고 재물을 뺏으므로 남들이 모두 최명판관 이립(李立)이라고 부른답니다. 그리고 이 형제는 심양강변에서 사염(私鹽)을 가지고 이곳에 와서 장사를 하며 지내는데, 역시 물에 익어서 형은 이름이 출동교(出洞蛟) 동위(童威)요, 아우는 이름이 번강신(飜江蜃) 동맹(童猛)이랍니다."

그러자 동위·동맹 형제가 또한 앞으로 나와서 송강에게 절을 드린다. 송강은 답례하고서 이립을 보고 물었다.

"아까는 몽한약을 먹이더니, 이제는 어떻게 생각하고서 나를 구해주는 거요?"

이립이 대답하기 전에 이준이 나서서 전후 사실을 고했다. 그 이야기를 듣고 송강은 자기가 염파석을 죽이고 떠돌아다니다가 마침내 강주 노성으로 귀양 가게 된 전후곡절을 이야기했다.

네 사람은 그 이야기를 듣고 대단히 탄복한 후 이립이 나서며 말했다.

"그러시다면 구태여 강주 노성엘 가실 것도 없습니다. 여기서 저희들과 같이 지내시기로 하십시오!"

그러나 송강이 이 말을 들을 이치는 없다.

"지금도 말했지만, 양산박에서 여러 두령들이 그처럼 붙드는 것도 떨치고 온 나외다. 그런 말은 아예 하지 마시오!"

이준은 송강의 대답을 듣고 아무래도 그가 머물러 있지 않을 것을 짐작했는지라, 즉시 이립을 보고 말했다.

"그러면 저 공인들도 살려놓아야 일이 되겠네. 어서 해약을 먹이게!"

이립은 즉시 동위·동맹 형제로 하여금 두 사람 공인을 작방으로부터 안아 내오게 한 다음, 해약을 입에다 흘려 넣으니, 두 사람은 한참 있다가 깨어나 서로 쳐다보면서 말한다.

"우리가 아마 무척 고단했던 모양이지? 그렇지 않고서야 술 한 잔에 그렇게 녹아떨어질 이치가 있나?"

송강을 비롯해서 여러 사람들은 이 말을 듣고 한바탕 크게 웃었다.

이렇게 되어서 이날은 이립의 집에서 하룻밤을 쉬고, 이튿날 아침 송강은 두 명 공인과 함께 이준·동위·동맹 등을 따라 산 아래로 내려갔다. 이준의 집은 바로 게양령 고개 밑에 있었다.

이준이 인도하는 대로 그의 집에 들어가니까, 이준은 분주히 음식을 차려 내온 후 은근히 대접하면서 마침내 송강과 의를 맺어 송강을 형님으로 받들기로 했다.

송강은 이준의 집에서 며칠 동안 묵은 후 마침내 강주를 향해서 두 명 공인과 함께 길을 떠났다.

세 사람이 길을 걷기 불과 반나절, 미시(未時)쯤 되었을 때 한곳에 당도하니 이곳이 게양진(揭陽鎭)이라, 인가는 즐비하게 많고, 시가가 제법 번잡하다. 문득 한쪽을 바라보니, 거리에 한 떼의 구경꾼이 삥 둘러서서 무엇인지 구경하고 있다. 송강은 그쪽으로 가서 사람들을 헤치고 들어갔다.

앞으로 나서서 보니, 한 사람의 교두(教頭)가 창봉(槍棒)을 들고 서서 고약을 팔고 있다. 교두는 군중 앞에서 한차례 봉술(棒術)을 보여주더니, 이번엔 또 권술(拳術)을 보여주는데, 그 기술이 제법 훌륭하다.

송강은 그 모양을 보고 손바닥을 쳤다.

"잘한다! 잘해!"

하고 칭찬했다.

교두는 권술을 끝마친 후 한 손에 쟁반을 들고 사람들 앞으로 나서서 말한다.

"이 사람은 머언 타향에서 온 사람입니다. 놀랄 만한 재주는 없습니다마는, 이렇게 여러분 덕택으로 고약봉지나 팔아볼까 해서 이곳엘 찾아왔습니다. 고약을 좀 팔아주십쇼. 설령 고약은 소용없으시더라도 몇 푼 은냥 동전을 던져주시면 참으로 고맙겠습니다."

교두는 말을 마치고 쟁반을 내밀면서 구경꾼 앞을 한 바퀴 돌았다. 그러나 동전 한 푼 그에게 던져주는 구경꾼이 없다.

"여러분 손님네들! 제발 다소를 불구하시고 부조를 좀 해주십시오!"

교두는 이렇게 말하더니 또 한 차례 쟁반을 들고 돌아간다. 그러나 역시 아무도 돈을 던져주지 않는다. 이 광경을 보고 송강은 품에서 닷 냥짜리 은돈을 꺼내어 쟁반 위에 놓고 말했다.

"나는 죄를 짓고 귀양 가는 사람이라 닷 냥밖에 못 드리오마는, 과히 약소하다 생각 마시고 받으시오."

교두는 송강에게 머리를 굽히어 사례하고서 쟁반에 놓인 은돈을 집어들더니 구경꾼들을 둘러보면서 말했다.

"여러분 손님네들! 그래 이렇게 크나큰 게양진에, 타향에서 들어온 약장수한테 돈 한 푼 던져주는 사람이 없단 말이오? 이분으로 말씀하면 이 고장 어른도 아니시고, 잠깐 여기를 지나시다가 이렇게 닷 냥씩이나 돈을 주시는데, 참말 이 닷 냥은 다른 양반의 50냥보다 더 고맙습니다! 청컨대 고성대명(高姓大名)이 누구신지요? 제가 천하에 존함을 널리 알리겠습니다."

교두가 송강을 보고 이렇게 묻자,

"천만의 말씀! 조금도 고마워하지 마십쇼."

송강이 이같이 대답하고 있을 때, 구경꾼 틈에서 기골이 장대한 사나이 한 사람이 성큼 나서더니 송강을 보고,

"이것이 어디서 굴러먹던 말뼈다귀야! 저 약장수란 놈은 도무지 인사도 모르고 도리를 안 차리는 놈인 까닭에, 그래 아무도 피천 한 푼 주지 말라고 내가 단단히 일러두었는데, 네놈이 닷 냥씩이나 돈을 주다니… 네가 나를 아주 우습게 아는 모양이 아니냐?"

라고 호령한다.

그 말을 듣고 송강이 대꾸했다.

"여보, 내가 내 돈 주는데, 당신이 무슨 참견이오?"

그 사나이는 달려들어 송강의 멱살을 쥐고 또 호령이다.

"이 자식이! 귀양 가는 죄인이 뉘게다 말대답이냐?"

"내가 당신한테 말대답 못할 게 뭐요?"

송강이 또 한마디 대꾸하니까, 그자는 멱살 잡았던 손을 들어 주먹을 쥐고서 송강의 얼굴을 후려갈기는데, 그때 송강은 머리를 뒤로 젖혀 그 주먹을 피했다. 그러자 그자는 다시 송강 앞으로 바싹 다가들며 주먹을 번쩍 쳐든다.

이때 약장수 교두가 번개같이 달려들어 한 손으로 그자의 허리춤을

움켜쥐고 또 한 손으로 그자의 복장을 쥐어지르니까, 그자는 보기 좋게 땅바닥에 거꾸러졌다.

교두는 그자가 다시 일어나려고 버둥거리는 것을 보고 달려들어서 그자의 옆구리를 냅다 질러버렸다. 이때 두 사람의 방송공인이 앞으로 나와서 교두를 붙들고 말리니까, 그자는 땅바닥에서 일어나 송강과 교두를 번갈아 보면서,

"이 자식들…, 어디 보자!"

하고 어디론지 사라져버린다.

그러자 송강은 교두를 보고 물었다.

"고향은 어디시고, 성씨는 누구십니까?"

"저는 하남 낙양(河南 洛陽) 사람으로 성은 설(薛)이요, 이름은 영(永)입니다. 조부께서 노충 경략상공 장전(帳前)에 군관으로 계셨는데, 동료들한테 미움을 받으셔서 벼슬에 오르지 못하시고, 자손들도 이처럼 창봉이나 쓰고 다니며 약장사나 해서 근근이 지냅니다. 남들이 저를 병대충(病大蟲) 설영이라고 부르죠."

"그러십니까. 이 사람은 운성현 태생으로 성은 송이요, 이름은 강이라 합니다."

"그럼, 바로 급시우 송공명 아니신가요?"

"네, 그렇습니다."

이 말이 떨어지자 교두는 즉시 엎드려 절한다.

송강은 황망히 그를 붙들어 일으키고 말했다.

"자아, 어디 가서 우리 술이나 한잔 나눕시다."

설영은 즉시 창봉과 약보따리를 수습하여 송강과 두 사람 공인의 뒤를 따랐다.

가까이 있는 술집에 그들이 들어가니, 뜻밖에도 술집에서 하는 말이 당신네들한테는 술도 고기도 못 팔겠다는 수작이다.

"어째서 우리한테는 못 팔겠다는 거요?"

라고 송강이 물으니까, 술집 주인이 대답한다.

"당신네들이 아까 거리에서 허우대 좋은 사람을 때리고 차고 했지요? 그분이 바로 이곳 계양진의 우두머리인데 당신네들한테 술이고 밥이고 팔기만 하면 우리 가게를 그냥 부숴버리겠다고 온통 통문을 돌렸으니…, 감히 우리가 그 양반의 분부를 거역할 수 있소?"

이 말을 듣고 송강은 어이가 없어서 설영을 돌아다보니 설영이 말한다.

"저는 곧 객주로 가서 방돈(房錢)이나 셈을 치른 다음 수일 내로 형님 뵈러 강주로 가겠습니다. 형님은 이 길로 속히 떠나십시오."

송강도 그럴 수밖에 없다 생각하고서 20냥 은전을 설영에게 주고, 즉시 그와 작별한 후 방송공인들과 함께 길을 걸었다.

얼마쯤 가다가 보니까 길가에 또 술집이 있다. 그러나 그 집에서도 그들에게는 술을 팔지 않는다. 다시 두어 군데 찾아 들어가 보았으나 모두 다 그들을 상대하지 않는다.

술집뿐만 아니었다. 객줏집을 몇 집 찾아가 보았으나 그 사람들도 역시 송강 일행에게는 방을 빌려주지 못하겠다고 딱 거절하는 것이었다.

그럭저럭 날이 저물었다.

"이거 공연히 창봉 쓰는 꼴을 구경하다가 욕을 단단히 보는구나! 구석진 촌에까지는 통문이 안 돌았을 것이니 한시바삐 여기를 떠나기로 합시다."

송강은 이렇게 말하고 두 명 공인과 함께 촌으로 발길을 돌렸다.

날은 이제 아주 캄캄해졌는데, 부지런히 촌길을 걸어가노라니까 저 앞 숲속에서 불빛이 은은히 보인다.

"저기 인가가 있군! 염치 불구하고 들어가서 하룻밤 자고 가자고 떼를 써야겠군… 그리고 내일 새벽같이 일찍 떠납시다."

송강이 이같이 말하니까 공인들은 그쪽을 살펴보더니,

"아이구! 저기는 본길에서 너무 들어갔는데요!"

하고 좋아하지 않는다.

"좀 들어갔으면 어떻소? 내일 길을 좀 더 걸을 작정만 하면 그만이지!"

송강이 이같이 말하고 앞장서서 샛길로 들어서니까 공인들도 그를 따라서 걸었다.

약 5리나 실하게 걸어오자, 큰 장원(莊園) 앞에 이르렀다. 문을 두드리니, 하인이 나와서 무슨 일로 밤이 어두운데 이같이 찾아와서 주인을 찾느냐고 묻는다. 송강은 공손하게 말했다.

"이 사람은 강주로 귀양 가는 죄인인데, 길을 잘못 들어 잘 곳을 얻지 못해 찾아왔습니다. 댁에 아무 데서나 하룻밤을 지내게 해주신다면 내일은 법대로 방돈을 치르고 일찍 떠나겠습니다."

하인은 잠깐 기다리라 하고 안으로 들어가더니 금시에 도로 나와서,

"태공(太公)께서 들어오라십니다."

하고 맞아들인다.

송강이 두 명 공인과 함께 후원 초당으로 들어가 주인 태공 앞에 인사를 드리니까 태공은 하인을 보고 이 사람들을 문간방으로 데리고 나가서 저녁을 먹이고 편히 쉬게 하라고 분부하는 것이었다.

세 사람이 문간방으로 나와서 하인이 갖다주는 갱탕(羹湯)과 채소로 밥을 배부르게 먹고 나니까 하인은 그릇을 수습하여 안으로 들어간다.

방 안에 세 사람만이 남아 있게 되자, 공인들이 말한다.

"압사 어른, 아무도 보는 사람 없으니, 어서 칼을 벗어놓고 편히 누우십시오."

송강은 그 말에 좇아서 칼을 벗어놓고 두 사람과 함께 소변을 보려고 밖으로 나갔다. 하늘에는 별빛이 총총한데, 바라다보니 넓은 마당 위로

실낱같은 좁은 길이 보인다.

세 사람은 손을 씻고 방으로 들어와서 문을 안으로 닫아걸고 자리에 누웠다.

얼마 안 있다가 막 잠이 들려고 하는데, 안에서 사람의 소리가 나며 횃불이 창문에 비친다.

송강이 일어나서 문틈으로 내다보니, 태공이 하인을 세 사람이나 거느리고 나와서 집안을 한 바퀴 둘러보는 모양이었다. 송강은 공인들을 돌아다보고,

"이 댁 태공도 우리 집 가친이나 마찬가지로 주무시기 전에 한 바퀴 도시는군! 지금쯤 아마 가친께서도 저러시고 계시겠지."

이같이 말하고 있을 때 갑자기 대문 밖에 누가 와서,

"문 열어라!"

하고 외친다.

하인이 황망히 달려가서 문을 열자 장정 6, 7명이 밖으로부터 들어오는데, 앞서서 들어오는 자는 손에 큰 칼을 들었고, 뒤에서 따라 들어오는 놈들은 제각기 곤봉을 쥐고 있다.

횃불 밑에 송강이 그들을 자세히 살펴보니, 손에 칼을 든 자는 바로 게양진 거리에서 자기를 때리려 들던 그 허우대 큰 인간이다.

송강이 맘속으로 놀라면서 가만히 귀를 기울이니까, 태공이 그자를 보고,

"애야, 또 어디 가서 누구하고 시비를 하려고 이렇게 밤중에 몽둥이들을 들고 수선을 떠느냐?"

이렇게 말하자, 그자는 그 말엔 대답하지 않고 한다는 말이,

"아버지, 형 어디 있습니까?"

한다.

"네 형은 술을 먹고서 아마 저 뒤 정자에서 자나 보다."

"그럼 얼른 가서 깨워서 곧 쫓아가야겠군요."

"너 또 누구하고 쌈했구나! 네 형을 깨웠다간 공연히 일만 커진다! 대관절 무슨 일이냐?"

"다른 일이 아니라요, 오늘 게양진에 창봉을 쓰는 약장수 한 놈이 들어왔는데요, 그놈이 저희들 형제한테 인사 한마디 않고서 장사를 하려 드는군요. 그래, 너무도 괘씸하기에 이놈한텐 돈을 한 푼도 주지 말라고 사람들한테 단단히 일러두었는데요, 어디서 들어온 놈인지 귀양살이 가는 놈이 나타나서 돈을 닷 냥이나 약장수한테 주지 않겠어요? 그래 제가 그놈의 버릇을 가르쳐주려는데, 약장수 놈이 옆에서 뛰어들더니 제 복장을 냅다 지르고 옆구리를 발길로 차서 지금까지 옆구리가 결립니다. 그래서 제가 우선 게양진 안에 있는 술집·객줏집에 통문을 돌려놓고, 그놈들한테는 술이고 밥이고 팔지 말고 방도 빌려주지 말라고 단속을 시킨 다음 노름판에 다니는 장정들을 풀어 약장수 놈을 잡아다가 도두(都頭) 집에 묶어놓았는데요. 귀양 가는 죄수 놈은 어디로 갔는지 아무리 찾아도 없군요. 그래 형을 깨워 같이 나가서 찾아볼 작정입니다."

이 말을 듣고 태공이 부드러운 음성으로 아들에게 타이른다.

"아서라, 그게 무슨 소리냐? 제 돈을 제가 쓰는데 왜 네가 참견했느냐? 네가 약장수한테 좀 얻어맞았다지만 무어 대단히 다친 것도 아니니, 제발 그만두고서 네 방으로 어서 건너가서 잠이나 자거라!"

그러나 그자는 태공의 말을 듣지 않고 기어이 제 형을 불러내야겠다면서 안으로 들어가버린다. 그러니까 태공도 그 뒤를 쫓아서 안으로 들어간다.

이 모양을 내다보고 있다가 송강은 공인들을 보고 말했다.

"세상에 일이 이렇게도 공교로울 수가 있나! 하필 고르고 골라서 그놈의 집엘 찾아왔군! 태공은 설마 우리 얘기를 안 하시겠지만, 하인들이야 무슨 생각 있겠소? 이대로 앉아 있다가는 우리가 무슨 변을 당할

는지 알 수 없으니 얼른 도망갑시다."

"옳습니다! 그럼 빨리 나갑시다!"

"큰길로 나갔다가는 붙들리기 쉬우니, 넓은 마당 뒷길로 빠집시다."

공인들은 행장을 수습하고, 송강은 목에 썼던 칼을 손에 들고서 가만히 밖으로 빠져나온 후 넓은 마당 뒤를 돌아서 좁은 길로 들어선 다음에 걸음을 빨리했다. 하늘에 별이 총총해서 땅바닥이 희미하게나마 보이는 것이 불행 중 다행이었다.

한 식경이나 족히 달음질하다가 앞을 내다보매, 갈대꽃은 우거져 있고 큰 강물이 잔잔하게 흘러내리고 있으니, 이곳이 곧 심양강변(潯陽江邊)이다.

'앞에는 강물이 가로막고 있으니 이 노릇을 어이할꼬?'

송강이 이같이 탄식하고 섰노라니까, 등 뒤에서 멀리 휘파람 소리가 들리므로 고개를 돌이켜 바라보니, 사람들 한 떼가 횃불을 밝혀 들고 고함을 지르며 이쪽으로 달려오고 있다.

세 사람은 너무도 놀라 덮어놓고 갈대밭 속으로 들어갔다. 그러나 몇 걸음 걷지 아니해서 육지는 없고 강물이 출렁거린다.

'이럴 줄 알았더라면 차라리 양산박에서 두령들이 붙들고 말릴 때 그냥 거기 머무를 걸 잘못했구나!'

송강은 하늘을 쳐다보면서 한탄하기를 마지아니했다. 이때, 문득 강물 위에 노 젓는 소리가 들리며 배 한 척이 다가오고 있다.

송강은 소리 높이 불렀다.

"여보 사공! 우리를 좀 구해주슈! 돈은 얼마든지 드리리다."

돈을 얼마든지 준다는 바람에 사공이 배를 앞으로 갖다대는 고로 세 사람은 보따리를 먼저 배 위에 던지고 허둥지둥 올라탔다.

사공이 노질을 빨리하여 강물 가운데로 나아갔을 때, 뒤를 쫓아오던 사람의 무리가 그제야 강가에 당도했는데, 횃불을 십여 개나 쳐들고 섰으므로 그자들의 모습이 똑똑히 보인다. 허우대가 큰 두 놈은 손에 칼을 들었고, 나머지 20여 명은 모두 창과 몽둥이를 들고 있다.

이자들이 육지에서 배를 향하여 일제히 소리를 지른다.

"여보, 사공! 어서 배를 이리로 돌리우."

송강과 두 명 공인은 선창 위에 납작 엎드려서 사공한테 애걸했다.

"여보, 사공! 어서 갑시다. 돈은 얼마든지 드릴 테니 사람 살려주슈!"

사공은 말없이 고개를 끄덕이고는 연해 노를 저어 상류를 바라보며 거슬러 올라간다.

육지에 있는 무리들이 또 고함을 지른다.

"이놈, 사공 놈아! 배를 이리로 돌리지 않으면 네놈들을 모조리 죽여 버릴 테다!"

그러나 사공은 코웃음만 칠 뿐이다.

무리들은 또 고함을 지른다.

"사공 놈아! 네놈이 대체 어떤 놈이기에 감히 우리 말을 안 듣고 건방지게 구느냐?"

사공은 픽 웃고서 그제야 입을 열어 대답한다.

"나 말이냐? 나는 장사공(張梢工)이시다!"

이 말을 듣고서 무리들 가운데 허우대 큰 자가 한 발자국 나서면서 말한다.

"누군가 했더니 장대가(張大哥)시로군. 그럼 날 알아보시겠소?"

사공이 대답한다.

"내가 왜 눈 뜬 장님인가, 자네를 몰라보게."

"그럼 왜 배를 돌리지 않소? 거기 타고 있는 세 놈을 어서 우리한테 넘기시오."

"그만두게! 난 이 세 분 손님 모시고 가서, 판도면(板刀麵)이나 대접하겠네."

사공은 대답하고 연해 노를 저어 그대로 올라간다. 송강은 마음에 사공이 어찌나 고마운지 모르겠다.

'살 때가 되느라고 이런 사공을 만났다.'

갈대밭에 서 있는 무리들이 점점 멀어지면서 그들의 횃불도 이제는 갈대숲에 가리어 잘 보이지 아니한다.

사공은 호주가(湖州歌)를 부르며 노를 저어 얼마쯤 올라가더니 문득 노를 뉘어놓고서, 그들을 보고 이상한 소리를 한마디 한다.

"이놈들아, 너희들이 판도면이 먹고 싶으냐? 혼돈(餛飩)이 먹고 싶으냐?"

판도면이란 것은 밀국수요, 혼돈은 도래떡인데, 이 경우에 있어서 뱃사공이 떡이나 국수를 준다는 것은 말이 안 된다. 그리고 제 배에 타고 있는 손님한테 '놈'자를 놓고 하는 수작이 보통 예사로운 사공이 아니다.

송강은 어안이 벙벙하여 사공의 기색을 조심스럽게 살피면서 한마디 했다.

"판도면이란 무어고, 혼돈이란 무엇인가요?"

사공이 눈을 부라리면서 대답한다.

"가르쳐주랴? 판도면이 무어냐 하면 한칼에 한 놈씩 두 동강을 내어 강물 속에 처박는 게고, 혼돈이란 내 칼에 피를 안 묻히게 하고, 네놈들이 고스란히 옷을 벗어놓고서 물속으로 뛰어들어가는 게다!"

이 말을 듣고 세 사람은 일제히 '하느님 맙소사!'를 속으로 뇌까리고 무릎을 꿇고서 사공한테 빌었다.

"사공님! 저희들 보따리 속에 들어 있는 재물이나 옷가지를 하나도 남기지 않고 죄다 드리겠으니, 제발 저희들 목숨만 살려줍시오!"

그러나 사공은 그들이 이같이 애걸하는 것을 못 본 체하고 선창 속으로 들어갔다 나오는데, 손에 시퍼런 칼 한 자루를 들고 나온다.

"이놈들아, 어서 말해! 뭘 먹을 테야? 훌훌 벗고 물속으로 들어가든지, 그렇지 않으면 칼 맛을 보든지!"

이제는 꼼짝 못 하고 죽게 되었으므로 세 사람은 땅이 꺼지게 한숨을 쉰 다음 죽을 바에야 다 함께 죽자고 세 사람이 서로 얼싸안고서 막 물속에 몸을 던지려 할 때, 저쪽으로부터 '삐걱 삐걱' 하고 노 젓는 소리가 가까이 들린다.

송강이 급히 고개를 돌려 그쪽을 바라보니 상류로부터 쾌선(快船) 한 척이 바람같이 내려오는데, 한 사람이 손에 탁차(托叉)를 들고 뱃머리에 서 있고, 두 사람은 고물에서 쌍으로 노를 젓는다.

이 모양을 바라보고 섰는 동안에 어느덧 그 배는 이편 배에 가까이 다가들더니 뱃머리에 서 있는 자가 한마디 외친다.

"거 누군가? 벌이가 잘 됐나? 옆에서 본 사람도 한몫이 있는 법이니!"

이 소리를 듣고 이편 배의 사공이 그를 돌아다보더니 황망히 대답한다.

"난 누구라고… 이대가(李大哥)시구려! 그런데 나를 제쳐놓고 혼자서만 장사를 다니시오?"

사공의 얼굴을 보고 저쪽에서도 뜻밖에 만났다는 표정을 지으며 말한다.

"누군가 했더니 아우님일세그려. 그래 오늘 벌이는 괜찮았나? 선창에 둔 게 뭐야?"

"형님, 제 이야기 듣고 웃지나 마슈! 내 요새 며칠 동안 벌이가 안 되고 노름판에 가선 잃기만 하고… 재수가 아주 꼭 막혀버린 까닭에 걱정을 하다가, 오늘 밤엔 허허실수로 나와봤더니 웬 놈 세 놈이 강가로 도망해오는데 그 뒤에서 장정 수십 명이 횃불을 쳐들고 마구 쫓아옵니다그려. 그래 얼른 배를 갖다대고 도망 오는 놈을 실었죠. 쫓아온 놈은 알고 보니까 목가(穆哥)네 형젠데 날더러 이 세 놈을 저희한테 돌려달라고 여러 번 말하는 것을 듣지 않고 그냥 여기까지 데리고 왔죠. 세 놈이 하나는 귀양살이 가는 죄인이고 두 놈은 방송공인인데, 이것들이 되지 않게 보따리는 제법 단단한 모양이기에 지금 막 요절을 내려던 길이죠."

"아니 귀양살이 가는 사람이라니… 그럼 혹시나 우리 형님 송공명이 아니실까?"

송강은 이 목소리가 듣던 음성인지라 뱃머리로 내달으면서 크게 외쳤다.

"그 배에 계신 분이 누구시오? 제발 나 송강을 구해주시오!"

이 소리를 듣고 그 사나이는,

"어이구 정말 우리 형님이시네!"

라고 외치고서 배를 급히 노 저어 바싹 가까이 다가오는데, 별빛 아래 자세히 살펴보니 그는 다른 사람 아니라 송강이 바로 엊그제 게양령 고개 위에서 의형제를 맺은 혼강룡 이준이다. 그리고 고물에서 노 젓는 사람은 출동교 동위와 번강신 동맹이다.

두 배의 뱃전을 한데 붙이고서 이준이 이편 배로 건너오더니 송강의 손을 붙잡고 위로한다.

"형님, 얼마나 놀라셨습니까? 제가 조금만 늦게 왔더라면 또 큰일 날 뻔했습니다그려. 오늘 웬일인지 집에 앉아 있으면서도 공연히 마음이 불안해 못 견디겠기에 에라! 벌이나 나서볼까 하고 강으로 나왔죠. 나오기를 참 잘했군요."

이때 장사공은 어리벙벙하여 이준의 얼굴만 물끄러미 바라보고 있다가, 가만히 한마디 묻는다.

"형님, 그럼 이분이 바로 급시우 송공명이시오?"

"이제야 알았나? 이 사람아!"

이때 뱃사공은 송강 앞에 넙죽 엎드려 절을 하면서,

"몰라뵙고 그랬습니다마는, 원 이렇게도 황송한 일이 어디 있습니까! 참말이지, 하마터면 이놈이 큰일 저지를 뻔했습니다!"

하고 사죄한다.

송강은 이준에게 물었다.

"이분이 대체 누구신가?"

"형님이 아실 택 없죠! 이 사람은 저와 의형제를 맺은 소고산(小孤山) 아래 장횡(張橫)이라는 친구입니다. 별명은 선화아(船火兒)구요. 형님이 지금 겪어보신 것같이 심양강을 오르내리면서 손님들한테 좋은 일을 많이 하고 지내는 것이 생업이랍니다."

이 말을 듣고 송강과 두 명 공인은 함께 웃음을 터뜨렸다. 그리고 두 배는 노를 저어 강가에 대고서 그들은 모두 언덕 위로 올라갔다. 이준이 장횡을 보고 말한다.

"여보게, 내가 늘 말하잖던가? 천하의사(天下義士)는 '산동 급시우 운성 송압사 송공명 선생' 외엔 없다고… 오늘 송공명 선생을 자세히 뵙게!"

그러자 장횡은 주머니에서 부싯돌을 꺼내서 불을 일으켜 송강의 얼굴을 비쳐보더니, 모래판에 넙죽 엎드려 또 절을 드리며 사죄한다.

"형님! 제 죄를 용서해주십시오!"

라고 사죄하고서 장횡은 일어서더니,

"그런데, 의사(義士) 형님께서 대체 무슨 일로 귀양 가시게 됐습니까?"

하고 묻는다. 그러니까 이준이 송강을 대신해서 그가 염파석을 죽인 일 때문에 각처로 은신하여 다니다가 아버님이 돌아가셨다는 바람에 고향에 돌아갔다가 관가에 붙잡혀 이번에 강주로 귀양 가게 된 경위를 대강대강 이야기하는 것이었다.

장횡은 그 이야기를 듣고 나서 말했다.

"강주로 가시거들랑, 제 동생이 강주에 있으니 편지 한 장 전해줍쇼. 이놈이 강주서 생선장사를 하고 있는뎁쇼, 헤엄을 잘 칩니다. 물 위로

4, 50리쯤 헤엄쳐 다니기도 하고, 물속에 들어가서 밤낮 7일 동안 뱀장어처럼 지내기도 하는 까닭에 별명이 낭리백도(浪裏白跳)라 하고, 이름은 장순(張順)입니다. 그런데 참 편지를 누구더러 써달라누?"

그러자 이준이 말한다.

"이 사람아, 촌으로 들어가서 문관(門舘) 선생한테라도 써달라고 부탁하게나그려."

"참, 그래야겠군."

장횡이 대답하고 일어설 때 송강이 별빛 아래 찬찬히 그를 살펴보니 키는 7척이 더 되고, 눈은 세모지고, 눈동자가 붉고, 머리털도 붉은데 수성은 노랗다.

송강과 이준은 장횡을 데리고 촌으로 들어가기로 한 후, 동위와 동맹보고는 그곳에 남아 있어 배를 지키게 했다.

그들이 밤길을 걸어서 약 5리쯤 갔을 때, 저편에서 횃불이 보인다. 그것을 보고 장횡이 한마디 한다.

"저 사람들, 아직도 저렇게 길을 헤매는군!"

이준이 묻는다.

"저 사람들이라니…?"

"목가네 형제 말이오."

"저기 가는 게 목가네 형제라면 불러다가 형님한테 인사나 드리게 하세."

이 말에 송강이 깜짝 놀라 한마디 한다.

"그게 무슨 말? 아니 저자들이 나를 잡지 못해 저러고 다니는 것을 도리어 이쪽에서 부르다니, 그게 무슨 소린가!"

그러나 이준은 태연히 말한다.

"그렇게 염려 마십시오. 저것들이 형님이 누구신지 몰랐으니까 그런 게지, 알고서야 감히 형님한테 그랬겠습니까?"

이준은 이렇게 말하고서 휘파람을 한 번 휘익 부는 것이었다.

휘파람 소리를 듣더니 횃불을 들고 가던 무리들이 돌아서서 한걸음에 이리로 달려왔다.

무리들은 달려와서 깜짝 놀란다. 이때까지 저희들이 잡지 못해서 찾아다니느라고 애를 먹이던 죄수 놈을 이준과 장횡 두 사람이 아주 칙사를 모신 것처럼 받들어 모시고 있는 까닭이다.

어떻게 된 영문인지 몰라서 목가네 형제는 어리둥절해서 묻는다.

"두 분 형님! 이 사람하고는 어떻게 아셨슈?"

그제야 이준이 껄껄 웃고서 대답했다.

"어떻게 알았느냐고? 그럼 자네들은 이 어른을 어떻게 알고 묻는 겐가?"

"우리야 모르죠. 오늘 게양진 거리에서 저 사람이 너무 괘씸한 짓을 했기에 여태껏 저 사람을 잡으러 다니던 판이라오!"

"이 사람들아, 이 어른이 내가 전에 늘 말하지 않던가? 저 유명하신 산동의 급시우 송공명 송압사시니, 어서 절하고 뵙게!"

이 말이 떨어지자 목가 형제는 손에 들었던 칼을 던지고서 땅바닥에 엎드려 절하고 빌었다.

"선생의 고명은 익히 듣자왔사오나, 이렇게 뵐 줄은 몰랐습니다. 뜻밖에 저희들이 죽을죄를 지었습니다. 그렇지만 몰라뵙고서 그런 것이오니, 제발 한번만 용서해주십시오."

송강은 즉시 그들의 손을 붙들어 일으키면서 말했다.

"이러지 마시오. 그런데 두 분 장사의 존함은 뉘시오?"

옆에서 이준이 말한다.

"이 사람은 별명을 몰차란(沒遮攔)이라고 부르는 목홍(穆弘)이고, 또 이 사람은 소차란(小遮攔)이라고 별명을 부르는 목춘(穆春)인데요, 이 사람 형제네 집이 부유해서 게양진에선 우두머리 가는 일패(一覇)랍니다.

형님은 모르시겠지만 본래 이 근처엔 삼패(三覇)가 있는데, 계양진에서는 이 사람 집이 일패고, 그리고 계양령의 영상영하(嶺上嶺下)에선 저하고 이립이가 일패고, 심양강변에선 장횡·장순이가 일패라, 그래서 삼패라고 하죠.”

이 말을 듣고서 송강은 목홍을 보고,

“나는 몰랐더니, 여러분은 서로 정분이 두터운 사이십니다그려. 그처럼 좋은 사이시거든 설영이도 아주 놓아주시구려.”

이렇게 청한다.

그러자 목홍은 웃으면서 쾌히 승낙한다.

“그 약장수 말씀이죠? 제 동생을 보내서 그 사람을 곧 데려오도록 할 테니까, 염려 마시고 제 집으로 들어가시지요. 제가 집에 가서 공손히 사죄를 드리고 싶습니다.”

그러자 이준이가,

“좋아, 좋아, 잘 생각했네, 그렇게 하시지요?”

하고 송강을 바라본다.

송강이 아무 말 않고 승낙하는 표정을 보이니까 목홍은 하인 하나를 집으로 보내면서 빨리 가서 연석을 준비하라 하고, 동생 목춘이더러는 빨리 도두(都頭)의 집으로 가서 약장수 설영이를 데리고서 집으로 오라고 이른다. 그리고 그는 송강과 이준, 장횡의 무리들을 자기 집으로 인도하면서 하인 두 사람을 시켜 심양강변에 가서 배를 지키고 있는 동위·동맹 형제와 공인들까지 청해오라고 부탁한다.

일동이 이같이 목태공의 장원을 향하여 길을 걸을 때는 벌써 밤이 5경이 지날 무렵이다.

장원에 도착해서 목태공한테 인사하고 송강이 자리에 앉을 때는 이미 날이 밝은 뒤였다. 주객이 서로 환담하면서 술잔을 기울이기 시작하자, 미구에 목춘이 약장수 설영을 인도해 연석으로 들어왔다. 목홍은 일어나서 그를 맞아들여 공손히 대접한다.

이날은 이같이 날이 저물도록 술 마시며 즐겁게 놀고, 이튿날 송강이 목가장에서 떠나려 하니까 목홍과 목춘은 붙들고 놓지 않는다.

그래서 송강은 하는 수 없이 머물러서 게양진의 거리거리를 두루 돌아다니면서 구경도 하고 사흘 동안이나 한가롭게 지낸 후, 혹시나 기한이 지나서 강주에 도착될까 걱정스러워 기어코 떠나가기로 작정했다. 그러자 목홍은 더 붙들 수도 없어서 연석을 베풀고 성대히 송별 잔치를 차렸다. 그러고서 이튿날 일찍이 송강이 태공한테 작별을 고하자 태공은 나와서 여러 사람의 호걸들과 함께 그를 송별하면서 약장수 설영을 며칠 동안 더 묵고 가라고 붙드는 것이었다. 그리고 목홍이는 돈을 한 쟁반이나 꺼내다가 송강과 방송공인한테 선사하고, 장횡은 장원 안에 있는 사람한테 부탁해서 자기 아우에게 보내는 편지 한 장을 써 그것을 송강에게 부탁한다. 송강이 그것을 받아 보따리 속에 집어넣고서 공인들과 함께 목가장을 떠나자, 여러 사람은 모두 그 뒤를 따라서 심양강 변까지 왔다. 목홍이 소리를 질러 뱃사공을 불러 송강 일행이 배 위에 올라타니 그들은 모두 눈물 흘리면서 작별하는 것이었다.

이같이 송강이 배를 타고 강을 건너니까 그곳이 강주 땅인지라, 세 사람은 배에서 내려 바로 강주 부내로 들어갔다.

이때 강주 지부(知府)는 채득장(蔡得章)이라는 사람이니, 당조태사(當朝太師) 채경(蔡京)의 아홉째 아들인 고로, 부중 사람들은 그를 이름 지어 채구(蔡九) 지부라고 부르는 터이다. 그런데 강주는 원래 땅이 기름져서 전량(錢糧)이 풍부한 지방인데, 채구라는 인간은 욕심이 많고 교만한 인간이기 때문에, 채태사는 그 아들한테 강주 땅이 적당한 지방이라고 생각하고 이곳으로 부임시켰던 것이다.

(3권 계속)

금모호 연순
객상을 오래 하다가 밑천을 들어먹고 맨 처음 청풍산에 들어와서 도둑패의 괴수가 된 사람이다.

금안표 시온
창술, 봉술을 좋아해 이름 높은 스승을 찾아다니면서 부지런히 배워왔기에, 맹주 일대에서 별명이 금안표(金眼彪)로 불린다. 장문신에게 화를 입고 무송을 통해 복수한다.

급시우 송강
철든 후부터 재물을 우습게 알고, 의리를 중히 여기며, 부모에겐 효도를 지극히 하고, 사람을 대할 때는 지성껏 대하는 인물. 남의 사정을 잘 보아주기에 '급시우(及時雨)'라고 불린다.

모야차 손이랑
장청의 아내. 장청과 함께 인육을 만든다.

몰차란 목홍
집이 부유해서 게양진에선 우두머리 가는 일패(一覇).

무대랑
무송의 형. 아우와 달리 신장이 불과 5척에 얼굴도 못생긴 데다 머리도 모자라 '삼촌정곡수피(三寸丁穀樹皮)'라는 별명으로 불린다.

반금련
무대랑의 아내. 얼굴이 반반하게 생겨 뭇 남성이 좋아하는 요부였으나 어쩌다 집주인 영감의 앙갚음으로 무대랑에게 시집오게 되고, 이후 서문경과 정을 통한다.

백면낭군 정천수
청풍산 도둑패의 괴수. 얼굴이 희고 수염을 삼각으로 길게 늘인 인물로, 우연히 청풍산을 지나는 길에 왕영과 싸우다 도둑패의 괴수가 된다.

번강신 동맹
동위와 형제간으로, 역시 물에 익숙해 별명이 번강신(飜江蜃)이다.

벽력화 진명
본주 병마통제. 성질이 조급하고 목소리는 우렛소리 같아서 별명이 벽력화(霹靂火)다. 낭아봉을 잘 쓰며 만부부당지용(萬夫不當之勇)을 갖췄다.

병대충 설영
조부가 노종 경략상공 장전에서 군관으로 있었지만 동료들에게 미움받아 벼슬에 오르지 못하고, 자손들도 장봉이나 쓰고 다니며 약장사나 해서 근근이 지낸다.

새인귀 곽성
대영산에 방천극을 잘 쓰는 장사가 있다는 소문을 듣고 극법(戟法)을 겨루어보고자 찾아온 소년 장사.

서문경
파락호 재주(財主)로, 약장사를 해서 돈깨나 모은 까닭에 서문대관인으로 불린다. 반금련과 정을 통하다 무송에게 죽임을 당한다.

석장군 석용
대명부 태생으로 할 일이 없어 노름판으로 떠돌아다니던 인물. 고향에서는 별명이 석장군이다.

선화아 장횡
심양강을 오르내리면서 손님들에게 좋은 일을 많이 하는 것이 생업인 인물이다.

소온후 여방
평소에 여포를 흠모하여 방천극을 익혀왔기에 소온후(小溫侯)로 불리며, 대영산에서 무리들을 모아 불한당 노릇을 하고 지내는 소년 장사다.

소이광 화영
청주 청풍채의 무관(武官) 지채.

소차란 목춘
목홍과 형제간이다.

염파석
슬화석에서 소리를 팔아가며 근근이 살아가다 송강의 소실로 들어가나, 결국 송강을 위기에 빠뜨리는 인물이 된다.

왜각호 왕영
청풍산 도둑패의 괴수. 본시 차부(車夫) 출신으로, 키가 워낙 작아 별명이 왜각호다.

유고
청풍채 문관(文官) 지채.

장문원
송강의 부하로 풍류를 아는 오입쟁이. 송강의 소실인 파석과 첫눈에 반해 정을 통한다.

조도귀 조정
80만 금군교두 임충의 제자. 조상이 백정 노릇을 해서 고기를 잘 다루기에 조도귀(操刀鬼)라고 불린다.

진삼산 황신
청주 병마도감. 청주지부 관하의 청풍산·이룡산·도화산 세 군데의 도둑들을 혼자서 모조리 잡아 없애겠다고 장담해온 까닭에 별명이 진삼산(鎭三山)이다.

채원자 장청
맹주 십자파에서 술집을 하며 손님에게 몽한약을 탄 술을 먹여 죽인다. 나름 무예도 배웠고 천하 호걸들과 많이 알고 지내는 인물이다.

철선자 송청
송강의 아우.

판관 이립
게양령에서 술장사를 하면서 술에 몽한약을 타 사람을 죽이고 재물을 뺏는 인물이다.

출동교 동위
심양강변에서 사염(私鹽)을 가지고 와 장사하며, 물에 익숙해 별명이 출동교(出洞蛟)다.

행자 무송
장대한 몸집에 호걸답게 잘생긴 호한. 경양강에서 맨손으로 호랑이를 때려잡고 양곡현 보병도두가 된다.

혼강룡 이준
노주 태생으로, 양자강 뱃사공으로 있었기에 그만큼 물에 익어 혼강룡(混江龍)으로 불린다.

화화상 노지심
주먹 세 대로 진관서를 살인한 노달. 노지심이라는 법명의 승려로 변신했으며, 등에 화수(花繡)가 있대서 화화상(花和尙)이라 불린다.

이 왜각호다.